マライア・エッジワース（Chappel の原画による版画；
Johnson, Wilson & Co., Publishers, New York）

「この言葉にジュディは，前掛けの端を引っ張ると，いかにも切なそうにそれを自分の目の片方ずつに次々と押しあてるのでした。」(121頁)

(W. Harvey 原画，H. Robinson 彫版；1832年版の口絵として発表されたもの；Longford 版［1893；AMS Press, 1967］の口絵より転載)

マライア・エッジワース

ラックレント城

大嶋磨起・大嶋　浩　訳

開文社出版

To Our Parents

目次

付録

訳者はしがき——本書をお読みいただく前に

あらかじめ読者に知らせておく必要があると思われる、凡例をも兼ねた、本書の構成等に関する若干の説明を行っておきたい。

本書はマライア・エッジワースの最初の小説『ラックレント城』を全訳したものである。使用テクストはMarilyn Butler編の*Castle Rackrent and Ennui* (Harmondsworth: Penguin Books, 1992；以下、ペンギン版)。このペンギン版のテクストは一八三二―三三年刊行のマライアが編集した全十八巻の著作集の第一巻（一八三二）に基づくものであり、初版本以来の小さな修正箇所等を組み込んだものとなっている。この他にGeorge Watson編*Castle Rackrent*, with an Introduction by Kathryn J. Kirkpatrick, The World's Classics (Oxford: Oxford UP, 1995；以下、ワールズ・クラシックス版)、Jane Desmarais, Tim McLoughlin and Marilyn Butler編*Castle Rackrent, Irish Bulls, Ennui*, vol.1 of *The Novels and Selected Works of Maria Edgeworth* (London: Pickering & Chatto, 1999；以下、ピカリング版）および*Castle Rackrent, The Absentee*, with an Introduction by Brander Matthews, Everyman's Library (London: Dent, 1964；以下、エヴリマンズ・ライブラリー版)を参照した。ワールズ・クラシックス版は一八〇〇年の初版本に基づくものであり、ピカリング版はペンギン版と同様、一八三二年の著作集版に基づくものである。

エッジワースが書いた『ラックレント城』は、「序文」、「ラックレント城」、「続・ラックレント御一族様回想録」、「あとがき」にあたる部分（「あとがき」と明示されてはいないが、「序文」の部分と同様、「編集者」なる人物が語る部分」）、「脚注」および「注解」の六つの部分からなっている。「脚注」は本来、「ラックレント城」と「続・ラックレント御一族様回想録」のテクストの部分に文字通り脚注として組み込まれているのであるが、本書では、「脚注」は一括して「注解」の前に入れてある。「脚注」と「注解」に関しては、便宜上、角括弧付きの番号を付し、[脚注1] あるいは [注解1] というように表記した。

原文中、強調のためのイタリック体とボールド体の語句に関しては、訳文では便宜上、それぞれ、ボールド体とゴチック体の訳語をあててある。また、原文にはない語を訳文で補った場合は、その語を角括弧で囲んである。

訳者による注は、「序文」、「ラックレント城」、「続・ラックレント御一族様回想録」、「あとがき」の部分に関しては「訳注」として一番最後に、つまり「脚注」および「注解」の後に一括してつけ、「脚注」および「注解」の部分に関しては、「脚注」、「注解」の各項目ごとに、それぞれの項目の末尾に付けている。訳者による注は丸括弧付きの番号を付し、（1）あるいは（2）というように表記した。

固有名詞等の日本語表記は、参考書類ですでに日本語に訳されている場合には概ねその日本語表記に従った。その日本語訳が複数存在する場合には適宜選択した。日本語訳がない場合には、主として大塚高信・寿岳文章・菊野六夫共編、『固有名詞英語発音辞典』（三省堂、一九六九）に基づき、日本語表記を行ったが、試訳したものも含まれている。法律用語の表記および解説に関しては、主として『英米法辞典』（東京大学出版会、一九九一）と『英米法辞典』（有斐閣、一九五二）に依拠した。

なお、エッジワースおよび彼女の作品の時代背景となっている昔日のアイルランドに関し、日本では余りなじみがないことを考慮して、本書には詳細な訳注とかなり詳しい解説を付しただけではなく、今後のエッジワース研究に少しでも本書が役立つことを願って巻末には参考書目一覧を掲げてある。訳注や解説の内容に興味・関心をもたれた読者が、直接参考書にあたって確認したり、さらに調べたりすることができるようにとの配慮からである。また、文学作品の翻訳書としては異例であるが、巻末に索引を付してある。索引を活用することによって、エッジワース自身がつけた「脚注」や「注解」ならびに訳者による訳注等の主要な項目の検索が容易になり、本書が一種の簡便な辞典・事典としても利用できるようにと意図したからである。しかしながら、そのような配慮をしたために、かえって本書が文学作品としては読みづらいものとなってしまったのではないか、と訳者は危惧している。『ラックレント城』を読んでいく上で、エッジワースによる「脚注」や「注解」だけでは分かりにくいと感ずる度合いに応じて、読者は適宜訳注や解説に目を通してもらえばよいと思う。

省略形一覧

エヴリマンズ・ライブラリー版：Maria Edgeworth, *Castle Rackrent, The Absentee,* with an Introduction by Brander Matthews, Everyman's Library (London:Dent, 1964)

ピカリング版：Maria Edgeworth, *Castle Rackrent, Irish Bulls, Ennui,* ed. Jane Desmarais, Tim McLoughlin and Marilyn Butler, vol.1 of *The Novels and Selected Works of Maria Edgeworth* (London: Pickering & Chatto, 1999)

ペンギン版：Maria Edgeworth, *Castle Rackrent and Ennui,* ed. Marilyn Butler (Harmondsworth: Penguin Books, 1992)

ワールズ・クラシックス版：Maria Edgeworth, *Castle Rackrent,* ed. George Watson, with an Introduction by Kathryn J. Kirkpatrick, The World's Classics (Oxford: Oxford UP, 1995)

BB: Harriet Jessie Butler and Harold Edgeworth Butler, eds., *The Black Book of Edgeworthstown and Other Edgeworth Memories 1585-1817* (London: Faber and Gwyer,

1927)

DNB: *The Dictionary of National Biography* の "Edgeworth, Maria" および "Edgeworth, Richard Lovell" の項

LL: Augustus J. C. Hare, ed., *The Life and Letters of Maria Edgeworth* (1894; New York: Books for Libraries Press, 1971)

ME: *Maria Edgeworth* (エッジワースに関する資料のコピーを綴じ合わせたもの。総頁数15頁。Our Lady's Manor [もとエッジワースタウン・ハウス]にて入手)

MEB: Marilyn Butler, *Maria Edgeworth: A Literary Biography* (Oxford: Clarendon, 1972)

MECL: *Maria Edgeworth: Chosen Letters*, with an Introduction by F. V. Barry (New York: AMS, 1979)

Mem: *Memoirs of Richard Lovell Edgeworth, Esq. Begun by Himself and Concluded by His*

Daughter, Maria Edgeworth, 2 vols. (London, 1820)

OED: *The Oxford English Dictionary*

主な登場人物

ラックレント一族

タリフー・ラックレント卿……門の代わりに荷馬車をおいていた、ラックレント城の領主。ある日猟に出かけた折、その荷馬車のせいで命を落とす。

パトリック卿……元の名前をパトリック・オショーリンといい、従兄弟のタリフー・ラックレント卿の死後、ラックレントの名字と紋章を受け継ぎ、ラックレント城の領主となった人物。ラズベリー・ウイスキーの発明者。酒飲みで気前がよく、本人の誕生日の祝宴の最中に倒れ、不帰の客となる。

マータ卿……パトリック卿の息子。パトリック卿の死後、所領を継いで領主となる。スキンフリント家出身の吝嗇家の未亡人と財産目当てで結婚するが、自分の方が先に亡くなったため、当てが外れることになる。訴訟好きで裁判に多額の金をつぎ込み、片や、パトリック卿とは正反対の厳しいやり方で小作人たちから地代等を取り立てた。

キット卿……マータ卿の弟。陽気で伊達男の士官。マータ卿夫妻には子どもがなかったため、マータ卿の死後、所領を継いで領主となる。所領の管理は代理人に任せ、バースで賭事に耽る。ユダヤ人の花嫁を連れて帰郷後、程なくしてその奥方を七年間幽閉。最後は決闘で命を落とす。

コノリー卿（コンディ卿）…… 一族の遠い親戚にあたる、自堕落でひとの好い人物。キット卿夫妻には子どもがなかったため、キット卿の死後、所領を継いで領主となる。ジュディに心を寄せながらも、成り行きでマネーゴール家のイザベラ嬢と駆け落ち結婚をする。議員に当選したため、かろうじて債務者監獄に入れられるのを免れるが、ついに所領にはカストーディアムが行使され、奥方は実家へ戻り、さらには動産に差し押さえの強制執行が行われる。コンディ卿はサディを伴って身を寄せた猟小屋で寂しく息を引き取る。

マータ卿の奥方…… スキンフリント家出身の未亡人。広大なスキンフリント家の所領の共同女子相続人。小作人たちからの賦課や贈り物等で屋敷の家政をいっさいまかなう、やりくり上手の吝嗇家。その倹約家ぶりにサディからスコットランド人の血が混じっているのではないかと勘ぐられる。

キット卿の奥方…… 財産をダイヤモンドにかえて身につけている、ユダヤ人の女子相続人。ダイヤモンドの十字架のことで、キット卿ともめ、キット卿が亡くなるまで七年間、ラックレント城に幽閉される。キット卿の死後、幽閉から解放されると、そそくさとイングランドへ戻って行く。

コノリー卿（コンディ卿）の奥方……イザベラ・マネーゴールを見よ。

イザベラ・マネーゴール……老マネーゴール氏の末娘。派手好きで芝居好き。コンディ卿とスコットランドへ駆け落ち結婚を敢行。ラックレント城に差し押さえの強制執行が迫り、実家へ戻る途中、事故にあい、九死に一生を得る。コンディ卿の死後、寡婦給与産の件でジェイソンと裁判で争う。

マネーゴール大尉……マネーゴール家の嫡子。イザベラ嬢の兄。マウント・ジュリエッツ・タウンのマネーゴール家はラックレント家の所領の隣の州に広大な領地をもつ、この地方の名家の一つ。

ジェーン夫人……イザベラ嬢の侍女。イザベラ嬢のスコットランドへの駆け落ちにも同行。イザベラ嬢がラックレントの奥方となってからは奥方付きの侍女として仕え、奥方が実家へ戻る途中で起きた事故では土手の溝へ投げ出されていたのを発見される。

サディ・クワーク（マクワーク）……長年ラックレント一族に仕えた召使い（家令）。ラックレント一族の回想録（「ラックレント城」および「続・ラックレント御一族様回想録」）の語り手。

ジェイソン・クワーク（マクワーク）……サディの息子。事務弁護士。コンディ卿の幼なじみであり、彼の代理人となるが、ついにはコンディ卿の負債のかたにラックレント城を手に入れる。

ジュディ・マクワーク……サディの姉の息子の娘。ジュディからみてサディは大叔父にあたる。コンディ卿が当初結婚を望んでいた娘であるが、コンディ卿がイザベラ嬢と結婚後、マネーゴール大尉の猟犬係と結婚。夫はまもなく兵隊になって戦死。コンディ卿が偽の通夜を行った翌朝、コンディ卿の奥方が事故にあって助かりそうにないという知らせを持って猟小屋のコンディ卿を訪ねてくる。

サディの祖父……パトリック・オショーリン卿の御者を務めた人物。

サディの姉……年は取っていても、病人の扱いをよく心得ている、世話の上手な女性。サディと二人してコンディ卿の最期を看取る。

編集者……サディにラックレント一族の話を書き留めるように説得したとされる男性の登場人物。「序文」と「あとがき」に相当する部分、および「脚注」と「注解」を執筆したことになっている。

＊サディとジェイソンの姓に関しては、本書の「解説」三五六－六〇頁を参照。

ラックレント城

――諸々の事実ならびに一七八二年以前[1]の
アイルランド郷士の風習を基にしたハイベルニア物語[2]

序文(3)

歴史の陰に隠れている逸話を愛好することは世間に広く見られる趣味であるが、優れた賢者だという評判に憧れる批評家諸氏からは批判の目で見られたり、嘲笑されたりしてきた。とはいえ、正当な観点から見るならば、この趣味は現代における良識や深い思索を愛する気質の健在ぶりをまさしく証明するものといえよう。歴史を研究したり、少なくとも歴史書をひもといたりする者の数こそ多いとはいえ、その労苦から何らかの利益を得る人のなんと稀なことか！　歴史上の英雄たちは、本職の歴史家のたくましい空想のおかげであまりにも飾り立てられている。それらの英雄たちはあまりにも韻律的な散文体で語り、あまりにも崇高な動機や極悪非道な動機によって行動する。そのため彼らの運命に共感できるほどの趣味や邪悪さ、勇壮さを備えている人など到底わずかしかいない。その上、歴史書というものは今昔を問わず、最も信憑性の高いものでさえかなりの不確定な部分を残している。それゆえ、真実への愛――この愛は、人によっては生得的で不変のものでもある――は、必然的に、埋もれた回想録や隠れた逸話への愛好にゆきつくことになるのだ。人の性格や感情を、公の場での行動や外観を基にして、完璧な正確さでもって判断することは所詮できるものではない。他人の本当の性格について、最も適確に知ることができるのは、彼らのなにげない会話や、つい漏らされた一言半句の言葉からではないだろうか。だからこそ、身分の高い者あるいは低い者の自伝、日常の書簡、身内や友人あるいは敵の者たちによって出版された故人の日記が、重要な稀書として尊重されるのである。こうした熱意に燃えて、我々が、偉大で優れた人たちの家庭生活についてばかりでなく、凡庸でとりたててどうということのない人々の家庭生活についてのごくささいな事実まで収集したいと望むのは全くもって無理からぬことだとみなされよう。美徳に対して実際に与えられた報酬、悪徳に対して実際に下った懲罰について、それがどの程度のものなのか正確に判断することは、当人たちの家庭での私生活における現実の幸不幸を比較することによって初めて可能となるからである。権勢を誇る者が他人の目に映る程には幸せでないこと、財産や地位といった外的な事柄が必ずしも幸福に結び付きはしないことは、道徳家がなべて持論としてきたことである。だが、歴史家が、この真理を例証するために頁をさくことは、その威信に響くとあってなかなかかなわぬことだ。それゆえ、我々は必定、伝記作家へと赴くことになる。この世という大劇場で(4)舞台効果や装飾の美をあますところなく活用しながら名優たちが演じているのを見たあとで、我々はその俳優や女優たちをもっと間近に見るために、ぜひ舞台裏へ入れて貰いたいと望むのである。

伝記の価値は伝記作家の判断や趣味に左右されてしまうと懸念される方もあるかもしれない。だが、むしろ反対に伝記作家の功績はその知力と文才に反比例しているのだと言えよう。素朴で飾らぬ話(5)こそ、むやみに潤色をほどこした物語よりも好ましいものである。そういう技量が見て取れる箇所には、当然のことながら、我々を丸め込もうとする意図があるのではないかという疑念が湧いてくるであろう。文筆にいそしむ者にはよく分かっているように、掉尾文[6]を仕上げることや対照法[7]を強調しようとして、なんと多くのものがしばしば犠牲にされることか。

もちろん、学識のある者同様、無い者もまた偏見を持っているということは争えぬ事実である。しかし、無教養な者の誤解に対しては我々は盲目でないし、その蒙昧さを一笑に付しもしよう。見当はずれの所見をも正当と思わせるだけの威信の無い者の言葉には、無暗にひきずり回されはしないものだ。伝記作家をして自分の描く主人公の欠点に盲目ならしめるえこひいきは、それがあからさまであればあるほど、もはや危険なものとはなりえない。だが、そうしたえこひいきが一見いかにも公正に描かれているかのように偽装されるならば、我々の判断力や倫理感が危険にさらされることもありうる。しかも、手腕のある者ほど、このような偽装に長けているのである。もし、ニューカースル公爵閣下夫人が夫君について賛辞の言葉を縷々《るる》書きつづるかわりに、サヴェッジの伝記を書いてくれていたら、怠惰で忘恩の放蕩詩人を才能があり美徳に恵まれた詩人だと誤解してしまう危険は全くなかったであろうに。[8]伝記作家の才能こそしばしば読者にとって致命的なものとなりうるのである。こういった理由から、世間はしばしば賢明にも、人物の性格を見分ける明敏さも持ち合わせなければ、話の退屈さを軽減する優美な文体も持たず、述べられている諸々の事実から何らかの結論を引き出す知性の広さも見られず、単にあれやこれやと逸話をむやみに書き並べたり田舎町のうわさ話風にだらだらとことこまかに談話を受け売りするしか能のない者たちを愛顧するのである。

以上の観点からすれば、これからお読み頂く回想録の著者には、世間の愛顧と注目を胸を張って求めるだけの立派な資格があると言えよう。彼は無学な老家令[9]であって、彼がそのもとで生まれ育った屋敷の**御一族様**へのえこひいきぶりは読む者にありありと伝わってくるに違いない。彼はラックレント一族の歴代記を、土地の言葉を交えながら広い世間の誰もが自分同様にパトリック卿やマータ卿、キット卿やコンディ・ラックレント卿の一身上の出来事に大いに興味をもつことに露ほどの疑いも持たず、物語るのである。何年か前のアイルランドにおけるある一群の紳士階級の風習をよくご存じの方なら、この老家令「正直サディ」の話の真偽を疑って証左を求めたりはなさるまい。一方、アイルランドを全くご存じない方にとってはこの回想録はほとんど理解し難いか、あるいは全く信じられぬものと思われることであろう。この、アイルランドを**知らない**イングランドの読者のためをおもんぱかって編集者は若干の注釈を付記しておいた。また、サディの言葉を平易な英語に書き換えようと考えたこともあったのであるが、彼の言い回しは書き換えの不可能なものであるうえに、この回想録の信憑性は、もし当人独特の語り口で語られなければ、より一層疑わしいものとして映るだろうと判断し、その案は放棄したのであった。彼が編集者にラックレント一族の歴代記を語ってくれたのは、数年前のことになる。その話を書き留めるようにと説得するのはなかなか骨の折れることであった。けれども、当人の言葉によれば「**御一族様の名誉**」を思う感情が、彼の不精癖に打ち勝ち、そしてとうとうこの回想録は完成し、世間の皆様にお目にかけられる次第となったのである。

編集者は、これを読んで下さる方々に対し、これが「別の時代の物語」であると理解して下さることを願うものである。そこに書かれている風習は現在のものではない。それに、アイルランドにラックレント一族の跡目を継ぐものが絶えてしまってから、すでに久しいのである。酒飲みのパトリック卿、訴訟好きなマータ卿、決闘好きなキット卿、自堕落なコンディ卿といった人々は、イングランドにおけるウェスタン郷士[10]やトラリバー牧師[11]同様、もはや現在のアイルランドではお目にかかることのできない人物たちである。各人にしても、新しい習慣を身につけ心機一転した後でなら、過去の愚行や馬鹿げたふるまいについて冷やかされても我慢できるものであるが、諸国民にしても各人と同様、次第にその独自性への愛着を失ってゆき、現今の新しい世代は御先祖たちのことで冷やかされても気を悪くするより、むしろ面白がるものである。

おそらく我々はまもなく、幾多の実例において、これらの所見を立証することができるであろう。アイルランドが大ブリテンとの連合[12]によってその独自性を失うとき、アイルランドはかつてそこで生きていたあまたのキット卿やコンディ卿らのことを、おおらかな笑みを浮かべつつ懐古することであろう。

ラックレント城

月曜日の朝［注解1］

それがしやそれがしのうちの者たちが、まことに有り難いことながら、いつとも覚えませんほどの昔から、[13] 賃借料なしで[14]住まわせて頂いてきた御領地の御領主ラックレント御一族様がお懐かしいばかりに、**ラックレント御一族様回想録**なるものを勝手ながら世に出させて頂くのでございますから、それにつきましては、まずこの当の本人について少しばかり申し上げておくのが筋かと存じます。それがしの本名はサディ・クワークと申します。とはいえ、御一族の方々には、それがしはいつも、他でもございません、「**正直サディ**」としてお覚え頂いておりました。後になって、今は亡きマータ卿の時代には、「**老サディ**」と呼んで頂いていたこともございましたが、今では「哀れなサディ」と呼ばれております。それは、一着の長い大外套《グレイト・コート》［脚注1］を夏といわず冬といわずずっとまとっているからなのでございます。それがしはこれを至極重宝しております。袖にはついぞ腕を通しませんもので、新品同様傷んではおりません。とは申せ、今度の万聖節の季節[15]が巡ってまいりますと、これで七年間愛用していることになりましょうか。これは、首のまわりでとめたボタンひとつで、袖無し外套《クローク》風に身に沿うてくれるのです。このそれがしをご覧になって、この「哀れなサディ」が事務弁護士《アトーニー》クワークの父親だと思われる方はよもやございますまい。あれはお高くとまった紳士になりすまし、哀れなサディの申すことなど歯牙にもかけますものか、年に千五百ポンドといわぬ収入と、地所をもち、この正直サディを見下しておるのでございます。けれども、それがしは、あれのやっていることからすっぱりと手をひいております。そして、これまでそうしてきましたとおり、御一族様に誠を尽くし忠実なままで、死んでいくつもりでございます。このラックレント御一族様は、申し上げるのも誇らしいことながら、この王国[16]で最も由緒ある旧家の一つなのです。ラックレント[17]というのは皆様ご存じのとおり御一族様の本来のお名前ではございません。もとのお名前はオショーリンで、アイルランドの王家とも縁続きでした[18]。とは申せ、そのころそれがしはまだ生まれておりませんでしたが、それがしの祖父が、かの御高名なパトリック・オショーリン卿の御者を務めておりまして、それがしがまだちいさかった時分に、ラックレント城がどうしてパトリック卿御所有のものとあい成ったか話して聞かせてくれたのでした。タリフー・ラックレント卿とおっしゃる方がパトリック様の御従兄弟様におられて、ご立派な領地を所有なさっておられましたが、ただ、それには決して門がつけられたためしがございませんでした。荷馬車を置いておくのが一番さ[19]、というのがこの方の持論だったのです。それがお気の毒なことに！　とうとうこの方は、その荷馬車のせいで、ある日猟に出られた折に優れた猟馬と御自分のお命とをいちどきに失うことになってしまったのでした。さりながらそれがしといたしましては、その日を有り難いと思わなければならぬところでございましょう。なんと申しましてもおかげさまで**こちらの**御一族様の手の上に御領地がたなぼた式に落ちてきてくれたのでございますから。ただし、あるひとつの条件付きではございまして、いちじはパトリック・オショーリン卿もそのためにお悩みになりながらも、やがてどれだけ多くの利益がこの一点にかかっているか悟られて考え直されたとの由、伺っております。その条件とは、パトリック様は、正式にラックレントの名字と紋章を受け継ぎ名乗っていかねばならないということだったのでございます。[20]

　さて、パトリック卿とは一体どういうお方なのか、かくして今や衆目の知るところとなったのでした。こちらの御領主となられるやいなや、パトリック様は、この地方でもついぞ聞いたことのないほどの豪奢な大盤振舞を始めたのでした。夜食のあと、立つことのできるものは、パトリック卿御本人をのぞいて誰一人いなかったほどでした。パトリック様ときたら、三つの王国[21]はさておき［注解2］、アイルランド中のどんなに強い男よりも遅くまで酔い潰れずに持ちこたえることができたのでございますから。パトリック様は、年がら年中、お屋敷を、これ以上は入れぬというまで、いや、さらにそれを超えてまで、お客で一杯にしたものでした。なにせ、沢山の紳士の方々や、バリナグロッティのオニール家や、マウント・ジュリエッツ・タウンのマネーゴール家、ニュー・タウン・タリホッグのオシャノン家といったこの地方随一の名士のお歴々が、満室で泊まる部屋がどうしても無いという時には、パトリック卿が不意においで下さる御友人の方々や一般の客たちの宿泊用に設備を整えさせていた鶏小屋に、ラックレント城での宴会を見送るよりはと、喜んで冬の夜長に寝泊まりしなさったことも幾度となくあったほどでございます。そしてこういうことがいつまでも延々と続いたのでした。この地方一帯、挙げて旦那様への称賛でもちきりでした。パトリック様万歳！　と。全く、今それがしの目の前にかかっている旦那様の肖像画を眺めますとうれしゅうございます。御本人にお目にかかったことこそございませんが、恰幅のいい紳士だったに違いありません。やや猪首で、鼻の上にこの上なく大きな吹き出物があって人目をひきます。その吹き出物は御本人たってのお望みで、この肖像画にそのまま書き置かれたのでございます。お若い時に描かせたものながら、御本人そのままのお姿だということです。パトリック様にはまた、ラズベリー・ウイスキーの発明者だとの逸話もございます。今までどなたもそのことで異議を申し立てられた様子はございませんから、おそらくその通りなのでございましょう。それに、ラックレント城[22]の天辺の小部屋には、そういった趣旨のことが彫りこまれている毀れたパンチ鉢[23]が今なお残っております。これなどは、まことに珍品と申せましょう。さて、亡くなられる前の二、三日、旦那様は大層御機嫌がうるわしゅうございました。旦那様の御誕生日のことでございましたが、旦那様は——神様の祝福が旦那様にございますように！——恐れ多くも、それがしの祖父[24]を御席に呼んで、一座の方々の健康を祝って乾杯せよと仰せになり、ご自身にもなみなみと酒を注がれました。しかし、御手がたいへん震えてしまわれたため御口までもってゆくことができませんでした。このことで旦那様は冗談を言われ、こうおっしゃったのです。「もし亡くなった父上がお墓からひょっこり現れて今の私をご覧になったらなんておっしゃるだろうか？　私が小さい男の子だったとき正餐の後初めて父上が振舞って下さった、満杯のクラレット[25]のことを覚えているよ。それをしっかりと口までもっていったらずいぶんと誉めてくださったものだ。さあ、父上に感謝して満杯の乾杯といこう。」そうして旦那様は、御父上から教わったお気に入りの唄を歌いだされました。お気の毒に、お歌いになるのもそれが最後となってしまったのですが、その夜は、皆の唱和をお伴に、いつもと変わらず大声で元気よく、歌われたのでございます。

しらふで床につく者は、しらふで床につく者は、
枯れ葉のように舞い落ちて、枯れ葉のように舞い落ちて、
十月にもなりゃ死ぬばかり、
ほろ酔い床につく者は、ほろ酔い床につく者は
おのが寿命をまっとうし、おのが寿命をまっとうし、
律義者だよ　最期まで。(26)

パトリック卿はその夜亡くなられました。皆の者が立ち上がって卿の御健康を祝し、三たび「乾杯！」と叫んで杯を干したまさにその時、旦那様は、発作を起こされたかのように、どうとばかりに床に倒れてしまわれ、ベッドへと担ぎ込まれたのでした。皆は居残っておりましたが、朝になってよくみてみると、お気の毒にパトリック卿が一巻の終わりとなってしまわれているのに気づいて、驚くばかりでした。この地方で、旦那様以上に、富める者からも貧しき者からも愛されて生き、愛されて亡くな

られたお方はございませんでしたとも。旦那様のお葬式は、この州でもあとにもさきにもないほどの盛大なものでした！　三つの州にわたって、紳士という紳士が、皆御出席なさいました。遠き近きを問わず、それはもうこぞって大勢お集まりくださったのです。一様に赤い袖無し外套をまとった女衆がまるで整列した軍隊みたいに見えたものだ[27]と曾祖父の話にきいております。それに泣き節[注解3]にしてもまたとない見事なもの！[28]　この州の一番端っこにまでも届くかと思えたほどでした。一目でも葬儀馬車が見えればもっけの幸いでございました。ところがでございます。思いもよりませんことには、全てが滞りなく進み、外ならぬ御自分の御領地を葬列が通っていた時、御遺体は、負債のために身柄を拘束されてしまったのでした。[29]群集は力づくでも奪還しそうな勢いでしたが、葬列に随行しておられたお世継ぎが、執行のために来た悪党どもが法の威を借りて立ち回っているのを見て、後々のことを考えられて群衆を制止されたのでした。それゆえ、確かに法は曲げることはできませんでしたが、債権者たちにしても骨折りの割には利するところはろくになかったのです。まず第一に、この者どもはこの地方一帯から白い目で見られることになってしまいましたし、第二に、新しく領主となられたマータ・ラックレント卿は、御遺体がこのように侮辱を受けたことを理由に、一シリングたりとも負債を支払うことを拒絶なさったのです。この拒絶に、ひとかどの財産のある一流の紳士の方々は皆、それに他の知人たちもまた、こぞって賛意をしめしたものでした。マータ卿は、あらゆる席で、自分はずっと父上の面目上の負債[30]を払うつもりでいたのだが、父が起訴されたとなれば、その瞬間にどのみち面目は潰されたのだから今さら知るものか、と主張されました。また一方では、(御一族様の敵しか信じる者はおりますまいが）この度の一件は面目を守るために支払わなければならない負債を免れようとしてわざとしくんだ狂言だったのだ、といううわさがひそひそ声でささやき交わされもしたのでした。

　それらももう遠い昔のことです。実情はどうだったのかは知るべくもありませんが、ただ、確かに申せますことは、新しい御領主様はパトリック様とは全然違ったやり方をなさったということです。パトリック様が亡くなられて以来、酒倉は決して一杯にされることはございませんでしたし、お屋敷を挙げての歓待にしろなんにしろ、パトリック様の時代に常だったことはいっさいとり止めになってしまいました。地代を納めに来た小作人たちも彼らのウイスキーを振舞われることすらなくさっさと帰されました。[注解4] それがしといたしましても恥ずかしくてなりませんなんだが、御一族様の名誉を守ろうにも申し開きのしようもなく、せんないことでございました。とは申せ、それがしめは、不面目な事態でもせいぜいよろしくとりはからおうとあい努めまして、それを全部奥様のせいにしてしまいました。それと申しますのも、それがしはどうもこの奥方様が好きになれなかったからですが、そのことを申せば他の者も皆同じだったと思います。この方はスキンフリント[31]家の御出身で、未亡人となっておられた方でした。マータ卿がこの方と御結婚なさったのは奇妙なことです。このあたりの者たちは、マータ様も随分と御自分を卑しめられたものだ[注解5]と考えておりましたが、それがしは口をつぐんでおりました。それと申しますのもてまえには事情がわかっていたからでございます。マータ卿は法律には大変お詳しい方でございまして、スキンフリント家の広大な御所領に目をつけておられたのです。しかしながら、その点におかれましては、旦那様は読み間違いをなさっておいででした。なぜと申しますに、奥様はいかにもその財産の共同女子相続人[32]のお一人ではございましたが、旦那様がおかげでいい目を見るということはついぞかなわなかったのでございます。要するに、奥様の方が旦那様よりもずっと長生きなさったのでした。ご結婚なさったとき、旦那様はこういうことになろうとは夢にもお思いにならなかったに違いありません。とは申せ、奥様のためにひとこと申し上げておかねばなりますまいが、この方は、申し分のない奥方ぶりを発揮されて、やりくり上手で忙しく立ち回られ、何事につけても目をよく行き届かせておられました。しかしながら、それがしはいつも、奥様にはスコットランド人の血が混じっておいでなのでは、と勘ぐっておりました[33]。他のことならなんであれ、いやしくも他ならぬ旦那様御一族様のお一人となられたお方のこと、それがしも気に留めないでおられたことでしょうに。奥様は、四旬節[34]と、あらゆる断食日[35]についてはご自分に対しても召使いたちに対しても厳しい遵法者でおいででした。祝日についてはこの限りではございませなんだが[36]。女中の一人は四旬節の最後の日[37]に三度も失神してしまい、肉体と霊魂が泣き別れにならぬようにと、ローストビーフを皆して一切れ口に入れてやりました。ちなみにそのローストビーフは旦那様の御膳から頂戴してきました。旦那様はまったくのところ決して断食などなさらなかったのでございます。しかしながらどういうわけでか、そのことが不幸なことに奥様の知るところとなり、翌日、教区の司祭様[38]のところにそのことで苦情が持ち込まれ、可哀そうにその娘は歩けるようになるとすぐさま、その罪の償いをすることを強制されました。罪の償いをするまで、その娘には、屋敷の内でも外でも、平安も罪の赦しもいっさい与えられなかったのでした。[39] とは申しましても奥様は、それなりになかなかの慈善心をお持ちでした。奥様は貧しい子どもたちのために慈善学校[40]を開いておられました。子どもたちはそこで無料で読み書きを教えてもらい、お返しに無料で奥様のために糸紡ぎをするようしっかりと居残られるのでした。と申しますのも、奥様はいつも小作人から賦課として召し上げた紡ぎ糸[41]を山ほどもっておられ、領地からのこの供出で、お屋敷で使うリンネル類の一切合財を賄っていらっしゃったからです。それに、糸紡ぎが済めば、ご領地の織り子たちが、奥様のお力でリンネル協会[42]から無料で配布して貰っている織り機のことがあるので、これまた無料で引き受けてくれたからです。それにお屋敷の近くには晒し場があります。そこの借地人にしても、流水権のことでマータ卿がずっと脅かしているる訴訟が怖いものだから奥様には何ひとついやだとはいえません。[43] こういったやりくりでもって、奥様がいかに安上がりに家政を切り回され、そしてそのことをいかに誇りに思っていらっしゃるかは驚くばかりです。お屋敷のお食事も、同様にただ同然で賄われていました。賦課の鶏やあひる、賦課の七面鳥、賦課の鵞鳥[注解6]が食べてしまうさきからまたすぐ届くといった具合でございました。奥様はいつも鋭く目を光らせておられ、小作人たちの所有するものはバターの一桶にいたるまで万事ご存じなのでした。小作人たちの方も奥様のやりかたを心得ており、それに地代滞納のかたに差し押さえとして自分たちの家畜を追い立てられること[44]やマータ卿に訴訟を起こされるのが怖さにちゃんといいつけ通りにしていましたし、手ぶらでラックレント城に近づこうなどとは思いもよりませんでした。その贈り物について申せば、奥様にとってはなんであれ多すぎることも少なすぎることもないのでした。卵、蜂蜜、バター、ひき割りからす麦、魚、猟の獲物、雷鳥、生のあるいは塩漬のニシン、すべてはなにかの役に立つのでした。小作人たちの仔豚どもについても、この仔豚どもと、それにまた、小作人たちのつくる最上のハムやベーコン、それに春には雛鳥全部を添えて、頂戴したのはお屋敷の者たちだったのです。一方、この小作人らときたら、気の毒な連中でろくなことがなく、破産や夜逃げは毎度のことでした。マータ卿と奥様にいわせると、こういったことはみな、先代の御領主のパトリック卿の責任だということになります。パトリック様は皆が地代を半年分滞納するがままにしておられましたから、この説には確かに一理あります。それはそうといたしましても、マータ卿ときたらその分手きびしく正反対のやりかたを通されたのでございます。と申しますのも、この者たち一人残らずをイングラント流小作人[注解7]にしたことはいわずもがな、年がら年中小作人どもの家畜を地代のかたに追い立てていってはご自分の囲い場に閉じ込め、カンティング[注解8]に付したり、動産占有回復訴訟[45]に出頭したりといったことに明け暮れておられたのでした。それにまた、迷い込んでくる家畜どもがけっこうな稼ぎになるのです[46]。いつもどこかの小作人の豚や馬、牛、仔牛、鵞鳥が入り込んでくるのですが、これがマータ様にとっては大いに得になるものですから、柵を修繕する話など聞く耳もたぬといった御様子でした。それに相続上納物[47]と賦役[注解9]だってなかなか捨てたものじゃあございません。泥炭の採掘[48]、じゃがいもの植え付けに収穫、干し草の運び入れ、つまり手短かに申せば、お屋敷の仕事はみなただで片付くのです。なぜと申せば、てまえどもの借地契約書にはどれにも、不履行の場合には違約金との但し書きがびっしりついた厳格な条項がいろいろあるし、マータ卿はまたその条項の施行の仕方をよく心得ておられたからです。ですから、どの小作人からも人手にしろ馬にしろたっぷりと賦役に召し出せるわけで、げんに毎年そうなさってこられたのでございます。そして、小作人が何かお気に障るようなことをいたしますと、そりゃもうきまって、そいつめがおのがところの作物の取り入れにかかっている時とか、おのが掘っ建て小屋の屋根を藁でふいている時といった、もってこいの日を選んでマータ卿は本人や馬を召し出されるのでございました。こうすれば小作人どもも皆、地主と小作人のあいだにある法がよくわかるというものだ、とはマータ様のお言葉でした。法と申せば、今までこの世にマータ様以上にそれが好きなお方のおられたためしはございませんとも。旦那様ときたら一度に十六件の係争中の訴訟を抱えておられたこともあるくらいなのですが、それがまたその時ほど、水を得た魚のように生き生きと本領を発揮なさっているお姿はなかったのでございます。道路、小道、沼地《ボッグ》[49]、井戸、池、うなぎ簗《やな》[50]、果樹園、木、十分の一税[51]、放浪者[52]、砂利採掘場、砂採掘場、堆肥の山、生活妨害[53]、つまりこの地上にあるものならなんでも、マータ様にとっては訴訟の格好の材料となったのでした。アルファベットのどの文字の項目に対しても訴訟を起こしていると[54]、よくご自慢なさっておられました。執務室で書類の山に埋もれている旦那様のお姿によく驚かされたものです！　なにせ旦那様ときたらそのためにろくろく振り向くこともままならないほどでございまして。いちどなど、御無礼ながら御本人の目の前で肩をすくめ、こんなに多くの骨折り仕事をなさらなくちゃならないとは、それがしは紳士なんぞに生まれ合わせずに済んで有り難いことでございますと、我と我が身の星回りに感謝致しましたところ、マータ卿は「学識は家屋敷や土地に優れり」[55]との、ごひいきの金言でもってぴしゃりとそれがしの言葉を遮られたのでした。起こされた四九件の訴訟にしたって、なんの、ゆめゆめ負けたりなさいますものか、たったの十七件だけは例外でございますが。[注解10] 訴訟費用をかけて、それもときには二倍、いや三倍かけてまでして旦那様は裁判を勝ち取られたのでございます。けれども、それでもやはりひきあわなかったのでございまして。旦那様は法律にかけてはとても学識のあるお方で、それについては名声を馳せていらっしゃいましたのに、不思議なことにこの方が争われた訴訟はやたらに金を食うのでした。とうとう旦那様は御一族の御所領のうちから、年に数百ポンドの収益があった地所を売ってしまわれました。なんと申しましても旦那様は法律にかけてはとても学識のあるお方ですし、それがしにはそういったことなどとんとわかりませず、ただただ御一族様大事とおもうばかりのこの身ではございますが、それでも、旦那様がティモリーグの御領地とその従物[56]一切の単純不動産権[57]を売却するとの掲示を出すためにそれがしを遣わされたときは悲しゅうてなりませなんだ。「正直サディや」旦那様がそれがしを慰めておっしゃって下さるには「私には自分のやっていることがお前よりはよくわかっているのだよ。私はただキャリックアショーリンのニュージェント家との訴訟を元気よく続けていく現金を得るために、あれを売ろうとしているだけだ。」

　旦那様はキャリックアショーリンのニュージェント家とのこの訴訟については大層楽観的でいらっしゃいました。世間でも、もし旦那様が私どものもとにとどまっておられることが神様の御心であったならばきっとお勝ちになったことだろうし、旦那様には年丸々二千ポンドは下らぬ収入となったことだろうに、と申しておりました。いかんせん、物事は違ったように、おそらくは一番よろしいように、定められていたのです。旦那様はそれがしがお止めしたのを振り切って妖精塚[脚注2][注解11]を一つ掘り起こしてしまわれ、それっきり運に見放されてしまいました。法律にかけては学識のあるお方ではございましたが、あいにくと他の事柄につきましては信じようとなさらぬお気持ちが少しばかり強すぎておられたのです。それがしは旦那様に、それがしの祖父がパトリック卿が亡くなる二、三日前にパトリック卿のお部屋の窓の下で聞いたという、他でもないそのバンシー[脚注3]の声が聞こえました、と御注意申し上げました。けれどもマータ様はバンシーのことも、それに血淡の混じった咳――法廷に出廷されているうちに風邪をひかれ、そのうえお気に入りの訴訟の一つで言い分を聞いて貰おうとしてお胸を酷使されたせいだと思うのですが――その咳のことも全く意に介されなかったのです。旦那様はたいへん雄弁な方で、お声にも力がこもっておられましたが、最後に弁舌を振るわれたところは法廷とはてんで違うところとなってしまわれました。旦那様と奥様は、いくつかの事柄については御二人とも同じ考え方をされましたし、奥様はまたとないほどの立派なご伴侶であり優れた節約家、旦那様といたしましても、御自分のお仕事に精をお出しになり、御一族大事にお金を増やそうとなされる限り、文句なしに立派な夫君でございました。けれども、それがしには事情はわかりませんが、御二人のあいだには言い争いや衝突が多々あったのでございます。奥様には御手許金(58)がおありでした――草を焼いた灰[注解12]は奥様のものでした。それに借地契約が結ばれるたびに捺印礼金[注解13]がはいりますし、さらに手袋代(59)として心付けがついてまいりました。そのうえ、もし筋を通して差し出されたものならば、地代の減額あるいは訴訟の却下や契約の更新について夫君マータ卿への口ききの代償として、借地人からお金を受け取られることもめずらしいことではなかったのです。(60) さて草を焼いた灰のお金と例の手袋代については、旦那様は全部奥様の御小遣いとして文句なしに認めておられました。とは申せ、かつて、その灰を売ったお金でやりくりされた新しいガウンを奥様がお召しになっておられるのを御覧になった折、それがしの目の前で奥様に（旦那様はその気になれば辛辣なことをおっしゃれるのです）夫が死ぬまでは喪服は着ないでもらいたいね、(61) とおっしゃったことはございましたが。ところが、ある地代の減額の件について口論なさっておられた折、奥様がぜひとも言い分を通されようと頑張られたため、マータ卿は気も狂わんばかりになってしまわれました。[注解14] それがしはお部屋の入口近くの、お声が漏れ聞こえるところにおりましたが、今にして思えば、あの時思い切って失礼して中にはいっていけばよかったのでございます。旦那様が大層声高に話されるので、台所中がこぞって階段のところまで出てきておりました。[注解15] やがて突然に旦那様は言葉を止められ、奥様も口をつぐまれました。きっと何か起こったに違いないとそれがしは思いました。そしてそのとおりだったのでございます。マータ卿は逆上なさったあまり血管が破裂してしまわれ、お国中の法律全部をもってしてもこの時ばかりは為すすべがなかったのでした。奥様は五人のお医者様を呼びにやられましたが、マータ卿は亡くなられ、埋葬されました。奥様には高額の寡婦給与産(62)が設定されており、借地人一同が大いに喜んだことにはラックレント城をひき払われたのでした。それがしは奥様が御一族様の御一人であられた間、何一つおこがましく申し上げたことはございませんで、その朝も三時に起きてお見送りいたしました。「気持ちのいい朝だこと、正直サディ」と奥様はおっしゃいました。「さようなら。」そしてそれ以上一言も、優

「とは申せ、旦那様は、それがしの目の前で奥様に、夫が死ぬまでは喪服は着ないでもらいたいね、とおっしゃったことはございましたが。」(33頁)

しい言葉にせよ、捨てぜりふにせよ、何もおっしゃることなく、はたまた、半クラウン銀貨(63)一枚下さることすらなく、馬車に乗り込まれたのですが、それがしは一礼して御一族様大事と、奥様が御無事に去ってゆかれるのを最後までお見送り申し上げたのでした。

　お屋敷の中はそれからがたいへんでした。それがしは歩くのはゆっくりだし騒ぎは嫌いな性分でございますので、邪魔にならないよう退いているしかない始末でしたが、お屋敷は上を下への大騒動で新しい御主人様を迎えるために走り回っておりました。マータ卿には、申し遅れましたが、子どもだ[脚注4]ちがおられなかったのです。そこでラックレントの御領地は弟君である、若くさっそうとした士官のものになったのでございます。そのお方はそれがしが、自分の身の置きどころも皆目分からずにいるうちに、ギグ馬車(64)か何かそんなふうなものに乗り、もう一人の伊達男の従僕と連れ立って、馬や召使いや犬どもを引き連れておいでになったのですが、お屋敷にはそのうちの一人だってろくろくお通しできる場所がないありさまでした。それと申しますのも、ひきとられた奥様が御自分に先だって、御自分のお金できちんと買われたものの一切合切、つまり羽毛入りマットレス全部に毛布やリンネル類を、それはもう、ナイフを包む布切にいたるまで、荷馬車でダブリンへ送ってしまわれていたからなのです。おかげでお屋敷の中は全くがらがらになってしまっていたのですが、この若旦那様の方では、御自分がギグ馬車から降りてお屋敷に足を踏み入れた瞬間にこういった物がひとりでに湧いて来るはずだと思われていたに違いありません。何しろ、てんで無頓着そのもので、まるで私どもが魔法使いであるか、それともここが旅篭屋であるかのように何でもほいほいと注文しなさるのです。それがしといたしましては、今までの御領主御夫妻に大層馴染んでおりましたものですから、どうしても気力が湧いてまいりませず、もう何が何やら、茫然としているばかりといった有り様でしたし、召使い部屋にいる新しい召使いたちとはさっぱりうまが合いませんで、話し相手とて誰もおりません。もし、このパイプと煙草がありませなんだら、今は亡きお気の毒なマータ卿がお慕わしい一心で、まことに、この胸が張り裂けてしまっておりましたに相違ございません。

しかしながら、ある朝それがしが、ひとことなりとお声をかけて下さるまいかと願いながら、若旦那様のお馬の後脚のかかとをみつめておりますと、若旦那様がそれがしに目をとめられました。そして「ああ、あれが老サディかい？」と、ギグ馬車に乗り込みながらおっしゃったのです。その日以来今日にいたるまで、それがしは若旦那様が大好きになったのです。そのお声は、まさに御一族様のものだったのでございます。それから、若旦那様は、片手で手綱を引き絞り、馬とて棒立ちになっているさなか、もう片方の御手で胴着の隠しからギニー金貨(65)を一枚取り出してそれがしに放って下さったのでした。それがしは今までこんなに格好のいい方は見たことがないと思いました。マータ卿とはまるっきり違った種類の御方でした。とは申せ、**それがしの目には**、やはり御一族様独特のものが感じられたのでございますが。この方がもしも私どものところにとどまっていて下さっていたなら、お屋敷での暮らしは私どもにとりましてもそれは素晴らしいものとなったことでしょうに！　神様の祝福が旦那様にございますように！　この旦那様くらいギニー金貨を大事にされない方はおられませんでした。この方にとってお金など塵も同然でした。そして、そのことに関しては、旦那様の従僕にしろ、馬丁にしろ、旦那様の召使いは皆同じ流儀だったのでございます。けれども狩猟の季節が済むと旦那様はこちらにうんざりなさってしまわれたのです。お屋敷のための立派な建築家と土地改良のための技師を連れてこられて、その平面図や立面図をご覧になると、小作人たちと話し合う日取りを決められましたが、それがなんと、その者らが朝中庭にはいって来はじめた折も折、疾風のようにダブリンに上京されてしまわれました。そして次の郵便で新しい代理人から回状が送られてき、旦那様がイングランド行きの船に乗られたこと、二週間以内に旦那様の御用立てのためにバース[66]に金五百ポンド也を送金しなければならない旨伝えてまいったのでございます。さらに、その気の毒な小作人たちにとっては悪い知らせとして、この者らにとってはなお何一つとして改善されることのないままになったのです。若旦那様のキット・ラックレント卿は、すべてをこの新しい代理人に委ねてしまわれました。ですから、たとえキット様が君子のような高貴な精神を持っておられ、うわさに聞くのも誇らしいことながら、海を越えて遠く異国の地でお国の華となっておられるとしても、それで御領地にいる私どもになにかいいことがございましたでしょうか？　代理人となったのは例の仲介人[脚注5]の一人で、貧乏人の膏血を絞り取り、帽子を脱いで敬意を表さない者には容赦しない手合いです。実際こやつめは小作人を責め立てて息も絶え絶えにさせました。キット卿から次から次へと支払い指図書がまいり、一度もお金のことをいってこない週はありませんでした。でもそれがしはこれらを皆代理人のせいにしておりました。第一キット卿は一人身だというのにそんなにたくさんのお金がご入用なはずがないではございませんか。しかしながら、こういったことがずっと続いたのでございます。地代の支払は、全部期日きっかりか早目、待ったは無しとなってしまいました。土地改良に努めてきた小作人への手当もなければ、借地をあてにしていた者への考慮もいっさいございません。[67] 借地期限が切れるとすぐさま、その土地は一番高い値を付けた者に貸し出すとの広告が出されました。前からいた小作人たちは御領主様に契約を更新して貰えると期待し、そう信じて彼らの資産をつぎ込んだというのに、皆追い出されてしまいました。今では全ての土地が一ペニーでも高い値で一群の惨めな貧乏人どもに貸し出されてしまったのですが、借りた貧乏人たちの方も逃げ出そうとしており、実際、土地から二度収穫してしまうと逃げ出してしまうのでした。[68] それから、上納金で毎年の地代を先払いすることが[注解16]習いになってまいりました。わずかの現金のためにあらゆることがなされました。こういうこと一切のうえに代理人や追い立て屋[注解17]に贈り物もしなければならないときては[69]、ほんにたまったものではありませんでした。それがしは何も申しませんでした。御一族様のなさることに口出しなど滅相もないことで。それでも、もし、当の御領主キット卿がこういったことを全部お知りになったらそれはもう辛く思われることでしょうが、しかし御領主様なら、こういった窮状をちゃんと正して下さるのではあるまいかと思い悩みながら歩きまわったものでした。とは申せそれがしはなにもてまえがどうこうという目にあったわけではなかったのです。代理人にしてもこちらにまいりました折にはいつもそれがしには大層丁寧な口をきいてくれ、せがれのジェイソンに随分目をかけてくれもいたしました。ジェイソン・クワークは、てまえのせがれながら、生まれつきもの覚えがよくさとい子だったと申さねばなりません。それがしとしましてはこれを司祭にする心づもりでいた[注解18]のですが、せがれは自分でもっと立派にやりました。代理人はこの子がこの州の誰にもまけぬほど読み書きが達者なのを見てとって、この子に地代の会計を写させせました。するとせがれは代理人に礼をいわれるのがうれしい一心でその仕事をやり、その骨折りに対して何の報酬も受け取ろうとせず御一族様のお役に立てることをいつも誇りに思っていたものです。そうこうするうち、東の境界の、ある優良な農場が、借地期限が切れて旦那様の手元に戻りました。するとせがれは、借用の申込みをいたしました。自分だって他の者たち同様、どうしてしてはいけない理由があろうかというわけでございます。こういった申込みは全部バースにおいでの旦那様のところに届くのですが、旦那様ときたら御領地のことについてはまだ生まれていない赤ん坊同様なにも御存じなく、ただイングランドへ発たれる前に、一度きりそこで雷鳥猟をなさったことがあるだけでございました。それに、アイルランドでは、代理人が旦那様に知らせた通り、土地の価値が毎年下がってきているものですから、[70]旦那様は大急ぎで、全てを代理人に委せる、必ず一番高い値をつけた者にできるだけ有利にその土地を貸すようにせよ、また折り返し大至急二百ポンド送金せよ、との旨を一筆送って寄こされました。そのことは代理人がさりげなくそれがしに教えてくれたのでございます。それでそれがしとしてもせがれのために口を利いてやり、この一帯に、誰も私どもに競り合うにはおよばぬ旨申し入れておいたのでした。というわけでせがれの申込みが該当のものとなり、本人も借地人としてなんら難の無い者であったので、契約書に署名するおりに半年分の地代を前払いする代わりに、[71]契約後一年以降は地代を減額してもらう約束を取り付けたのでした。この前払い金を大至急で送って先述の二百ポンドに充たなかった分の穴埋めとしましたので、旦那様もこの契約に全く満足しているとの旨お返事下さいました。この頃のことですが、私どもは代理人からくれぐれも内密にということで、どうしてお金がこんなに早くなくなるのか、なぜ頻繁に旦那様の支払い指図書が届くのか、教えて貰ったのです。それは、つまり旦那様が少し度が過ぎる程賭け事がお好きだということ、そこへもってきてバースというところは財産のあるお若い方向きのところではないといわれている、なにせそこには、何も失う物の無い同郷の士という輩がごまんといて、旦那様にたかりたいばかりに夜となく昼となく旦那様をあちこちと追い回すのだからというのです。とうとう、クリスマスに、代理人は支払い指図書を止めて頂きたい旨手紙に書いて送りました。これ以上は債務証書によっても抵当によっても、また小作人からも、どうやってもお金を調達することはできないし、自分としても貸して差し上げられるお金はもうないからということで、この折にこの先代理人を辞めさせて頂きたい、キット卿の御健康と御多幸を祈りますとあり、クリスマスの挨拶が添えられておりました。実を申しますとそれがしは、封印する前にせがれがそれを写した折に見てしまったのでございます。ところが返事がまいりますと形勢が一変し、代理人は追い出されてしまいました。そして時々ご領地のことなどで内々に旦那様と手紙のやりとりがあったせがれのジェイソンが、旦那様たってのお望みで直ちに会計を引き受け、さらに御指示を頂くまでそれに目を通すことになったのでした。旦那様の御手紙ときたらそれはもう大層血気にはやったものでございました。旦那様は代理人に敬意を表され、返礼としてクリスマスの挨拶を述べてから、(両者にとって)あいにくなことに貴様が紳士の生まれでなかったことが(遅ればせながら)判明したのだが、そうでさえなければ、明日にでもまたいつでも、あんな手紙を送りつけたかどで、喜んで相手になって決闘をしてやるところだ、と書いて寄こされたのでした。それから、ある私信の追伸文の中で、万事が速やかに自分に満足のいくものとなるであろう、心機一転だ、というのはここ二週間の内にイングランドでも最高に高貴な跡取り娘と結婚することになっているからとの由、また、目下のところは、ラックレント城まで帰る旅費に花嫁の財産を遣いたくないから当座の金として二百ポンドすぐに送ってくれさえすればいい、風や天候が許せば来月早々にもそちらに戻るつもりだから、それまでに自分たち夫婦の受け入れのために、部屋に火を入れておくこと、屋敷の化粧直し、さらには新しい建物の建築をできるだけ早く進行させて欲しいとの由、書き添えておられました。他に数語書かれておりましたが、読み取ることができませんでした。と申しますのは、旦那様は――いやはや、神様の祝福が旦那様にございますように！――大層あたふたと走り書きなさっていたからです。この手紙を読むとそれがしの胸には、新しく奥様となられる方への温かい気持ちが湧き上がってまいりました。このお話はあまりにも結構ずくめで本当ではないのではないかと、心配しかけたくらいです。でも、女中たちはすぐさまごしごしと大掃除にとりかかりました。それでよかったのです。実際、キット卿が何万ポンドとも知れぬお金を財産に持つ御婦人と結婚されたということをそれがしはまもなく新聞で見たのでございますから。それがしは、旦那様がアイルランドにいつ戻られるかと郵便局から目を離さずにおりましたところ、旦那様と奥様がダブリンにおいでになりラックレント城にお帰りになる途中だとの知らせがせがれのもとに届いたのでございます。その翌日、私どもはこの地方一帯にわたってくまなく篝火を焚いて、旦那様がお帰りになるのを待ち設けました。成人になられたお祝いも、まだこれからでした[72]。なにせ、旦那様は、このお祝いをしかるべくなさる間もなく、ここをお発ちになっておられたものですから。それゆえ大がかりな舞踏会や、旦那様がいわば新規まき直しで家督を継ぎに帰ってこられるお祝いに素晴らしいことが他にもいろいろとなされることになるだろうと私どもは期待しました。旦那様がこのお屋敷へ帰って来られた日のことは忘れようにも忘れられません。私どもは夜の十一時までお帰りを待ちに待ちました。そして、それがしが、下働きの若い者に門に鍵を掛けに行かせよう、今晩はもうお帰りになるまいとあきらめたかけたおりしも、がらがらっと玄関の大広間《グレイト・ホール》の正面に馬車が付けられる音が響き渡ったのです。それがしは花嫁様のお姿を真っ先に見ることができました。と申しますのも、馬車のドアが開き若奥様が馬車の踏み段に足をかけられたちょうどその時、それがしは奥様が暗くないようにと火を[注解19]まっこうに掲げたからでございます。奥様はお目を閉じられましたが、でもそれがしはそのお目以外はありありと見ることができ、大層衝撃を受けたのでございます。なぜならそのあかりのせいで奥様はほとんど黒人と変わるところがないのが知れ、さらには跛《びっこ》をひいていらっしゃるようでもあったのです。もっとも後者についてはただ、四輪軽装馬車《チャリオット》に長い間座り詰めであったせいにすぎなかったのですが。「ラックレント城にようこそおいで下さいました、奥様」とそれがしは（この方がどなたなのかをわきまえながら）ご挨拶申し上げました。「篝火についてはお聞きになりましたか、旦那様？」旦那様は一言もおっしゃいませんでしたし、玄関の上がり段を上り易いよう奥様に手をお貸しになることすらなさいませんでした。それがしの目に映る旦那様のお姿ときたら、全く見る影もなくて、かつての旦那様の骸骨かとも見紛うばかりでした。このうえ旦那様にせよ奥様にせよ何といって申し上げたらいいかもわからずにおりましたが、奥様は当地が全くのはじめてなのを見て取り、ここはお気持ちをお引き立てするように奥様にお話しするのが一番と思い、また篝火の話題に戻ることにしました。そこで、奥様が大広間を横切られるとき、「奥様」と声をおかけしたのでございます。「この五十倍もの篝火を焚くところだったのですが、でも、馬のことが心配でしたし奥様が怖がられるといけないと案じまして、おおそれながらジェイソンとそれがしがやめさせたのでございます。」この言葉を聞くと奥様はちょっと戸惑ったようにこちらをごらんになりました。「今晩、儀式室の暖炉に火をお入れいたしましょうか?」というのがそれがしが次にいたしました質問でございましたが、奥様は一言もお答えになりませんでした。そこで、この方は英語は全然お話しになれず、よそのお国から来られたのだろうと推察いたしましたが、とどのつまり奥様のことをどう考えたらいいのかとんと見当がつきませんので、何か確かな話を聞いてこようと、奥様はそのままにしてその足で召使い部屋に降りていきました。キット卿付きの従僕は疲れておりましたが、馬丁がついに話をさせるところまでこぎつけ、おかげで私どもはその晩それがしがこの目を閉じて眠りにつく前に、奥様についての話を全部聞き出してしまっていたのでした。花嫁様が大変な財産をもっていらっしゃるのも道理、この方は、全くのところ、大金持ちで有名な**ユダヤ人**の一人だったのです。それがしはそれまで、その部族にしろ民族にしろ、そのうちの一人として見たことがありませんでしたので、ただ、この方は自己流の奇妙な英語を話され、豚肉にもソーセージにも我慢できず、教会にもミサにも行かれないのだろうと想像することしかできませんでした。[73]旦那様のお気の毒な魂に神様のお慈悲がありますようにと思ったものでございます。ラックレント城の御領地の奥方に異教の黒人を戴くようでは旦那様やこれからの御一族様、それに私ども一同はどうなってしまいますものやら！ そう案じられてその晩は一睡もできるどころではありませなんだが、それでも召使いたちの前ではパイプをくわえ、自分の心配を顔に出したりはしませんでした。なんと申しましても御一族様は御一族様でございますもの、滅相なことは申されますまい。そしてこの後、よその紳士方に仕えている召使いたちがお屋敷に来て花嫁様のことで話に花を咲かせようとすると、それがしはできるだけよく言ってさしあげようと気を遣い、台所の中では奥様のことはネイボブ[74]だといって通したのでした。こう申せば奥様のお色の黒いことも、何もかも格好がつくかと思ったのでございまして。

しかしながら、お二人がお帰りになったもうその翌朝には、それがしにはキット卿と奥様のあいだがどうなっているか、いやでも見て取れたのでした。もっともお二人は朝食を召されたあと、ご一緒に腕を組み合って新しく建てられた建物や改良したところを見まわりがてら散歩をされてこそおられましたが。そのうち、旦那様は以前と全くお変わり無く、こう呼び掛けて下さったのです。「老サディ、調子はどうだい？」「とても結構でございます。これもまことにもっておそれながら旦那様のお陰でございます」とそれがしは申し上げましたが、旦那様の御機嫌が芳しくないのを見て、そのあとをお供して歩きながらも心臓が口まで出かかっているかと思うほど案ぜられてなりませなんだ。「あの大きな部屋はしけっているかい、サディ？」と、旦那様は尋ねられました。「しけっているかですって、おおそれながら旦那様！　骨のようにからからになっておりますとも。夜も昼もあの部屋に火を入れておいたのでございますもの。旦那様のお話しになっていらっしゃるのはあの仮寝所[注解20]のことでございましょう。」それがしは答えて申し上げましたが、するとそこへ、奥様が口を出されて「ねえ、仮寝所ってなんですの、貴方？」とお尋ねになり、そのお言葉がとにもかくにもそれがしが奥様のお口から初めて聞いた言葉となったのでした。「いや何でもないよ、おまえ」と旦那様はおっしゃってなおもそれがしに話を続けられましたが、人前で奥様が無知をさらけだしてしまわれたのを恥ずかしく思っていらっしゃるようでした。確かに、奥様が話されるのを聞くとおめでたい方[注解21]と思われてもしかたがございませんとも。なにせ散歩の間じゅう、「これは何、キット様、あれは何、キット様？」と、もうずうっとこういう調子なんでございまして。そりゃもう、旦那様とて返事をしてやるだけで大仕事でございました。「それで、あれはなんというものなの、キット様？」奥様は尋ねられました。「あの黒いれんがの山みたいに見えるものは？　ねえ、キット様」「うちの泥炭を積んであるのさ」旦那様はそうおっしゃって、唇を噛まれました。今までどちらでずっとお暮らしだったのですか、奥様、泥炭の山をご覧になりながらそれがお分かりにならないとは？とそれがしは胸の中で思いましたが、口には出しませんでした。そのうちに奥様は携帯用の小さな望遠鏡を取り出されてこのあたり一帯を覗いてご覧になり始めました。「それに向こうにずうっと広がっているあの黒い湿地はなあに、キット様？」と奥様がおっしゃると、「うちの沼地だよ、おまえ」旦那様は答えられて口笛を吹き続けておられました。「随分醜い景色ね、あなた」奥様がおっしゃいますと、旦那様は「見えなくなるよ、

「『その木というのはどこにありますの、あなた?』奥様は聞かれるのでした。
『目が見えないのかい、おまえ、目の前にあるこれはなんだい？』と旦那様。」(47頁)

おまえ」と答えていわれました。「目隠しに木立を植えておいたからね、夏になってその木が伸びるころにはね。」「その木というのはどこにありますの、あなた?」奥様はなおも望遠鏡を覗きながら聞かれるのでした。「目が見えないのかい、おまえ、目の前にあるこれはなんだい?」と旦那様。「この低い茂みのことですの?」と奥様が尋ねられますと、「木だ」と旦那様はおっしゃいました。「多分これがアイルランドでは木と呼ばれるものなんでしょうね、あなた」と奥様は言葉を続けられました。「でも一ヤードの高さもないじゃありませんか。」「あの木は去年植えたばかりなのでございます、奥様」それがしは口を挟みました。お二人の間の状況を和らげるつもりでした。と申しますのは奥様のお振舞に旦那様が気も狂わんばかりになられているということが見て取れたからでございます。「あの木立は去年植えたにしてはよく成長しているんだ。いったん葉が茂りだしたら、それに隠れてアリバリキャリックオショーリンの沼地はきれいさっぱり見えなくなる。でもね奥方よ、アリバリキャリックオショーリンのことで、なんにせよあれこれ言うのはくれぐれもよしてほしい。君は何百年ものいかに永い間、他ならぬあの小さな沼地が我が一族の領地にあったか知らないのだ。我々としては何としてもこのアリバリキャリックオショーリンの沼地を手放すつもりはないからね。亡くなった先代のマータ卿はあの沼地と境界線の権原[75]をオレアリー家から守るために大枚二百ポンドを遣われたんだ。オレアリー家がそれを突っ切って道を作ってしまったものだからね。」さてこれだけ言って差し上げれば奥様もお分かりになりそうなものだとお思いになるでしょうが、それがどうでしょう、奥様は気もふれたかのように笑い転げてしまわれ、その沼地の名を覚えたいからといって、それがしにその名前をいやというほど繰り返し言わせるのでした。そのあとも、それはどう綴るのか、また、それは英語でどういう意味なのかとお尋ねにならなければ気が済みませんでした。その間じゅうキット卿は、ずっと口笛を吹きながらおそばに立っておられました。そして、それがしには奥様は他ならぬその時に将来の不幸全ての隅石を置かれたのだとまことに思われたのです。けれども、それがしは何も申し上げることはせずに、ただキット卿を見つめておりました。

舞踏会も開かれず、正餐会も催しも何もありませんでした。土地の者は皆がっかりいたしました。キット卿の従僕はそれがしに、ひそひそと、こうなったのも全部奥様の身からでた錆なのだ、奥様が十字架のことでやけに意地を張られるからだ、と申すのでございました。「どんな十字架かい？ 奥様が異教徒だということでもめているのかい？」と尋ね返しますと「いやいやそういったことじゃない」と従僕は教えてくれました。「旦那様は奥様が異教徒だということは気になさらないんだ。問題は奥様のダイヤモンドの十字架のことなんだ。どのくらいの値打ちがあるか分かりもしないほどのたいしたものなんだ。それに奥様はイングリッシュ・ポンド(76)にして何千ポンドというお金をダイヤモンドに換えて御所持なさっていらっしゃる。それらのダイヤモンドを、奥様ときたら、ご結婚前には旦那様に差し上げるお約束をしたも同然だったものを、今になって一つだって手放したくないなんておっしゃるのさ。それでこんな目に会わないわけにはいかないのさ。」

奥様の蜜月《ハネムーン》、少なくともアイルランドでの蜜月がろくろく終わりもしないある朝のこと、旦那様は、「サディ、豚を買ってきてくれ！」とおっしゃり、それからソーセージをご注文なさるではありませんか。そして、これが奥様のご苦難が公然のものとして表沙汰になったそもそもの始まりだったのです。奥様はおんみずから調理場に降りてこられて、料理女にソーセージのことで話をされ、ご自分の食卓では二度とそれらを見たくないとおっしゃいました。旦那様がそれらを注文されたことも、今や奥様の知るところとなりました。料理女は、奥様は今まで調理場に降りて来られたことがなく、お若くて家政のことは何も知らないお方なのだから、というわけで、気の毒がって奥様の肩を持ちました。それに、奥様の食卓なのだから、そりゃもう、奥様がお好きなものを注文されるのもされないのもご自由のはずではございませんか、と料理女は申しました。とはいえ料理女もじきにそうも言っておられなくなりました。と申しますのも旦那様はソーセージを召し上がるのをきまりにされ、料理女本人をユダヤ人と言って罵ったあげく、とうとう文字通り台所から追い出すことまでなさったのです。といった次第で自分の首が大事だし、旦那様が、ソーセージがないからといって奥方ならお前を首にはすまいが、と脅しをかけられたので、料理女としても参ってしまいその日以来、ソーセージか、ベーコンか、豚肉がなんらかの料理になって食卓に上らない日はありませんでした。こういう目に会って奥様はご自分のお部屋に閉じこもってしまわれましたが、旦那様は、勝手にしろ、と罵しるようにおっしゃると、奥様がそこから逃げ出されないようにドアに鍵をかけられたうえ、その鍵をそれ以来ずっと隠しに入れておしまいになりました。それから七年間というもの私どものうち誰一人として奥様をお見かけしたりお話しされるのを聞いたりした者はおりませんでした。[脚注6] 旦那様がご自分でお食事を運んでおられたからです。そして旦那様は大勢のお客様をお屋敷での正餐会や舞踏会に招かれ、御結婚

「おんみずから調理場に降りてこられて、料理女にソーセージのことで話をされました。」(49頁)

なさる前と変わらぬ、陽気で伊達男の本来の旦那様に戻られたのです。正餐の席ではいつもラックレント城の奥方様の御健康を祝して乾杯され、一座の者もそれにならいました。皆が奥方様の御健康を祝して杯を干すなか、きまって旦那様は奥方様のところへご機嫌伺いに召使いを遣わされ、食卓のものので何であれお届けできるものはないかぜひ伺いたいとことづけるのでした。そして召使いはこの見せかけのお使いから帰って、奥方様からよろしくとのことです、奥方様はキット卿のお心志をありがたく思うけれども何も欲しいものはございません、ただ皆様の御健康を祝して乾杯します、とのことでしたと口上を述べたものでございます。もちろん、この地方の者たちにいたしましても奥様が幽閉されていることは話の種でもあり驚きでもあったのですが、誰も敢えて差し出がましく立ち入って口を出したり問いただしたりする者はおりませんでした。旦那様はとかくぶっきらぼうな返事しかなさらない方ですし、そのことであとで決闘沙汰に持ち込まれかねないということを皆知っていたからでございます。旦那様の射撃の腕は有名ですし、まだ未成年のころにご自分の従僕を殺してしまったこともあるのです。それでバースにおいでたころは旦那様のお顔をまともに見るだけの勇気のある者さえろくろくいなかった程でございます。旦那様の評判はこの一帯ではおおいに知れ渡っておりましたので、以後は事も無く平穏裡に暮らされ、ご婦人方の間ではおおいに人気を博しておられました。その人気ぶりは、とりわけ、やがて奥方様が幽閉されて五年目に病に倒れられ、全くの寝たきりとなられ、旦那様も、あれはもう骨と皮だ、この冬は越せないだろうと公言された時には一層つのったものでした。奥様のこのご病状については旦那様にはその見解を裏付けてくれる二人のお医者様の診断がおありだったこともあり（と申しますのは、旦那様は奥様のために今やお二人のお医者様に来て頂いていたのです）、旦那様は死の床にある奥様から例のダイヤモンドの十字架を貰おうと、また奥様の特有占有[77]に関してご自分に都合がいいように遺言を残して貰おうと手管のかぎりを尽くされました。けれどもことこれに関しては奥様は旦那様のかなう相手ではありませんでした。旦那様はいつも、奥様の面前でひざまずいて請われたあと、奥様に見えないところにくると、奥様を悪しざまに罵り、ご自身の従僕の前で奥様のことを、あのかたくななイスラエル人[78]、と呼んでおられたものです。御結婚前は、その同じ従僕が申しますには、「僕の可愛いジェシカ！」[79]と（どこをどう押せばそうおっしゃれるものか存じませんが）奥様のことを呼んでおられたものだということですのに。旦那様がどういう夫君になられるおつもりでいるのか推察することは、確かに、ご結婚前の奥様にとっては至難の技だったにちがいありません。奥様が失意のうちに、待ち設けられた死の床についておられた時は、ユダヤ人であるとはいえ、それがしは奥様をお気の毒に思わないではいられませんでした。それにまた、バースにおいでの時、奥様がとてもお若かったこと、求婚なさった時のキット卿が大層りゅうとした紳士ぶりだったことを思えば、奥様が旦那様に夢中になられたのも無理はないこと、さらにまた、現に、旦那様がどういう夫であるか世間の者がすっかり見知ったうえでも、この州でも三人もの御婦人方が旦那様の後妻候補としてうわさになっておりますことを考えますとなおさらです。この御三方は、従僕が誓って申しますには、舞踏会でキット卿をダンスの相手に欲しいばかりに互いに相手と丁丁発止と切り合いを始めかねないありさまだということではありませんか。この御三方につきましてはそれがしには、なにやら魔法にでもかかっておいでだとしか思えないのですが、この方々は皆、どうやら、キット卿はユダヤ教徒でなくキリスト教徒ならば誰にとってもいい夫になってくれるであろう、キット卿は、今や改心した放蕩者なのであってみれば、と勝手に推論しておられるようでした。それに、奥様の遺言書に財産のことがどう取り決められているかについては知られていませんでしたし、そのことをいえばラックレント城の御領地がすでにすっかり抵当にはいり、数々の債務証書が出されていることも同様に知られてはいないままでした。こうなってしまったのも旦那様には賭博のお楽しみがどうしてもやめられなかったせいでございますが――神様の祝福が旦那様にございますように――それだけがまったくもって旦那様の唯一のお瑕《きず》だったのでございます。

奥様は一種の発作に陥られました。そして亡くなったと知らせがあったのですが、ところがそれが誤りだったのです。おかげで旦那様にとってはお気の毒なことながら、事態は痛ましい危機的状況へと暗転してしまったのでした。例の御三方の御婦人の一人が、旦那様のお手紙を御兄弟に見せ、旦那様のなさったお約束のことを訴えたのです。一方、もう一人の御婦人も同様のお振舞に及んだのでした。この方々のお名前は申し上げますまい。防御にまわられたキット卿は、自分の行状について文句をつける度胸のある奴がいたら誰であろうと相手になってやるとおっしゃられ、御婦人方については、誰が第二夫人に、また第三夫人、第四夫人になるか、あなた方で決めてくれなければいけない、とはいえ第一夫人は自分にとってもあなた方にとっても遺憾なことながら、まだ存命なのだが、とのお言葉でございました。この件に関しても、先立つ全ての場合と同様、旦那様のお振舞に伴う見上げた気概や紳士らしい礼儀正しさのために、この地方一帯が旦那様の肩を持ったのでした。

旦那様は、最初の御婦人の御兄弟と決闘され、相手を撃ち殺されました。その翌日、旦那様は次の御婦人の御兄弟を呼び出されましたが、その方は片足が木製の義足であったところへ、約束の決闘の場所が最近畝《うね》を掘り起こしたばかりの畑でありましたので、畝にはまりこんでしまい立ち往生してしまいました。キット卿は、その方の苦境を見て取られると、あっぱれにも公平さを期するお気持ちから狙いを外してピストルで相手の頭上を撃たれたのです。これを見て介添人たちが決闘を遮り、お互いの間に少しばかりの誤解があっただけだと両家の者たちを説得してくれましたので、一同は友情を込めて手を握り合い、お屋敷に戻って共に正餐の席についたのでした。この紳士は、自分たちがいかに意気投合しているか世間に示すために、そして双方の友人の方々の忠告もあって、お身内のその御婦人の失われた名誉を回復するために、翌日はキット卿の介添人として旦那様とご一緒に出向かれ、その最後の決闘相手の方への伝言係をつとめられたのでした。決闘場へと出て行かれたその日の旦那様は今までにないほど溌剌とされておいででした――それもそのはず、もうすぐ、もうあとわずか賽《さい》のひと目で、旦那様の敵皆ときれいさっぱり手が切れるところだったのでございますから。ところが決闘相手の指先から爪楊枝[80]を撃ち落とされたあと、不幸なことに旦那様は急所に弾丸を受けてしまわれ、それから一時間たつかたたぬうちに、担い台に乗せられ、物言えぬ身となって奥様のもとへ担ぎ込まれたのでした。なにはさておき私どもは、旦那様のお召し物の隠しから例の鍵を取り出し、奥様がここ七年間閉じ込められている仮寝所[81]へとせがれのジェイソンが走って錠を開け、奥様に旦那様が亡くなってしまわれたことをお伝えしたのでした。驚きのあまり、奥様は最初茫然となさっておられました。さらには、これは御自分から宝石を巻き上げるための新手の悪巧みなのだと思い込まれてなかなか信じようとなさらぬものですから、終いにはジェイソンが気を利かせて奥様を窓際へお連れして、一行がキット卿を担い台に載せて並木道をこちらへと向かってまいりますところをお見せしました。これで一目瞭然、奥様とて、もはや疑う余地は無く、すぐさまわっと泣き出されますと、お胸から例の十字架をひっぱり出されて又と無いほどの熱意を込めてくちづけされ、目を天に向けられてなにごとか叫ばれました。その言葉はその場におりました誰にも聞き取れませんでしたが、それがしには、全く思いもよらぬ時に天が奥様のために突然手を下されたことへの感謝の言葉であったように察せられます。皆の嘆きようはたいへんなものでした。私どもが旦那様を担い台から抱え降ろした時、お命はもうなかったのです。というわけで直ちにご遺体は埋葬の支度を整えられて安置され、その晩は**お通夜となって**[82]しまいました。この地方一帯が大変な騒ぎとなり、下手人への轟々たる非難の声を上げぬ者は一人とておりませんでした。もし、裁判にかけることさえできておりますれば、こ奴めは間違いなく絞首刑となっておりましたとも。実際、このあたりの紳士方は皆裁判にかけようとやっきになっておられましたが、下手人の奴めは賢明にも一件が世間に知れ渡る前に大陸へ雲隠れしてしまったのでございました。[83]また、そのつもりがなかったとはいえ、旦那様の死の直接の原因となった若い御婦人のことですが、この方はその後、この州であれ、どこであれ、舞踏会には二度と顔を出すことはできませんでした。そしてお身内や友人の方々、[84]お医者様方の忠告を容れてまもなくバースに送られました。もし健康の回復と失われた心の平安が墓のこちら側で得られるものなら、それはバースをおいて他にないと思われたわけです。旦那様が大層人望がおありだった証拠には、新聞に報じられたその早すぎる死を悼んで歌がつくられ、旦那様の不幸な御逝去からわずか三日後には山地まで及ぶこの地方中の人々の口の端にのぼり、あちらでもこちらでも皆がその歌を歌っておりましたことを申し添えるだけで十分だと存じます。[85] 御逝去を嘆く声は旦那様の馬がよく知られているカラッハの平野[注解22]でもまたつとに高うございました。それに旦那様の賭のお相手をしたことのある方々は皆、旦那様が社交界から失われてしまったことをとりわけ嘆いて止まなかったのでございました。旦那様御所有の一群の馬どもといえば、カント[注解23]で、この州でも今までになかったほどの高値で売られていきました。お気に入りだった馬の方は、お親しかったご友人方の間でたいていそれぞれに引き取られていきました。その方々は旦那様のためならいくらでも値を惜しみはなさらなかったことでしょうが、新しいお世継ぎのお方は即金は一切要求なさいませんでした。そのお世継ぎはこちらへおいでになって近隣の紳士方の仲間入りをなさるにあたって、どなたの心証をも害することは望んでおられなかったのです。でございますから、望みに応じて長期にわたる信用貸しが取り決められましたが、その日から今日に至るまで現金が回収されたことはただの一度もないのでございます。

それはさておき奥様のことに話を戻しますと、奥様は旦那様のご逝去以来驚くほどお元気になられたのでした。旦那様が亡くなられたことが確かだと知れると、あっというまに、お屋敷から二十マイル以内の紳士方が皆、いわば束になって、奥様を解放しに詰めかけて参り、自分たちは今の今まで蟄居されているのは奥様の御意思にそむいてとは知らなかった、奥様を監禁するとは何事だ、と抗議なさるのでした。御婦人方もまたこのうえない程親切になられて、誰が朝の訪問[86]の一番乗りとなるか、先陣争いにやっきとなられました。そして例の数々のダイヤモンドを拝見できた方々はどなたも声を惜しまずそれを称賛なさいましたが、とはいえ心のなかでは、それが神の御心だったとしても、それらの宝石が、もっとよく似合うご婦人に授けられていないことを残念がっておいでなのでした。しかしながら、こういったあれやこれやの礼節も、奥方様の心をほとんど動かすものではなかったのです。と申しますのは、奥様はこの地方とこの地方に属するもの全部について不可解な偏見を持っておられ、また、ご自分の故国を大層偏愛しておられたので、旦那様が亡くなった後、例の料理女をすぐさま解雇されて以来、お屋敷を出るために荷作りしておられた時を除いては、夜であれ昼であれ一時もくつろいだお顔をお見せになったことはなかった程でした。もし奥様がアイルランドにしばらくなりとも留まることにされていたら、それがしはきっと奥様に大層気に入られていたでしょうに。実際、奥様はそれがしが風見鶏で風向きを見て取れることを知ると、いつもそれがしに話しかける口実を何かしら見つけては、どちらから風が吹いているかしら、その風はこのままずうっとイングランドへと吹いてゆきそうかしら、とお尋ねになっておられたのでございますから。けれども奥様がご自分の収入と宝石とを支えにイングランドでこれからの人生を過ごそうと決心なさっていらっしゃるのを知ると、それがしには、奥様は全くのよそ者で、もはや御一族様にはてんで属さない方だと思えたのでした。ラックレント城をお発ちになる時も「**ユダヤ人のように金持ち**」との古いことわざがあるにもかかわらず、奥様は召使いたちに心付けひとつ下さいませんでした。奥様がユダヤ人でしたので、当然のことながら召使いたちは心付けをあてにしていたのでございますが。ともあれ、最初から最後まで、奥様はこのお屋敷にただ不幸だけしかもたらしては下さいませんでした。そもそも奥様さえおいでにならなかったら、御領主様のキット卿とて今でもおかわりなくぴんぴんしておられたことでしょうに。このような悲劇となった顚末のおおもとは、あのダイヤモンドの十字架だといわれております。実際、旦那様の奥方という身でありながら、もっと義務を果たされず、旦那様がお困りになられたとき何度もわずかなはした金のために腰を低うしてお頼みになったというのに、それを手放されなかったというのは、とりわけ旦那様の方はお金のために結婚されたということを最初からうそもかくしもしていないというのに、あんまりな仕打ちではございませんか。けれども、奥様のことは、もうなにも申し上げますまい。ただせめて今申し上げたことだけは、それがしとしましては、お気の毒な旦那様の思い出に公正をはかるためにぜひ申しておかなければ気がとがめると思われたのでございます。

さて、どんな風でも誰かには益をもたらす(87)とは申しますが、ラックレント城のユダヤ人奥方様をイングランドへと吹き送ったその同じ風は、また、ラックレント城へと新しいお世継ぎを連れてまいりもしたのでした。

ここでそれがしの話も一息つかせて頂きましょう。と申しますのも、御一族様の中のどの御方にも大層敬意を抱いておりますそれがしではありますが、お身内や友人の方々のあいだでは簡略にコンディ・ラックレント卿と通常呼びならわされておられたこのコノリー卿こそは、それがしにとっては常に比類なくお慕わしい方だったのでございますから。それにまた、まことに、この方ほどひろく皆様に愛された方にはお目にかかったこともなければおうわさを耳にしたこともないほどです。このことについて申せばかの偉大なご先祖のパトリック卿とて、この方の右にはお出になりますまい。このパトリック卿を偲んでコンディ様は、このことはなかんずく、この方の気前のよさを物語るものなのですが、ラックレント城ゆかりの教会に、立派な大理石の墓碑を建て、大きな文字でパトリック様の享年、出生、家柄、それに数々の美徳を刻み込ませたうえ、まさにぴったりの賛辞でしめくくりをつけられたのでした。それには、「パトリック・ラックレント卿は、アイルランドの昔日の歓待の鑑として生き、そして死す」と、献ぜられていたのでございます。

続・ラックレント御一族様回想録

コノリー・ラックレント卿の生涯

コンディ・ラックレント卿、すなわち、神様の思し召しによってラックレント城のご領地の正式なお世継ぎとなられた方は、御一族様の遠い御親戚にあたる方でした。御自身の生まれついての財産はほとんど無に等しかったので法律の道を進まれるべく教育を受けられました。法曹界ならば、後押ししてくれるお身内や友人の方々も多かったし、御自身も並み並みならぬ生まれついての才能をお持ちでしたので、あくせくと勉学に汗水垂らすことに甘んじておられさえすれば、疑いなく、少なくとも勅選弁護士[88]くらいにはそのうちにさっさとなっておられたことでしょう。しかし、ものごとはそうはならぬように定められていたのです。巡回裁判でお回りになったのはわずか二回だけで、その後は謝礼金が入ってこなかった[89]のと人前でお話しなさることは御無理であったため、頭角をあらわすことはございませんでした。教育を受けられたのは主としてダブリン大学[90]においてでございます。とはいえ、まだものごころがつかれる前のお小さいころは、この土地の、並木道のはしっこが見渡せる、小さいながらもスレート葺の家[91]に住んでおられました。それがしは、お小さいコンディ様が、はだしのまま帽子も被らずオショーリンズ・タウンの通り中を走り回り、銭投げ遊び[92]をしたり、ボールやおはじきや、あれやこれやで遊んでおられたのを覚えています。遊び相手といえばそこいらのこわっぱども、なかでもせがれのジェイソンをことのほか好いて下さっておりました。それがしにとりましては、コンディ様は、いつもめんこい坊や[93]でございました。それがしがコンディ様のお父様のところへお邪魔したことも度々でしたが、そこではいつも気持ち良く迎えて頂いたものです。コンディ様はコンディ様で、台所にいるそれがしのところへぬけだして来ては喜んでこの膝にお座りになったものでした。

そしてそれがしは、コンディ様に御一族様のことや、コンディ様が受けついでおられる血筋のこと、それに、その**当時**の御当主様がもしも跡継ぎの子どもだちのおられないままお亡くなりになれば、コンディ様がラックレント城のご領地のご領主様の座にお着きになりなさるかもしれない、といった話をお聞かせ申したことでございます。その時はただお小さい方を喜ばせたいばかりに全くその場の思いつきで申し上げただけだったのですが、後に、それがしのこの予言を成就させることが天の御心となりましたことで、コンディ様はお仕事の上でのそれがしの判断を大層高く買って下さるようになったのでした。コンディ様は、それがしのせがれや、他の多くの者らと一緒に、村の小さなグラマースクール[94]に通われました。せがれはコンディ様と同じクラスで、こと勉強に関しましては少なからずお役に立ちました。そのことをコンディ様は以来ずっと有り難く思ってお心にお留め置き下さったのでございます。こういった具合に教育の初歩の段階を終えられると、コンディ様はまだほんの少年のこ

「喜んでこの膝にお座りになったものでした。そしてそれがしは、コンディ様にお話をお聞かせ申したことでございます。」(61頁)

ろから、キット卿の猟犬係の世話のもとに、馬を飛ばして一帯を駆け巡ったものでした。それ以来、乗馬はコンディ様にとってやめられないものとなったのでございます。また、この猟犬係といたしましてもコンディ様がかわいくてならず、しばしば自分の銃を貸しては連れ出して、自分の目の前で鳥を撃たせてやったのでした。そんなわけでコンディ様は早くからこの界隈の貧しい者たちにもよく顔を知られ、人気があったのです。なにしろ、例の猟犬係と出歩く道すがら、元気をつけ胸を暖め腹から冷気を追い出そうと、卵の殻(95)に注いだ熱々のウイスキーを一杯やるために、いずれかの朝に立ち寄ったことのない掘っ建て小屋は一軒もなかったほどでございます。年寄りたちは、いつもきまってコンディ様に、坊ちゃんはパトリック卿に生き写しだと申しておりましたが、そもそものおかげでコンディ様は財産が許す限りパトリック卿をお手本にしようとの気になってしまわれたのでございます。さてコンディ様はダブリン大学に入学される年になられると、ここを出られてそこで十九才まで、残りの教育を受けられたのでした。と申しますのもコンディ様は所領を受け継ぐべく生まれついてはおられませんでしたので、お身内の方々はおよそかなう限りの最上の教育を授けてやるのが自分たちの義務とお考えになったのです(96)。その結果、コンディ様のために大学やテンプル法学院(97)で費やされたお金はかなりのものでした。そこで広い世間をご覧になったわけですが、だからといってコンディ様はそのために性格が悪い方に変わられるということもまずございませんでした。実際、こちらに帰られて私どもに挨拶においで下された時は、皆、全然お変わりになってないと思ったものでした。コンディ様は誰にも親しげに振舞われ、またとないほど気さくで、お高くとまったりなんか全然なさらなかったのです。とは申せ、コンディ様とて御一族としての当然の誇りを応分にお持ちでなかったというわけではございませんが。やがて、コンディ様はキット卿とそのユダヤ人の奥方様とのお暮らしがどんなものか、そして自分とラックレント城のご領地との間を遮るものは誰もいないということに気がつかれると、あいにく期待通り精を出しては法律の御勉強にお励みなさらぬようになってしまわれました。そうして、多くの小作人たちなども、お世継ぎになられたあかつきには借地契約を行い、法に適った利息[98]をつけることを約束する、「対価受領[99]」と記されたコンディ様の約束手形と引きかえに、コンディ様にこっそりとお金を貸していたのでした。こういった手口は、それが現当主のキット卿のお耳にでも入るようなことがあれば、そのことでコンディ様のことを悪く思われないとも限りませんし、そのあげく和解譲渡の手続き及び馴合不動産回復訴訟での敗訴[100]によって限嗣不動産権を排除し、コンディ様を永久に勘当する[注解24]などということにでもなったら一大事でございますので、すべてくれぐれも秘密裡のうちになされたのでした。そのような法的措置はマータ卿ならなさりそうなことですが、しかし、キット卿は御婦人方とのお遊びが過ぎて、この時も、また、いずれの時も、法的な問題にまでは気がまわりませんでした。それがしがこれらの手口のことに触れましたのも、旦那様、つまりコンディ様がラックレント城のご領地を継がれた時、どういった財政状況におかれていたかをお話ししておこうと思ったからでございます。旦那様はご領主となられた最初の年の収入から一ペニーたりとも自由にはならないありさまでした。それに帳簿をつけておかれなかったことやお付き合いが大変派手であったということが、他の、いちいち申し上げられないほどの沢山の原因とあいまって、後々のご難儀のもととなってしまったのです。すでに代理人としての地位を確立していましたせがれのジェイソンには万事分かっておりましたので、事情をコノリー卿に頭から[101]一通り説明しこの困った状況を知って頂きました。地代の総収入額は額面でこそ莫大なものでしたが、それらは利子を払うことでほとんど無くなってしまうのです。易きに流れてこうした状況をずるずると続けていかれるものですから、まもなく借金の元金はもとの倍となり、コンディ卿はその利子や、いまやふくれあがった元金等々のために新たにまた債務証書を書かなくてはならなくなりました。こういう調子で事が進んでいくうち、せがれは自らの骨折りや、長年御一族様のために無償で働いてきたことへの報酬を要求するようになりました。そしてコンディ卿の方もご自身で財務を引き受けるのは気乗りがしなかったし、おもいきって財務を調べてみることすら気が進まなかったので、せがれに借地契約が切れたある地所を割安な地代で貸してもいいとおっしゃって下すったのでした。するとジェイソンはその契約が固まるとすぐその土地を下請け小作人たちに又貸しして地代を得、年二百ポンドの利益をあげたのでございます。[102]それとて今まで長い間せがれが代理人としてお仕えしてきたことを思えば少ないものでございましょう。それから二年たちますと、せがれはその土地を十二年分の収益に相当する値で[103]買い取りました。その時、コンディ卿は差し押さえの強制執行が迫っていてお金に窮しておられたのです。また、この購入にあたって、せがれはその土地に自分がしていた土地改良分を幾分斟酌して貰ったのでした。[104]さて、コンディ卿のご領地には、せがれジェイソンの地所に近いところに猟小屋のようなものがあって、せがれはその頃これに目をつけておりました。それゆえ、この地方にやってきたばかりのマネーゴール大尉というよそ者にこれを貸すことをコンディ卿が口にされたものですから、少しやきもきしておりました。このマネーゴール大尉というのはマウント・ジュリエッツ・タウンのマネーゴール家の嫡子でした。この一家は隣の州に広大な領地を持っており、旦那様としても、この猟小屋を気に入っているこの御曹子のご希望に背きたくなかったのです。そこで旦那様は、大尉に宛てて、その小屋は自由に使って下さって結構であり、もしラックレント城に来て下さるのであれば、賃貸借の契約を結ぶ前にいつか朝一緒に馬で小屋を見に出掛けるのはいかがであろう、との旨返答をなされたのでした。その手紙を読まれた大尉がこちらへとお越しになりますと、お二人はまたとないほどのご親友になってしまわれ、以来ずっと御一緒に鳥撃ちや狩猟に出掛けられたり、楽しい夜を過ごされたりなさいました。もちろんのことコンディ卿もあちらのマウント・ジュリエッツ・タウンへ招かれますし、パトリック卿の時代にあった両家の楽しいつきあいがいまや甦ることとなり、コンディ卿は少なくとも週に三度はこの新しいご友人がたと一緒に過ごさなくてはいられなくなってしまったのです。けれども、このことでそれがしは辛い思いをしていたのです。と申しますのもそれがしには、大尉の馬丁や従僕からの話で、あちらでは皆がコンディ卿のことをどう申しているかということ、つまり、皆が、旦那様のことをいうなれば一座の笑い者にしたり物笑いの種にしていることがわかっていたからです。とは申せ、まもなくあちらの方々も、それがしをも少なからず驚かせたある事件によって、旦那様を**笑うどころ**ではなくなったのです。全てを明らかにしたのは、老マネーゴール氏の末娘イザベラ嬢の侍女が持っているのを見つけられた、ちょっとした走り書きでした。そしてお嬢様のお父上は正気を失った人のようになって、コンディ卿を屋敷へ招待した時には、娘がよもやそんな縁組みを考えようとは全くのところ夢にも思わなかった、とおっしゃったそうです。しかし、あちらで皆が旦那様のことをどう申していようと、少しも問題にはならなかったのです。お嬢様の侍女が申しましたように、イザベラ様は、兄上がコンディ卿をお屋敷で正餐をともにされるために連れてこられたその日から身も心もなくコンディ卿への恋に落ちていらっしゃったのでございますから。その日コンディ卿のお席の後ろで給仕をしていた召使いが、本人の申しますところによりますと、この恋に真っ先に気付いたのだということですが、さてその言葉どおり信じていいものやらどうやら。なにせ、その男がその話をしてくれたのは、それがとうの昔となってしまってからようやくのことだったのですから。しかしながら、結局のところ、この話もあながち的はずれではないという気がしてまいります。なぜと申しますに、あちら様はマウント・ジュリエッツ・タウンに芝居小屋も持っておられ、皆様なかなか芝居上手な方たちでございましたので、[105]正餐のコースも半ばになりかけたころ、話題は芝居のことになっていたのですが、その者が申しますには、その時つとイザベラ嬢がコンディ卿の方を振り向かれたかと思うと、「お芝居のプログラムをご覧になりまして、コンディ卿？」と尋ねられたということなのですから。「いいえ、見ていません」とコンディ卿がお答えしますと、お嬢様の兄上の大尉殿が「だめだよ、妹が今晩ジュリエットの役をやるのを知らないなんて。アイルランド中で、舞台の上であれどこであれ、妹くらい見事にその役をやれる女性はいないとも」とおっしゃったのです。「それはいいことを伺いました」とコンディ卿がおっしゃり、その話はさしあたってそれきりになったということです。しかしながら、本当は、コンディ卿は、この間中も、そしてその後もずっと、大変困っていらっしゃったのです。と申しますのも、コンディ様はお芝居も、イザベラ嬢も、まったく好みではなかったからです。そして、お屋敷でウイスキーパンチ(106)をすすりながら旦那様が洩らされましたことなのですが、旦那様にとっては、それがしの姉の息子の娘であるかわいいジュディ・マクワークこそイザベラ様の二十倍にも優って見えたのです。この娘には、ラックレント城の主《あるじ》になられる前に狩猟に出られた際、その父親の小屋に立ち寄って卵の殻からウイスキーを飲ませて貰った折に何度か会っていたのです。そして娘の申しますには、結婚の約束のようなことも口にされていたということでございました。ともあれ、それがしは旦那様のことをお気の毒に思わずにはいられませんでした。なんと申しましても、この二人の板挟みとなって大変悩んでおられたのですし、とてもひとの好い(107)お方で――神様の祝福が旦那様にございますように！――誰であれ相手の希望に背くことはできないご性分なのでございますから。確かに、旦那様のおっしゃったように、自分のために身内の方々皆の不興を買ってしまわれたイザベラ嬢に不義理をすることは、旦那様のすべきことではありませんでした。それにお嬢様は御自分のお部屋に閉じ込められて二度とコンディ卿のことは考えないよう申し渡されているとのことで、旦那様は奮い立たれたのでございました。第一、この自分の一族は、少なくともマネーゴール家同様立派ではないか、ラックレント家はマネーゴール家にとっていつ縁組みしても文句のない相手ではないか、というのが旦那様のお言葉でしたが、それは確かにその通りでございました。けれどもこういった憤りに押されるあまり、旦那様が次第にイザベラ嬢を、そのお身内の方々の反対にもかかわらず、お嬢様の望みどおりスコットランドへ奪い去っていこう[108]という気になられていくのを目のあたりにするのは、それがしにとりましては辛うございました。

「うちのジュディのやつも可哀そうに、もう望みはございませんね！」それがしは、旦那様が少し明るい気分になられ、よくなさっていたように召使い部屋でご一緒に二人きりで立ち話をしておりましたときに、重い溜め息をつきながら思い切ってそう申し上げたのでした。「いやいや、」と旦那様はおっしゃいました。「いまお前と話しているこのときほど、あの娘を可愛く思ったことはないよ。その証拠に」と旦那様は言葉を続けられ、それがしがちょうど煙草と一緒に持っておりました釣銭の半ペニー硬貨を取り上げると、「その証拠に、サディ、ジュディか、それともマウント・ジュリエッツ・タウンのマネーゴール氏の娘と結婚するか、投げた銭の表裏でいますぐ決めよう――掛け値なしだ」とおっしゃられたのです。それがしは「おお、ブー！ブー！〔脚注7〕」といって、そのお言葉を受け流しながら、この次に旦那様がどうされるのか知りたい気持ちもあって、こう申しました。「いやはや、ご冗談を。可哀そうなジュディのやつと、大変な財産家だという噂のイザベラお嬢様とでは比べものになりませんよ。」「俺は金に目の色変えるような奴じゃないよ。今までだってなかったはずだ。」コンディ卿は胸を張っておっしゃいました。「イザベラ嬢の身内の者どもがなんといおうともだ。手っ取り早く、この場でかたをつけてやろう。」そうおっしゃりながら、旦那様は、それがしが十字を切らずにおれなかったようなとんでもない誓いを立てられました。「そしてこの本にかけて」旦那様は、それがしの民謡《バラッド》の本を祈祷書と間違えてひったくりながらおっしゃるのでした。祈祷書の方は実は窓辺に置いてあったのです。「この本にかけて、そして今までに開かれそして閉じられたことのある全ての本にかけて、銭投げでこの身の決着をつけよう。俺はいちかばちか、この銭投げに賭けるよ。だから、サディ、インク壺からあの**ピン**[脚注8]を持ってきてくれ。」そうしてコンディ様は半ペニー貨のつるつるした面のほうに十字を書かれました。「ジュディ・マクワーク」旦那様はおっしゃいました。「彼女の印。[脚注9]」神様の祝福が旦那様にございますように！　旦那様の手はウイスキーパンチを沢山飲んでおられたせいで少し震えておられましたが、そのお心が、可哀そうなジュディの方を望んでいらっしゃるのは明らかでした。半ペニー貨が空中に投げ上げられたのを見た時、それがしの心臓は口から飛び出しそうになりました。けれどもそれがしはなんにも申しませんでした。そして硬貨が落ちた時、自分を抑えていてよかったと思いました。それと申しますのも、今となっては、可哀そうにジュディはまったくおしまいになってしまったのですから。「ジュディのやつ、ついてなかったですね」それがしは努めて明るく振舞いながら申しました。「ついてないのは俺だよ」とは旦那様のお言葉でした。旦那様は、またとないほどがっくりとなさっておられました。そして石畳の床から半ペニー貨を拾い上げると、ショックのあまりすっかり酔いも覚め果てた面持ちで出て行かれました。広い世間でもまずどなたにも負けないほどひとの好いと皆さんお思いになるような御方ではございますが、忘れもいたしません、それがしの膝にお乗せしてツルコケモモ(109)を賞金として銭投げの仕方をお教えした、お小さいころに、旦那様はそういった誓いを重んじることを学ばれたのでした。こういった誓い[脚注10]を旦那様に破らせることは、どうしたってできるものではありません。ですからそれがしには、結婚の件は旦那様とイザベ

「『ついてないのは俺だよ』とは旦那様のお言葉でした。」(70頁)

ラ様との間で、決まったも同然だと分かったのです。それがしといたしましては、イザベラ様にお目出とうございますと申し上げるしかございませんでした。そして、実際、一週間後、イザベラ様がスコットランドから、お気の毒な旦那様とお戻りになった時、それがしはそう申し上げたのでした。

この新しい奥様は、ご本人も同意のうえでスコットランドへと駆け落ちしていったご婦人にふさわしく、お若い方でした。とは申せ、最初、それがしはヴェールごしにしか奥様にお目にかかることはできませんでした。恥じらいのためか、それが今風の装いなのか、奥さまはお顔をすっぽりとヴェールで覆っておられたのです。「それで、わたくしはこの沢山の人たちのなかを歩いて通り抜けねばなりませんの、あなた?」と奥様は、裏の門のところに集まっている私ども召使いや小作人たちのことをさしてコンディ卿におっしゃっておられました。「奥や」コンディ卿は答えられて、「歩くしかないんだよ。それとも俺が屋敷まで抱えて運んでいってやろうか。裏の道は、ほら、せまくて馬車は通れないだろう。それに表の道には大きな門柱が倒れてごろごろ転がっているときているんだ。そのがらくたどもが邪魔をして、正門からの道を馬車で行くのは無理なんだよ。」それを聞いて奥様は「プラトンよ、汝よくぞ説きたるかな!」(110)と、あるいはそういった趣旨のことを口にされましたが、その意味を理解することは無理な話でした。さらにまた、壊れた荷馬車の車輪の破片につまづかれた時にも、「天使らよ、恩寵の御使いらよ、われらを護りたまえかし!」(111)と叫ばれたのでした。やれやれ、とそれがしは心の中で呟いたものでございます。この御方は、先の奥様のようにユダヤ人でこそないけれども、これではどう見たって気違い女です。やっぱりひどいことに変わりはございません。旦那様もお気の毒に、可哀そうなジュディの奴とねんごろになった方がよかったろうに。あの娘は、何はともあれ、正常な頭だったのですから。

そのうえ奥様のいでたちといえば、まるで気違い女そっくりで、あとにもさきにもこれ以上他に譬えようがないほどでした。それで、それがしは奥様から目を離すことができず、そのあとをいつもお供して歩いて参らずにはおれませんでした。そのお帽子の天辺に付いていた羽飾りは、低い裏口を通られた際にちぎれてしまいました。そうして台所に入って来られると、奥様は、隠しから気付け薬の小さな壜を取り出されてお鼻のところへ持っていかれました。「この忌まわしい、忌まわしい部屋の暑いこと、気絶してしまいそう。」「おまえ、三歩も歩けばここを抜けられるし、ヴェールを上げればいい空気が吸えるよ」コンディ卿はそうおっしゃりながら奥様のヴェールを投げ上げられたので、それがしはしかとそのお顔を拝見させて頂きましたが、奥様は気絶なさりそうなお顔色は全然なさっておらず、ご自身の申し分のないお顔色のままでした。ご自身の、とはそれがしがその時思ったことでしたが、後で奥様の侍女が申しますには、あれは全部、化粧したものだということです。(12)とは申せ、その色艶や、その他いろいろなごまかし全部をもってしても、奥様は器量という点では可哀そうなジュディにかないっこございませんでした。そんなこんなにもかかわらず、この奥様に銭投げが吉と出たのでございます。しかしながら、こんなことを申し上げる気になるのも、この奥様に奥方の身分を乗っ取られたともいえるジュディがかわいいばかりの、それがしの欲目かもしれません。ともあれ、奥様に公平に申せば、もっとお近付きになるにつれてわかってきたことですが、奥様は家政については大変おおまかで、けちけちしたところは微塵もございませんでした。すっかり女中頭に任せきりにしておられました。また、スコットランドまで奥様のお供をした、奥様付きの侍女のジェーン夫人の申しますには、奥様くらい物惜しみしない方はいないということです。その話によりますと、奥様が同じ装いを二度なさることはまずございませんで、しょっちゅうお召し物をばらばらにほどいたり、誰かにくれてやったりしておられるということですし、また、ご実家においでた時も、何につけてもその費用のことをお考えになることなどなさったためしはなかったそうです。ですから、こちらでもきっと同じようになさっていかれるおつもりだったでしょうとも。ところが、いろいろと聞き出してゆくうちに、奥様のお父上は、奥様を閉じ込めて二度とコンディ卿のことは考えないよう申し渡しておいたのに奥様が駆け落ちなさったというので、かんかんに腹を立てておられ、一文たりとも下さりそうにないということがわかってまいりました。ですから、お優しいお祖母様が遺して下さった二、三千ポンドのご自身の財産をお持ちだったのは幸いでした。新婚生活の手始めにこのお金は重宝いたしました。旦那様御夫婦の新婚生活は思いきり派手なものでございましたから。お二人は最高級の四輪大型馬車《コーチ》と四輪軽装馬車《チャリオット》を持たれ、馬どもや仕着せを着せた従僕たちも揃えて、州でも並ぶ者がないほどに精彩を放ちながら、新婚の答礼訪問をなさいました。するとたちまち、奥様のお父上が旦那様の借金を全部払うことを請け合って下さった、という伝聞が広まりました。そういたしますと、もちろんのこと、商人たちも皆、また信用貸しをしてくれるようになり、なにもかも楽々と運んだのでした。それがしといたしましても奥方様の気風《きっぷ》には感嘆するばかりで、ラックレントのお城が再び昔の華やかさをすっかり取り戻したのを見て誇らしく思ったものでした。奥様は建物や家具調度や芝居小屋については結構な御趣味をお持ちで、なにもかもめちゃくちゃに変えてしまい、例の仮寝所を、奥様おっしゃるところの劇場に変えてしまわれました。まったくのところ奥様ときたら、まるで汲めども尽きぬ大金がお手元にあるかのような暮らしぶりでやってゆかれるのです。それがしは、奥様は誰よりもよく心得たうえでこうなさっておられるのだと思いこんでおりました。とりわけ、コンディ卿がなんにも口出しされないのですからなおさらのことでした。旦那様がお求めになったことといえば、——神様の祝福が旦那様にございますように！——ただ穏やかに波風立てずにお暮らしになりたいということと、夜には一人で酒壜を傾けるか、ウイスキーパンチをすすりたいということだけだったのです。殿方に、これくらいのささやかな望みくらい、かなえられて当然ではございませんか。しかしながら、うちの奥様はウイスキーパンチの匂いがするだけでもがまんがおできになれませんでした。「ねえおまえ、結婚するまでは結構気にいっていたじゃないか。どうして今はいけないんだい？」と旦那様がお尋ねになりますと、奥様は「あなた、わたくし、ウイスキーパンチの匂いなんか嗅いだことなくってよ。あったらあなたと結婚する気になんか決してなれなかったでしょうよ」とおっしゃいます。すると旦那様は「嗅いだことがなかったとは、それは悪かったね。でも今さら仕様がないよ」とお答えになると、お怒りになるでも、常ならぬ態度を何一つ取られるというわけでもなく、ただ、あんきに[113]もう一杯注がれると、奥様のご健康を祝って飲み干されました。これらは皆、食堂支配人[114]から聞いたことでございます。この者は、ジャグ[115]や、お湯や、砂糖や、そのほか必要と思えるものを持って、目立たずに行ったり来たりしていたのです。旦那様がウイスキーパンチの最後の一杯を飲み干されると同時に奥方様はわっと泣き出され、旦那様を恩知らずの、卑しい、野蛮な卑劣漢と罵られ、ジェーン夫人が確かそう呼んでいたと思いますが、ヒステリーの発作というものを起こされたのです。旦那様はお気の毒に大層驚かれました。そういった類のものをご覧になったのはこれが初めてだったからです。そしてすぐさま奥様の前に跪《ひざまず》かれ、お優しい旦那様なればこそ、ウイスキーパンチを部屋から持ちだし全部の窓を開け放つようにお命じになりながら、御自分を罵られるのでした。そのうち奥様はまた正気づかれましたが、旦那様が跪いておられるのをご覧になると、立って頂戴、それに、もう二度と偽りの誓いなんてごめんだわ、あなたはわたくしを愛してないし、愛したこともなかったということはよくわかっているんだから、とおっしゃいました。このことは、まだ引き取らずにいてこの騒動にしまいまで居合わせた唯一の人物であるジェーン夫人から聞いたことでございます。「奥や」と旦那様は返答されました。――きっとジュディのことを思い浮かべておられたのだと思います。そうなさったとてなんの不思議がございましょうか――「誰であれおまえにそんなことを言った奴は、いらぬ騒ぎを引き起こそうとしているのだ。家の者のうち誰が言ったのか教えてくれさえすれば、今すぐそいつを屋敷から叩き出してやる。」「わたくしに何を言ったですって?」奥方様は椅子の上で、はっと身を起こされ、聞き返されました。「何でもない、何でもないよ、おまえ」旦那様は答えられました。旦那様はご自分が藪蛇に余計なことを言ってしまったこと、奥様は先ほどはただ行き当たりばったりにあのようにおっしゃった、ということに気がつかれたのでした。「ただおまえがつい今しがた言ったことだよ、俺はおまえを愛していないといったじゃないか、ベラ。誰がそんなことを言ったんだ?」「自分で気がついたのですわ。」奥方様はそうおっしゃってハンカチをお顔にあてると後ろざまにジェーン夫人にもたれかかりながら、胸も張り裂けんばかりによよと泣きくずれてしまわれたのでございます。「ベラ、それならおかしいじゃないか」とお気の毒な旦那様はおっしゃいました。「誰も何も言ってないんだったら、こうまで騒ぎ立てて自分たちをこんな風にいいさらしものにしてなんになるんだ。」「ああ、もう何もおっしゃらないで、どうか何もおっしゃらないで下さいまし。あなたのひとことひとことが、わたくしを殺すのよ。」奥様はそう叫ばれると、「ああ、コンディ卿、コンディ卿!あなたのうちに見いだせるかと希望をかけておりましたこのわたくしだというのに——」と、ジェーン夫人の申したことですが、気の触れた人のうわごとのように口走られました。「おいおい、ほんとに、これは少しばかりひど過ぎるじゃないか。どうかベラ、落ちついてくれないか、奥や、俺はおまえが自分で選んだおまえの夫じゃないか?　それで十分じゃないか?」「おお、あんまりだわ、あんまりだわ!」奥方様は両手を揉み絞りながら叫ばれました。「おい、おまえ、どうしたんだ、しっかりしてくれ、後生だから。ご覧、ウイスキーパンチは、ジャグも鉢もなにもかも、とっくの昔に部屋から消えているじゃないか。一体全体、何を泣くことがあるんだ?」それでも奥様は相変わらずいつまでもすすり泣かれ、女性の中で自分ほど惨めな者はおりませんとか、無茶苦茶なひどいことを言われ、あまつさえ、旦那様に、一晩中飲んでいるあなたなんか、わたくしにふさわしい方かしらと問い詰められたのでした。これにはさすがの旦那様も、滅多にないことですが、気を悪くされ、一晩中飲んでいるというが、それでもおまえと同じように素面《しらふ》でいるだろう、いくら飲んだってそれで酔っ払ってしまうということもなければ、足元も確かならどうということは無いではないか、それに、おまえにふさわしい男かどうかということなら、自分は国中のどんな貴族や貴婦人と同席したところで恥ずかしくない家の出だと思っている、とはいえ誰であれおまえが気に入った人たちと会ったり付き合ったりするのを邪魔だてしたことは無いし、結婚以来この館をおまえにとって居心地が良いようにするのにできる限り骨を折ってきた、いつだって屋敷はお客でいっぱいだったではないか、もしおまえの身内の人たちがその中に入っていないとしても、それはその人たちが悪いのだし、その人たちの誇りが高すぎるのが悪いのだ、その誇りという点に関していえば、残念ながらうちの奥方も不相応にそれを持ち合わせておいでのようだね、とおっしゃったのでございます。そして、こう言葉を終えられると旦那様はろうそくを取り上げてご自分のお部屋へと出て行かれました。奥様といえばその後三日間というものかっかとなさっておられました。きっと、さらにもう三日間でもそうなさっておられたところだったでしょうが、そこへ、お気の毒な旦那様が取り急ぎ招待なさったご友人の方々や若い御婦人方、いとこやまたいとこの方々が奥様に会いにお館へ見えましたので、奥様は、ジェーン夫人の言葉を借りれば、このお客様方を相手に一芝居打とうと、あたふたと動き回って元気になられ、いつものように結構ないでたちに身を固められ、はた目には相変わらずお幸せそうに見えました。若い御婦人方は皆、奥様の着付けを手伝いながら奥様のお部屋にこもっておられたものでしたが、ジェーン夫人の洩れ聞いたところでは、奥様のようにお幸せそうな花嫁様は見たことがない、幸せのためにはなんといっても恋愛結婚が一番ですわ、恋愛結婚でなら、なにはともあれ二人はともかく幸せにだけはなれますものね、とお喋りしていたそうです。

幸せになれるかどうかということは、しかし、なかなかわからないものです。奥様の二、三千ポンドにしたところで、いつまでももつものではありません。とりわけ、奥様のような遣い方をなさればなおさらのことです。やがて、郵便が来る度ごとに、商人たちからの書状が、何年分にも及ぶ長い長い請求書と一緒に、ひっきりなしにどしどしと届くようになりました。せがれのジェイソンはそれを全部彼のところへまわさせましたので、支払いを迫るそれらの手紙はコンディ卿にはどれひとつとして読まれぬままでした。コンディ卿といえば、面倒なことは一切お嫌いで、実務の話などはどうしたって聞いて下さろうとはせず、ただ延ばし延ばしになさるばかりで、適当に片付けておいてくれとか、明日また出直してくるようにいってくれとか、その話はまたにしてくれとかおっしゃるだけなのです。とは申せ、そのまたの機会というのを見つけるのがなかなか骨なのでございます。なにしろ、午前中はベッドのなかですし、夜にはお酒の壜を手にしていらっしゃいます。そうした折にはどんな殿方といえども邪魔されたくはないものです。けれども十二ケ月かそこらたちますと事態はせっぱつまってまいりまして、もうにっちもさっちもいかなくなりました。ラックレントのお城では私ども皆、その場しのぎの暮らしには慣れっこになっていたのですが、それにしてももう限界でした。忘れもいたしません、ある日のこと、沢山のお客様がみえておいででしたが、晩餐の後皆様客間で、真っ暗でこそございませんが薄闇の中、坐り込んでおられるではございませんか。奥様はろうそくを持ってくるように五回呼び鈴を鳴らされたのですが、誰も持ってはまいりません。そうこうするうち女中頭が仕着せを着た下男をよこし、その者が奥様のところへまいってお椅子の後ろからささやいて事情を申しますには、「奥様、お屋敷にはろうそくは一本もございません。」「何てことでしょう、じゃあ馬を出してできるだけ速くキャリック・オファンガスまで飛んでいって、少し手に入れておいで」と奥様がおっしゃり、コンディ卿がそれに付け加えて「さしあたって、芝居小屋に誰か遣って少し残っていないか見て来させろ」と言葉を添えられました。コンディ卿はたまたま近くに居合わせて聞いておられたのです。ところがその者は再度奥様のもとへ参上すると、出せる馬がございません、蹄鉄を打たないといけないのが一頭いるだけです、と奥様に申し上げるのでした。「じゃあコンディ卿のところへ行ってきなさい、わたくしは馬のことはなんにも存じませんから。どうしてこんなことでわたくしを悩ますのです?」と奥様はおっしゃいました。どういうふうにこの問題が片付いたものやら、それは実のところ忘れてしまったのですが、たしか、その晩のろうそくを借りにせがれのジェイソンのところへ使いの者が遣られたように覚えております。また、冬の、あるひどく寒い日のことでしたが、居間や階上の部屋のために燃やす泥炭がお屋敷には全然無いうえ、台所で料理をする分もろくろくなかったことがありました。小さな**ゴスーン**[脚注11]が、頼み込んで少し分けて貰うか借りられないものかと近所へ遣られましたが、どうしたって持ち帰ることはできなかったのです。背に腹は替えられず、屋敷の者たちといたしましてもコンディ卿を煩わせないわけにはまいりませんでしたが、すると旦那様は「そうか、もしどうしたって泥炭が手に入らないんだったら、これ以上話してなんになる? さっさと木を切ってきたらどうだ」とおっしゃいますので、それがしは思い切って、「おおそれながら、旦那様、どの木でございましょうか？」とお尋ねいたしました。「燃える木ならなんでもいいさ」とコンディ卿はおっしゃいます。「すぐさま誰かやって一本切らせろ。奥方が朝食に起きて来られる前に火を焚いておくんだ。さもないとこの屋敷はかっかとしてきて居ようにも居られなくなるぞ。」旦那様はいつも奥様のことでは大変気を遣っておられ、旦那様がかなえてあげられるもので奥様が不自由をなさるということはありませんでした。ともあれ、このころ事態が逼迫しておりましたおりに、せがれのジェイソンがまた、例の猟小屋についての話をもちだし、旦那様を窮状からお救いするべく、その小屋の購入代金をお支払いしましょうと、礼儀正しく申し出たのでした。そのころコンディ卿は、ご自分に対する二枚の令状が執政長官(116)に委任されているということを確かな筋から聞いて知っておられました。さらにあいにくなことには、その執政長官は旦那様のことを快く思ってはおられませんでした。そして自分は義務は遂行しなくてはならないし、遂行するつもりだ、たとえそれがこの地方きっての人物に、あるいは自分自身の兄弟に手をかけることになってもだ、まして、コンディ卿のように、先の選挙でこの自分に反対の票を投じた者ならいわずもがなだ、と高言しておられるとのことでした。そういうわけですから、コンディ卿としても、事態を収拾するために、せがれのジェイソンから猟小屋の購入代金を受け取るのにやぶさかではなかったのです。実際、せがれにとってもコンディ卿にとっても、これは割のいい取り引きだったことは確かでございます。と申しますのも、せがれは結構な住まいの単純不動産権を自分とその代々の後継ぎのために二束三文の安値で買えたわけですし、旦那様としても、その代金のおかげで獄につながれる憂き目にあわずにすんだのですから。この度は、万事、コンディ卿にとって賽の目は吉と出ました。と申しますのも、その売却金を全部使ってしまう前に総選挙の時期になり、(117)旦那様はこの州では大変皆様に人気がありましたし最も由緒ある旧家の出でいらっしゃいますから、立候補するのに旦那様以上にふさわしい資格のある方はおられるはずもございませんので、旦那様は、御友人の方々皆から、いや、こう申してもよろしいでしょうが、州中の皆様から、今まで議員をつとめておられた方の対抗馬となって打って出るようしきりに求められたのです。その方とすれば競争相手があらわれようとはほとんど思ってもおられませんでした。旦那様としても面倒な選挙運動をなさる気はありませんでした。州の平和を乱して恨まれたりするのも御免なら、選挙にかかる費用だってばかにはならない金額だったのです。(118)けれども、ご友人の方々は、互いに誘いあって寄付の申し込みの署名をし、皆で結託して委員会を発起し、旦那様のかわりに回状を全部書いてしまうわ、運動員(119)をすっかり雇ってしまうわで、ご本人に知られぬまま御膳立てを全部やってしまったのです。しまいには旦那様もそれで満足なさっている御様子でしたし、奥様は奥様で、選挙に関しては全く楽観的でいらっしゃいました。ラックレント城では、夜も昼もお屋敷が開放されました。そのころほど奥様が溌剌としてみえたことはなかったと存じます。素晴らしい晩餐会が幾度も開かれ、殿方は皆、酔い潰れて運び出されるまで、コンディ卿の当選を祈って杯を空けたものでした。それから、踊ったり、大掛かりな舞踏会を開いたりで、御婦人方にしても時計の針が午前をまわっての締めくくりの無礼講のお茶会[注解25]で、ようやくお開きになさる始末です。とはいえ、実のところ御婦人方が一晩中起きていることにして下さったのは結構なことだったのです。なにしろお屋敷にみえている沢山のお客様に用意できるベッドは半分にも足らなかったのですから。もっとも、お望みの方には、客間に簡単な即席の寝床を夜明け前に毎度作って差し上げておりました。それがしといたしましては、こういった騒ぎや、単なるたかりが目的の人々の喉を下ってゆく沢山のクラレットや、テーブルに運ばれていき、階下にいる誰彼のために運び去られていく以外は二度と降りてこない沢山の肉料理を見るたびに、お気の毒な旦那様を痛ましく思わずにはいられませんでした。これら全部の支払いをしなくてはならないのは旦那様なのですから。けれども、それがしは何も申し上げませんでした。悪く思われたくなかったからでございます。そして、いずれ選挙の日になる、そうすればこんなことも全部終わってしまうんだ、と心のなかで思っておりました。ついにその日となりました。それは、今まで幸せにも味わうことのできたどんなめでたい日にも劣らぬ素晴らしい一日でございましたとも。「万歳、万歳、コンディ・ラックレント卿よ永遠に！」というのが、その朝それがしの耳に真っ先にとどいたもので、その日一日、全くそればかりだったのです。投票の時、きちんと投票し、強硬に迫ってくる法律家の先生方の恐いお顔にもかろうじて耐えられるだけの素面を保っている者は一人もいませんでした[120]。そして、コンディ様方の自由土地保有権[121]所有者の多くが投票の資格[122]を奪われてしまいました。と申しますのも、実は、無事に宣誓できる、自由土地保有権を持っていなかったからです。そしてコンディ卿は、自分のために、誰にせよ偽誓させることにお気が進まなかったのです。対抗馬の方は神かけて確かにそうさせておりましたのに[123]。とはいえそうしたところでどうなるものでもなかったのですが。こちら方の投票者の中には、法律家の先生方に、お前たちはそもそも自分が自由土地保有権を有している土地の上に立ったことがあるのか、と問われてしどろもどろになってしまった連中もおりました。そこでコンディ卿は、そういった土地を踏んだことがなく、従ってその先生方に厳しく問い詰められれば、(124)自由土地保有権を持っていますと正直には宣誓できなくなる連中の良心をおもんぱかられて、ガルティーシナーの御自分の農場の土くれを大籠に二、三杯とりにやらせ、[脚注12]町にそれが届くとすぐさま各人をそれぞれにくれてやった土の上に立たせたのです。ですから、それ以来、その連中も胸を張って自由土地保有権を持つ土の上に立ったことがあると誓えることになったわけです。[脚注13]そしてこの正直な策のおかげで私どもは勝ったのです。[注解26]お気の毒な旦那様が当選しなさり、椅子に載せられて凱旋パレード(125)をしているのを目にした時、それがしは喜びのあまり通りに倒れて死んでしまうかと思ったほどでした。旦那様は帽子を被っておられませんで、雨が滝のように降り注いでおりましたが、皆がぞろぞろと大挙して旦那様のあとについてゆき、旦那様は町中の人々を相手に御辞儀やら握手やらでたいへんでした。「あの方が当選したコンディ卿かい?」群集のなかで誰か見なれぬ者が尋ねました。「そうだとも、ほかの誰がするものかね? やれありがたや」そう答えてやりますと、「そうかい、じゃあ、あんたもあちらさんの身内の一人なんだね?」と聞いてきますので、「滅相もない、でも、わしはコンディ様にお仕えしている者で、わしのうちのものはここ二百年かそこら、ずっと御一族様にお仕えしてきたんだよ」そう申しますと、その男は、「それなら、あの旦那がここでこうしていられるのはあんたにとってもめでたいことさね。もしあの旦那があの凱旋の椅子に座っておいでてなかったら、今ごろは、もっとありがたくないところにおいでだろうよ。実をいや、おれは旦那をアゲるために寄越[脚注14]されたのさ。おれのこの隠しには、そうせよという書状が、ほれこの通り、はいっているだろう」と言葉を返すではありませんか。それは、性悪のワイン商人の奴めがお気の毒な旦那様に、数百ポンドの昔の負債の返却を請求して発せられた令状でした。こんな時にそんな話をするとはあさましい限りでございます。「じゃ、悪いことは言わない、その令状をまた懐にしまって、この先七年はきれいさっぱり忘れているんだね。(126)やれ神様のおかげさまで、今じゃ旦那様は議員様になられ、あんたの手の届かないところにいかれたんだ。僭越ながらご注進させて頂くなら、今日のところは目立たぬようにした方が身のためだよ。さもなければ、旦那様のご友人たちからこっぴどい目にあうかもしれんよ。といっても、あんたが他の皆とおんなじに旦那様のご健康を祝って一杯やるなら別だがね」といってやりますと、「それにはまったく異存はないね」と向こうも申しますので、私どもは旦那様のためにずっと店を開けたままにしている旅籠屋の一軒にはいり込んで、あれやこれやについて話に花を咲かせたのでした。「ところでどうだね」男は尋ねました。「あんたの旦那様はちゃんと立ってやってるかい?　一年前の万聖節の季節の頃には調子が悪かったと話に聞いていたが。」「今までこれ以上お元気でお達者だったことはないよ」それがしが答えますと、「おれがいったのはそのことじゃないよ、あんたの旦那のところは破産しちまってるって噂がもっぱらだったじゃないか」とぬかしますので、「大丈夫だとも。二年続けて執政長官は旦那様とじっこんの方たちがなさっていたし、副執政長官の旦那方も、お二人とも紳士の方々で、ちゃんと話はついていたんだ。だから令状がきてもうまく片付けてしまい、うちのせがれのジェイソンの話ではこういう場合の常套手段だということだが、そいつを出した奴のところへ送り返してしまったのさ、ラテン語で、準男爵コンディ・ラックレント卿とおっしゃる方はその辺りにはおられませんと一言付けてね。[127] それで令状を送った連中にはいい薬になりゃあいいがね」とそれがしは申したのでした。すると男は、「おいおい、そういったやりくちなら、おれ様の方が、はばかりながらあんたより詳しいぜ」と言って笑いながら、旦那様の御健康を祝って杯を満たしますので、それがしはこの男、最初、ちょっとうさんくさい奴とかに見えたけれども、とどのつまり根は気のいい奴じゃないか、と思い込んでしまったのでした。男はなおも冗談めかして、「まったく、首までどっぷり借金に浸かっちまえば、それでかえっていっそう道楽三昧をし、いっそう結構な暮らしをするものさ、心得た奴ならね。そうじゃなきゃ、破産してからも結構な暮らしを続けている連中にことさように毎日沢山お目にかかるわけがないじゃないか」と言うのでした。こちらも、そのころにはちょっとばかり浮かれた気分になっていまして、「そりゃまた、つまり、家禽場のあひるどもが、料理人に首をちょん切られたとなりゃ、たちまち前よりいっそう盲滅法に、ぐるぐる走り回るって案配かい？」と言葉を返しますと、相手はあひる云々の奇抜な譬えにげらげらと笑いだし、まだラックレントのお城で家禽場を見せて頂く光栄には浴していないがね、などというのでした。そこでこちらも、「多分、遠からぬうちにお目にかかれるんじゃないかな、旦那様はどなたでも歓迎なさるから、来たけりゃあ遠慮はいらないよ。まったくアイルランド中で、上にも下にも、あんなに裏表がなく、みんなに愛されている紳士のお方はおられないよ」と言ってやったのでございます。このあとどうなったかは覚えておりません。と申しますのも、コンディ卿のご健康とその敵のやつばらの没落を祝して杯を干すあまり、とうとう二人とも酔い潰れてしまったからでございます。その時、そしてそれからあとも長い間、それがしは、この自分が、旦那様の敵のなかでも最悪の奴めの面倒を見てやったのだとはよもや考えてもみませんでした。こ奴めは家禽場を見に来たあとで、あつかましくも、それがしに頼み込んで自分をせがれのジェイソンにひきあわさせたのです。それがしときたら、まだ生まれていない赤子同様、この時この男が訪ねて来たのはどういう魂胆あってのことかなど思いもよらなかったのでございます。こ奴めときたら、せがれのジェイソンから、旦那様の負債全部について正確な一覧表をまんまと入手したあげく、その足ですぐ債権者たちのところへ出向いて、その債権を全部買い占めてしまったのでした。債権者たちの半分はコンディ卿からお金を払ってもらえることはすっかり諦めていたものですから、これは楽な仕事だったのです。そして、法律の手先のあこぎな奴だと後に発覚したその男は、自ら全ての負債に対する単独債権者になりますと、旦那様の御領地の、これと名のつく地所およびそれに従属する地所の一切合財、あらゆる一カートン、半カートン[注解27]に至るまで全部に、カストーディアム(128)をかける権利をせしめたのでした。さらにそれだけではあきたらず、旦那様の動産にも、たいして金目のものはないとは申せお城の調度品そのものにいたるまで、差し押さえの手を伸ばさずにはおさまらなかったのでございます。けれども、これはまだ先の話、先走りするのもなんですから、これまでにしておきましょう。どっちみち、悪い知らせというものはあっという間に広まってしまうものでございますから。(129)

選挙の日のことに話を戻しましょう。その日のことを思い返せばこの胸にはいつも喜びが込み上げ、あの素晴らしかった日々への感謝の涙が湧いてくるのでございますが。ところがなんと、選挙の件がすっかりきれいに片付いてしまうと、ありとあらゆるところから、束になって人々が押し寄せ、コンディ卿に票を入れてあげましたから、例のお約束の件をよろしくお願いしますと迫るのです。ところが、旦那様といえば、そんな約束をしたことさえどうにも思い出せない始末です。ある者は、四人のせがれそれぞれに自由土地保有権が頂けるはずだと申しますし、ある者は借地契約の更新をしてもらえるはずだといい、またある者は地代の減額を要求します。なかには選挙場の演壇上[130]の旦那様に売りつけた一組の銀のバックルの代金として十ギニー払って頂きたいといいに来た者もいる始末、もっともこれはあとでただのまがい物、メッキをした銅だと知れたのですが。また、からす麦の代金を長々と書き連ねた請求書を持ってきた者もおりましたが、それがしが確かに存じておりますところでは、そのうちの半分はお屋敷の穀物倉に全然納められておりませんし、残りの半分は家畜のえさにもならない代物でした。それでも、この取引は選挙の一週間前に成立済みだったのでございます。とは申せ、そのからす麦によって一票を公正に得ただけでなく、旦那様の四輪大型馬車と数頭の鞍掛けをした馬をその日のためにちゃんと整えて貰えたわけですから、この件につきましてはまあこれでいいのでございますが、それにしても、コンディ卿に、せがれを物品税担当官[131]に、あるいは、治安監察官[132]とかそういった類いのものに、してくれるとお約束頂いたはずだ、といいに来る者はあとを絶ちませんでした。また、旦那様に投票するために州のすみずみから、また他の州からもやってきた紳士のご身分の自由土地保有権所有者の方々のために調達した、お酒や、ベッドや、わらや、リボン[133]や、馬、それに駅伝馬車[134]の費用の請求書を持ってやってくる連中に関して言えば、くだんの自由土地保有権所有者の方々には、もちろん、なに一つ払って頂くわけにもいきませんので、そういった請求書を出されてはこちらとしてはいいなりになるしかありませんでした。それに、なによりたちが悪いのは、なにもかも御膳立てして旦那様を出馬させた、例の発起人会の紳士連でございます。この人たちは、旦那様には一文も使わせず当選させるからといって旦那様を引き込み、何百ポンドもの寄付金の申込みをすまし顔でなさっておいて、さてその寄付金を払うのをけろりと忘れてしまうし、運動員や法律家の費用や内偵のために数えきれないほどのお金を使ってしまったのです。旦那様といえば、その方々どなたに対しても、お察し頂けるでしょうが、約束の寄付金を払って欲しいとは言い出せなかったし、それに、そのなかのお一人にお売りになった立派な馬の代金のことだって請求することはできませんでした。というわけで、つけは皆旦那様のところへいくのです。旦那様はどうしたって――もう一度申します、神様の祝福が旦那様にございますように！――紳士の方にお金のことをきりだす気にはなれませんでした。お金の話をすることを御自身軽蔑なさっておられたからです。一方、生まれついての紳士でない連中は、この折も折、遠慮会釈なく、旦那様に借金の返済を迫っておりました。しかし、この者ども皆を納得させるために旦那様にできたことといえば、ただ、できるだけ早く、彼らの目につかぬようダブリンへ逃げ出すことだけでした。ダブリンにはすでに、旦那様が下院議員として冬中務めを果たすのにふさわしいお住まいを奥様が借りていらっしゃったのです。[135]コンディ卿御一家がお屋敷からそちらへ引き移られ、運ぶように言い置かれたきり忘れていらっしゃる品々全部を後を追って荷馬車で送り出してしまうと、それはもう淋しく思わずにはいられませんでした。そのころのお館は、しんと音も無く静まりかえり、それがしは、ちゃんとした錠前がないためにあちらこちらの扉がたてるばたんばたんという音や、ガラス屋がどうしても修理に来ようとしないので壊れたままになっている窓から吹き込む風の音、また、勘定が滞っているのでスレート職人にも来てもらえず、おかげで屋根や一番立派な天井からさえ滲み通ってお屋敷中に漏ってくる雨の音を聞きながら、憂欝な気分であてもなく部屋から部屋へと行ったり来たりしておりました。職人が来ないだけでなく、おまけに、この古さびたお屋敷の屋根の、もとは屋根板[136]で葺かれていたのに煙突が燃え出した際に焼け落ちてしまった箇所などは、それ以来ずっと雨風に曝らされっぱなしになっているというのに、そこを補修するべきスレートも屋根板もないという有り様だったのでございます。夜には召使い部屋に引き取っていつも通りパイプを吹かすのですが、そうすると、よくそこでちょっとしたお喋りを楽しんだことを思い出してはせつなく寂しい気持ちに襲われるのでした。でございますから、それからは台所に腰を据えて、かわいいおじゃが[脚注15]を煮、そこに寝場所も整えてよしとすることにしました。郵便が来る日ごとに新聞に目を通しはいたしましたが[137]、下院にお席がある旦那様のことは全然出ておりませんでした。旦那様は、なんにも発言なさらず、毒にも薬にもならなかったのです。けれどもあちらのお住まいの食堂支配人がせがれのジェイソンに送ってよこした手紙によりますと、コンディ卿は御自分の良心を殺してまでたいそう高潔に政府を支持なさり、そのために随分の悪評をかって、それまで立派な愛国者としてこのあたりでもお名前の高かったコンディ卿としては深く傷つかれたというのに、政府からは約束してもらっていたはずの地位も与えられずじまいで、さんざんな目にあっておいでだというではありませんか。(138) ダブリンでのお住まいやそこの切り盛りにしても、ただでできるものではありません。せがれのジェイソンときたら、「コンディ卿には、そろそろ新しい代理人を捜して頂かなくては。僕としては自分の役目は果たしたし、これ以上できることはない。たとえ奥様がアイルランド銀行(139)を自由にできる御方だとしても、一冬もたてばそのお金も全部消えてしまうさ。それでも旦那様の方は奥様のいいなりだろうよ、奥様のことなんかこれっぽちもお好きじゃあないくせに」などとぬかすのでございました。

ところで、それがしといたしましては、せがれがこんなふうに御一族様への悪口を口に出すのを、黙って聞いているのはどうにも耐え難い思いでございました。しかも路上には二十人からの人が間近に立って聞いているといいますのに。けれどもジェイソンは自身の所有になる例の小屋に住むようになって以来、この哀れな老サディを見下すようになり、すっかりひとかどの紳士になりすまして、身内の者など誰一人寄せつけませんでした。そんな調子でございますから、お気の毒なコンディ卿に対しても、自分自身の係累[脚注16]に対して冷たいのと同様、親身になるということがなかったのも不思議ではございません。春には、債権者の一覧をせがれから手に入れた例の悪党の奴めがカストーディアムを行使してしまいました。その時コンディ卿は、まだ下院でのお務めにいっておられましたが、それがしは、そのカストーディアムにせがれジェイソンの名前が連名されているのを見た時、この老いた我が目と、また、かけていた眼鏡を思わず疑わずにはおられませんでした。とはいえ、せがれの方は、これはただ、形式のためだったんだ、それに地所全部が全くのよそ者の勝手にされるよりはこうした方が都合がいいよ、と申すのです。やれやれ、どう考えたらよろしいものやら、それがしには分からなくなってしまいました。自らの血を分けた者の悪口を言うのは辛いものでございますし、それがしはただ、お気の毒なコンディ卿の御立派な御領地のことを痛ましく思うしかありませんでした。その御領地は皆、法を食い物にするこれらの禿鷹どもによってずたずたに引き裂かれてしまったのです。ですからそれがしは何も申さず、ただ、この事態がどういった結末になるかと見守っておりました。

　六月になりましてようやく、コンディ卿御夫妻はこちらにお戻りになりました。旦那様は、お着きになったその晩に、それがしをいそいそと醸造小屋[140]に引っ張り込むと、せがれのジェイソンのことやいろいろなことに不満をもらされたのでございます。こういった件については、おまえはなんら関与していないと信じているとのお言葉でした。旦那様は、他にも沢山、このそれがしめに話して下さいました。思えば、ご領主におなりになる前の、めんこい坊やだった時以来、それがしにはいつも喜んであれこれと話して下さっていたものです。旦那様があの可哀そうなジュディの奴について言って下さったことは全部、忘れようたって忘れられませんが、ここでそれを繰り返すようなまねはゆめゆめいたすつもりはございません。奥様のことにしても、旦那様は、一言も薄情なことはおっしゃいませんでしたが、とはいえ、大変な苦境にすっかりはまりこんでいる自分や奥様のために、奥様のお身内の方たちが何かしてくれてもいいのにと、当然のことながら、いぶかっておられました。それでも旦那様は、何事についてもしつこくはお考えにならないたちで、あるがままにされましたし、まだもののいえない幼子同様、悪意も、それに似た類いのものも決して抱かれたことはございませんでした。その晩も旦那様は、寝室に引き取られるころには、もうこういったことはすっかり忘れてしまっておられました。旦那様は、例のジャグ一杯のウイスキーパンチを嗜んでおられましたので、それがしはお二人には、ウイスキーパンチについては態度をすっかり軟化させておられましたので、それがしはお二人の間は万事うまくいっているものとばかり思い込んでいたのですが、それも、ジェーン夫人の口から本当の話を聞き知るまでのことでした。夫人は、それがしがたまたま近くにいた時、女中頭にお二人の間のことをいろいろと話していたのです。それによると旦那様はお帰りになった晩、ただただ陽気にやりたい一心で、「義理のお父上の握り屋の大旦那と、マウント・ジュリエッツ・タウンの敵ども全部の御功績を祝して」とおっしゃりながらなみなみと注いだ杯を飲み干されたのでした。けれども奥様の方は、もはや以前のような心境でなく、自分の前で身内の者たちの悪口を言ってもらいたくないとおっしゃいました。すると旦那様は、「それなら、なぜ、身内なら身内らしく振舞って、俺がおまえのご忠告通り腰を低くして頼んだ貸付金を融通してくれないのかね？　あの手紙を、折り返し至急ご返事を乞うと追伸にしたためて送ってから、もう三度も郵便が来ているが、まだなんともいってこないじゃないか」とお言葉を返されたのでした。「きっと**わたくし宛で**、次の便で着くと思いますわ」と奥様はおっしゃられ、この話はそれきりとなりましたが、しかし、この件だけでも、お二人の間が冷たくなってしまわれ、それもまんざら理由のないことではないということが、容易に察せられるというものです。

翌朝は、郵便が来る日でありましたので、それがしはゴスーンを朝早くから郵便局に遣って、事態を解決してくれそうな手紙がきていないかどうか見に行かせました。すると果たせるかな、その小僧っ子は、ちゃんと郵便印を押した一通の手紙をいかにも持って帰ってまいりましたが、まだそれをよく見るひまも、あれこれ考えるひまもないうちに、突然、ジェーン夫人が、帽子入れの青い紙箱を片手に、すっかり血相を変えて、召使い部屋に姿を現したのでした。「これはこれは、どうなさったんで?」それがしが尋ねますと、「どうしたもこうしたも、この箱がびしょびしょに濡れちゃっているのが見えないの? 奥様のだけじゃなく、わたしの一張羅のボンネットもだめになってしまったのよ、それも回廊の窓から雨が吹き込んできたばっかりに。サディ、あんたもものの分かったひとなら、あの窓直しておいてくれたらよかったのに。私らは冬中ずっとダブリンに居て留守だったんだから」というのりますので、「それがガラス屋に来てもらえなかったんですよ、ジェーンさん、ほんとの話」とそれがしは答えて申しました。「とにかくなにか詰め物をしておけばよかりそうなものじゃないの」とジェーン夫人。「しましたとも、できるかぎりのことはね。あそこの窓ガラスの一つには古い枕カバーを詰めたし、舞台用の古い緑の幕を詰めたところもあります。皆さんがお留守の間中、できるだけ気をつけておりましたとも。だから、この目が届いていた冬中は、お屋敷の窓という窓のうちでも、あの窓に限っては、雨一滴入ってきませんでしたよ。でも今は、皆様もこちらにお帰りになっておられますし、夏になっておりますから、実のところ、もうそのことは放念していたんですよ。とはい

「『これはこれは、どうなさったんで？』それがしが尋ねますと、『どうしたもこうしたも』とジェーン夫人。」(94頁)

えジェーンさん、ボンネットのことはお気の毒でしたね。でも、御機嫌の直るものが来てますよ。ほら、マウント・ジュリエッツ・タウンからの奥様宛のお手紙です。」それがしのこの言葉を聞いたかと思うと、夫人はそれ以上一言もいわぬまま、手紙をひったくって、奥の階段を奥様のところへと駆け上がっていってしまいました。こちらもまた、窓を塞ぐためのスレート板を手に、同じ階段を上っていったのですが、この窓は長い廊下、または奥様のご指示通りの呼び名でいえば回廊、に付いているもので、その回廊はさらに旦那様や奥様のご寝室へと続いているのでございました。さて、スレート板を持って上の階へとまいりますと、奥様のお部屋のドアには錠前はないし差し錠は壊れているしで、ジェーン夫人が入っていったあと少し開いたままになっていて、窓を直すそれがしの耳に、中で話すご夫妻の話が全部入ってくるのでした。

「それで、その手紙にはなんて書いてあったのかい、ベラ?」との旦那様のお声です。「随分ゆっくり読んでいるじゃないか。」すると奥様は「コンディ卿、今朝はおひげはお剃りにならないの?」とおっしゃって、お手紙を隠しにしまわれました。「おととい剃ったよ」旦那様は答えられ、「イザベラ、おれが今考えているのはそのことじゃなくて、なんとかしてお前を喜ばせ、平和と静けさを手に入れたいということだがね」とおっしゃったのでした。そしてまもなく、旦那様が、奥様のお気に添うために、炉棚の上のひびの入った鏡に向かって立ちながらおひげを剃っていらっしゃるお姿がちらりと映ってみえましたが、奥様の方といえば、それには一顧の注意も払わず、今度は本を読み続けておられ、ジェーン夫人はその後ろで奥様の髪を結っておりました。「おまえ、そこで何を読んでいるのかい？　おっと、剃刀でけがをしてしまった。これを売りつけた奴は詐欺師だな。でもまあそういやおれだってまだ代金を払っちゃあいないがね。何を読んでいるんだい？　おれがきいているのが聞こえなかったのかい？」「『ウェルテルの悩み』(41)です」奥様は、それがしにも聞きとれるほどはっきりとそうお答えになりました。「おれなら、コンディ卿の悩みについてもっと考えるね」旦那様は冗談めかしておっしゃいました。「あちらからなんていってきたんだ？」「なんにも。また同じ話の蒸し返しよ、みんな、今さらわたくしにはどうしようもないことでわたくしを責めているのよ。」「おれと結婚したことでかい？」旦那様はなおもおひげを剃りながらおっしゃいました。「おまえのいうように今さらどうしようもないという時に、そんなことを話してなんになるんだい？」

このお言葉を聞くと、奥様は大きな溜め息をおひとつつかれました。それは、廊下におりますそれがしにもはっきりと聞こえるほどのものでございました。「それで、貴方はわたくしに卑劣な振舞をしなかったとおっしゃるの、コンディ卿？　破産していることを結婚前に言わなかったくせに」「そのことなら、おまえ、一言でもそれについておれに聞いたかい？　それに、もしおまえが、そういった中傷に耳を傾ける気になっていたら、朝から晩までその話ばかり言って聞かせる身内の方々には不自由しなかったはずだが。」「中傷なんて誰もいってなかったわ、第一うちの者たちはそんな中傷家ではございません。今みたいに、あの人たちが無礼に扱われるのを聞くのは耐えられませんわ。」奥様はそうおっしゃると、隠しからハンカチを取り出されながら、さらにこう続けられるのでした。「あの人たちこそ、一番親身になってくれている人たちだというのに。もしあのひとたちの忠告を受け入れてさえいれば——でも、わたくしを閉じ込めたのはお父様も間違いをなさったんだわ、ほんとに。それだけが、わたくしがお父様にひどいと申し上げられるただひとつのことなのよ。もしお父様がわたくしを閉じ込めたりなさらなかったら、わたくし、このように駆け落ちしてしまうなんてこと、決して本気で考えなかったでしょうから。」「よしよし、わかったとも」旦那様はおっしゃいました。「もう、泣いたり、そのことで悩むのはよしてくれ。もう済んでしまったことだし、なんといっても、おまえは自分で選んだ男を得たのじゃないか。」「わたくし、若すぎたんですわ、あなたがわたくしと一緒に駆け落ちしたあのころは、選ぶにはまだ。そうですとも。」奥様はそうおっしゃると、もうひとつ溜め息をつかれましたが、それを聞いて旦那様ははっとなさり、ひげ剃りの途中でしたが、奥様の方にくるりと向き直られました。「なんだって、ベル[142]、おれがあのようにおまえをスコットランドへ連れて行き、そこで結婚することは、おまえのたっての望みだったし、おまえがその手でしたため封印した手紙にも、そうして欲しいと二度も書いていたではないか、そのことはおれ同様おまえだってしかと分かっているはずだ。そうだろう。」「コンディ卿、もうやめてくださらない」奥様はいらいらなさったご様子で、「あの時わたくしまだ子どもだったのですわ、ご存知でしょ。」「それに、おれが知る限り、いまでも大して成長していないね、奥や、自分の夫に**面と向かって**こんなふうな口の利き方をするとは。でも、おれはそのことでおまえを悪く思うまい。おれには、突然おれに反感を抱かせたり、おまえに入れ知恵したりしたのは、たったいまおまえが隠しにしまったその手紙に書いてあった何かだろうとわかっているからな。」「コンディ卿、**わたくしの**頭に入れ知恵するのは、お思いになるほどたやすいことではございませんのよ。」 奥様がこうおっしゃるのに答えて旦那様は、「おれはね、もっともなことだが、そもそも誰に対してであれ、お前が下す判断を一番高く買っている。だから今まで、自分の判断を、おまえのと張り合わせようとしたことはなかったろう、奥や」そうおっしゃりながら、それはお優しく、奥様のお手を御本からお取りになりました。「今まではね。今は、おれは全く冷静で、おまえはそうでないから別だが。そういうことだから、おまえのコンディ卿を悪くいう身内の者の言葉など、一言だって信じちゃだめだよ。さあ、隠しの手紙をこちらへおよこし。向こう様の言い分を見せてもらおうじゃないか。」「それならどうかお取りになって」と奥様はいわれるのでした。「それにあなたは今はとても冷静でいらっしゃるということだから、わたくしが、身内の者たち皆の望みに応じて父や家族のもとに戻り、残りの惨めな人生をマウント・ジュリエッツ・タウンで暮らすのをお許し頂きたいとあなたにお願いするのにも、今はちょうどいいころあいではございませんかしら。」

この言葉を聞くと、旦那様は、おいたわしくも、まるで弾丸を受けでもなさったかのように、二、三歩あとずさりなさいました。「本気じゃないよね、ベラ、この難儀のまっ最中に、こんなふうにおれをひとりぼっちにして見捨てていくなんて気にはなれないよね。」それでも、旦那様は、最初の驚きから我に返り、一瞬後には思い返されると、奥様へのなみなみならぬ思いやりをもって次のように言葉を続けられました。「そうかい、ベラ、いいとも、きっとおまえの言う通りだろう。第一、おまえがこの館に残っていてもなすすべは無いのだ。動産には差し押さえの強制執行が行われ家具類はカンティングに付せられ、来週中ずっとこの屋敷で競売があるというざまなのだから。だから出て行きたければおれとしては何もいうまい。出て行くのがおまえの望みというのなら。ただ、おれが一緒に行ってやれるとは思うな。おまえとの結婚以来、おまえの身内たちとはご存じの仲だから、面子にかけても、それだけはおれにはできない。それに、ここで片付けなくてはならない用事もある。だから、今朝の朝食の支度ができていればの話だが、とりあえず下へいって、これを最後に穏やかに楽しく食事をしようじゃないか、ベラ。」

そして、旦那様が廊下へのドアに向かわれる足音をききながら、それがしは壊れたガラス窓にスレート板をはめ終えたのでございました。旦那様が姿を現されたときには、自分のかつらで窓下腰掛けを拭き清めながら、[脚注17]できるだけていねいに「おはようございます」と挨拶をいたしました。旦那様は無理をしてそれがしの目をごまかそうとのおつもりでしたが、苦しんでおられるのが見て取れたからです。「この窓はすっかりガタがきてぼろぼろになってしまいまして」それがしは申しました。「今、直そうと頑張っているところです。」「すっかりガタがきてぼろぼろになって**いる**とも、一目でわかるよ。だが、直さなくてかまわんよ、正直老サディ、おまえやおれにはこれで十分だし。そのうちこの屋敷にはおれたちしか住む者が居なくなってしまうだろうから」というのが旦那様のご返事でした。「おそれながら旦那様、ご気分が今朝はそんなにすぐれないとはおいたわしうございます。けれども、朝食を召し上がれば、お元気になられますよ」そう申し上げると、旦那様は、「召使い部屋にちょっと降りていってペンとインクを取って居間に持ってきてくれ。それと、ジェーン夫人から紙を一枚も

「自分のかつらで窓下腰掛けを拭き清めながら、できるだけていねいに『おはようございます』と挨拶をいたしました。」（100頁）

らってきてくれ、今すぐやらなけりゃ気が済まない用事があるんだ。居間へは、サディ、おまえが自分でペンとインクを届けてくれ。大急ぎで一筆書いて署名しなくちゃならんが、おまえにその証人になってもらいたいんだ」とおっしゃったのでした。さて、それがしは、ご用のお品を揃えながらも、お気の毒な旦那様がこんなに大急ぎで片付けなくてはいけない書類とは一体何だろうと頭を絞って考え込んでしまうのでした。なにせ、旦那様は、どなたのためであろうと、朝食前にお仕事をなさるなんて、生まれてこの方お考えになったことなどついぞ無いお方でございましたから。しかし、あとで分かったことですが、これは奥様のための書類だったのでした。そして奥様からあのような仕打ちをさんざんに受けられたうえなればこそ、一層ご紳士らしいお振舞だったのでございます。

　旦那様が走り書きなさった書類に証人として署名しようと、それがしがペンを振ってペン先からインクの滴を絨毯に振り落としていたちょうどその時、奥様が朝食を取りに入って来られました。そして、無理もないことですが、コンディ卿がこんな時ならぬ時間に書類に向かっておいでなのを目にされると、まるで幽霊でもご覧になったかのように肝を潰されました。「これで十分だろう、サディ」旦那様はそうおっしゃって、それがしが、なんなのか皆目見当もつかぬまま署名いたしました書類をそれがしの手から取り上げ、歩きながらきちんと畳むと奥様のところへ持っていかれました。

「この中には、おまえに関係したことが書いてあるよ、奥方や」旦那様は、それを奥様に渡されながらおっしゃいました。「この覚書(143)を大事にして、向こうへ着いたら真っ先におまえの身内らに見せてやりたまえ。とはいえ、今は隠しに入れておいて、ぜひとも朝食といこうじゃないか。」「いったい何事でございますの」奥様は非常な興味を持って書類を開かれながらお尋ねになりました。「これはただ、できる時がくればそうするのがおれとしてまっとうだと思えたことを記したちょっとした覚書なのだが」旦那様はおっしゃいました。「分かってくれているだろうが、目下のところは全く首もまわらん始末だ。でも、こんなことはいつまでも続きゃしないよ。サディ、おれが死んでしまえば、土地は利益を上げるようになるだろう、[144] その時は、いいかい、おれの負債を精算する前に家内が領地から寡婦給与産を年に丸々五百ポンド受け取れるようにしてやって欲しいんだ。」「おおそれながらご領主様」それがしは申しました。「そんな時が来るまでこのてまえこそ、生きて長らえておりますものやら。もう齢八十を超しておりますし、旦那様といえばお若い方でございますもの、それに神様のお力添えがありますればきっとこれからもお若くていらっしゃるでしょう。」それがしは、奥様には旦那様のその思いやりもろくろく通じてはおられぬのを見て、今度は腹立たしい思いに駆られてまいりました。奥様は、ただ「それは随分と紳士らしいお振舞ですこと、コンディ卿。サディ、もうさがってよくてよ」といわれたきりだったのです。それで床の上に転げ落ちたペンとインク壺を拾い上げましたちょうどそのとき、旦那様がこうおっしゃって話を終えられるのが聞こえました。「おまえこそ、淑女の名に恥じない振舞をしてくれたではないか。おまえが自分の財産としてもってきてくれたありったけの金をすっかりおれの手に投げ出してくれた時に。それに、おまえとしては不満の種がなかったとはいわないよ」この時、そのお心に浮かんでいたものは、きっと、ジュディか、ウイスキーパンチか、それともその両方ともだったことでしょう。「おまえとしては不満の種がなかったとはいわないよ。だから、その償いとして、将来快く楽しみにできるものがあってこそ公平というものだろう。それに、このことはおれ自身に対する公正な評価をもたらしてくれるだろうよ。おまえの身内の者たちだってもう、誰も、おれが愛のためでなく金のために結婚したとはいえなくなるわけだから。」すると、奥様は、「貴方のことでそんな悪口をいうなんて、わたくし夢にも思ったこと、ございませんことよ、コンディ卿」とたいそうお優しくおっしゃったのでした。「それならおまえ、会った時と同じに、良き友人同士として別れられるわけだ。これで万事よしというものさ。」

　このやりとりを聞きまして、それがしといたしましてもたいそう嬉しく思え、この話を一部始終話してやろうと、居間を後にして、台所へと向かったことでございました。翌朝、奥様とジェーン夫人は、一頭立ての屋根無し軽装二輪馬車《ジョーンティングカー》に乗って、マウント・ジュリエッツ・タウンへと発って行かれました。このような折というのに、どうして奥様は、まるで遊山にでも出かけるかのように、そんな馬車で行くことにされたのだろうかと、いぶかしんだ者も少なくありませんでしたが、それは、その者たちが、四輪大型馬車はダブリンから戻ってくる旅路ですっかりだめになってしまい、他に乗り物としてはこの軽装二輪馬車しかないということを、それがしが教えるまで知らなかったからでございます。それにまた、奥様のお身内の方々が十字路のところに出迎えの四輪大型馬車を寄越されるので、これで万事結構なのでございました。

　旦那様は、お気の毒に、奥様が出て行かれてから大変な難儀を味わわれました。差し押さえの強制執行が行われ、お城にあったものは全部、強奪者どもの手に渡ってしまいました。そして、申すのも恥ずかしいことながら、せがれのジェイソンも、そのなかに混じっていたのでした。いったいどうして、そんなむごいことをする気になれましたものやら。とはいえ、せがれは当時、ずっと法律を勉強していて、事務弁護士クワークとなっておりました。それですぐさま山のような請求書を旦那様のところへどっとばかりに持ち込んだのでした。度重なるあまたの借金の証文、からす麦の勘定書に、婦人用帽子屋や、服地屋の勘定書、それから、ダブリンでの仮装舞踏会のために奥様が注文なさった何着ものドレスのつけ、また、劇場の書割りのために働いた職人や商人への支払いもあれば、肉屋やパン屋のつけに加えてろうそく屋や食料品屋、仕立て屋のつけがあるといった次第で、さらに、一番厄介なものとして、たまったつけのためにお気の毒な旦那様を選挙当日に逮捕させようとした、例の性悪のワイン商人の古いつけがあったのでした。このおかげで、旦那様は後に約束手形を振り出すはめとなり、その日以来、その約束手形は法に適った利息がつくこととなったのでございます。それに、その他にも借金のための手形や債務証書があまたあり、その利子や複利は、いまや恐ろしいほどの額に達していたのでした。また、州の副執政長官たちへの口止め料[145]も払わなくてはなりませんでしたし、「**添付されていた古い決算報告書によれば**」多額の未払い分が残っている、新旧の事務弁護士からの何枚もの請求書が利子をつけられて提出されてきたのでした。それから、キャリックショーリンの領地の免役地代[146]を十六年前からずっと国王に納めていないのも、かなりの額になっておりましたし、また、御者への支払いや、コンディ卿やさらには先代のキット卿の願いを入れて、毎年免役地代を納めるのを猶予してくれていた収納係への心付けだって払わないわけにはいきませんでした。選挙の時の酒やリボンの請求書だってまだ片付いていませんでしたし、例の発起人会の紳士方の会計だってまだ未決済のままでした。その方たちが申し込んだはずの寄付金にしたところで、ついぞ頂けぬままだったのでございます。雌牛の代金の支払いもありましたし、鍛冶屋や蹄鉄工からの請求書もあって、領主直属地の地代の分から差し引いてやらなくてはなりませんでした。仔牛や干し草の代金にしてもそうなのでした。それに召使いたち皆の給料にいたしましても、いつからとも知れぬ頃から未払いのままで、払ってやらないわけにはいかないのです。また、せがれが立て替えた、この者たちの服や、深靴や、乗馬用の鞭の代金、それに、この者たちがダブリンなどへ行った際の雑多な経費、しょっちゅう御用立てした旦那様のお小遣い、議員になられる以前の送達吏[147]や郵便の費用[148]も含まれておりました。この他に、はたまた何がありましたやら。ただそれがしが存じておりますことは、せがれのジェイソンとこういったことがら一切の決着をつける日としてお決めになっていた当日の晩、居間に入られて、そこの大テーブルの上にごっそりと集められて揃って旦那様を待ち設けている請求書や書類の山をご覧になりますと、旦那様が両手で目をおおって「おお、慈悲深いエエス様[149]！　この目が何を見ることやら」と叫ばれたことでございます。この御様子に、旦那様のためにそれがしが肘掛け椅子をテーブルのそばにお持ちしますと、旦那様はようやっとのことでそれに腰掛けられました。そこへせがれのジェイソンがペンとインクをお渡ししてあれやこれやの請求書にサインするようにお願いしますと、旦那様は一言も異議を唱えられることなく、いわれるがままにご署名なさるのでした。実際、旦那様のご名誉のためにも申し上げておきますが、コンディ卿ほど徹頭徹尾、公正で偽りが無く、あらゆる取引においてひとの好いお方、また、誰しもこれ以上のことはできないでしょうが、誰に対しても払える限りは喜んで払おうとなさるお方には、それがしついぞ**お目にかかった**ことがございません。そのうち、コンディ卿は、ジェイソンにおどけた口調でこういわれました。「さてさて、この灰色の鵞ペンの一振りで全部片付けられないものかね。ここで、この書類の海の中をおれがうろうろしてどうなるものでもないだろう。なあジェイソン、君なら、借方と貸方の、決算報告書の作り方もわかっているだろう。ちょっとこのテーブルの隅に座って、おれに決算が一目でわかるように片付けて貰えないだろうか。結局、この始末をつけるのにおれが要るのはその決算なんだ、そうだろ?」とおっしゃるのでした。「まったくその通りでございますとも。コンディ卿。旦那様ほど実務にお詳しい方はおられませんよ」とのジェイソンの言葉に、「それもそうだろう。弁護士になるよう生まれつき、その教育も受けたんだから」とコンディ卿は答えられ、次いでそれがしに、「サディ、ちょっと行って、パンチを作る物がそろそろ来ないか見てきておくれ。今晩の仕事はこれでおしまいだ」と声をかけられたのでした。お言葉通りお部屋を出て戻って参りますと、ジェイソンが決算を旦那様にお見せしているところでしたが、その数字は旦那様には大変な衝撃でした。

「そんな馬鹿な！　信じられん！　沢山ゼロがあって目が回りそうだ。いやほんとに目が回ったとも。おかげで数字表(150)の勉強でひどい目にあったことを思い出したよ。まだ子どもでおまえと一緒に学校へ通っていたころのことさ。一の位、十の位、百の位、千の位ときたね。」そしてそれがしに気がつくと「パンチはまだか、サディ?」とお尋ねになりました。「すぐでございます。もうジャグを若い者が手に持っております。おおそれながら旦那様、大急ぎでこちらに向かって来ておりますとも。」こうお返事いたしましたのも、旦那様が、人生にすっかりうんざりしてしまわれた御様子が見て取れたからでございますが、しかしながら、ジェイソンめは大層そっけなく、薄情にもこういって、それがしの話を遮ったのでした。「しばらくパンチの話はやめて下さい。今のところそれどころじゃないんですよ――一の位、十の位、百の位」せがれは、旦那様の肩越しに、なおも一、十、百、千、と数え続けるのでした。「あぁあ！　もう堪弁してくれよ！」と、旦那様は叫ばれました。世間広しといえども、いったいどこで、千はいわずもがな、百、いや、一の位さえも、見つけられるというんだ？」「決算をあんまり長く放って置きすぎたからですよ」とジェイソンは返答し、それがしなら、たとえ東インド諸島と西インド諸島の両方、それにコーク[151]までおまけにくれるといわれてもこんな時に到底できはすまいと思うような粘り方で、なおも旦那様を離そうとはいたしませんでした。「決算をあんまり長く放って置きすぎたからですよ。この僕までコンディ卿のせいでお金のことで大変な目にあっているんですよ。このことは今すぐ処理し、差し引き残高を精算してくださらなくては。」するとコンディ卿は「どうやって、それをやってのけるか教えてくれさえすりゃ、恩に着るよ。」とおっしゃいました。これに答えて、ジェイソンが申しますに、「一つしか策はありませんが、その策ならばすぐにも使えます。つまり、現金がないなら、紳士のお方にできることは土地に訴えることしかないと思いますが。」「どうして土地に訴えられよう。土地はもうおまえに対しカストーディアムに付されているし、そのカストーディアムが明けてもまた新たなカストーディアムが控えている。カストーディアムの譲受人たち[152]以外、誰にもさわれはしないよ」と旦那様。「そりゃそうですが、困っていらっしゃるのに、お売りになれないでしょうか?　いや、確かに売れますとも。実はあなた様のためにもう買手を一人見つけてあげているんですよ」とジェイソンが返答しました。「本当かい?　そりゃおおいに助かる。でも、ここにひとつ、なんとも困ったことがあるんだ。もし、サディがこの秘密情報を教えていないとすれば君はまだ知らんだろうが。」その時それがしは口を出して、こう申し上げました。

「とんでもない、秘密にしろ、そういう類いのなんにしろ、ひとっかけでも、こんどの洗礼者ヨハネの祝日の前夜でまる十五週間、こ奴がてまえからなにか聞いていたとしたら、災いあれ、ですよ[153]。てまえどもはここのところ、おいそれと物も言わない間柄になってしまいまして。けれども、おおそれながら旦那様、秘密のこととは何でございましょう?」「他でもない、おれの奥方がここを発つ朝、あれにやったささやかな記念品のことだよ、あれが身内のところへ空手で帰らなくてもすむようにと。」そこへジェイソンが、「奥方様なら、安ぴか物や記念品はたっぷりお持ちですね。テーブルの上の請求書を見れば分かります。しかしなんであれ」とペンを取り上げて、「決算に加えておかなくては。その代金が払えないに決まってますから。」「そうだ、払えないんだ。おれが死ぬまではな」とコンディ卿は答えられました。「それがせめてもの結構な点だが。」そうしてかなり赤面なさりながら、コンディ卿はせがれジェイソンに奥様のために設定した年五百ポンドの寡婦給与産の覚書について打ち明けたのでした。これを聞いたジェイソンは気も狂わんばかりになり、激しい言葉で、相談もせず、黙って勝手にそんなことをなさるとは、貴方の財務を管理し、その上貴方の主たる債権者である紳士に対し、ひどい侮辱である云々と、さんざんにまくしたてたのでした。この非難の嵐に対し、コンディ卿はなんともおっしゃいませんでした。ただ、良心にかけて、あの時は急いでいて、あれこれ自分のことを考える暇など一瞬たりともなかった由、また、それについてはたいへんすまないと思ってはいるが、もしもう一度同じ立場に立たされても、自分は同じことをするつもりだとおっしゃいました。そしてそれがしに訴えられたので、それがしはおよばずながら旦那様のおっしゃっていることがみな本当であることを喜んで証言いたしました。

　というわけで、ジェイソンのやつめは随分じたばたしましたけれども、妥協せざるをえませんでした。「僕が見つけてある買手はきっと随分気を悪くすることでしょうね。あの土地にすでにそういった負担[154]があったとは。だがなんとか納得させなくては。不動産譲渡証書[155]だってこの通りもう作成してあります。あとは、約因[156]となる対価の金額を記入し、私たちが署名をすればいいだけですよ。」「それで、おれはどれだけの土地を売ることになるんだ? オショーリンズ・タウンの土地に、グラニーウーラガンの土地、クルッカーナウォターの土地に」と、旦那様はその書類をおりしも読み上げておられましたが、「それと――ひどいじゃないか、ジェイソン、まさかこれを入れはすまいな――ラックレント城のお城に厩に従物は!」と叫ばれたのです。「ああ、なんて非道なことを!」それがしも両手を打合せながら叫びました。「それはあんまりだよ、ジェイソン。」「どうしてですか?」とせがれは問い返すのでした。「それは全部、いや、この他にも相当多くのものが、法的には僕の物[157]なんですから、それを要求することが僕にはできたんですよ。」「ご覧、このお方を」その時それがしはコンディ

「『ご覧、このお方を』その時それがしはコンディ卿をさし示しながら訴えました。」(110－12頁)

卿をさし示しながら訴えました。旦那様といえば折しも、仰天したあまり茫然としてしまった人の様に安楽椅子に反り返り、その両腕をだらりと下へ垂れてしまわれました。「ジェイソン、おまえは、このお方の前に立って、このお方がわしらにとってどんなお方であったのか、そして、わしらがこのお方にとってどういう者であったか、すっかりわきまえながら、挙げ句の果てによくもこんな仕打ちができることだな。(158)」「コンディ卿にこれ以上ましな目を見せて差し上げられる者が、一体どこにいるというんですか?」ジェイソンは申すのでした。「もし、コンディ卿がもっと有利な買手を見つけることがおできになるなら、それはそれで結構。こちらはただ、コンディ卿のためにこの窮境を和らげ、なんとかして差し上げようと思えばこそ、買ってもいいと申し出たまでのことなんですから。とはいえ、お父さんが御恩、御恩と言うなら言いますけど、このお方のどこが有り難いのか知りませんがね。僕は今まで、地代を預かる者の手数料として、いっぺんだって、一ポンドにつき六ペンス(159)以上貰ったことも、くれといったことも、課したこともありゃしません。これ以上一ペニーでも安くつく代理人がどこにおりましたかね?」「おお、ジェイソン、ジェイソン! おまえはこの州の皆様方や、おまえを知っている方たち皆を前にして、どのつら下げてそう言い張るつもりだ。それに、おまえがこのラックレント城に居座り、正当な持ち主が先祖代々の屋敷を追われて、雨風を凌ぐ掘っ建て小屋も、飢えを満たすじゃがいもすらあてがわれないでいるのを見て、皆様がなんと思うかね、なんと言うかね?」この言葉を、いや、それ以上もっと多くの文句を並べ立てております時、ジェイソンめは、それがしに、いろんな身振りをしたり、目まぜをしたり、眉をひそめて見せたりしましたが、それがしはそんなことにはてんで構うどころではございませんでした。それがしはお気の毒な旦那様のために嘆き悲しみ、この胸も痛むあまり、ただもう、喋らずにはいられなかったのですから。

その時、ドアが開けられたのに乗じてジェイソンは「パンチが来ましたよ」と口をはさみました。「パンチが来ましたよ！」その声を聞くや、旦那様は、はっとして安楽椅子から身を起こされ、我に返られました。ジェイソンはウイスキーの栓を抜き、「ジャグをここへ置いて」と言いつけながら、旦那様の目の前の書類のわきに場所を空けました。とはいえ、全財産を譲渡することになる例の証書は、まだのけずに置いたままでした。実は、せがれがパンチをつくり旦那様がグラスを手に取られるのを見た時、それがしは、あれの心にも旦那様をおいたわしく思う気持ちがすこしは湧いてきたのではと、おおいに期待いたしました。けれどもジェイソンめは、旦那様がグラスのおかわりをしようと手を伸ばすと、パンチを下げてしまってこうぬかすではありませんか。「だめです、コンディ卿。僕は、あなたがほろ酔い加減でいらっしゃる時にこの証書に署名させたといわれたくありませんからね。貴方様のご直々のご署名も、そういう時にして頂いては、もし裁判沙汰になった場合、僕にとってなんの御利益もないことはご存じでしょう。ですから、これ以上パンチ鉢に深入りするまえに、この件を全部片付けてしまいましょう。」「なんでもおまえの好きなようにしてくれ」コンディ卿はそうおっしゃって、両手で耳をぴたっとふさいでしまわれました。「だが、おれの耳にこれ以上入れんでくれ。おれは今夜はもう、やいのやいのとあんまりうるさく言われて死にそうだ。」「ただ、署名して下さりさえすればよろしいのです。」ジェイソンはそういいながら、ペンを旦那様の手に持たせました。「全部くれてやる、それで気が済むだろう」と旦那様はおっしゃいました。そして署名なさったのです。パンチを持ってきた召使いが証人となりました。それがしはまるで子どものように泣いておりましたので、とても証人なんぞになれる有り様ではありませんでしたし、それにいっそありがたいと思ったことには、ジェイソンの奴め、てまえは年をとり、もうろくしすぎて証人として不適格だとぬかしおったのでございます。この一件で、それがしはすっかりまいってしまい、旦那様おんみずから——神様の祝福が旦那様にございますように！——この苦しみの真っ最中にありながら、てまえのためにパンチを一杯注いで下さり、唇のところまで持ってきて下さったというのに、その一滴だって口にすることもできませんでした。「一滴も飲めません、でも、おそれおおくも旦那様に頂いたのと同じに、有難く存じております。」そう申し上げると、それがしはグラスをそのまま下に置いて出て行ったのでした。表口のところまでまいりました時、そこでおはじきをして遊んでいた近所の子どもだちが、それがしが大変つらそうにしているのを見ると、遊びをやめて、なにがあったのか知ろうと周りに集まってまいりましたので、起こったことを全部話してやりました。それがしの方も、自然の感情を残しているらしいこれらの哀れな子どもだちに話すことは、随分と気が楽になることではありました。子どもだちは、コンディ卿がこれを最後にラックレントのお城から出ていかれることになるのだと分かると、通りの一番向こうの端にまで届かんばかりに泣き節を響かせました。コンディ卿がその朝りんごをやった男の子は、立派な子で一番大きな声で泣きましたが、どの子も同じくらい悲しんでいたのでした。子どもだちはコンディ卿が大好きだったからです。(160) コンディ卿は、子どもだちがご領主直属地に木の実を取りにいくことだって、一言も咎め立てなさらず、好きにさせていたのですから。もっとも奥様の方は渋い顔をなさっておられましたが。ところでご領地の者たちも、大半が各々の住まいの戸口に立っておりましたものですから、子どもだちの泣くのを聞いて、そのわけをきかないではすみませんでした。そしてその知らせが広まると、人々は誰も彼も、てまえのせがれジェイソンへの激怒と、ジェイソンが領主となって皆を治めるようになることへの恐怖に駆られて集まり、叫びだしました。「ジェイソンは御免だ！　ジェイソンは御免だ！　コンディ卿がいい！　コンディ卿だ！　コンディ・ラックレント卿よ永遠に！」群集は大層膨れ上がり、大騒動になりましたので、それがしは恐くなり、なんとかお屋敷へとって返すと、せがれに、逃げ出すか身を隠すかしないとどうなるかわからないぞ、と言ってやりました。ジェイソンの奴めは信じようとしませんでしたが、とうとう皆がやってきてお屋敷を取り巻き、大声で叫びながら窓に迫ってまいりますと、真っ青になってコンディ卿にどうしたら一番いいでしょうかと尋ねるのでした。コンディ卿はその怯えようを見て笑いながら、「何が一番いいか教えてやるとも。まずそのグラスを干せよ、そうしたら二人で窓のところへいって顔を見せてやろうじゃないか。おれは皆に、それともなんならおまえでもいいが、保養のために、自分のたっての望みで、おまえの猟小屋へ転地療養にいってそこで死ぬまで暮らすことにしたと言ってやるよ。」「どうかぜひ」ジェイソンは言いました。せがれには猟小屋を譲るという心づもりはもともと全くなかったのですが、この折も折、コンディ卿に猟小屋を拒絶することは無理でした。この返事を聞いてコンディ卿は、窓枠をさっと上げると、事情を説明し、来てくれた者皆にお礼を言い、さらには、部屋の中を覗いてパンチ鉢を見るがいい、そして、ジェイソンと自分がパンチを飲み交わしながら大層仲良く腰をおろしているのをご覧とおっしゃったのでした。それで群集は納得しました。コンディ卿は、ご自分のために乾杯させるため、外にいる連中にウイスキーを少しもって行かせました。そして、この時の乾杯がラックレント城で旦那様の御健康を祝ってなされた最後の乾杯となってしまったのでございます。

他ならぬその次の日、コンディ卿はもはや自分の物でなくなったこの屋敷にあと一時間たりともおめおめと居られるものかとおっしゃって、猟小屋へと出て行かれました。それがしとて、幾時間も待たずして、その御供にまいったのでございます。オショーリンズ・タウンではどことといわず、それはもう大変な嘆きようでありましたのを、それがしは足を止めてこの目でしかと見届け、猟小屋に着きますと、お気の毒な旦那様にその一部始終を話して差し上げたことでした。そちらに着いてみますと、旦那様は大層ふさぎこんで床についておられ、心臓のあたりがとても痛むといっておられましたが、でも、それがしには、それはただ、ご心痛はいわずもがな、最近味わわれた苦境や厄介ごと全部のせいだと思われたのでした。旦那様のご気性はおちいさいときからよく存じ上げておりますから、それがしはパイプを取り出し、暖炉のそばで一服しながら、旦那様がどんなに州の人々に愛され、惜しまれているか話し始めたのです。それを聞くと旦那様はおおいに元気を取り戻されました。「旦那様にはまだ、この州の貧乏な人たちのなかにもお金持ちの人たちのなかにも、旦那様のご存じでない沢山のお味方がついているんですよ」とそれがしは申し上げたのでした。「こちらへやって参ります時、ご自分の馬車に乗っておいでの二人の紳士方にそれぞれ行きあったのですが、その方たちは、てまえの顔を知っておられて、旦那様のことをお尋ねになり、今おいでるところや、また、旦那様の近況をなんでも、いや、この爺の年のことまで、知りたがっておいででしたよ。どうです？」すると旦那様は、まどろんでおられたのにはっと目を開けられ、その方たちはどなただったかと、それがしに問いただされ始めたのでした。そして翌朝のことです。それがしは、旦那様や奥様がよくお訪ねしていた紳士の方々のお屋敷や、ご親友であって、旦那様のためならばいつでも一肌脱いでコークまでも行って下さるはずの方々のところを、旦那様からの挨拶回りにこっそりとあちこち出掛けてみようと思いつきました。そうして思いきってその人たちから、現金を少し借りようとしてみたのでございます。その方々は、皆、だいたいにおいて丁重にもてなして下さり、奥様やコンディ卿をはじめ、お屋敷の者皆について、とても優しくたいへんあれこれと尋ねて下さって、それがしがお城はひとでに渡り、旦那様は保養のために猟小屋に引っ越されておいでですと申し上げると大層驚かれました。そして、皆様旦那様を大変お気の毒に思って下さいました。ですから旦那様はどうかお大事にとの皆様のお気持ちだけは——それが何かの足しになるものならばですが——たくさん頂いたのですが、あいにく、どなた様もお金だけは目下のところ貸して下さるだけの余裕は全くないということでございました。このお屋敷まわりは骨折損に終わり、それがしはふだん歩き慣れておりませんでしたし、若いころのように軽々ともまいりませんもので、ひどくくたびれてしまいましたが、猟小屋に帰り着いて、旦那様に身分の上下を問わず皆様からことづかった丁寧なご挨拶をお伝え申し上げて満足に思った次第でした。

　すると旦那様がおっしゃるには、「サディ、おまえの話をいろいろ聞いているうち、おかしなことを思いついたよ。おれはどっちみち、この世にもうあまり永くないという気がするんだ。それで死ぬ前に、ぜひこのおれの葬式を見たいと思うんだが。」どこから見てもご健康そうな旦那様がご自分のお葬式のことをそんなに気軽におっしゃるのを聞いて、最初は大変衝撃を受けたのですが、しかし、気を落ち着けてこうお答えしました。「きっと、またとないほどご立派なお集まりになることでしょうね。立ち合わせて頂いて誇りに思うことでしょう。旦那様のお葬式はパトリック・オショーリン様のお葬式に負けず劣らずご立派なものとなり、この州でも後にも先にもないほどのものとなること、間違いございませんとも。」とは申せ、それがしは、旦那様が本気でご自分のお葬式が見たいとおっしゃっておられるとは、夢にも思っておりませんでした。ところが次の日、旦那様はまた、その話をなさるのです。「サディ、通夜《ウェイク》[脚注18][注解28]のところまでなら、きっとおれはたいして苦労もせず、自分の葬式をちょっと見物する醍醐味が味わえると思うよ。」「そうですか、おそれおおくも旦那様がそれほどそのお考えをお気に召されたのでしたら」とそれがしは申しました。旦那様が逆境におられる今、お気にさわるようなことは申したくなかったのです。「できるだけのことはしてみましょう。」というわけで、旦那様は一種の仮病にかかられて病床に伏されましたが、もともと床についておられたのですし、訪れる者とておりませんでしたので、これは容易なわざでした。そして年はとっていても、病人の扱いはよく心得ているし世話の上手なてまえの姉さを、それがしはコンディ様の看病をしてもらうためにこちらへ呼んだのでした。そして、姉さにも真相は知らせぬまま、旦那様は今しもご臨終を迎えられたと皆に知らせたのでした。その反響は物凄いものでした。男といわず、女といわず、子どもだちといわず、人々がなだれのようにおしかけてまいりました。猟小屋には、ジェイソンが家具などを一杯に入れて鍵をかけている部屋以外には、たった二間しかありませんでしたので、小屋はすぐに、溢れんばかりの超満員のぎゅうぎゅう詰めとなり、その熱気や、煙草の煙や、やかましさといったら驚くほどでした。そして、死の床のすぐ近くにおりながら、死んだお方のことなど全然念頭にない連中に混じって立っていた時、それがしは、ベッドの上にどさっとばかりに投げ掛けられていた何枚もの大外套の下から、旦那様のお声が聞こえてまいりましたのにびっくりして、誰も気付いておりませんのを幸い、もっと近くまで寄ってまいりました。「サディ、もう堪能したよ。息がつまりそうだ。それに、故人のことを話している言葉の、一言だって聞こえんぞ。」「後生ですから、じっと寝たままになって、静かにしていて下さいませ」それがしは頼み込みました。「もうちょっとのご辛抱、姉さは幽霊を恐がっていますから、もし、貴方様がだしぬけにいきなりそうして生き返られますと、肝を潰して立ちどころに死んでしまいます。」というわけで、旦那様は窒息しそうになりながらも、じっと横になったままにしておられ、それがしといえば、大急ぎで、この冗談の真相を、次々に、囁き声で教えていきました。皆大いに驚きましたが、旦那様とそれがしがかくあらんと思い定めていたほどの大きな驚きではありませんでした。「じゃあ、今晩はるばるとやってきたあげく、パイプと煙草も貰えんのかい(161)」とおっしゃる御仁もおいでましたが、とはいえ皆様、旦那様が一緒に一杯やろうと起き上がり、安酒屋《シャビーン・ハウス》[脚注19]にもっと酒を取りにやらせると、気を悪くされる方はおられませんでした。酒屋のほうでも礼儀をわきまえているところをみせ、掛け売りで酒を売ってくれたのでした。そんな次第で、その夜はとても楽しく更けてゆきました。けれども、それがしの目から見ると、コンディ卿はこの陽気な集まりのさなかにあって、幾分悲しい気分でいらっしゃるようでした。それというのも、旦那様は、ご自分の亡き後さぞやとかねがね期待なさっていた、盛大な称賛の言葉をお聞きになることはなかったのでございますから。

　翌朝、小屋からその連中が引き払ってしまい、姉さとそれがしだけがコンディ卿と一緒に台所にとり残されておりますと、戸を開けて入ってまいる者がおります。見ると、なんと他ならぬジュディ・マクワークだったのです。申し忘れておりましたが、ジュディは、だいぶ前、お若いマネーゴール大尉がこの猟小屋におりましたころ、大尉の猟犬係と結婚したのです。ところが、相手はまもなく兵隊になって行ってしまい、戦死してしまったのでした。ジュディの奴は可哀そうに、結婚して一、二年経つと、住まいの掘っ建て小屋で煙にいぶされるし[162]自分でもどうもあまり身なりに構わなくなるしで、すっかり器量が落ちてしまい、コンディ卿ご本人にしたところで、ジュディが口を利くまで、当人とは分かりませんでした。けれども、「ジュディ・マクワークでございます、おおそれながら、あたしをお忘れかしら?」とジュディが申し上げると、「おお、ジュディ、おまえだったのか？　もちろんよく覚えているとも。でも随分変わったねえ」と旦那様はおっしゃいました。「そりゃ変わったっておかしくないですわ。それに旦那様にしても、最後に**お目にかかって**から――といってもほんとに大昔になっちゃいましたけど――お変わりになったようにお見受けしますわ。」「無理はないよ、ジュディ」コンディ卿は答えられて、溜め息をもらされたようでした。「だが、これはどうしたことなんだい、ジュディ」旦那様は言葉を続けられました。「ゆうべ通夜に来てくれなかったとは、ちょっとひどいじゃないか。」「そのことなら心配ご無用ですわよ」と、ジュディが答えました。「だって、お通夜がすっかり終わっちゃってから、初めてその話を聞いたんですから。そうでなくっちゃ、もちろん、あたしだってちゃんといかなくては辛い気がしたことでしょうよ。でも、あたし、三日前に、親戚の者の結婚式に十マイル先までいかなくっちゃいけなかったんです。戻ってきた時にはお通夜はもう済んでいましたわ。といっても」ジュディは申しました。「この次の時には、[脚注20]おおそれながら、そんなことのございませんように。」すると旦那様のおっしゃるには、「そのうちわかるだろうよ、ジュディ。多分、おまえが思うより早くにね。おれはここのところずっと、ひどく具合が悪くてね。おれがこの先永いとはどうも思われん。」この言葉にジュディは、前掛けの端を引っ張ると、いかにも切なそうにそれを自分の目の片方ずつに次々に押しあてるのでした。それで姉さんが口をはさんで、旦那様に元気をお出しになって下さい、パトリック卿がしょっちゅううるさく悩まされていたものにしたって、ただの痛風だったのに違いないのですからと励まして、そんなものをおなかに寄せつけないようにしてしまうために、臨時に一杯なり一壜なりお飲みにならなくては、と申し上げました。すると、旦那様はおまえの忠告通りにするよと約束なさり、すぐさまもっと酒を取りにやらせたのでした。それからジュディがそれがしを手招きしますので、彼女のいる戸口のところまでまいりますと、ジュディは、

「この言葉にジュディは、前掛けの端を引っ張ると、それを自分の目の片方ずつに次々と押しあてるのでした。」(121頁)

「コンディ卿があんなに落ちこんでいらっしゃるとはねえ！　あのこと、もうご存じなの？」と申します。「なんのことだい？」それがしは尋ねました。「じゃあ、聞いてなかったのね。外でもないラックレントの奥方様が死ぬ目にあわされて[注解29]危篤というのに。きっと今ごろは、一巻の終わりとなっておられると思うけど。」「神様お慈悲を！　どういうことなんだい？」「あの軽装二輪馬車が、奥方様を乗せたまま突っ走っちまったのよ」とジュディは申すのです。「あたしゃ、ちょうどその時、ビディ・マガギンの結婚式から、家に帰る途中だったんだけど、通りには、クルッカーナウォーターの市からの帰りの人たちもいて、すごい人だかりがしてたのよ。見ると、その通りの真ん中に、一台の軽装二輪馬車が転がっていて、車輪が二つともはずれてすっかりばらばらになってるじゃない。『なにがあったの』って聞いたら、野次馬の人たちが教えてくれて、『おまえさん、なにも聞いていないのかい。これは自分の旦那のところから逃げ出してこられたラックレントの奥方様の馬車なんだがね、その馬が、道に転がっていた腐れ肉に肝を潰して、馬車を引っ張ったまま勝手に駆け出していってしまったんだ。奥方様と侍女はきゃあきゃあいっていたが、馬はそのまま、市場帰りの荷馬車にぶつかっちまった。その荷馬車の御者の野郎が居眠りしちまっていたもんでな。はずみで、馬車からはみでていた奥方様のペチコートがどっかにひっかかり、奥方様は、そりゃもう、いやというほど通りを引きずられるし、奥方様の馬車だって、これから砕くところだった敷き石用の石にぶつかってばらばらになっちまうしってなもんさ。道路工夫のひとりが大かなづちを片手に、やっとこさ馬を止めたがね。けんど奥方様は、もうさんざん死ぬ目にあわされ打ちのめされて[脚注21]おいでた。みんなは奥方様をすぐ近くの掘っ建て小屋に運び込んだんだ。侍女は後で見つかった。土手沿いの溝ん中へ投げ出されていてな。そのキャップとボンネットには沼の泥水が一杯つまっていたっけ。どっちみち奥方様も助からないらしいよ』と教えてくれたのよ。ねえサディ、コンディ卿がサディの息子のジェイソンにすっかり譲っちまったのは確かだってきいたんだけど、ほんと?」「ああ、すっかりな」と、それがしが答えますと「すっかり全部?」とジュディは聞き返しますので「そう、すっかり全部な」といってやりました。するとジュディはこう申しました。「それなら、まったくひどい話だわ。でも、あたしがこういったこと、ジェイソンに話しちゃだめよ。」「それで、お前が何を言ったって?」その時コンディ卿がてまえどもの間に身を乗り出すようにして叫ばれましたので、ジュディは飛び上がりそうになりました。「おれが中におればジュディ・マクワークが決してこんなに長く戸口のところで油を売ったりしなかったころのことを覚えているよ。」「まあ、なんてことおっしゃるの、コンディ卿。それはもう昔の話でしょ。今お考えにならなくちゃいけないのは奥方様のことでしょうに。」するとコンディ卿はこう言葉を返されました。「それじゃ聞くが、あれは今おれのことを考えていないというのに、どうしておれがあれのことを考えないといけないんだ?」「そんなことはともかく」と、ジュディの返事はなかなか当を得ていました。「もし、少しでも奥方様のことをお考えになるおつもりがあれば、今こそその時じゃございませんか。奥方様が死の床についていらっしゃるの、ご存じじゃないんですか?」「なんだって、奥が!」コンディ卿は仰天して叫ばれました。「そんなばかな、あれが出ていったのはつい二日前のことじゃないか。(164) サディ、おまえだって、その目で見たよな、元気も元気、ぴんぴんしてさ、侍女をお供に、軽装二輪馬車に乗り込み、マウント・ジュリエッツ・タウンへ帰って行ったじゃないか。」「奥方様はもう決して、あの馬車に乗られることはないでしょうよ。だって、あれが奥方様を殺したようなものですからね、ほんとのところ。」「じゃあ、あれは死んでしまったのか?」との旦那様のお言葉に、「亡くなったも同然、と聞いています」とジュディが申し上げました。「とにかく、聞いた話は全部ありのまま一切、ここにいるサディにさっき話したばかりですから、あたしより、このサディか、誰か他の者に、話を聞いて下さった方がよろしゅうございます、コンディ卿。あたしはうちの子どもだちのところに戻らなくちゃいけませんもの。」それでもコンディ卿はジュディを引き止めるのでした。とは申せ、それは、ただなによりもコンディ卿らしい女性への慇懃さからそうなさったのだということが、それがしにはいともはっきりと分かっておりました。なにせ、ジュディが最初入ってまいりました時旦那様もおっしゃったように、すっかり変わってしまっておりましたので――ジュディ当人にはその可能性が全くないとは思い切れていないようでしたが――それがしの見る限り、今一度銭投げをしたところで、この娘がラックレントの奥方様になることはまずなさそうだったからでございます。ともあれ、それがしは旦那様に、例の話をジュディから聞いた通りに、頭からすっかりお話し申し上げますと、旦那様は、その夜、マウント・ジュリエッツ・タウンまで、ご自分からのご挨拶を添えて、真偽のほどを確かめに使いの者をやらせました。すると、ジュディはその使いの小僧にオショーリンズ・タウンのティム・マケナニーの店に寄って、新しい肩掛けを買って来て欲しいと頼んだのでした。「そうしてやってくれ」とコンディ卿が口を添えられました。「それで、ティムには、おまえからは代金は貰わないでくれ、おれが払うからといっておいてくれ。」この言葉を聞いて、姉さはこちらをちらっと見てよこしましたが、それがしは何とも申さず、ただ口の中で噛み煙草をくるりと回転させただけでした。けれどもジュディはそのことで盛んに言い立て始め、どこの殿方にも肩掛けなんぞ買って頂くつもりはございませんと申し上げておりました。それがしは、ジュディはそのまにして姉さのところへ行って、これは一体どういうことだと思うかと聞いてみました。すると姉さは、そんなことを聞くとはあんたも盲目だというのです。それがしは姉さの方がこういったことにはよく目が利くはずだと思いましたし、昔のことや、あれやこれやをいろいろと思い返した末、先程の考えを撤回して姉さの考え方に追随するようになり、この娘が、もし空きができればの話ですが、次のラックレントの奥方様になることだってまんざらありえない話ではない、ということにとどのつまり落ちついたのでした。

その翌日、旦那様がまだお起きにならないうちに、誰かがやって来ておもてをトントンと叩くものですから行ってみますと、それはなんとせがれのジェイソンだったのでございます。「ジェイソン、おまえか？　一体どういう風の吹き回しでここに顔を出したんだ。ラックレントの奥方様のことなら、昨日からもうわかっているよ」そう言ってやりますと、ジェイソンめは、「そうかも知れんが、そのことでコンディ卿に話があるんだ」と申すのです。「まだ、お目にはかかれんぞ、お目覚めではないはずだ」そう断わりますのに、「じゃあ、起こしてもらえないかな、僕は戸口で待っているよ」とジェイソンが粘るものですから、「おまえのために旦那様をお騒がせするわけにはいかないぞ、ジェイソン。おまえは、これまで、旦那様がおまえに話をなさるお暇ができるまでありがたく思いながら何時間もとっくりと待ってたじゃないか。旦那様におかれてはな」それがしは言いつのりながら、声が高くなってまいりました。するとその声で旦那様はひとりでに目を覚まされ、お部屋からお声をかけられて、誰と話しているのかとお尋ねになりました。するとジェイソンめは、もはやそれ以上遠慮することなく、さっさと無作法にそれがしのあとからお部屋に入ってきたのです。「ご機嫌はいかがですか、コンディ卿。大変お元気そうで何よりでございます。今日はわたくし、旦那様のご様子はいかがか、このお住まいでなにかご入り用なものはないか、うかがいにまいりました。」そう申すジェイソンに、「それはありがとう、ジェイソン氏、なにもないよ」と旦那様は答えられました。旦那様とて応分の自尊心はお持ちでしたから、今までのことがあったうえで、てまえのせがれめに恩義をこうむるのを潔しとされなかったのでございましょう。「だが、どうか腰をおろして坐ってくれたまえ。」ジェイソンは、椅子がないものですから、櫃《ひっ》の上にこしかけました。そしてしばらくそのままとなり、両方とも黙りこんでいましたが、その時、コンディ卿がたいそうおおように、とはいえ、幾分高く構えて、「今、そちらで話題をさらっていることが何かありますかね、ジェイソン・マクワーク氏？」とお尋ねになったのです。「いえ、コンディ卿にはもうお聞き及びのことだけです。奥方様が事故に会われたとのことで、お気の毒に存じております」とジェイソンは答えて申すのでした。「それはそれはご丁寧に、恐縮至極。奥もきっと同じ気持ちでいることだろう」コンディ卿は、なおもよそよそしくおっしゃられ、先ほどのものとはちょっと違った沈黙が再び落ちてまいりましたが、それはどうやらせがれジェイソンの方にいっそう重苦しく落ちかかっているようでした。

　コンディ卿がもう一度眠ってしまわれそうになるのを見て取って、とうとう、せがれめは、「コンディ卿」と話を切り出しました。「コンディ卿、年五百ポンドの寡婦給与産のことで、貴方様が奥方様にお渡しになった覚書について、わたくしにお話し下さったことを覚えておられるでしょうね。」「まことに」と、旦那様は答えられました。「しかと覚えているとも。」「ですけれども、もし奥方様がお亡くなりになったら、寡婦給与産のこともすっかり無しになってしまいますよね」とジェイソンは申しました。「しかとさようだ」と旦那様がおっしゃると、「とは申せ、奥方様がお治りにならないときまったわけではございませんが」とまたジェイソンは言うのです。「おっしゃる通りだとも」と旦那様。「それなら、ご領地のカストーディアムが明けた時、ご領地にあって寡婦給与産になると見込まれているものが、旦那様にとりましてはどういうものになるかということを考慮に入れて、お考えになることがもっともなことだというものでございましょう。」「考えることなどいるものか、年に五百ポンドに決まっているだろう」とコンディ卿はおっしゃいました。「それは旦那様が亡くなられて、カストーディアムが解消された場合の話ですよ。実務にお詳しいコンディ卿には失礼ですが、先程の五百ポンドとのお答えは違っています。」「そうかもしれん。だが、ジェイソン氏よ、もし今朝そのことでなにか話があるのなら、さっさと話してくれるとありがたいね。実は昨夜満足に眠れなかったものので、今朝はもう少しばかり眠っても悪い気はしないのだが。」「ほんの一言、申し上げたいことがあるだけですが、コンディ卿、それはわたくしにとってより、貴方様にとって大事なことなのです。貴方様はわたくしめにちょっと冷淡であるようにお見受けいたしますが、わたくしが、この隠しにいれて持参したものにお気を悪くなさることはございますまい」ジェイソンはそう言ったかと思うと、くるくると巻いた長いものを二つ引っ張り出し、ベッドの上にざらざらと山吹き色のギニー金貨の雨を降らせたのでございます。「これは何事だ? 随分と久しぶりだなあ、おれがこいつらの顔を――」とコンディ卿はおっしゃりかけましたが、自尊心がその口を閉ざしました。「コンディ卿、これらはみんな、今すぐ貴方様の正当な所有物となるのですよ、およろしければ」ジェイソンは申すのでした。「ただでくれるはずはないな」コンディ卿はおっしゃって、ちょっと笑い声を立てられました――「なにひとつとしてただでくれるはずはない。さもなきゃ、おれは君のことを思い違いしていたことになるよ、ジェイソン。」「まあまあ、コンディ卿、興ざめな昔話に花を咲かせるのはよしましょうよ」とジェイソンは答えて申しました。「この件については、貴方様もきっとご同様だと存じますが、紳士らしく振舞いたいというのが、今のわたくしの気持ちなのですから。ここに二百ギニーあります。それに、あと百足して差し上げるつもりでおります。もし、ご存じの例の御領地について、貴方様の権利や権原一切をわたくしに譲り渡して下さってよろしいとお思いになるならですが。」「考えてみよう」と旦那様はおっしゃいました。ジェイソンは、ほかにもさんざん、こちらが聞くのもいやになるほどまくし立てましたし、その弁舌等々に加え、ベッドに転がっている目の前の現金が、旦那様に取り入ってしまったのでございます。手短かに申せば、コンディ卿はギニー金貨を掻き集め、ハンカチに入れてくくってしまうと、例のごとく、ジェイソンが持参した書類に署名してしまったのでした。

これでこの件はけりがついてしまい、ジェイソンは引き取り、旦那様はごろりと寝返りを打つと、また眠り込んでしまわれたのでございます。

まもなく、どうしてジェイソンめがあれほどことを急いでいたのか、それがしの知るところとなりました。旦那様からのお見舞いのご挨拶を託して、事故後の奥様の御容態を伺うべくマウント・ジュリエッツ・タウンへと前日に使いに出した小さなゴスーンが、今朝早く、あちらからのご返事を携えてオショーリンズ・タウンを通ってこちらへと戻って参ります途中、ラックレント城でせがれのジェイソンに足止めされ、向こうのお屋敷の召使いから奥様について知らされたことを全部問い詰められたあげく、奥方様は明日までもたないでしょうと教えてしまったのです。それゆえ、ジェイソンは、猟小屋におもむいて、手遅れにならぬうちに、また、そのゴスーンが知らせを持ってこちらへ戻り着かぬうちに、旦那様と例の寡婦給与産の件で談判するならば、今にしかずと読んだのでした。旦那様は、ご自分がしてやられたと気がつくと、**ついぞないほどに**お腹立ちでいらっしゃいました。ともあれ、猟小屋暮らしでの目下のものいりに手当する現金ができたことは、とにかくひとつの慰めではございました。

そしてジュディがその晩参りまして、自分の子どもだちを旦那様にお目通りさせますと、旦那様は例のハンカチをほどいて――神様の祝福が旦那様にございますように！――この方にとってはお金のたかなど多くても少なくても同じだったのですから――その子どもだち皆に、めいめい数ギニーずつ下さったのでした。コンディ卿が一番年かさの男の子のためにパンチをなみなみとついでやることに専心しておられた折、姉さはジュディに「しゃんとしておき」と声をかけるのでした。「しゃんとしておき、ジュディ。あたしらが生きているうちに、おまえがラックレント城のご領地の奥方様になるのを見ないとは、知れたもんじゃないからね。」「もしかしてそうだとしたって」ジュディは申しました。「おばあちゃんたちが考えているような具合にではなくってよ。」ジュディがこう答えました折に、この娘の頭の中にあった具合、とはどんな具合なのか、それがしにはっきりと分かったのは、それからしばらくたって、ジュディがこう尋ねてまいった時のことでした。「ねえサディ、昨日あたしに言ったじゃない、コンディ卿は何もかもジェイソンに売っちまったあとだって。それならハンカチの中のあのギニー金貨はみんないったいどこからきたのよ?」「あれは、奥様の寡婦給与産をジェイソンが買った手付金さ」とそれがしは教えてやりました。ジュディはそれを聞いてちょっとけげんな顔をしております。(165)「この娘ったら、何を考えておいでだね」姉さが口をはさみました。「ほら、コンディ卿がこの娘の健康を祝って乾杯しておいでのようだよ。」旦那様はお目通りに参った物品税担当官や税務計量官(166)と**お部屋**[脚注22]でお酒を飲んでおられましたので、てまえどもは台所で火にあたりながら立っていたのでした。「旦那様があたしの健康を祝って飲まれようが、飲まれまいが、あたしにゃどうでもよくってよ」とジュディが申しました。「おばあちゃんたちがなんといってからかったって、それにあちら様があたしのことをなんと考えて下さったって、今あたしが考えているのはコンディ卿のことじゃなくってよ。」「まさかおまえ、もし万一申し込んで頂いたらのことだが、ラックレントの奥方になるのはいやじゃなかろう?」と、それがしが問いただしますと、ジュディは、「もっとましな身分になりたいものね」と申すではございませんか。「どういうことだい?」それがしと姉さは異口同音に尋ねました。「どういうことかって?」とジュディは答えるのでした。「そりゃそうでしょ、お城がないというのにラックレントの奥方になってなんになるのよ? そうでしょ、引っ張る馬がいないのに馬車があってなんになるのよ?」「じゃあ、どこで馬をめっけるつもりだね、ジュディ」と、てまえが尋ねますと、ジュディは「いいじゃないどこでも。もしかしてサディの息子のジェイソンが見つけてくれるかもよ」と申します。「ジェイソンの奴だと!」「あんな奴、あてにするんじゃないぞ、ジュディ。あいつはおまえのことをたいそうつれなく言っていたがな、その時だってコンディ卿は、わしはだてにはいわん、おまえのことをほめてくれていたんだぞ。」「そんなこと」ジュディはこうぬかしました。「男のひとたちって、よく、思ってることと反対のことをいうものよ。」「おまえもきっと同じ流儀じゃろう」それがしは言い返してやりました。「違うとはいわんでくれよ、ジュディ。おまえのことを悪く思いたくないからな。それに、もし、おまえが恩知らずなことや、なんにせよ旦那様に失礼にあたるようなことをいうのを聞いてみろ、どの面下げておまえがわしの姉さの息子の娘だなんていえるものか。」「運がよければ他の男の嫁になりたいというのが、なんで失礼なの?」と、なおもジュディは申します。「覚えとけ、おまえに運などあるものか、ジュディ」それがしはそういってやったのです。すると、お気の毒な旦那様が、ともかくもご結婚される前に、このジュディの奴のために銭投げまでして下さった、その心根のお優しさがすっかり思い出され、のどが詰まってきて何にも言えなくなってしまいました。とはいえ、「とにかく、どこやらのお人らみたいに、すっからかんになっちまったお方のあとを一蓮托生とばかりについていくよりは、なんとかしてもっとましな運をつかんでやるわ」と言うジュディの言葉に、「おお、栄光の主たる神よ！」との叫びが、それがしの口をついて出たのです。「この娘の驕りと恩知らずの言葉をお聞き下さい！　旦那様は、つい先ほど、この娘の子どもだちに最後のギニー金貨を下さったというのに。この娘が身にまとっている結構な肩掛けにしたって、あの方が、つい昨日、贈り物として下さったものだというのに！」「あれ、ほんにまあ、今んことは、ジュディ、おまえがおかしいよ」姉さも肩掛けに目を止め、助太刀をしてくれましたが、ジュディの奴は、「じゃあ、昨日、旦那様はあんなこと言ってよかったたっていうの、すっかり変わっちまったなんて言って、あたしの気を悪くしてさ？」などとぬかすのです。「でも、ジュディ、それなら一体なんでまたここに顔を出そうという気になったんだね。ジェイソンに自分のことを見直して貰いたいためかい？」「サディ、あたしの胸のうちはもうこれ以上明かしゃしないわ、さっきのことだって、いうんじゃなかった。今わかったけど、サディが、血を分けた息子がひとより好かれるのを喜ばないような変わり者のてて親[167]だと最初から知っていたらね。」「あれ、ほんにまあ、今んことはそりゃあ**あんたが**おかしいわ、サディ」と姉さまでが申すのです。いやはや、生まれてからこれまで、こんなに困ったことはありませんでした。この二人の女どもや、せがれや、旦那様、それにそれがしがちょうどその時考えたり思ったりしたこともいれて、一体どれが正しくてどれが間違っているのか、本当の話、分からなくなってしまったんでございます。ですから、もうひとことも申すことは止めにして、ただ、旦那様についてジュディが言ったことがそっくり聞こえる幸運に旦那様が恵まれていなかったのがせめてものことだと思っておりました。もし聞こえていたら、きっと胸も張り裂ける思いをされたことでしょう。それがしとてジュディや姉さが勝手に考えているほど、旦那様がジュディに思し召しがあると思っていたわけではありません。とはいえ、ジュディがすっかりさらけだした、この、恩を恩とも思わぬ心根を、旦那様がお喜びになろうとはまず思えなかったのです。それに、旦那様は、陰でご自分がよくいわれなかったり、つれなくあしらわれていると思うだけでも耐えられないご気性の方でした。ただ、一同にとって幸いなことには、この時、旦那様は酔いが回ってたいそう上機嫌でおいででしたので、たとえお耳に届いたとしても、その中身をお察しになる気づかいはなかったのですが。猟小屋には、旦那様とマネーゴール大尉が一緒においでになっていた時以来、立派な角の杯[168]がずっと置きっ放しになっていましたが、これは、もともとは、ご先祖のかの御高名なパトリック卿が御所有になっておられたものでした。旦那様は、おちいさかった頃それがしがお話しして差し上げた、パトリック卿はこの杯一杯のお酒を息も継がずに飲み干されたこと、そしてその偉業を成し遂げた者はあとにも先にも他にいないという話を、喜んでよくなさっておられました。さて、折も折、コンディ卿が、この杯のことを甘くみているらしい税務計量官に、これを飲み干せるかどうかやってみろとけしかけて、杯のふちまで一杯にパンチを注がせますと、相手の男は、こんなことはただではできない、やってのけたら百ギニーということでどうかともちかけたのです。「いいとも」と旦那様はおっしゃいました。「やってのけたらギニー金貨を百枚やろう。できなかった場合、おまえが一テスター[脚注23]払うのに対してだ。」「いいですとも」と税務計量官は申しました。紳士方の間では、これで十分なのです。税務計量官は負け、旦那様が賭けに勝ちました。百ギニー勝ち取られたのかと思われたのですが、あにはからんや、先ほどのお言葉がありましたので、支払いは一テスターだけだという裁定が物品税担当官によって下されました。とはいえ、旦那様にとっては、いずれにせよ全く同じことで、百ギニー勝ち取られでもなさったかのように上機嫌でいらっしゃいましたし、それがしといたしましても、旦那様がまた、そんなお元気を取り戻されたのを拝見して、嬉しく思ったものでした。

税務計量官は――こやつに罰が当たりますように！――今度は旦那様に、その杯の酒を一気に飲み干せるかどうかやってみて下さいともちかけたのでございます。「パトリック卿の角の杯をか！」と旦那様はおっしゃいました。「よこしたまえ、おれが飲み干すということで、また同じ賭けをしようじゃないか。」「いいですとも」と税務計量官は申しました。「コンディ卿が飲み干されないという方に、もうなんでも賭けますとも。」「おれがやってのければ六ペンス払え。しくじれば百ギニー呉れてやろう。あのハンカチを持ってこい。」旦那様がおっしゃっておいでのハンカチとは、金貨が中に入った例のハンカチということが分かっておりましたので、こんな奴のいるようなところに持っていくのはいやだったのですが、旦那様はそういったことに気をまわすことがおできになれる方ではございません。足を踏み鳴らしながら、「さあ、サディ、ハンカチを持って来いったら」とおっしゃるものですから、それがしといたしましても、大事をとってそれがしの大外套の隠しに入れておいたその包みを取り出したのでした。ああ、そのギニー金貨がテーブルの上で数えられるのを見るのは実に辛いことでございました。それが旦那様の最後の財産だったのでございますから！「老サディ、今夜はおまえの手の方が、俺の手よりしっかりしているじゃないか、驚きだな。俺の代わりに杯に酒を注いでくれ」とのお言葉に、旦那様のご成功を祈りながら、おっしゃる通りにして差し上げましたが、しかし、杯を満たしはいたしましたものの、このことが旦那様をどういう目にお遭わせすることになるかまでは、考え及ばなかったのでございました。旦那様はそれを一気に飲み干されたかと思いきや、弾丸に射貫かれでもしたように、がっくりと床にくずおれてしまわれたのです。私どもは、旦那様を抱え上げましたが、旦那様はものも言えなくなり、そのお顔は真っ黒に黒ずんでしまっておられました。ベッドに入れて差し上げますと、まもなく目を開けられましたが、高熱に冒されて、うわごとをおっしゃっておいででした。そのお顔を見るのも、お声を聞くのも、怖くなるほどでした。「ジュディ！ジュディ！　おまえには心というものがかけらもないのか？　ここにいて旦那様のお世話をするのを手伝ってはくれないのか？」とそれがしはジュディに頼み込んだのですが、ジュディは肩掛けをまとって帰ろうとするのでした。「怖くてお顔をみていられないもの」と申すのでございます。「ここにおりたくないし、おられないわ。それになんの役にも立つわけでなし。この方、朝までもちゃしないもの」そう言うと、ジュディは走って出ていってしまいました。あれほど沢山いらっしゃったコンディ卿のご友人方のうちで、おそばに残ったのはそれがしと姉の二人きりとなってしまったのでございました。熱は出てはひき、出てはひきして、五日の間続きました。六日目に、旦那様はほんのひととき、意識を取り戻され、それがしをはっきり分かって下さり、こうおっしゃいました。「身体の内側がすっか

「『ジュディ！ジュディ！おまえには心というものがかけらもないのか？
ここにいて旦那様のお世話をするのを手伝ってはくれないのか？』」（136頁）

り、焼けるように熱いんだ、サディ。」それがしは言葉になりませんでしたが、姉さは、何か召し上がれば気分がよくなるのではと、あれこれとお尋ねしました。「いや」旦那様はおっしゃいました。「もうなにも役には立たんよ。」そして、苦痛のあまり恐ろしい叫び声をあげられましたが、それからまた、いっとき楽になられますと、「酒にやられた」とおっしゃり、こうお尋ねになるのでした。「友人たちはみな、どこにいってしまったんだ？　ジュディはどこだ？　いなくなっちまったのか、おい？　ああ、コンディ卿は死ぬまで馬鹿だったな。」それが、旦那様が口をおききになった最後でした。旦那様は亡くなってしまわれました。そして結局のところ、そのお葬式はとても淋しいものだったのでございます。

　皆様方は、それからのことも聞きたいと思っておられるかもしれませんが、これ以上お話しできることはたいしてございません。ただラックレントの奥方様のことですが、奥様は、皆の予想とは裏腹に、亡くなられはしませんでした。馬車から落ちて通りに打ちつけられたせいで、あれ以来お顔にお傷が残りましたが、それだけですんだのでした。そして奥様とジェイソンは、お気の毒な旦那様が亡くなられるとすぐ、例の寡婦給与産の件について裁判で争い始めました。奥様ご所有の覚書は、印紙が貼られた書類に書かれたものではないから無効[169]だという者もあり、かと思えばいや有効だという者もあり、はたまた、ジェイソンが領主になるなんてことには絶対ならないという者もおりました。そう望んだ者は多かったのです。それがしといえば、世間というものを身にしみて味わった後ですから、いまさら、この世に何の欲も湧いてまいりません——いやいや、もう何も申しますまい。この年で、これから嫌われ者になろうというのも利口なことではありますまい。ジェイソンは、それがしが予言いたしました通り、ジュディとはやっぱり結婚いたしませんでしたし、そんなことを考えてもおりませんでした。それがしはそれが残念だとは思いません。誰が思うものですか。御一族様について、思い出やひとづてに聞いたことからそれがしがここに書き留めておきましたことについては、はじめからおしまいまで、ほんとうのことだけでございます。どうぞお信じなすって下さい。実際、誰もがそれがし同様よく知っていることがらについて、うそを申してなんの役に立ちますでしょう?

編集者としては、忠義者のサディが語る素朴でありのままの話[170]に、手を入れ飾り立ててもいいと考えれば、コンディ卿の物語で語られているその悲劇的な最期について、もっと華々しく、涙をそそるように仕立てることもできないことではなかった。しかし、おそらくイングランドでは知られていないであろう風習や特性の一見本として、このままイングランドの読者の方にお目にかけることにする。実際、つい最近まで、ヨーロッパ諸国の中でイングランドの妹姉国であるアイルランドほど、その生活習慣がイングランド人に知られていない国は無かったからである。

ヤング氏がアイルランドを旅行して如実に描き出したその国の姿が、その国の住民たちを写した、最初の忠実な肖像であった[171]。先述の素描《スケッチ》[172]に描き出されている諸特徴はすべて、実物を写生したものであり、これまで様々な姿かたちで様々な成功を収めながら、舞台の上で上演されたり小説の中に描き出されたりしてきた(173)、例の機敏さ、素朴さ、小賢しさ、無頓着さ、放埒さ、無欲さ、狡猾さ、軽率さの混合物(174)の特性を示しているものである。

大ブリテンとの連合が(175)、この国の、より速やかな改善を促すか、あるいは逆に改善を遅らせることになるかは、容易に判断できる問題ではない。現在アイルランドに居住している若干の教養ある紳士たちは、イングランドへ頻繁に出かけて行くことになるだろう。それらの人々は、人数こそ少数ではあるが、大ブリテン島の、同等の身分の者たちになんら劣るところはない。この連合の結果として予見される一番望ましいことは、ブリテンの製造業者たちが彼らの代わりにアイルランドに入ってくることであろう(176)。

主として職人たちから成り立っているウォーリック州(177)の国民軍(178)は、アイルランド人たちにビールを飲むことを教えたのであろうか、それとも、彼らの方がアイルランド人たちからウイスキーを飲むことを教わったのであろうか?(179)

一八〇〇年

原作付属の脚注

［脚注1］(1)　サディがここで述べている袖無し外套《クローク》ないしマントは、大層古い歴史を持っている。スペンサー(2)は「アイルランドの現状について」で、この外套は、一部の人々が想像してきたような、スキタイ人に特に起源を持つものではないことを明らかにしている。すなわち、「古代には世界中ほとんどどこの民族もこういったマントを使用していた。なぜなら、エリヤがまとっていたマント等々(3)についてお読みになればお分かりのようにユダヤ人が使っていたし、また、ディオドロス(4)をお読みになればお分かりのようにカルデア人も使っていたのである。(5)さらに、エジプト人も同様に使っていたことはヘロドトスを読めば分かることであるし(6)、カリマコス(7)の作品に付けられたギリシャ語の注釈に記載されている、乙女ベレニスに関する記述からも推察される。(8)さらにまた、ギリシャ人たちも、その昔これを使用していたことは、あまたの星で裏打ちされたヴィーナスのマントから知られる。彼らはしかし、後には、そのマントのデザインを、パリア(9)と呼ばれるギリシャ流の外衣《クローク》に替えてしまったのであるが、このパリアについては、アイルランド人のなかにも愛用者がいる。さらに、古代のラテン人やローマ人も使用していたことはウェルギリウス(10)を読めばわかる。というのも、たいへんな好古家であったウェルギリウスの作品のなかには、アエネーイスがエウアンデルの饗宴の席にやってきた時、地面の上に座りマントの上に横になったアエネーイスをエウアンデルがもてなし、御馳走したとあるからである。ウェルギリウスは、マントを表すのに、ほかならぬ mantile という言葉を使っている

ほどである。

'– Humi mantilia sternunt':「彼らは大地にマントを広げる[11]」

かくの如く、マントは、ほとんどの民族によって、広く愛用されていた衣服であり、スキタイ人にのみ特有のものではなかったと思われる。」

スペンサーは、このマントが、家や寝床や衣類ともなって便利なことを知っていた。

「アイリーニアス —— なぜならば、その利点よりも「政府が被る」不利な点の方が大きいからである。[12] というのも、それによって生ずる不都合な事柄の方が、はるかに、多岐にわたっているからなのだ。つまり、無法者には、格好の家がわり、謀反人には手頃な寝床、泥棒には重宝な袖無し外套《クローク》になってしまうのである。まず、いろんな犯罪を犯したり、悪事を働いたりして、町や、正直な人々の住まいから追放され、法律の手の及ばぬ荒野をさまよっているアウトロー[13]が、このマントを家がわりにして、天の怒りや大地の不興から我が身をかばい、さらには人々の目から我が身を隠すのである。雨が降れば、差し掛け小屋となり、風が吹けば天幕、凍えるように寒い日ともなれば幕屋ともなる。夏にはゆるく羽織って着ればいいし、冬にはきっちりからだに巻き付ければいい。年中利用できるのである。決して重くないし、邪魔になることはない。[14] 同様に、謀反人にとっても、これは重宝するのである。というのも、彼がいどむ戦い（少なくとも、それが戦いの名に値するものであれば、の話であるが）において、敵からなおも逃げおおせて**深い森（ここは黒沼地とするべきところであろう）**[15]や、平坦な間道に潜んで、好機到来を待っている時、それは、彼の寝床であるのみならず、ほとんど彼の家財道具ともなるのである。[16]」

（1）［脚注1］の内容は大外套《グレイト・コート》ではなく、袖無し外套《クローク》ないしはマントに関するものであるので、それゆえ、本来ならばこの脚注は数行のちの「袖無し外套風に身に沿うてくれるのです」（本書21頁）に付けられるべきものであろう。

（2）イングランドの詩人エドモンド・スペンサー（一五五二―九九）は一五八〇年、グレイ卿（一五三六―九三）がアイルランドにおけるイングランド国王代理となったのに秘書として随行し、以来、グレイ卿が本国に召喚された後も、官吏として、また後にはマンスター地方の植民開拓官を務めるなどしながら、一五九八年までアイルランドで文筆に励みつつ過ごした。大作『妖精の女王』（一五九〇―九六）の執筆もその大部分はアイルランドでなされている。後出の『アイルランドの現状について』は一五九六年に執筆され、一六三三年に出版された紀行文で、ユードクサスとアイリーニアスという架空の二人の人物の対話形式を採り、質問とそれに対する答えを交互になしながらアイルランドの現状を解説していく。

（3）エリヤは紀元前九世紀頃のヘブライの預言者。マントについては「列王紀下」二章八―十四節参照。

（4）ディオドロスは紀元前一世紀のシチリア生まれのギリシャの歴史家。

（5）『エドモンド・スペンサー著作集』第十巻の『スペンサー散文集』（一九四九）所収の「アイルランドの現状について」（この版のテクストは Ellesmere 7041 として知られている Huntington MS に基づくもの）へのコメンタリーに引用されているW・L・レンウィックやW・リードナーの注釈によれば、ディオドロスの著作には実際にはマントについてのそのような記述はなく、スペンサーの誤りということである。（Spenser, *Spenser's Prose Works* 328）

（6）ヘロドトス（紀元前四八四?―四二五?）はギリシャの歴史家であり「歴史の父」と称される。エジプト人についてのこの記述については、リードナーは実際には該当する記述はないと述べ、レンウィックはスペンサーは、バビロニア人についてのヘロドトスの記述と混同しているのではないかと述べている。しかし、このコメンタリーに付記されている編集者の注記にも示唆されているように「エジプト人は脚のあたりに房の縁飾りがあるカラシリスと呼ばれているリンネルのチュニックを着、そのうえに白いウールのマントを羽織る」（二巻八一）との記述があり、エジプト人もマントあるいはそれに類似のものを使っていたと思われる。（Spenser, *Spenser's Prose Works* 328－29 ; *Herodotus* 367）

（7）カリマコス（紀元前三〇五？－二四〇？）はギリシャの文学者、詩人。

（8）ベレニスに関する記述の中にはそれに相当する部分はない。『スペンサー散文集』の編集者らもスペンサーの誤解ではないかとしている。（*Callimachus* 81－85; Spenser, *Spenser's Prose Works* 329）

（9）ペンギン版ではパライ（pallai）となっているが、スペンサーの原作（『スペンサー散文集』所収の「アイルランドの現状について」九九頁、また、ブラックウェル版の『アイルランドの現状について』五六頁）およびワールズ・クラシックス版ではパリア（pallia）となっており、ペンギン版の誤植と思われる。pallia は古代ギリシャ・ローマの男子が着用した一種の外衣（ドレープを寄せて体にまとった長方形の布切れ）を意味する名詞 pallium の複数形である。

（10）ウェルギリウス（紀元前七〇－一九）はローマの詩人。

（11）エウアンデルがアエネーイスをもてなす場面は『アエネーイス』第八巻一七五－一八一行に描かれている。しかし、スペンサーが引用しているこの Humi mantilia sternunt との句はこの箇所には見当たらない。ちなみに、アエネーアスがすわったのはマントではなく、ライオンの毛皮である。

かく言い彼は食卓を、命じて一旦下げられた、
酒杯を再び据えさせて、客人たちを草の上《え》の、
席に手ずからつかしめて、アエネーアスに格別の、

敬意をはらいつライオンの、ゆたかな毛皮の蓐席《じょくせき》を、あてがい楓《かえで》の座につける。（『ウェルギリウス　ルクレティウス』一七〇－七一頁）

（12）『スペンサー散文集』のコメンタリーでもサー・ジェイムス・ウェアやレンウィックが同様の指摘をしている。（*Virgil* 72 ; Spenser, *Spenser's Prose Works* 330）アイリーニアスのこの答えに先立つユードクサスの質問は以下の通りである。「あなたがおっしゃるように家や寝床や衣類の用を足すほど重宝で必要なものなら、なぜあなたはかくも必要なものを捨てることを望まれるのか。」

スペンサーの生きていた時代を含む十六世紀中葉以降一六〇三年までのチューダー朝後期はイングランドがゲールの領主らを力づくで押さえつけてアイルランドの征服を完成した時期である。当時、アイルランドはすでに長らく一応イングランドの支配下にあったとはいえ、土着のゲール系アイルランド人の本来の習俗を阻止することはなお困難であった。アイルランドでは往古から袖無し外套ないしマントは身分の上下を問わず愛用されており、型は一様ではなかったが、丈がたいてい足首まである、ゆったり羽織るタイプのものが多かった。農民らのそれは古くには通常染色せぬままの毛織物でできており、かたや上流階級のものは上質の生地で作られ、絹やサテンで縁取りされ、鮮やかに染められていたという。ゲール系アイルランド人の勢力の回復を恐れアイルランドをイングランド化しようとするイングランド政府は、一五三七年にアイルランド風の髪形や衣服を禁止し、英語の使用やイングランドの衣服の着用、イングランドの法律への順守を強いる次のような法令を出している。

「この国［アイルランド］における［イングランド］王の臣下たる者は何びとも、耳の上の毛を刈ったり剃ったりしてはならないし、また、頭髪をグリーブズ（glibes）と呼ばれる長い巻き毛［前額の上で、時には目にかぶさるほどまで豊かにたなびかせる］にしてはならないし、上唇の上にクロムミール（crommeal）と呼ばれる髭を生やしてはならない……また、女性はアイルランド風に襞をとったり絹で刺繍や装飾をした、あるいはアスカー［宝飾品］で細工を施したスカートや上着を身につけてはならない……何びとも、アイルランド風に作られたマントや上着や頭巾を着用してはならない。」この脚注で引用されているスペンサーからの一節は、この法令にもかかわらずマントは民衆に着用され続けたことを伝えている。

さらにスペンサーは、このマントの下に容易に武器を隠して携帯できるためにこのマントが危険な代物であることも指摘している。スペンサーが『アイルランドの現状について』を執筆していたと思われる九十年代も、アイルランドは未だ平穏ではなく、反乱が鎮圧された地域でも、スペンサーからの引用文中に見られる「謀反人」との言葉にも暗示されるように、なお叛意はくすぶり続けていた。事実、当書を脱稿後であるが、スペンサーの居城キルカルマン城も一五九八年に反徒の焼き打ちに合い、彼は辛うじてコークに逃れている。(Joyce, *A Social History* vol. II, pp. 193–99 ; Spenser, *A View* 57 ; Maxwell 113)

(13) 原語は outlaw。アウトローリー (outlawry; 法喪失宣告) を受け、法の保護外に置かれた者。原則として権利能力が否定され、財産も没収された。(「outlaw」『英米法辞典』〔田中英夫編〕)

(14) 十五世紀から十六世紀前期にかけて「沼地や山地の貧しい住民は、いつも帽子をかぶらずアイルランド風の袖無外套のほかにはほとんど何も身にまとわずに外出した」とアート・コズグローヴは述べている。(ムーディ 一八七頁)

(15) この引用文中、このコメント「**ここは黒沼地とするべきところであろう**」は、スペンサーではなくエッジワースによるものである。黒沼地に関しては「訳注」49を参照。

(16) 『アイルランドの現状について』のテクストは Huntington MS (本脚注の訳注5参照) と初版本 (一六三三) では、若干の相違が認められる。この脚注のスペンサーからの引用文は、初版本に基づくものものようである。初版本のテクストに基づくブラックウェル版『アイルランドの現状について』でいえば五六–五七頁に相当する部分の抜粋である。

[脚注2] これらの妖精塚は、イングランドにあってはアリ塚 (ant-hills) と呼ばれているもので

ある。アイルランドの民衆は、これに大変敬意を払い、荒らさないようにしている。ある紳士が自分の芝地を地取りしていて、こういった塚の一つを平らにならしてしまわなければならなくなったときのことであるが、彼は雇い人たちのうち誰ひとりに対しても、この縁起の悪い仕事をするように説得しおおせることができず、つまるところ、しぶる彼らの手の一つから**ロイ**[1]を取り上げて自ら腕を振わざるを得なくなった。雇い人たちは皆、妖精たちが隠れ棲むのを邪魔して最初にその隠れ家に手をかけた無遠慮な人間の頭上に、妖精たちの復讐が下ると考えていたからである。

（1）土壌を切り起こし、鋤き返したり畑に畝を切るのに使うことを目的とする、アイルランド独特の幅の狭い刃のついた鋤のようなもの。（Evans, *Irish Heritage* 92-93, 116-17）

［脚注3］　バンシーというのは、貴族階級につく妖精の一種で、館の窓の下に、家族にその一員の間近い死を告げるために小さな醜い老婆の姿で現れ、この世のものとも思われぬ悲しげな声で歌う[1]ことで知られている。前世紀には、アイルランドのどの名家にも、それぞれバンシーがついていて、きちんとその役目を果たしていたが、最近では、その姿を見たり、歌を聞いたりすることはついぞ無い。

（1）この歌は弔い歌であるとされる。（Arensberg 215）

［脚注4］　**子どもだち**（*Childer*）――アイルランドでは、サディの階層の者の多くが、またそれ以外の者たちでも、**子どもたち**（*children*）のことを**かつては**こういう風に発音していた。[1]

（1）「訳注」160を見よ。

［脚注5］　**仲介人**（*Middle men*）——アイルランドには、仲介人と呼ばれる階層に属する者たちがいたが、彼らは、広い農地を長期契約で地主階級から借り、その土地を小さく分割して法外な小作料で、貧乏人たちに下請け小作人として又貸しするのである。**親地主**（大元の地主はこう呼ばれて**いた**）は、めったにこの**下請け小作人たち**の顔をみることはなかったが、もし、この**仲介人**が地代の支払いを滞らせたりすることがあれば、親地主は**その土地に訴えて**、**地代のかたにその土地を追い立てたのである**。つまり、自分の家令なり、差配人なり、はたまた追い立て屋[1]なりを差し向け、下請け小作人の所有物である家畜なり、干し草なり、または小麦、亜麻、からす麦、あるいはじゃがいもなりを差し押さえ、地代のかたに売り飛ばしにかかるのであった[2]。これらの不幸な下請け小作人が、地代を二度、つまり**仲介人**に一度、さらに、**親地主**に一度、払うことも稀ではなかったのである[3]。

仲介人の特徴といえば、目上の者にはへつらい、目下の者には威張りちらすことで**あった**。貧乏人たちはこの人種を大いに忌み嫌っていた。しかしながら、仲介人に口を利く時になると、いつも、非常にへり下った言葉遣いをし、その声音にも、態度にも、これ以上はない程のうやうやしさを込めたのである。——「**おおそれながら**、**まことにもっておおそれながら**」との文句を、呪文の如く、言い抜けたり弁明したり懇願したりする、あらゆるせりふの出だしと末尾に繰り返し付けねばならないことを、彼ら小作人たちは知っていたのである。そして、彼らは、帽子を取るにあたっても、いわゆる**立**

派な旧家の人々に対してよりも、これら新興の人々に対し、より一層の迅速さを見せたものであった。かつて、ある機知に富んだ大工はこれらの仲介人らを**職人紳士**（*Journeymen gentlemen*）と呼んでいた。(4)

（1）追い立て屋については［注解17］および「訳注」69を見よ。

（2）実際の追い立ての仕方については、時代はやや下るが、トレンチの『アイルランドの生活の現実』（一八六八）第六章に詳しい。

（3）このような不正から小作人を守り、不当に親地主に取り立てられた地代を仲介人から取り戻すことを可能にする法令が一八一七年に可決された。（*Mem* vol. II, pp. 22–23）

（4）エッジワース父娘は、ある書評の中で、代理人と仲介人を比べた場合、単なる雇用者に過ぎぬ代理人に土地を任せるよりは、下請け小作人に夜逃げされれば自分たちも利益を失うという点で共通の利害関係を持つ仲介人が介在する方がまだましであると指摘している。とはいえ、エッジワース父娘は土地が又貸しされること自体を基本的には容認しない立場であり、アイルランド定住後、自らの所領においては代理人も仲介人も排して直接経営にあたっている。（ピカリング版 xxx–xxxi頁、ペンギン版三三八頁）

当時のアイルランドにあっては仲介人は極めて悪名高く、これに言及する論者でその弊害を指摘せぬ者は稀である。例えばクランプは『雇用問題解決のための最善策』（一七九三）で、仲介人は最も高い地代で申し入れた者に土地を貸すことで小作人らに無理な競争を強いるので、借りた者もついには夜逃げのような事態に追い込まれることになるし、その上、仲介人は専制君主の如く小作人に君臨し、ことあるごとにこき使ったり、地代を滞納すればその家畜を無慈悲に追い立てたりする一方、自らは猟にうつつを抜かすなど怠惰な日を送っているので、その尽力による農業上の改良は望めぬばかりか、むしろ農村の悲惨の根源である、と述べている。アーサー・ヤングも『アイルランド旅行記』（一七八〇）の中で同様の指摘をしている。「自分が親地主から借りて下請け小作人に又貸ししている土地に住んでいる仲介人たちは、アイルランドの破滅に大きく貢献していることでは他にひけを取らぬ圧制的な暴君である。土地を短期間で小農に又貸しするが、契約書を全く渡さぬままであることも稀ではない。最後の一ファージングまで地代を絞り取ろうと虎視眈々とし、その取り立てにあたっては情け無用の貪欲さを発揮する。……また、小農らが在地の仲介人に頭が上がらないという状況はさらなる弊害をも生んでいる。すなわち、人手や馬や荷馬車を彼らのための泥炭の採掘や干し草の取り入れ、また小麦の収穫、砂利の採掘などに無理やり供出させるので、これらの哀れな下請け小作人らは仲介人に呼び出されその労力を奪われたがために自分たちの泥炭を掘り出せなかったり作物の収穫ができなかったりするのである。」

このように土地・小作人とも疲弊する状況にあってしかも親地主に利益が入ってこない現実は、やがて親地主をして長期契約を渋らせたり直接耕作人と契約を結ばせたりするようになり、十九世紀半ばの大飢饉以降は救貧税の負担が止めとなってさしもの仲介人も影を潜めた。(Crumpe 215－20 ; Young part Ⅱ, pp. 14－15 ; *The Oxford Companion to Irish History* 359)

［脚注6］　ラックレント一族の歴代記のこの部分はほとんど信じられないもののように思われようが、正直サディに公平を期して、読者はここで、かの高名なキャスカート令夫人(1)が結婚生活において経験した幽閉事件の話を思い出して頂きたい。編集者は、キャスカート令夫人の夫君であるマグワイア大佐と知己であった。そして最近、令夫人の幽閉中大佐の屋敷に起居していた女中と会って話を聞く機会を得た。奥方はご自分のお屋敷に長年にわたって閉じ込められていたのだが、その幽閉の期間中、夫君は近隣の紳士階級の面々をお客に呼んでは、正餐の席できまってキャスカート令夫人によろしくと伝えさせ、皆は奥方のご健康を祝って乾杯させて頂いているが、料理のうち何か召し上がりた

いものはないか、ぜひおっしゃって頂きたい、とことづけたという。そして答えはいつも、「皆様によろしく、全てこと足りております」というものであった。ここで、ある貧しいアイルランド女性が示した正直さの一例は、書き留めておく価値がある。——キャスカート令夫人は、夫の目から隠して、数粒の極めて見事なダイヤモンドを所蔵しており、それらを夫に発見されないよう、屋敷の外に持ち出したいと願っていたが、信頼してダイヤモンドを託せる召使いも友人もいなかった。しかしながら、奥方は屋敷によく訪れていたある貧しい物乞いの女に目を止め、幽閉されている部屋の窓から話をすると、その女は、奥方の望まれる通りに致しますと約束したので、キャスカート令夫人は宝石の入った包みを投げ渡したのであった。その貧しい女は、その宝石を言われた通りの人物のところへと持っていった。そして、数年を経て、キャスカート令夫人が自由を取り戻した時、彼女はちゃんとダイヤモンドを受け取ったのであった。

マグワイア大佐の死去によって奥方は解放された。その同じ年のうちに、編集者は夫君の死後奥方をイングランドへとお連れした従僕に会った。奥方は夫君の死を最初に聞かされた時、その知らせは真実ではなく、自分をだまそうとしてのつくり話だと思い込まれたという。夫君が亡くなられた時、奥方はほとんど身を被う衣類とてないようなあり様で、赤毛のかつらを被り怯えたような御様子で、思考力も麻痺なさっておられるように見受けられた。奥方がおっしゃるには、幽閉生活は二十年以上にもわたり、おかげでろくろく人の見分けもつかなくなってしまったとのことであった。こういった状況はイングランドの読者には奇異に思われるかも知れないが、現在では、マグワイア大佐がしたような暴虐な振舞いを誰かが再び、罰せられもせずぬけぬけとしおおせるといった危険はない。今では政府がすっかり実権を握り、虐待に対する免責法(2)が議会から手に入れられる可能性はもはや無いからである。

(1) エリザベス・マリン(一六九二?－一七八九)は、三番目の夫キャスカート男爵(一七四〇没)の名を、四番目の夫ヒュー・マグワイア大佐と一七四五年に再婚した後も名乗っていたので、キャスカート令夫人と呼ばれている。彼女は財産や宝石を夫に譲るのを拒絶したため、夫が死去するまで彼の館に監禁されていたという。監禁されていた館はロングフォード州の、しかもエッジワース家の屋敷から僅かに北に四マイル離れたところにあり、監禁期間ははっきりしないが長くても十年とみなされている。エッジワースは一七六八年生まれなので、生前のマグワイアを知らなかったことになるが、大佐が死去した一七六六年はちょうどエッジワースの父リチャード・ラヴェル・エッジワースが帰郷していた年にあたるため、以下の「編集者は、キャスカート令夫人の夫君である……女中と会って話を聞く機会を得た」、また「編集者は……従僕に会った」のくだりは、全くの創作ではなく、父親の記憶による部分もあるのではないかと推察される。エッジワース自身はこの幽閉事件に関して「私が知っていたのはこれだけで……いずれにせよ、マグワイア氏にはキット卿と似たところはありません」と後述している。(ピカリング版「イントロダクトリー・ノート」x頁、および三一三頁注68)

(2) 免責法(act of indemnity)とは、違法な行為を適法にし、または違法行為者の責任を免除する遡及的制定法のこと。(「act of indemnity」『英米法辞典』[田中英夫編])

[脚注7] ブー!　ブー!(Boo! boo!)——**馬鹿な、馬鹿馬鹿しい**、といった意味に相当する叫び声。

[脚注8] **ピン**(*Pin*)とは**ペン**(*pen*)のことである。アイルランドでは、以前は俗に**ピン**と発

音していた。(1)

(1) 標準英語で [e] と発音するところを [i] と発音するのは典型的なアイルランド訛りの一つである。『不在地主』の、beg を big、また terrass を tirrass と発音している場面、および devil を divil、elegant を iligant と発音しているサミュエル・ラヴァーの『ハンディ・アンディ』(一八四二)中の会話などがその例である。(勝田 五頁; Edgeworth, *The Absentee* [Oxford UP] 16, 263; Lover 35, 275)

[脚注9] **彼女の印**——アイルランドでは、かつてわがイングランドの君主たちの習わしがそうであったように、十字形を署名の代わりに書くのが、字を書くことのできない人の慣習で**あった**。(1) 編集者はここに、そのアイルランド流儀の**印**の写しを付記しておく。将来、賢明なる好古家にとって有益な資料となるかも知れないとの配慮からである。

Her
Judy × M'Quirk,
Mark.

(彼女の
ジュディ×マクワーク,
印。)

こうした流儀で署名された債務証書や手形にあっては、証人が必要とされ、この名前の部分は往々にしてこの証人によって書かれるのである。

（1）類似の流儀で書かれた署名が、『ロイヤル・アイリッシュ・アカデミー会報』第十五巻（一八二八）に掲載されている、ジェイムズ・ハーディマンによる「十二－十七世紀の、主として土地にかかわる古《いにしえ》のアイルランドの証書や書き物——英語訳、注、および序文付」に収集されている証書にもいくつか見られる。とはいえ、字が書けずやむなく印で済ます者は「意外にもほとんどいなかったために」この印を使っている署名は掲載されている証書の数の割りにはわずかしか見出されない。それらを見る限りでは、署名の体裁は同じであるが、ただ十字形（×）の代わりに正十字形（＋）や、三角形の一辺を取り除いたような形（∠）を真ん中に使っている。以下に一例を挙げておく。(Hardiman 6, 60–61, 87–89)

his
Edmond ＋ Mac Sweeny,
mark.

his
Donald ∠ O'Daly,
mark.

※本来、このDonald O'Dalyの署名は単に**Domnall 7 O'Dala.**であり、hisとmark.は英語訳で付加されたものである。

【脚注10】 **誓い** ―― アイルランドの下層階級の人々は、誓いや宣誓に対し、ほとんど敬意を払わないということが仄めかされてきたが、[1] それは中傷的で不当なものであり、誓いの中には、彼らの心を強力に支配するものもあるということは議論の余地がない。彼らが自分の隣人の誰彼に対し、必ずや恨みを晴らしてやると誓うことが時としてあるが、こういった誓いは破られたためしがないのである。しかしながら、はるかに不思議かつ説明不可能なことには、彼らはしばしばウイスキーを飲まないと誓いを立て、しかもその誓いを守るのである。ただし、この誓いは、通常短期間に限られている。もし飲んだくれの夫を持つ女性が、夫に、司祭のところへいってウイスキーを一年間、あるいは一ヶ月、または一週間、はたまた一日なりと飲まないとの誓いを立てるよう説き伏せることができれば、まさにもっけの幸いとなる。

（1） 例えば、古くにはカンブレンシスによって以下のように述べられていることが想起されているのかもしれない。すなわち「アイルランド人は他のいかなる民族にもましてよく人を裏切る。また、自分たちが誓ったことを全然守らない。もっとも厳かな約束事でさえ恥も恐れもなくしょっちゅう破る。自分たちへの約束事についてはこれを守らせようとおおいに執心するのであるが。」クランプは小作農らが嘘や偽りに頼るようになったのは、地主らの非情なる圧制ゆえ極度の貧困に陥り独立した生活ができず、ついに人間としての尊厳を放棄せざるを得なくなったからであると指摘している。
(Cambrensis, distinction Ⅲ, ch. XX ; Crumpe 191)

【脚注11】 **ゴスーン**（*Gossoon*）、小さな少年[1] ―― フランス語のガルソン（*garçon*）から。[2] アイルランドの屋敷には、たいてい、はだしのゴスーンがいたもので**あった**が、彼等は料理人や食堂支配人にこき使われ、無給の身でありながら、実際のところ屋敷の骨折り仕事は全て引き受けていたのであった。連絡係をさせられるのはきまってこのゴスーンであって、編集者の知るところでは、あるゴスーンなどは、靴も靴下もはかず、日の出から日没までの間に、イングリッシュ・マイル[3]にして五一マイル歩いたことがあった。

（1）たいていは十五才未満の少年。（ピカリング版三一五頁注92）
（2）*OED* にもやはり *garçon*（男の子、少年の意）から由来したと記されているが、『アイルランドの英語』（一九一〇）には gorsoon および gossoon の形があげられており、gorsoon はフランス語の *garçon* に、gossoon はアイルランド語（ゲール語）の *gas*（軸、茎、少年との意）に由来したものだと説明されている。（Joyce, *English* 266）
（3）イングリッシュ・マイルとは、約一・六キロに相当する法定マイルのことであるが、敢えてこのように断わっているのは、アイルランドでは、約二キロ強に相当するアイリッシュ・マイルが併用されていたからである。十一アイリッシュ・マイルが十四イングリッシュ・マイルに相当する。（ペティ一九四頁；Twiss　57）

［脚注12］　一八〇六年三月、ロンドンにおける聖パトリック集会において、サセックス公爵は、自分は光栄にもアイルランドの貴族の称号を授与されているが、もし皆様にお許しを頂ければ、自分が旅行中に経験したエピソードを話させて頂きたいと述べた。公爵がローマに滞在していた時、当地のさるアイルランド神学校を訪問したのだが、そこの人々は、彼が誰であるかということ及びアイルランドの貴族の称号を持っていることを知ると、「おおそれながら閣下、アイルランドの貴族でいらっ

しゃるのなら、アイルランドの土を踏んだことがおありかどうか、おっしゃって頂けますか？」と尋ねた。公爵が踏んだことはないと告げると、「おや、それならすぐ踏んで頂かなくては」と聖職者の一人がいい、そして、彼らは、アイルランドから持ってきていたいくばくかの土を大理石の石板の上に撒いて、その上に公爵を立たせたのであった。(1)

（1）この脚注は一八一〇年の第五版において加筆されたものである。

［脚注13］　このことは、アイルランドでの選挙の際に、実際にあったことである。(1)

（1）同様の話は他のヨーロッパ諸国にも見出される。例えば、阿部謹也著『中世の星の下で』には、共有地をめぐる裁判で村人が靴の中に自分の村の土を入れて共有地の上に立ち、自分の村の土地の上に立っていると証言したトランシルヴァニア地方の話やオイレンシュピーゲルが買い取った荷車一杯の土の上に座り、「お殿さまの領内には入っていませんぜ。一シリングで買いとった自分の土地の上にいるんでさ」と言い抜けたドイツの話などが紹介されている。（阿部　七六－八〇頁）

［脚注14］　**旦那をアゲるために**（*To put him up*）――コンディ卿を監獄に入れるために、ということである。

［脚注15］　**かわいいおじゃが**（*My little potatoes*）――この表現によってサディは、自分のじゃがいもが他の者のよりも少量であるとか、普通の大きさより小さいということを意味しているのではない。

かわいい（*little*）という言葉は、ここでは単に、愛着を表すイタリア語の縮小語尾風に用いられている。

[脚注16]　**係累**（*Kith and kin*）――家族や親戚の者、との意。*kin*［一族、親族］は、*kind*［血統、性質、種類、部族］から由来したものであるが、*kith*［知人、隣人、同胞、親族］の由来については不明である。[1]

（1）『英語語源辞典』（研究社）の「kith」の項によれば kith は knowledge（知識）、acquaintance（友人、知己）、native country（故郷）との意味の古期英語 *cȳþ(þ), cȳþþu* に由来したもの。現在ではもっぱら、親族の意の成句 kith and kin で用いられるが、この成句の初出は一二三〇年頃で、古くには「故郷と親族」の意に用いられた。

[脚注17]　かつらは、かつてアイルランドではテーブルや階段等を掃いたり、埃を払ったりする時に帚がわりに使われていた。編集者は、この事実に関して半信半疑であったが、ある時古い学校の用務員が階段をかつらで掃いている場面を目撃してその疑いが晴れた。その用務員といえば、掃き終えると、全く平気の平左でそれをまた頭にのっけて、「おおそれながら、こうしたところで、ちっとも傷みはいたしません」とのことであった。[1]

また、彼らは通常その下に短く刈り込んだ立派な髪を生やしているから、こうして時々かつらを脱いだところでかぜをひく気遣いはないということも知っておいて頂きたい。かつらはしばしば黄色であるが、その下からのぞいている自前の髪は黒である。かつらはたいてい小さすぎて、かぶっている当人の髪や、耳によって持ち上げられてしまっている。

［脚注18］　イングランドにおいては、ウェイクはお祭り騒ぎの会であると言われている。アイルランドにおいては、死者の通夜をし、その死を悼むために夜開かれる集会であると言われているが、実際にはうわさ話をしたり、どんちゃん騒ぎをしたりするためのものである。

［脚注19］　**安酒屋**（*Shebean-house*）とは、ヘッジ・エールハウスのこと。[1] シャビーン（Shebean）とは、本来は薄く弱いビール、タプラッシュを意味している。[2]

（1）　路傍で出会うような、粗末な居酒屋。
（2）　アイルランドの農民らはしばしば自分の掘っ建て小屋でウイスキー等を醸造していたが、それをライセンス（酒類販売認可）を持たないままこっそりと販売している者も多かった。この民間の粗末な非合法の酒屋はシャビーン（shebeen, shebean）・ハウス、または簡略にシャビーンと呼ばれていた。シャビーン・ハウスのなかには掘っ建て小屋よりはやや上等で居酒屋の体裁をまがりなりにも整えているところもあったようであるが、いずれにせよ酒屋の中では最も貧弱な部類に入る。
　OED は、shebeen の語源は不明であり、英語の shop（店）から借入のアイルランド語 *seapa* であろうという推測は信じ難いと説明している。『英語語源辞典』は、shop からの借入とする説は根拠に乏しいものとし、アイルランド語で bad ale（粗悪なエール）を意味する *sîbín, séibín* をその語源としている。一方、タプラッシュとは、*OED* によれば樽やグラスの洗い水、および樽等に残っているかす酒や残り酒、または弱い、あるいは気の抜けたビールのことと説明されている。エールはビー

ルと同義ないしはホップの入っていないビールのことであり、粗悪なエールも一種のタプラッシュとみなしてさしつかえないのであれば、シャビーンについてのエッジワースの説明は『英語語源辞典』の解説とほぼ一致しているといえよう。ちなみに『リーダーズ英和辞典』によれば、シャビーンの語源はマグ一杯の酒を意味するアイルランド語 *séibe* と説明されている。

〔脚注20〕 我らが君主の一人が戴冠式を挙げた時のこと、その国王が行進の最中にたまたま起こった混乱のことで不満を漏らした。すると、式を取り仕切っていた高官が陛下に次のように申し上げた。「この次の時にはこうならないようにいたします。[1]」

（1） ジョージ三世（在位一七六〇－一八二〇）の戴冠式後、第二代エッフィンガム伯トマス・ハワード（一七二〇－六三没）がジョージ三世に述べた言葉。（ピカリング版三一七頁注124）

〔脚注21〕 **さんさん死ぬ目にあわされ打ちのめされて**（*Kilt and smashed*）――我らが著者［サディ］はここで、あえて竜頭蛇尾な物言いをしているのではない。生粋のイングランド人の読者なら、*kilt* という言葉と、*killed*［殺された］という言葉の音の類似から、その意味も同様のものだと推論されるかもしれない。しかし、この二つの言葉は、アイルランドでは、決して同義語ではない。かくして、誰かが「死ぬ目にあわされてぶっ殺された！」と叫ぶのを耳にされるかもしれないが、それは、たかだか、殴られて目の回りに黒いあざができたとか、ちょっとした打撲傷ができたといった意味にすぎないことが往々にしてある。――「**総身死ぬ目にあう**」（*kilt all over*）と言えば、単に「**死ぬ目**

にあう」ということよりも、よりひどい状態にあるということを意味する。それゆえ、「**風邪をひいて死ぬ目にあう**」ということは、「**リュウマチにかかって総身死ぬ目にあう**」という場合に比べれば、なんでもないことになる。[注解29]

［脚注22］　**お部屋**（*The room*）——その家屋で最も重要な部屋のこと。[1]

（1）農家における最上の部屋のこと。かっては、通常農家は三部屋あり、台所を真ん中に一方の端に寝室、他方に簡略に「お部屋（the room）」と呼ばれる、台所の暖炉の裏側にあたる暖かい最上の部屋があった。コンディ卿が住んでいる猟小屋は、「ジェイソンが家具などを一杯に入れて鍵をかけている部屋以外には、たった二間しかありません」（本書119頁）とあるように、三部屋を有するものであり、おそらく農家のそれと類似の構造を持っていたのであろう。（Joyce, *English* 315 ; Evans, *Irish Folk Ways* 44）なお、「お部屋」という言葉は本書127頁に既出。この脚注は本来ならば、その箇所に付けられるべきものであろう。

［脚注23］　**テスター**（*Tester*）——六ペンスのこと。頭との意味のフランス語 tête に由来する。人の頭像を刻んだ銀貨で、古いフランス語で un testion[1] と呼ばれ、昔のイングランドの六ペンス銀貨の価値にほぼ相当した。[2] テスターという語は、シェイクスピアにおいて用いられている。[3]

（1）正確には teston。

（2）フランスでは、ルイ十二世（在位一四九八－一五一五）およびフランソワ一世（在位一五一五－四七）の時代に、国王の頭像を刻んだテストン（teston）とよばれる銀貨が鋳造された。当時の十－十二スーに相当する。イングランドでも、時代によってヘンリー七世（在位一四八五―五〇九）、ヘンリー八世（在位一五〇九―四七）、およびエドワード六世（在位一五四七―五三）の像をそれぞれ刻印した銀貨をやはりテストンと呼んでいた。テスターは*OED*によれば、特にヘンリー八世の頭像が刻まれた粗悪なテストン銀貨を指す。イングランドではテストン銀貨は、一五四三年に十二ペンスすなわち一シリングに相当すると宣言されたが、貨幣が粗悪な金属で造られていたため、十ペンス、続いて九ペンスさらに六ペンスに下落し、一五四八年に回収された。しかし、その後も粗悪なものがまだ出回っていた。シェイクスピアの時代にはまだ六ペンスの価値があったとはいえさらに時代が下り十七世紀になると約二ペンスにまで下落した。口語、俗語ではテスターで六ペンス銀貨を指す。

（3）シェイクスピアの『ヘンリー四世、第二部』（一六〇〇）三幕二場二七六―七七行及び『ウインザーの陽気な女房たち』（一五九八上演？）一幕三場八七行。

原作付属の注解《グロッサリー》

サディの回想録が印刷されて以来、それに目を通してくれた友人たちから編集者に対して、その中にあまた含まれている語句や慣用的な言い回しの多くは、さらに説明が無いとイングランドの読者には理解し難いだろうという示唆があった。それゆえ、以下に注解を付記しておく。

[注解1]　**月曜日の朝**――サディは、このラックレント一族の回想録を、**月曜日の朝**と日付を記すことで始めている。というのは、アイルランドでは、何事であれ、大事なことを始めようとするならば、縁起のいい朝は、**月曜日の朝**以外には有り得ないからである。「おお、月曜の朝まで、神様の思し召しで生き長らえますれば、その時にスレート職人に家の屋根の修理にかからせましょう。月曜の朝に泥炭を採掘[1]し始めましょう。月曜の朝に刈り入れを始めるよう取り計らいましょう。月曜の朝に、おおそれながら、じゃがいもを掘り始めましょう」といった具合である。このような話がなされた日と、次の月曜日までの間の日々は、無駄に費やされるのである。そしてまた、月曜日の朝が来ても、その仕事は、十中八九、さらに**次の**月曜日まで延ばされるのである。編集者の知るある紳士は、こういった縁起かつぎの風潮に対抗するため、自分のところで働いている職人や雇い人たちに、新しい仕事は全部土曜日に始めさせたものであった。

（1）「訳注」48を参照。

［注解2］　**三つの王国はさておき**——この**さておき**（*let alone*）との言葉は、ここでは**考慮の対象外にせよ**（*put out of consideration*）[1]、という意味である。この**さておき**との言葉は、今では一つの命令法の動詞として使われているが、やがては接続詞となって、将来の語源学者の格好の研究材料となるかもしれない。高名なホーン・トゥック[2]は、接続詞の *but* が、*to be out* を意味するアングロ・サクソン語の動詞（*bouant*）[3]の命令法に由来し、また、*if* が *to give* を意味するアングロ・サクソン語の動詞の命令法 *gift*[4] に由来していること等々を実に巧みに説明している。[5]

（1）let alone については、当該箇所の場合のように「……については考えないにしても」「……についてはさておき」との意味で使われている場合と、たとえば、後出の「世間広しといえども、いったいどこで、千はいわずもがな（let alone）、百、いや、一の位さえも、見つけられるというんだ？」（本文108頁）のように「……についてはいわずもがな」「……については言うまでもなく」の意味で使われている場合とがある。本書においては「さておき」「いわずもがな」の訳語をそれぞれあててある。

（2）John Horne Tooke（一七三六－一八一二）。イングランドの急進主義政治家、言語学者。アメリカ独立運動援助のかどで投獄され、獄中で英語の語源に関する論文（次訳注に掲出）を構想し、ゴート語および古代英語の研究が言語学に必要なことを主張した。（「トゥク」『岩波 西洋人名辞典』）

（3）ピカリング版では *beoutan*、ワールズ・クラシックス版では *beoutan*、エヴリマンズ・ライブラリー版では *be-utan*、トゥックの *ΕΠΕΑ ΠΤΕΡΟΕΝΤΑ or the Diversions of Purley*（1786）では Beon-utan と記されている。（Tooke vol. 1, p.134）

（4）ピカリング版、ワールズ・クラシックス版およびエヴリマンズ・ライブラリー版では *gif*、トゥックの前述書では Gif と記されている。（Tooke vol. 1, pp.103-05, 134）

（5）エヴリマンズ・ライブラリー版は、この注解について「ホーン・トゥックは *be-utan* については誤りを犯した。それは命令法ではなく、“without” の意味の前置詞である。*gif* については正しかった」

と注記している。（エヴリマンズ・ライブラリー版六八頁）

［注解3］　泣き節（*Whillaluh*）――これはウラルー（Ullaloo）、ゴル（Gol）ともいわれ、死者に対する哀悼歌である。

'Magnoque ululante tumultu.'［大いにうち喚きつつ］――ウェルギリウス。[1]

'Ululatibus omne / Implevere nemus.'［森をあまねく／嘆きの声で満たした］――オウィディウス。[2]

アイルランドのゴル、すなわちウラルーについての、また、弔い歌（Caoinan）、すなわちアイルランド語の歌詞や音楽に加えて、第一セミコーラスや第二セミコーラス、および、ため息や呻き声から成るフルコーラスを駆使するアイルランドの葬歌についての詳しい説明は、『ロイヤル・アイリッシュ・アカデミー会報』の第四巻に見い出されるであろう。一ヤード足を運ぶよりは一ページ読む方がましとする**怠惰**な読者へ便宜を計らんがため、また、その虚弱さに対して同情とまではいえないまでも憐憫の情を抱いて、編集者は以下の一節を書き写しておく。[3]

「アイルランド人と言えば、その葬式の哀悼歌が常に注目されてきた。この特異な風習は、彼の国を訪れた旅行者がほぼきまって言及してきたものである。これは、この島の太古の住民であった、ケルト人の先祖から伝わってきたもののように思われる……。[4]

「アイルランド人については、他のどの国民より、泣きわめくことが天性にかなっていたのであり、ついにはアイルランドの泣きわめきというのが、広く天下に知られるようになった、とこれまで主張されてきた。……

「十二世紀にカンブレンシスいわく、アイルランド人はその当時音楽的に嘆きを表現したと。[5] すなわち、アイルランド人は、きちんとした埋葬式を挙行するにあたって、彼らが他の民族に抜きん出て巧みとする音楽を用いたのである。その方法といえば、会葬者たちが二手に別れ、それぞれが交互に各自のパートを歌い、また時には両者共々がフルコーラスに加わるのである……屍衣をまとった死者は花々で飾られて棺架ないし一段高いところに安置された。親類の者たちや泣き女たち[6]（**歌い手の会葬者たち**）は、一組は遺体の頭の方に、一組は足元にと、二組に別れて並んだ。吟唱詩人たち[7]とハープ奏者たち[8]はあらかじめ葬式用の弔い歌を用意していた。頭部側に位置を占めている［セミ］コーラスのリーダーの吟唱詩人が、ハープの伴奏にそっと伴われて、第一スタンザ[9]を悲嘆に満ちた低い声で歌い出して弔い歌が始まった。第一スタンザの結びの部分になると、足側に位置を占めているセミコーラスがそのスタンザの最後の一音符をとって哀悼歌すなわち泣き節《ウラルー》[10]を詠じ始めた。そして、それに頭側のセミコーラスがまた泣き節[11]で応じた。それから、頭側、足側の両方が合同して一斉のコーラス[12]となった。このようにして第一スタンザのコーラスが終わると、足側のセミコーラスのリーダーの吟唱詩人が［先程詠じられたコーラスの最後の音符を旋律の出だしにして第二スタンザ[13]を歌った。それが終わると、頭側のセミコーラスが[14]］第二の泣き節《ゴル》[15]すなわち哀悼歌を詠じ始めた。そして、それに足側のセミコーラス[16]が応じた。それからまた前のように、頭側、足側の両者が合同して一斉のフルコーラス[17]となった。このようにして、吟唱詩人の歌と皆のコーラスが、夜の間中、かわるがわるなされたのであった。故人の家系や身分、財産、美徳や悪徳が繰り返して唱され、かつ、故人に対して多くの問い掛けがなされた。いわく、どうして亡くなったのか、もし既婚者ならば、妻は忠実であり、息子らは従順で、優れた狩人あるいは戦士であったかと。もし、女性ならば、彼女の娘らは美しく、貞淑であったか、また青年ならば、その恋に横槍を入れられたのか、それとも、エリン[18]の青い瞳の乙女らがつれなく彼を嘲ったのかと[19]。」

かつては弔い歌の音歩（韻律の詩脚）にはもっと注意が払われていたそうである[20]。しかし、アイルランドの吟唱詩人が衰退していくにつれ、音歩は次第になおざりにされるようになった。そして弔い歌は、女性たちの間にあって、いいかげんな韻律のものに堕ちてしまったのである[21]。それゆえ、それぞれの地方に、それぞれ異なった弔い歌が、あるいは、少なくとも、元歌に対するそれぞれ異なった模倣が存在することになった。つまりマンスター節、アルスター節、といった具合に。弔い歌が即興に歌われるものとなってしまい、泣き女たちの集団がいずれも皆、旋律を自分たちの好みに従って変えてしまったからである。

習俗や儀式がいかに退廃しているかを観察するのは興味深い。現在のアイルランドの泣きわめき、すなわちわめき節は、かつてのように誇れる旋律を持たないし、また、葬列も、さほど威厳を持ってその行進を進めはしない。葬式に集まる人々の数は、時には千人に達するが、往々にして四、五百人である。彼らは棺台の担ぎ手たちが練り歩いて行くにつれ集まってき、村を抜けるとか、家のそばを通る時になると、叫び始める――おお！　おお！　おお！　おお！　おお！　ああ！　ああ！　そして、嘆きに満ちたわめき節といった調子で最初の**おお**！から最後の**ああ**！に至るまで、少しずつ音程を高くしていくのである。それによって、村の住人たちも、**葬列が通過中**だということを知り、それにつき従おうとすぐさま参集するのである。マンスター地方では、女性たちが、葬列につき従って、しばらくの間全身全霊を挙げて一同の泣きわめきに参与したかと思うと、それからくるりと向き直り、こう問うのは珍しいことではない。「あれまあ！　亡くなったのはどなたかね？――あたしらどなたのために泣いているんかね？」最も貧しい人々でさえ自分たち自身の埋葬場所、すなわち教会の墓地の区画を持っており、そこに、彼らの言葉によれば、アイルランド戦争の時代以来(22)、先祖たちが埋葬されてきたということである。そして、たとえこれらの埋葬場所が、当人が亡くなった場所から十マイル離れていようとも、その身内や友人の者たち(23)、また隣人たちは、遺体を必ずやそちらへ運んでいくべく努めるのである。常に一人の司祭が、多くの場合五、六人の司祭たちが、これらの葬式に立ち会い、それぞれがミサをあげる(24)。それに対する支払いは、暮らし向きに応じて、つまり、彼らの言葉で言えば故人の**ちから**に応じて、一シリングの時もあれば半クラウンの時もあり、時には半ギニー、または一ギニーの時もある。たいそう貧しい者を埋葬した後は、未亡人や子どもたちがあとに残されていれば、司祭は未亡人のためにいわゆる**募金**というものをする。つまり、居合わせている人々皆のところを回っていき、回って来られた者は、それぞれ六ペンスなり一シリングなり、めいめい好きなように寄付するのである。アイルランドの葬式の締めくくりのさらなる詳細については、**通夜**《ウェイク》という言葉に関する注(25)を見て頂きたい。

人一倍大声で見事に泣く老婆たちは引っ張り凧であり、ある人が編集者に語ったところによると、「誰もが、こういった老婆に自分の、あるいは自分の身内や友人の者たちの葬式に来てもらうことを望み、また、来れば誇りに思うものだ」ということである。下層のアイルランド人たちは驚くべき熱意でもって、自分の家族や友人、親戚の者の葬式に参列しようとする。そしてまた、その親戚関係というのを、たいへんな遠縁にまで拡大してあてはめるのである。貧しき者が、その生涯、皆からよく愛されていたことの証左となるのが、彼の葬式に大勢の人々が参集するということなのである。隣人の葬儀に参列するということは、また、自らの人間性を安直に証明できる機会ともなろうが、しかし、それは、想像されるほど無害なものではない。アイルランド国民にとって、葬儀に参列して費やされる総時間は、優に五十万時間にのぼるであろう。編集者としては、この二倍の時間が費やされているといっても言い過ぎではないと考えている。また、**通夜**につきものの浪費や飲酒の習慣についても、ここ［アイルランド］では問題視されることはない。雇い人や、大工や、鍛冶屋が仕事場に顔を見せなければ――このことは格別珍しいことではないが――どこへ行っているのかと問うてみるがよい。十中八九こういった答えが返ってくるであろう。「ほんにまあ、おおそれながら、今日はあいつは仕事は何にもできませねえで。**例の**葬式へ行っちまってまさ。」

乞食でさえ、年老いてくると、**自分の葬式のために**物乞いして回る。つまり、棺やろうそくやパイプや煙草を買うためのお金を無心して回るのである。ろうそくやパイプや煙草の用途については通夜の項を参照して頂きたい。

習俗が古いものであればあるほど、価値あるものと考え、かつ、国民については、その国民が彼らの古くからの習俗を重んじていればいるほど、高い価値を与える人々は、疑いなく、アイルランドの**ウラルー**を、そしてこの習俗を太古から遵守し続けてきたということでアイルランド国民を、称賛するであろう。しかしながら、編集者は、アイルランドにおけるウラルーへの愛好の衰退を予言するように思える、懸念すべきいくつかの兆候に気付いている。最近ダブリンで上演されたある喜劇的な出し物のなかに、老婆たちのコーラスが取り入れられていたのだが、彼女らは、ハーレクインの木製の剣に打たれて倒れたことになっている一人の医者の遺体の周りで、このアイルランドのわめき節を始めた。(26)老婆らは、両手をもみ絞ったりガウンやエプロンの端で目頭を拭ったりこすったり等々という、しかるべきしぐさを総動員しながら、しばらくの間ウラルーをやり続けた後、そのうちの一人が突然、この見るも涙の泣きわめきを止め、隣りの者の方へと向き直り、こう問うのであった。「あれまあ、おまえさん、あたしらどなたのために泣いているんかね?」

(1)『アエネーイス』十一巻六六二行。ただし、この引用文中のわめき声は死者を悼んでのわめき声ではなく、戦《いくさ》での進軍の雄叫びである。

(2)『転身物語』三巻一七九—八〇行。オウィディウスは紀元前四三—紀元十七年のローマの詩人。ただし、この引用文中の嘆きの声は死者を悼んでのものではなく、水浴中人間に全裸の姿を見られたニンフたちのあげる驚愕の叫び声である。

(3)該当の論文はウィリアム・ボウフォードの「弔い歌、あるいは往古のアイルランドの哀悼歌について」。次文の「アイルランド人と言えば……」以下「……つれなく彼を嘲ったのかと。」までは、この論文の四一頁七行—四四頁十四行からの抜粋。(Beauford, “Caoinan”)

(4) [脚注1]で引用されているスペンサーの「アイルランドの現状について」には、エジプト人やシシリア人、またスペイン人も哀悼歌の風習を持っており、この風習のルーツはシシリア人やムーア人の中に潜んでいるアフリカ大陸での遠い記憶ではないかと述べられている。(Spenser, *Spenser's Prose Works* 105-06)

(5) カンブレンシス(ジラルダス・カンブレンシス、?一一四六－一二二三)はウェールズ出身の文学者および聖職者。一一八五年にジョン王子に付き添ってアイルランドに赴き、『アイルランド征服史』(一一八九頃)および『アイルランド地誌』(一一八八)を著した。「……音楽的に嘆きを表現したと。」とは、おそらく『アイルランド地誌』第三部第十二章の以下の一節をさしていると思われる。「それゆえアイルランドやヒスパニアの人々、またそれ以外の他国の人々のように、哀切に満ちた音楽を、葬儀での嘆きの声に交える民族もある。その嘆きをつのらせるためでもあろうし、あるいはまた、おそらくは、どん底のつらさを乗り越えた心を安らかにしてやるためでもあろう。」なお、カンブレンシスからの引用といえるのは「音楽的に嘆きを表現したと。」までのようである。

(6) 一般には葬儀で弔い歌を詠ずる人のこと。死者の身内の者ばかりではなく、なかにはこれによって報酬を得るプロの泣き女たちも少なくとも一八四八年の飢饉までは存在していたという。後代になって吟唱詩人(次注参照)が姿を消してゆくと、本書のように単に弔い歌のコーラスに加わるだけではなく、吟唱詩人に代わって弔い歌のリーダーの歌い手をつとめたり、各地を放浪して古くから伝わる詩をそらんじて聞かせて生計をたてる者もいた。(*The Oxford Companion to Irish Literature* 79－80 ; Croker *The Keen* 24－27 ; O'Curry cccxxiv)

なお、ペンギン版(一八三二年版に基づくもの)では「泣き女たち」の原語が keepers となっているが keeners の誤りである。一八〇〇年の初版本(ワールズ・クラシックス版が依拠している版)では正しく keeners となっていたが一八三二年の著作集版で誤って keepers と誤植されたらしい。

(7) 本来は伝統的な詩人養成学校で長年にわたって養成されていた職業詩人で、アイルランド国内や、さらにはスコットランドにまで、自由に旅することができた。初期のアイルランド社会では、詩人には、学識のある詩人フィリ（fili）と、それよりは修行期間が短く、身分が低い吟唱詩人であるバード（bard）との二種類の人々がいた。偉人の葬式においても葬歌をつくるのはフィリであり、バードはコーラスで悲嘆の声で詠じるのが受け持ちであった。フィリとバードは、特に十二世紀から十七世紀にかけてのゲール系貴族社会の中で威光を放ち、厚遇を得て慶喜や哀悼の詩を歌った。チューダー朝後期になされたアイルランド再征服によりゲール系貴族社会が崩壊し始めるにつれて、詩人間の序列はくずれ始め、高位の学識ある詩人と吟唱詩人との区別はなくなり総じて吟唱詩人《バード》と呼ばれるようになった。スペンサーも『アイルランドの現状について』において以下のように述べている。「アイルランド人の中には、詩人（poets）に代わる、吟唱詩人（bards）と呼ばれる人々がおり、詩や韻文を作って誰彼を褒めたたえたり、またけなしたりするのを生業としている。彼らの心証を害して歌でそしられ汚名が流布するのを恐れ、皆、彼らの不興を買うまいと努めている。なぜならその詩はおおいにもてはやされ、あらゆる宴会や集会で、それを務めとし、それによってやはり報酬と名とを得る歌い手らによって歌われるのであるから。」詩人養成学校はスライゴーやドニゴール、コークなどに存在したが、おそらくは十七世紀中頃、おそくても十七世紀末には消滅してしまった。ボイン河の戦い（一六九〇）でのゲール系貴族の決定的な敗北により庇護者を失った吟唱詩人らは野に出て民衆の間で活動し報酬を得ながら放浪していたが、次第に消滅への道をたどっていったと思われる。巡歴する吟唱詩人は、ウェイクフィールドによれば十九世紀初頭でもなお少なくなかったが、かつての威光を失い生活の糧を得るための稼業に努めていたことが窺われる。ちなみにW・B・イエイツは、伝統的な詩人養成学校での教育は受けていないと思われる詩人兼作曲家兼ハープ奏者のカローラン（一六七〇―一七三八）を「最後の吟唱詩人《バード》」と呼んでいる。（『アイルランド文学小事典』二〇八頁、Walker 17―18；*The Oxford Companion to Irish Literature* 32―34, 408―09；Joyce, *A Social History* vol. I, pp. 448―49；Spenser, *Spenser's Prose Works* 124；Wakefield vol. II, p. 767；Yeats, *Fairy* 12；Ó Cuív 543)

（8）「ハープ奏者たち」の原語は、ゲール語の *cruit*《クルーチ》 奏者を意味する *cruitire* を英語流に綴ったと思われる crotery の複数形 croteries。*cruit* はアイルランドの後代のハープの原型的なものでキリスト教の伝道以前から奏されていた。本来のそれは後代のハープより小型で弦の数も少なかった。一説にはキタラ（古代ギリシャの七–十一本の弦を張った撥弦楽器。竪琴に似ているが弦の張り方等が違う）に似るものであったともいわれている。一方、ユージーン・オカリは *cruit* は古代の竪琴と同一のものであったこと、また遅くには十七世紀までアイリッシュ・ハープは *cruit* と呼ばれていたことを述べている。さらにはいにしえのアイルランドでは弦楽器をひとしなみに *cruit* とよんでいたとの説もあり、複数の種類があったらしい。いずれにせよ、十一世紀までは小ぶり（三十インチ程度）であったがその後時代が下るにつれて次第に大きくなり、およそ十四–十八世紀には、通常三十弦以上を有するものとなっていた。ハープ奏者の社会的地位は本来、他の楽器の奏者と一線を画し、非常に高かった。（Joyce, *A Social History* vol. I, pp. 575–78 ; O'Curry 354 ; Rimmer 2–3）

（9）–（13）、（15）–（17）　ボウフォードのこの論文には、十五世紀につくられたものだとボウフォードによって推測されている弔い歌が一例として添えられている。この弔い歌は昔の風習にのっとり吟唱詩人の歌唱部分およびセミコーラスやフルコーラスから成る構造を持ち、論文中の内容を例解するものである。以下、参考までに、ボウフォードが一例として挙げている弔い歌を本書174–176頁に転載しておく。（9）から（13）、（15）から（17）と番号を付している歌は、本注解において（9）から（13）および（15）から（17）と訳注番号を付した箇所に該当する部分である。

（14）　角括弧［　］内の部分はエッジワースによってボウフォードの論文から引用される際に誤って脱落してしまった部分である。エッジワースはこの脱落に気付かず、一八三二年の著作集版では文意の辻褄あわせのために手を加え、それに続く引用文中の they were とあるところを he was とし、また foot を head に誤って変えている。以下本書177頁に、ボウフォードの論文中から当該箇所を引用しておく。英文中、角括弧の中に記された部分が脱落している部分であり、下線の部分が辻褄あわせのための変更を被ることになる部分である。訳文は本来の正しい英文を訳してある。（Beauford, “Caoinan” 44 ; Oshima 119）

(9)

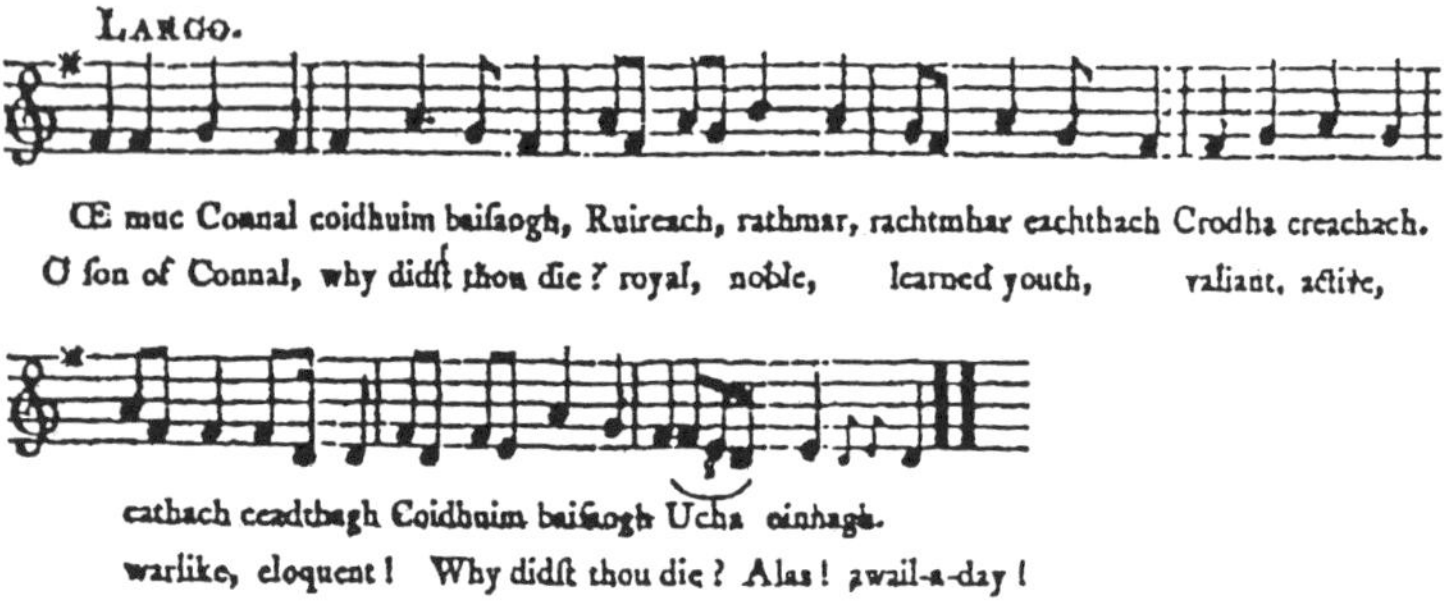
Largo.
Œ muc Connal coidhuim baiſaogh, Ruireach, rathmar, rachtmhar eachthach Crodha creachach.
O ſon of Connal, why didſt thou die? royal, noble, learned youth, valiant, actite,
eathach ceadthagh Coidhuim baiſaogh Ucha oinhagh.
warlike, eloquent! Why didſt thou die? Alas! awail-a-day!

おお、コナルの息子よ、なぜ死んだのだ、
王家の血をひく気高く学識ある若者よ
雄々しく、活気に溢れ、戦さに怖じぬ雄弁なる者よ！
そなたはなぜ死んだのだ、ああ、あわれあわれ！

(10)

First Semi-Chorus.

Termante.
tr.
Ulla-lulla-lulla-lulla lù lù ucht o ong.

(11)

Second Semi-Chorus.

tr.
O ong ulla lulla lulla lulla lulla lulla lulla lu ucht o ong.

⑫

Full Chorus of Sighs and Groans.

Ucht o ong-ucht o ong o ucht o ong ucht o ong o ong o o ong:
ucht o ong o ong ucht o o ong o o o o o ong o
o ong ucht o ong ucht o ong o ong.

⑬

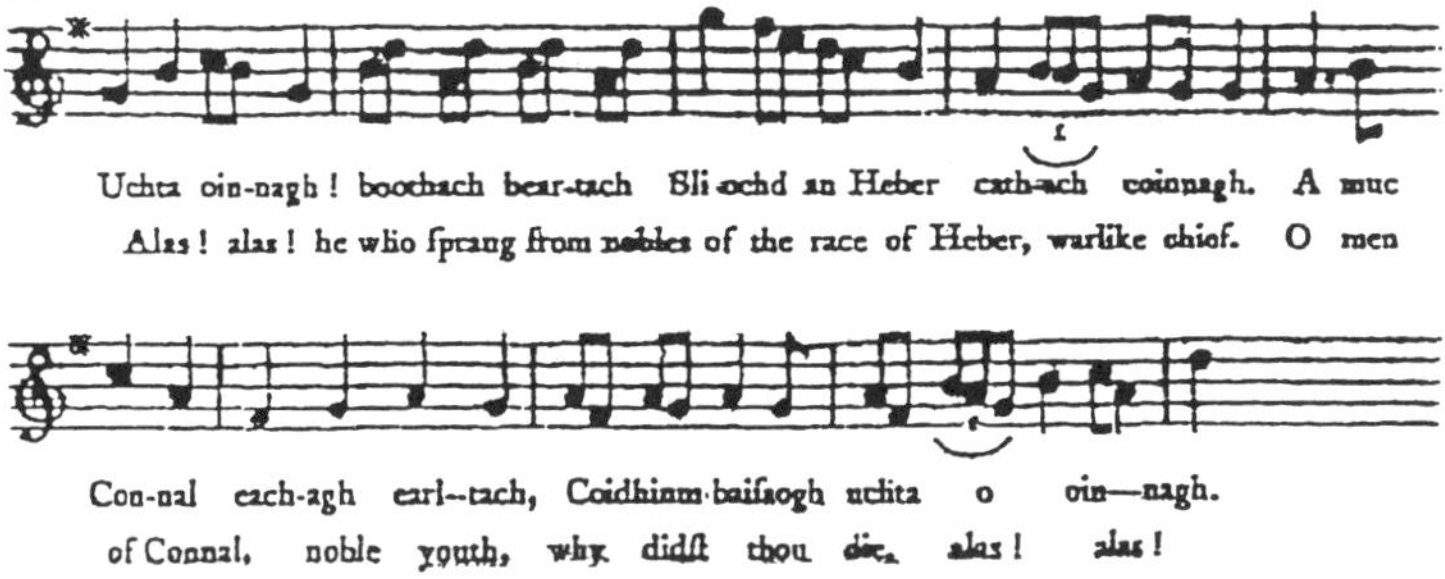
Uchta oin-nagh! boochach bear-tach Sli-ochd an Heber cath-ach coionagh. A muc
Alas! alas! he who sprang from nobles of the race of Heber, warlike chief. O men
Con-nal each-agh earl--tach, Coidhinm-baisaogh uchta o oin—nagh.
of Connal, noble youth, why didst thou die, alas! alas!

ああ！　ああ！　ヘベルスの族の気高き血から生まれし者よ、武人の長よ。
コナルの男よ、気高き若者よ、そなたはなぜ死んだのだ、ああ！　ああ！

⑮

First Semi-Chorus.

tr.
tr.
Ul-la lulla lulla lulla lù lù o ong..

(16) Second Semi-Chorus.

O ong ulla lulla lulla lulla lù lù ucht o ong.

(17) Full Chorus.

Ucht o ong o ong o o o ong ucht o ong o ong o ong
ucht o ong ucht o ong o ong ucht o ong o ong ucht o
ong o ong ucht o ong ucht o o o o ong ucht
o ong ucht o ong o ong ucht o ong.

この後、さらに続く、当訳注では割愛したスタンザでは以下のように謳われる。

ああ！　ああ！　花咲く牧場、緑なす丘、なき交わす牛の群、実り豊かな田畑、流れ行く川、草食む羊の群を持てる者よ、富み栄えし者、勇武の者よ、黄金の谷の主よ、なぜ死んだのか、 ああ！　あわれあわれ！

ああ！　ああ！　そなたはなぜ死んだのだ、コナルの息子よ、そなたの勇ましい腕が勝ち取った品々が、高貴の者らが集う広間へと、そしてそなたの標章がついた盾のもとへと運び込まれるのを待つことなく。ああ！　ああ！

(Beauford, "Caoinan"　46－48, 50)

...the chief bard of the foot semi-chorus [sung the second stanza, the strain of which was taken from the concluding note of the preceding chorus; which ended, the head semi-chorus] began the second Gol or lamentation, in which they were answered by that of the foot....

(18) 原語は Erin。アイルランドの古・雅名である。古期アイルランド語（七世紀から十一世紀までアイルランドで話されたゲール語）の *Ériu* の与格 *Érinn* が英語化されたもの。*Ériu* は「肥沃な国」の意であろうと言われている。（『英語語源辞典』四四五頁；"Ireland, names for.," *The Oxford Companion to Irish History*）

(19) ボウフォードによる、この弔い歌の解説に関しては、ボウフォードによってその具体的な典拠が明示されていない。とはいえ、Breandán Ó Madagáin の論文 "Irish Vocal Music of Lament and Syllabic Verse" に付けられている注によると、ボウフォードがある老泣き女から聞いたものであるらしい。（Ó Madagáin 329）

(20) 前述のボウフォードの論文 "Caoinan" によれば、かつては弔い歌は各詩行が四つの音歩からできており、それぞれの音歩は通常二つの音節から成っていた。そして、この四つの音歩のうち最初の三つの音歩は自由であるが、四番目のそれは他の全ての詩行の結びの音節と韻を踏むことになっていたという。彼のこの説明の典拠はロイド（Lhuyd）による『アーケオロジア・ブリタニカ』に記載されている弔い歌についての説明である。なお、本注解のこの段落の内容は "Caoinan" 四四頁十五行－四五頁四行の要約である。（Beauford, "Caoinan" 44；Lhuyd 309）

(21) 吟唱詩人が衰退し、姿を消してしまうと、コーラスの部分のみならず弔い歌のリーダーも泣き女によって務められるようになった。（本注解の訳注6［本書171頁］参照）

(22) アイルランドの歴史は決して平穏なものではなく、八世紀末－十一世紀初めのヴァイキング侵攻時代以降、十七世紀のクロムウェルのアイルランド遠征やその後のボイン河の戦い等、各世紀にわたって多くの戦争が行われた。ここで言及されているアイルランド戦争（the wars of Ireland）とは恐らく、一六九〇年のボイン河の戦いでウィリアム三世軍がジェイムズ二世軍を撃破しリメリック条約の締結（一六九一）に至るまでの、一連のアイルランドでの戦闘を指しているのであろう。『イングリッシュ・リポーツ』第二巻、ダンセイニ対プランキットの判例中に、同じくアイルランド戦争（the wars of Ireland）として、このウィリアム三世軍とジェイムズ二世軍の戦いのことが言及されている。

（23）（Dunsany (Lord) *v.* Plunkett [1720] 354）

（24）「訳注」84（本書247頁）参照。

（25）カトリック刑罰法下の司祭の活動については「訳注」38参照。

（26）［注解28］を指す。

劇場ではたいてい、重要な出し物の後にハーレクイン（イギリスの無言劇に登場するコロンビーナの恋人）を呼び物とする、短い喜劇ないしは無言劇が演じられた。ここでは、十八世紀末、ダブリン第一の劇場であったクロウ・ストリート劇場でのそのような喜劇的な出し物のことが言及されているのであろう。（ピカリング版三一八頁注141）

［注解４］　**小作人たちも彼らのウイスキーを振舞われることすらなくさっさと帰されました。**[1]——地主によっては、領地の下層の小作人たちが地代を納めに来た時、ウイスキーを一杯振舞うのが常である。サディはそのウイスキーのことを**彼らの**ウイスキーとよんでいるのである。そのウイスキーは実際に彼らが所有権を得ている物というわけではないが、小作人たちにしばしば振舞われてきた後では、彼らの**権利**となるからである。**権利**についての、このような一般的な考え方は、下層アイルランド人たちに限ったことではない。しかし、彼らは、この権利を主張するにあたっては、一種独特の抜け目

のなさと粘り強さを発揮する。「去年、旦那様はてまえに屋根葺き用の藁を下さいました。今年もおんなじにして下さる**ことと思っております。**[2]」こういった調子で、贈り物はしばしば、一種の貢ぎ物となってしまう。身分が高かろうが低かろうが、ことその習慣においては必ずしも態度を異としないものである。聞くところによれば、オスマン宮廷は、贈り物を貢ぎ物にしてしまう名人であるらしい。かくして、オスマン帝国の皇帝の誕生日に名馬を贈るのは危険なこととなる。つまり、彼は、次の年の誕生日にも同じ物を期待し、その期待の正当性を証明し始める恐れがあるからである。

（1）本書26頁の本文の原文は the tenants even were sent away without their whiskey であるが、当注解の原文には even が脱落している。当注解では even を補って訳している。

（2）原文は “I expect your honour will be....”。「リメリック手袋」にも述べられているように、「アイルランドでは、『エクスペクト』はイギリスの『ホープ』の意味」であり、丁寧な表現である。つまりアイルランド語法では、当然のこととして期待します、と直截的に述べているのではなく、礼儀正しく述べていることになる。（『アイルランド短篇選』二二三頁）

［注解5］　**マータ様も随分と御自分を卑しめられたものだ**（*He demeaned himself greatly*）――すなわち、彼は自分自身の品位を落とすようなこと、あるいは不面目となるようなことをしたとの意。

［注解6］　**賦課の鶏やあひる、賦課の七面鳥、賦課の鵞鳥**（*Duty fowls* ……）――アイルランドでは、借地契約の多くにおいて、**かつては**、小作人たちが地主に法外な数の家禽類を供給することが義

務づけられていた。編集者の知るところでは、ある小さな農場の借地契約で、三十羽の七面鳥が確保されていたことがある。

[注解7]　イングランド流小作人（*English tenants*）――イングランド流小作人とは、イングランド人である小作人という意味ではなく、期日通り地代を払う小作人のことである。アイルランドの、なかでも貧困な人々の間には、イングランドでは小作人は皆、一日もたがえず期日になれば地代を支払うという偏見が総じて見受けられる。そして、農場を借りようと申し込みをするアイルランド人は、もし、自分がしっかりした人物だということを地主に示したいと思えば、自分は**イングランド流小作人**になりますと申し出るのである。また、もし、小作人が、選挙の時に地主の対抗者に票を入れるとか、あるいは地主の意向にさからった投票をしてその不興を買うと、ただちに代理人から、**イングランド流小作人**にならなくてはならないと告げられるのである。この脅しは、彼が言語を変えねばならないとかイングランド人にならなくてはならないという意味ではなく、彼が滞っている地代を全て払わなくてはならないということ、かつ、今後、期日を違えず地代を納めなくてはならないということを意味するのである。[1]

（1）　本書29頁のパトリック卿の例にもあるように、地代はいわば後払いとして半年分猶予されるのが慣習であった。しかし、この慣習は、実際に払える以上の高い地代で小作人が借地契約を申し出ることを可能にさせたり、あるいは、この猶予の撤回という脅威に常に小作人たちがさらされて、地主の圧制のままにされるという点で悪習ともいえる。（Wakefield vol. I, p. 244）

［注解8］　**カンティング**（*Canting*）――ここでは、偽善的で意味のないことを話したり書いたりするとの意ではなく、競売によって実際に売り払ってしまうとの意である。

［注解9］　**賦役**（*Duty work*）――以前はアイルランドでは、借地契約の中に、小作人たちに、年に数日、地主のために働く人手や馬を出すように義務づける条項を付けるのが一般的であった。この封建的な慣習のおかげで、多くの、下劣で横暴な行為や圧制が横行することとなった。誰かがあいにくと地主の心証を害しようものならいつでも、代理人はその者を賦役を果たさせるために呼び出したのであった。小作人たちが、しばしば、自分たちの仕事をしている時、地主の御用を務めるべく呼び出されたというサディの話は誇張ではない。このようにして、ほかならぬ、地代を稼ぐための人手等が奪われたのである。地主の農作物を収穫している間に自分たち自身の作物はだめになってしまうことがしばしばであったというのに、それでも、まるで小作人たちが自分たちの時間を好きに使えたかのように、地代は期日通りに払うことが求められたのであった。これなどは、不合理な不正のきわみのように思われる。[1]

エストニアの、貧しいスラブ民族の農奴らにあっては、[2]賦役、賦課の鵞鳥、賦課の七面鳥等々といった名目ではなく、**義**（*righteousness*）との名目の下に、領主に年貢を納めるのが普通である。以下のバラッド[3]は、エストニアの詩の興味深い一例であるといえよう。

村里が荒れ果て、屋根を葺く藁まで食い尽くされたそのわけを申そう、
紳士方がやってきて居座り、
村の家並みの向こうにお屋敷の煙突が覗き、
白い床には御領主様！
羊がおでこの白い仔羊を産むと、
それは**義の羊**として御領主様に支払われ、
雌豚が仔豚を産むと
それらは御領主様の焼き串へ、
雌鶏が卵を産むと
御領主様のフライパンへ、
雌牛が雄の仔牛を産むと
大きくなれば御領主様の牛どもの仲間入り。
雌馬が仔馬を産むと、
それは御領主様の乗馬用の仔馬になるのがきまり。
小百姓の女房がこせがれを産めば、
その子らは御領主様の鷲鳥番になるのがきまりなのだ。

（1）このような賦役や賦課は、古代アイルランドの、階層制を持ち庇護と従属の関係を基盤とする小規模

社会でも「サーヴィス」、「フードサーヴィス」として長に対してなされていたものであった。だが、後にノルマン民族によって導入された封建制によって、表面的には類似しながらもその本質は搾取を基本とする苛酷なものに変えられ、圧制下で農民はほとんど隷農ともいうべき地位に落ち込んだ。マータ卿の時代と思われる十八世紀前半にも、なおも現金による地代以外にこのような奉仕や供出がしばしば強要されていたのである。ただし、地方によっては地代の一部と相殺され、賦役は重いが地代は軽いこともあったようである。地代が遅滞した場合などの代償としての賦役もあったが、これによって人手を奪われた農夫の農場はますます利益が上がらなくなり、悪循環に陥る。

一七八二年にアイルランドに帰郷して以来、リチャード・ラヴェル・エッジワースは所領地で農地改良や小作人の境遇の改善に努め、当時の慣習に反して、決して賦役や賦課を要求しなかった。やがて、アイルランドにおける賦役や賦課の慣習は次第に改められ、一八一七年に彼が亡くなるころにはすでに賦役を強制したりそのような条項を借地契約書に付けることはアイルランドではなされなくなっていた。彼はそのような変化に先鞭をつけた進歩的な地主の一人であった。(Wylie 8; Carr 520; *Mem* vol. II, p. 20)

(2) エストニア人は、ウラル語族の一族であるフィン・ウゴール語族である。インド・ヨーロッパ語族の一族であるスラブ語族（民族）ではない。エッジワースの誤解である。(Tamkivi 32)

(3) このバラッドは *Varieties of Literature, from foreign literary Journals and original MSS., now first published* (1795), 22–44 [No. VIII] から採られたもの。(Tamkivi 32)

［注解10］　**起こされた四九件の訴訟にしたって、なんの、ゆめゆめ負けたりなさいますものか、たったの十七件だけは例外でございますが。**――ここに見られるサディの言葉は、アイルランドによく見られるレトリックの典型を成している。つまり、まず、威勢のいいたんかを切るのであるが、それは、

そのあとに続く、その威勢のよさを弱めることになる説明によって、竜頭蛇尾に終わってしまうのである。かくして、すっかりできあがってしまった千鳥足の酔っぱらいは、もし喋れるとすれば、の話であるが、こう誓うのである。「良心にかけて、もし、これがうそだったら、ここから死ぬまで動けなくなっても構いません。良心にかけて、今朝から、とにかく何であれ、断じて、一滴たりとも飲んでおりません。おおそれながら、ウイスキーの半パイント[1]を除いてはね。」

（1）　一パイントは〇・五六八リットル。

［注解11］　**妖精塚**――土塚《バロウズ》。これらの数々の高い塚は、アイルランドにディーン人が攻めて来た時、当時の住民たちに大いに役立ったと言われている。塚の上には常に見張りが立てられ、敵が近づいてくると、狼煙《のろし》を上げて隣の塚の見張りに知らせたのである。このようにして、知らせは素早くその地方一帯に伝えられたのである。[1]**数年前のことであるが**、庶民たちは、これらの塚には妖精たち、あるいは、彼らの言い方でいえば、**良い人たち**[2]が住んでいると信じていた。ある年配の者は編集者に以下の如く語った。「ほんとの話、わしの信じる限り、それにわしが考え判断する限りでは、何もすることがなくて寄り集まっては妖精どもについてあれこれ話に花を咲かすのは年寄りしかいないし、そんな話の中にゃ、わしの考える限り確かなものなど何一つないのさ。ただ、そう遠い昔のことじゃない、牧畜業者[3]の、或るちゃんとした男から聞いたこの話だけは違うね。その話によると、その牧畜業者が、市から、売らなかった牛や羊を連れていとも**あんきに**（**穏やかに**）帰って来る途中、ちょうど某教会

のところ、道がちょっと曲がっているあたりに差しかかったとき、眉目のいい一人の男に出会ったのさ。その男は、牧畜業者にどこへいきなさるのか、と尋ねたんだと。それで牧畜業者は、『ずっと先さ、一晩がかりさ』と答えた。すると、『いいや、おまえさん、そんなことしちゃいけない、やめときなよ（とその男がいうのさ）、今晩はうちでおやすみよ、不自由はさせないよ、おまえさんにだって、おまえさんの牛や羊にだって。それにその**畜生**（**馬**）にしてもさ。だから一緒に来なよ。』そういってくれるので牧畜業者は馬から**くだった**（**降りた**）。暗い晩だったが、まもなく牧畜業者は、いったいどうやってかは金輪際分からないんだが、自分が立派なお屋敷の中に来ているのに気が付いた。食べる物も飲む物も、なんでもたっぷりとあって、欲しいと思うもの、また、考えつくことのできるもので、欠けているものは何ひとつなかった。どんなふうにして終いに寝込んでしまったのかは**覚えない**（**思い出せない**、あるいは**分からない**）が、朝になってみると、自分が、ベッドの中や屋敷の中では全然なくって、ちょうど例のよそ者の男に最初にであった、道の曲がっているところで寝ているのに気がついた。そこんところで草の上に仰向けになって寝ていたってわけさ。羊どもはみなゆんべとおんなじにのんびり周りで草を食べているし、馬も同じようなあんばいで、その手綱は手首の上に掛かっていたんだと。それでわしは牧畜業者に、それはまたどうしたことかねと聞いてみたが、その男にしたって、てんからなにひとつ思い当たることなどないのさ。けんど、自分をあんなに結構にもてなしてくれたのは確かに妖精に違いないということだけははっきりしていたんだ。なにしろ、そのあたりには、屋敷にしろ、建物にしろ、納屋にしろ、家にしろ、これといったものはなんにも見えなくて、ただ教会と**モート**(4)(**土塚**)があるきりだったからな。その教会についてはもう一つたいそうおかしな話があってな。それは、もし、その教会の墓地に埋葬される権利のない遺体を、誰のであれ、そこで埋葬してやろうと運んでいったとする。すると、そうは問屋が卸さんのさ。アイルランド中の、男や、女や、子どもだち(5)が、総出でかかっても、墓地へ運び込めるものじゃない。墓地に入ろうとがんばっても、足が前に出るどころか、後ろに下がって行くみたいなんだ。そうとも、葬列全体が、どんどんと後ろに下がっていっちまうようなのさ。その亡き骸と一緒じゃ、一歩たりとも、教会の墓地に足を踏み入れられるもんじゃない。さて、ひとのうわさじゃあ、これは全部妖精どものしわざだってことだが、わしにいわせりゃ、それはただのつまらん無駄話、今の人たちは、もっと気の利いたことを考えるようになってるとも。(6)」

アイルランドの田舎の人たちは、確かに、妖精たちに対して、怖れとはいわずとも、畏敬の混じった深い賛美の念を抱いて**いた**。人々は、これらの妖精塚の下には、広々とした地下の宮殿があって、**良い人たち**が住み、その人たちの邪魔をすることは決して許されないのだと信じていた。風が吹いて、道の上にほこりが小さな渦を巻くと、貧しい庶民たちは、それは妖精たちが巻き起こしているのであって、妖精たちが自分たちの塚の一つから別の塚へと移動しているしるしだと信じ、その妖精たち、つまり、ここでは通り過ぎてゆくほこりの渦、に向かって、「道中のご無事を、紳士方、道中のご無事を(7)」と言う。そうすれば、その**良い人たち**が自分たちの上に為そうとしているかもしれぬどんな災いも避けられるからである。これらの多忙な妖精たちが見事にやってのけたいいことや悪いことについては、数知れぬ程の話が語られている。面白おかしい話もあれば、詩歌に歌われてもいいようなロマンティックな話もある。詩人たちが、このような、ささやかとはいえ、格好の題材を失ってしまうというのは残念なことである。ちなみに、深く「妖精伝承に精通している」ことを示してくれたパーネル[8]にしてもアイルランド人であり、彼が世に紹介した妖精たちは「ブリテンの島の、アーサー王の御世の[9]」いにしえのイングランドの衣をまとうてはいるが、パーネルが彼ら妖精たちと初めて知りあったのは、おそらくは故国アイルランドにおいてなのである。

この上なく迷信的ないしロマンティックな民間信仰や誤った俗説についても、そのそもそもの起源を遠くたどれることが往々にしてある。アイルランドでは、通例、古い教会と教会墓地が不思議な出来事のあった舞台となっている。好古家によると、その王国「アイルランド」の往古の教会の近辺には、時おり、様々な構造の洞窟が発見されているが、それはかつて往古の住民たちによって穀物倉ないしは武器庫として使われていたものであり、また、いざという時には逃げ込める場所でもあったということである。（一七八九年の『ロイヤル・アイリッシュ・アカデミー会報』の八四頁には）キルデア州のキロシーの教会の西端にある一群のこうした人工的な洞窟についての詳細な説明がある。[10]それによると、盛り上がった地面の下の、乾いた砂土の中に、こうした地下の住居が発見されたが、それらには三角形の切妻壁を持つ屋根がついていて、それぞれ小さな開き口があって互いに連絡しあうようになっている。ブレホン法[11]の中にもこれらの住居への言及があり、このような地下の穀物倉から盗みを働く者にはブレホン法により罰金が科せられている。こうした事柄はみな、これらの場所の近くで明かりが見えたり人声が聞こえたりしたと伝えられている話には、真の根拠があったことを示している。そこに財産を隠している人たちの方も、これらの場所を神聖な畏敬の念や迷信的な恐怖[12]の対象とするのに役立つ不思議な話をことごとく黙認するのにやぶさかではなかったのだ。

（1）ヴァイキングとして知られる、スカンディナヴィアから船団で遠征して来た一群の人々のうち、アイルランドに来襲した人々はノルウェー系とデンマーク系（ディーン人）とに大別されるが、大体においてノルウェー系の人々であった。デンマーク系のヴァイキングの攻撃はたいてい失敗したとされているので、これらの防御策が功を奏したのであろう。とはいえ、九世紀半ばには強力なディーン人が到来している。また、十世紀初めにコークを攻撃したヴァイキングは大半がディーン人であったし、十世紀中葉にもアイルランドを度々侵攻している。

なお、狼煙を上げて敵の襲撃などを伝えるのはディーン人の襲来より遙かに溯る古来よりなされていたらしい。一説には、「ダ・デルガの館での破滅」の物語にその起源が知られるという。すなわち、ダ・デルガの館に一世紀頃の王コナーラ（Conaire）の一行が泊まっていたおり、軍勢が襲撃をしかけて接近してきたが、不本意にこの軍に加えられていたドン・デッサ（Donn Desa）の息子らが密かに狼煙を上げて王に危機を知らせたという。

ちなみに、エッジワースの父リチャード・ラヴェル・エッジワースは『ロイヤル・アイリッシュ・アカデミー会報』第六巻（一七九七）に「秘密情報の速やかな伝達方法について」を寄稿し、諸民族の昔の情報伝達に関して「昔の人々は速やかな情報伝達のために時には目、時には耳に訴える種々の方法を使った。日中は煙、夜は火を焚くのが事あるときの通常の合図であった。これらの合図はやがて文字的な意味に当てるべく工夫されるようになった。これについてはポリュビオス［紀元前二世紀頃のギリシャの歴史家］に詳細が記されている」と説明している。本注解の、狼煙についてのくだりにはおそらくリチャード・ラヴェル・エッジワースからの示唆もなされたであろう。

ところで、［脚注2］でエッジワースは、妖精塚は、イングランドにあってはアリ塚とよばれているものであると説明しており、続くエピソードでの、アイルランドの農民らがこれらの塚を畝を切るのに使うロイでならそうとしている場面からも、妖精塚がそれほど高い丘とはいえないものであることがわかる。この脚注と、のろしをあげるのに使っていた高い塚として妖精塚を説明している本注解とは内容が一見矛盾しているように思われるが、要するに、カーも『アイルランドの訪問者』（一八〇八）で「アイルランドの民衆はまた、大昔からの砦や塚は専ら小さな妖精たちに属するものであると信じ、決して鋤で触れようとしない。……農夫らにアリ塚を壊すようにさせるにはたいへんな奨励が必要である。彼らはそれが妖精塚だと信じているのだから」と述べているように、アリ塚も、大昔からの砦や塚も、いずれも皆、妖精塚として信じられているものなのである。（デュラン 二九頁；Mawer 11, 59；Joyce, *A Social History* vol. I, p. 134；Cross 110；Edgeworth, Richard Lovell, "An Essay" 97-98；Carr 265)

（2）本注解の訳注（7）参照。

（3）原語はgrazier。牛や羊の飼育・販売を生業とする者のことであるが、アイルランドでgrazierといえば、通常牛の飼育・販売が主であり、羊が同時に飼育されることは少なかった。牧畜業は資本が必要な割には利益が少なかったらしいが、一七三六年以来事実上牧用地には十分の一税がかけられなかったこともあってこの商売に携わる者は多かった。十八世紀末クランプは怠惰を助長し、農夫から土地を奪い、農業の進歩を妨げ、雇用を減少させるとしてこの職業を非難している。（Wakefield vol. I, pp. 308－22；Crumpe 222－26）

（4）モートとは、平野に土や石を盛って作った、円錐形に近い台地で、死者を埋葬した記念碑的なものであるとされている。天然の丘を削って作られ、首長の住居であったラースとともに、民間には妖精の住まいとして恐れられ、みだりに立ち入るべきでないとされている。（D'Alton 126-32）

（5）[脚注4]を見よ。

（6）ここに紹介されている妖精の屋敷に連れていかれた男の話は、アイルランドにおいて続く十九世紀および二十世紀によく収録されるようになった伝説群中の一類型である、妖精によって異界へさらわれていった人々についての話の一つといえる。Ó hÓgáin はこの話がこの類型の話の中で最初に収録されたものであると指摘し、「この話が、アイルランドでのこの種の言い伝えで知られているものの中では最初に記録されたものであることは、エッジワースの功績といえる」と述べている。(Ó hÓgáin 66－67)

(7) 「道中のご無事を」の原語は God speed ye (神があなた方を成功させて下さいますように) という旅の安全を祈る言葉である。アイルランド人は危害を加えるおそれのあるものを祝福するのが常であるという。妖精のことを良い人たち (the good people) とよんだり、このように旅の安全を祈る言葉をかけてやるのもその一例であろう。(井村『ケルト妖精学』一〇三頁参照)

(8) トマス・パーネル (一六七九－一七一八) はアイルランドの詩人。ダブリンに生まれ同地のトリニティ・カレッジに学び、聖職に就いた後、一七一二年よりロンドンに上京。そこで詩作などに励み文筆の腕を磨く。スウィフトやアレグザンダー・ポウプとも親交があったが一七一六年以降アイルランドに帰郷している。

(9) パーネルの物語詩「いにしえのイングランド風の妖精物語」(一七二二?) の冒頭の句。その内容は、乳母によって語られるおとぎ話という設定で、エドウィンという、傴僂《せむし》だが善良な青年が、妖精たちにその物怖じせぬ勇気への褒美として背中の瘤をとってもらう、その幸運を羨んだサー・トパーズなる者がやはり妖精の踊りを見にいくがおびえてしまって不興をかい、逆にエドウィンの瘤をくっつけられる、というものである。ちなみにこの妖精物語はアイルランドの、ラズモアという傴僂が同様に妖精の愛顧を得てその瘤をとってもらう「ノックグラフトンの伝説」に類似している。(Yeats, *Fairy* 43-47)

(10) 該当論文はウィリアム・ボウフォードの「キルデア州キロシーの教会の古遺物についての報告、およびアイルランドの昔の教会の起源についての一考察」。次文の「盛り上がった地面の下の」から「罰金が科せられている」までは、この論文中の八四－八五頁の内容を要約したものである。(Beauford, "A Memoir")

（11）仲裁法を基本とするゲール社会の法律。ブレホン法との名称は裁判官との意味の「ブレハム」を語源としている。一一七一年、ノルマン人の血を引くヘンリー二世がアイルランド宗主になって以後も、政府からにらまれながらもアイルランド化したアングロ・アイリッシュ（イングランド系アイルランド人）の領主らの擁護を得て存続していた。イングランドのジェイムズ一世（在位一六〇三－二五）の統治の時代に廃止された。（Joyce, *A Social History* vol. I, p. 183）

（12）原語は sacred awe or superstitious terror。この表現にはエドモンド・バークの崇高（the sublime）の理論のこだまがみられる。バークは『美と崇高の起源』（一七五七）の中で「程度を問わず、恐ろしいもの、ないしは恐ろしい対象と関係を持っているか、あるいは、恐怖に類似したやり方で作用するものはすべて崇高の源泉である」と述べている。そして「神聖で敬虔な畏怖の念（a sacred and reverential awe）」と分かち難く結びついているもの、あるいは、「迷信的な恐怖（superstitious terrors）」を引き起こすものの例として、偉大な力を行使する神という観念や宇宙の広大さ、荘厳さ、天変地異などをあげている。（ピカリング版三一九頁注149；Burke 39, 64-70）

［注解12］　草を焼いた灰――アイルランドの昔の慣例では、農場の草は全て農場主《ファーマー》の妻か、郷士《スクワイア》が直接管理している地所ならその郷士の妻の所有に帰した。漂白に際してはアルカリ塩が大いに必要とされたので、[1]これらの草を焼いた灰は結構な臨時収入となったのである。

（1）亜麻を紡ぎ、織っただけでは染色がうまくいかないため、紡いだ糸の段階、あるいはリンネルに織った段階で漂白の過程が必要とされる。草を焼いた灰には洗浄力をもつアルカリが含まれているので、この灰を湯に加えれば手頃なアルカリ溶液となる。漂白については「訳注」43参照。

［注解13］　**捺印礼金**――かつてアイルランドでは、借地契約書に捺印する際に、地主の奥方に二ギニーから五十ギニーのお金を、心付けとして支払う慣習があった。編集者の知るところでは、比較的最近でも、かなり大きな農場の借地契約が取り決められた際に準男爵夫人が捺印礼金として五十ギニーを受け取っている。

［注解14］　**マータ卿は気も狂わんばかりになってしまわれました。**(*Sir Murtagh grew mad.*)――マータ卿は激怒した、との意。

［注解15］　**台所中がこぞって階段のところまで出てきておりました。**――つまり、台所にいる者たち皆が台所から出てきて階段の踏み段のところに立っていた、ということである。このような表現、また、これと同様の数々の言い回しは、アイルランド人がいかに隠喩的表現や敷衍的表現を好むかを示している。

［注解16］　**上納金で毎年の地代を先払いすること**――アイルランドの紳士階級の者が、キット・ラックレント卿のように、収入以上の生活をし金策に窮したとき、小作人たちが、土地をかなり割安な地代で貸して下されば小額ながら即金を払って差し上げますがいかがなものでしょうか、と親切気に申し出ることがある。このことを、上納金で毎年の地代を先払いするという。(1) この即金の魅力がしばし

ば地主をして、将来の利益に対し盲目にさせるのである。

（1）借地契約で借地人が土地の代価として支払う代表的なものは契約時に払う上納金と毎年（通常半年分ずつ年二回払い）の地代であるが、その上納金をより高額にする代わりに毎年の地代を割安にすることを通常いう。経済的に窮しているおりの地主にとっては一時的な救助策になるとはいえ、土地・農作物の価格がどんどん値上がりしていた時代にあっては契約時の安い地代に縛られ続けることは後々大いにマイナスになった。本文中、後に見られるジェイソンが後払いが慣習の半年分の地代を前払いし契約後一年以降の地代を割安にしてもらう例（本書39頁）も、一種の上納金での先払いといえよう。ともあれ、契約に際しこうした申し出ができるのは借地人のなかで裕福な者たち、おそらくは仲介人たちであり、本文中で前述されているような、地代が払えず短期間で逃げ出していく貧乏人たちとは違った階層の者たちであることはいうまでもない。

［注解17］　追い立て屋——地代のかたに小作人たちを追い立てるため、つまり小作人たちの家畜を追い立てて囲い込むために雇われている者。この追い立て屋の仕事は決して閑職ではない。(1)

（1）「訳注」69参照。

［注解18］　司祭にする心づもりでいた——アイルランドでは、サディが属している階層にあっては、多少なりとも余裕があれば、息子を［フランスの］サントメールか、さもなくばスペインに留学させて、司祭としての教育を受けさせるのが普通であった。(1)　現在はメイヌースがその役割を果たしている。編集者は最近ある青年と知己になったが、彼は、郵便配達人から始めて、次に大工になり、その後、

かんなと仕事台を放棄してメイヌースの神学校で、彼のいうところの**人文学**（*Humanities*）を学ぶことにしたのであった。しかし、人文学のコースを学び終えた後、彼は司祭の代わりに兵士になろうと心を決めてしまった。

（1）息子を司祭にすることは庶民一般の野心であったらしい。ウィリアム・カールトンも「メイヌース行き」（一八三二）という短編の冒頭で以下のように述べている。「アイルランド農民の野心が求める一番の高望みというのが、自分の息子を司祭にすることであった。子沢山な農夫は、その余裕が多少なりともある限り、通常そのうちの一人を聖職者になるようにさせたものである。その子どもは一家の愛情の中心となる。大事にされ好き放題に甘やかされ、子ども心のおもむくままに勝手気ままをさせてもらう。……その結果として、次第にひどすぎるほどにまで自分勝手で気位が高く傲慢になってしまうのである。」政治や教育の場からカトリックを締め出していた一六九五年よりの一連の諸刑罰法等による障害は、十八世紀末期にはかなり解除され、一七九三年にカーローに最初の神学校が発足、一七九五年にはイングランド政府の基金でキルデア州メイヌースに神学校メイヌース・カレッジが創設された。それ以前には、司祭になるためには大陸での神学校教育を受けねばならなかったが、フランスのカレーの近郊にあるサントメールの神学校はそのような神学校のうち、最も近いものであった。（ピカリング版三一九頁注151；Carleton, "Going" 98；*A Chronology* 287）

［注解19］　**火**（*Flam*）――たいまつ（flambeau）のことを簡略にこう言っているのである。

［注解20］　**仮寝所**（*Barrack-room*）――かつてアイルランドの紳士階級に属する人々の屋敷では、折々の客のために、たくさんのベッドを備えた大きな寝室を一つ設けていたものであった。この部屋

を仮寝所と呼んでいたのである。

［注解21］　**おめでたい方**（*An innocent*）――アイルランドでは、馬鹿者、白痴といった意味である。

［注解22］　**カラッハの平野**――アイルランドにおける、［イングランドの］ニューマーケットに相当する所。(1)

（1）アイルランド東部キルデア州のカラッハでは競馬の歴史が非常に古く、紀元一世紀ごろからすでに競馬やチャリオット（二輪の戦車）による競争が催されて名を馳せていた。馬の飼育や訓練の中心地としても名高かった。また、イングランド東部のサフォーク州西部にあるニューマーケットは、イングランドにあって競馬で有名な町の一つ。（Joyce, *A Social History* vol. II, pp. 464–65）

［注解23］　**カント**（*The cant*）――競売。

［注解24］　**和解譲渡の手続き及び馴合不動産回復訴訟での敗訴によって限嗣不動産権を排除し、コンディ様を永久に勘当する**――イングランドの読者は、サディの法律についての知識の豊富さと、法律用語を駆使するにあたっての流暢さに驚かれるであろう。しかし、アイルランドでは、農夫であろうが、織工であろうが、小売商人あるいは家令であろうが、貧しい人々はほぼ総じて、本職のかたわら、折にふれしばしば法律家に変ずるのである。被告召喚令状、不動産占有回復訴訟(1)、カストーディ

アム、[2]差止命令、[3]動産占有回復訴訟、[4]等々といった事柄の本質を完全に理解し、これらの用語については事務弁護士《アトーニー》も顔負けな程慣れ親しんでいるのである。彼らは皆、大の法律好きである。法律とは、彼らにとっては一種の宝くじのようなものであって、それにかかわる者は、皆、悪知恵や悪巧みを賭け金として注ぎこんで隣人の財産を頂こうとし、自分はさほど損を被ることなく一儲けできるという気でいるのである。

「おまえを法に訴えてやる！」と、正義を期待するイングランド人ならいうであろうが、「おまえを判事様の前に引き出してやる」とは、愛顧を期待するアイルランド人のおどし文句である。定期市の翌日のアイルランドの治安判事の生活は、もし、彼が小さな町の近隣に住んでいるならとりわけいっそう、悲惨なものである。判事様の元に直参する、目の回りが黒ずみ、頭から血を流している、**死ぬ目にあわされて**負傷した者たちの数は、驚くばかりである（**死ぬ目にあわされた**、というのはここでは**殺された**、との意ではなく、けがをしたとの意味[5]）。しかしながら、さらに驚くべきことは、日々の労働でかろうじて糊口を凌ぐ身でありながら、なんら躊躇なく、ごく些細なことがらについて苦情を訴えんがために、治安判事の屋敷の中庭や玄関の広間の中を昼日中いたずらに六、七時間もうろうろしながら待ち続けている者たちの数である。彼らに、**時は金なり**ということを納得させるのは至難の業である。彼らは自分たち自身の時間を少しも価値あるものとは思っていないし、他人も同様に全然時間を重んじないものと思い込んでいる。それゆえ、なんのためらいもなく、一**テスター**（六ペンス）[6]のことで、えんえんと丸一時間も治安判事に談じ込むといった案配で、もし、判事がしびれを切らそうものなら、それは、判事が内心自分のことで何か誤解して最初から悪く思っていたせいだと考えるのである。

そのやり方といえば、自分の言い分をすっかり暗記して、それを、彼らの言葉でいえば、**頭から、**つまり、最初から最後まで一切中断せずに、ぶちまけるのである。

「さて君、かれこれ三時間、中庭をうろうろしておいでだが用件は何かね？」

「おおそれながら判事様、一言判事様に申し上げたいことがあるものですから」

「それなら話したまえ、ただし簡略にな——何が問題なんだね？」

「問題は、おおそれながら判事様、ほんのちょっとしたことなんですが、ただ、馬の食った草のことなんでして。その馬は、おおそれながら判事様、ここにいるこの男めが、こないだのガーティシャノンの懺悔節[7]の市でわしに売りつけたやつなんですが、その馬めはわしがいるっちゅうのに、おおそれながら判事様、三度も寝転びくさって、わしは**死ぬ目にあわされちまった**。どういうふうにしてかはくどくど申しませんし、ゆうべより前の話はいたしませんが、そのゆうべのこと、この馬め、家ん中で、寝転びくさって。周りに子どもだちがいるっちゅうのに。この馬が子どもだちの上に倒れたり、火の中に倒れ込んで火傷しなかったのが、神様のおかげ様でせめてもの有り難いことで。それで、おおそれながら判事様、今日、わしはこの男のところに馬を戻しにいったんです。その馬は、この男のものだったんで。すったもんだのあげく、わしは、この男と**とっかえっこしていた**（**交換していた**）雌馬の方をまたとり返しました。ところが、この男ときたら、その馬がわしのところにいた間に食った草の分を払ってくれようとしないんで。馬が気に入らなかった時には食った草の代は払ってくれると約束したくせに。その馬めは、わしとこにいる間中、おおそれながら判事様、はあなんとも、一日だって働いちゃあくれなかったんで。それに、その馬のためにかれこれ五回は医者にきてもらってるんで。だから、おおそれながら判事様、判事様ならわしの味方になって下さるだろうとわしは思ったんです。正義を守って頂こうと思えば、アイルランド中、ほかのどなた様のところへまいるより、こちらの判事様のところへまいるのが一番でございますから。だから、この男を判事様のおん前へ引っ張って来たんでございます。おおそれながら判事様、判事様なら、この男に、馬が食った草の代金を払わせて下さるか、それとも、そのことで被告召喚令状をこいつめに出して次の巡回裁判にかけてやれるか、教えて下されようと思ったもんで。」

被告人の方は、ここで、一嚙み分の嚙み煙草を舌でくるりと動かして、口の中のいずことも知れぬほら穴にしまいこみ、弁護を始めることになる——

「おおそれながら判事様、ごめんを頂いて、失礼とは存じながら申し上げれば、良心にかけて、この男の言っていたことには、始めから終わりまで、ひとっ言も、本当のことなんかありゃしません。てまえは、この馬の値打ちについても、また、えさのことであれ、なんであれ、判事様にうそをつこうとはいたしませんとも。それというのも、おおそれながら判事様、てまえは、判事様が、てまえをちゃんと扱って下さり、この男とか、こんな手合いのいうことにお耳を傾けはなさらないと信じておりますんで。おおそれながら判事様、この男がてまえを判事様のおん前に引っ張って来ましたのは、てまえが判事様にお売りしたからす麦のことでねたみ、てまえを恨んでいるからなんでございます。それに、こいつの女房が、向こうのわしの姉さの店で買ってまだ代金を払っていない肩掛けのこともありまして。それだもんで、てまえは、その肩掛けを馬の餌代にあて、全請求代金の全額受領書を渡してやるからと言ってやったのに、この男ときたら、おおそれながら判事様、根にもって首をタテに振ろうとしやがらず、わしを判事様のおんまえへと引っ張ってきたわけでして。判事様は、馬の放牧場にあった木が切り倒されたことで、さぞかしわしにお怒りになっておいでだろうとこいつはあてにしてるんですよ。あれは、おおそれながら判事様、わしのしたことじゃないのに。――わしのことで判事様にこそこそとでたらめな悪口をいうようなまねをした連中に罰が当たりますように！　ですから、もしおかまいなければ、この男がわしの雌馬と取っかえた例の馬についての、本当のところを、頭からお話しいたします。こないだの、懺悔節の市のとき、てまえはこの男ジェミー・ダフィに、おおそれながら判事様、ちょうど道の曲がり角の、橋が壊れている所で出会ったんでございます。その橋といえば、判事様が今年そのことで申し立て[9]をして下さいますとか――有り難いことで、判事様が長生きなさいますように！　それで、この男は、その時ガーティシャノンの市から帰ってくるところでございました。わしだっておんなじようなわけで、『やあ、調子はどうだい、ジェミー？』とてまえは声をかけたんです。すると『大きにありがとよ、上々さ、ブライアン。どうだい、パディ・サーモンのところへ戻って、ウイスキーを軽く一杯やって、もちょいと親交を深めるってのは？』とこいつが誘うので『そいつは悪くないがね、ジェミー。でもあいにく、わしはウイスキーはだめなんだ、一カ月の間飲まないと誓いを立てているんで。』とわしは答えたんです。おおそれながら判事様、判事様がわしと道で行き合われて、『ほとんど立てないじゃないか、よくもそんなに飲んだものだ』とわしをお叱りになったあの日以来、てまえはずっとそうしてきたんです。けど、良心にかけて申しますが、判事様は、あん時、わしにひどい仕打ちをなさったんですよ。わしのことで判事様にこそことでたらめな悪口を言った連中に罰が当りますように！　さて、おおそれながら判事様、さっきの話に戻りますと、この男の方はウイスキーを飲み、わしらはあれやこれやについて話をしとったんですが、この男はわしに、おおそれながら判事様、ガーティシャノンの市で誰も手を出そうとせず売れなかった雌馬をわしの馬ととっかえてはどうかともちかけてきたんです。親切気からてまえはその雌馬を引き取ってやりましたが、その雌馬も、ついでにこの男も、くたばってしまえ！　その雌馬めは、三ポンド十［シリング］もした新しい荷馬車を、この馬をその荷馬車に付けようとしたいっとう最初の時に、蹴り飛ばしてばらばらにしてしまったんでございます。この男にわしが馬のえさ代を払う前に――そのえさ代にしたって、ただ親切気でそうしてやるんでなけりゃあ、なにも払ってやる義理なんかこれっぽっちもないものなんですが――この男に荷馬車の代金をなんとしても払わせて頂きたいもんで。ともあれ、こんどのことは、全部判事様におまかせします。この男が、あの馬の奴のことで請求できるえさ代にしたって、おおそれながら判事様、なんといったって、全部合わせてたかだか二［シリング］と八ペンス半なんですがね。こういったわけなんで、わしはもう、とにかく、判事様のおっしゃるとおりにいたします。判事様にそれをすっかりおまかせいたしますんで。」

判事様に**それを**すっかりおまかせします、ということは、文字通りこの厄介ごとをすっかり判事様におまかせします、との意味である。

編集者が知っているアイルランドのある治安判事は、この、**判事様にそれをすっかりおまかせします**、とのせりふを恐れるあまり、しばしば告訴人たちにもめるもととなった金を払ってやって両者を丸くおさめ、彼らの話を**頭から**聞かされる難を逃れたのであった。だが、まもなく彼はこの、金で解決する方法の愚に気付いてやめることになった。というのも、この判事様への曇りなき敬意から、「アイルランド中のほかのどの御方のおん前へまいるよりも、旦那様のおん前へまいるのが一番でございますから、正義を守って頂こうと」彼のもとへ続々とやって来る人々の数があまた増えていったからである。(10)

（1）本来は不法侵入（trespass）に対して起こす訴訟の一種であり、封建制度のもとでは微弱であった借地権の救済、借地農の土地への権利の確立に寄与したということである。しかし自由土地保有権《フリーホールド》（世襲または終身権として土地・建物などを所有する権利）の占有保護のためにも用いられるようになり、十八世紀においては不動産の自由土地保有権を主張する者がその不動産を実際に占有している他者を追い出すためにすでに一般に使われていたようである。相続権を主張する者同士の追い出し合いや地主による借地期限の切れた小作人の追い出しにも使われている。

（2）「訳注」128（本書264頁）参照。

（3）不法な行為による被害者への救済措置の一つで、被告に一定の行為をなすことを禁じたりあるいは逆に必要な行為をなすことを命じるもの。しばしば発せられる例として、他人の土地への不法侵入、また治安妨害を禁ずるものがある。

（4）「訳注」45（本書232頁）参照。
（5）［注解29］参照。
（6）［脚注23］参照。
（7）四旬節の初日である灰の水曜日に先んずる火曜日までの三日間を指す。懺悔節の最終日である火曜日すなわち懺悔火曜日（Shrove Tuesday）は、節制と禁欲の時期である翌日からの四旬節を前に贅沢な食事ができる最後の日として、この日に焼く習わしのあるパンケーキなどをおおいに食べ、愉快に過ごした。市もこの日に開かれた。
（8）原語は shister。sister（姉または妹）の方言。
（9）原語は presentment。十八世紀のアイルランドでは公共土木工事に関しては、治安判事らからなる申し立て審議会（プリゼントメント・セッション）で検討後、同審議会が州の大陪審に「申し立て」を行い、そこでの審査を経た後、巡回裁判の裁判官の認可によって、公金の支出がなされた。郡内の道路の保全費用等は郡の負担であったが、橋や州の建築物等は州全体の負担であった。（McCracken, “The Political Structure” 79—80）
（10）本注解の内容はリチャード・ラヴェル・エッジワースからの情報によるものであろうと指摘されている。とくに、酔っ払っていた男が叱られるくだりは、おそらく、私情に左右されぬ公正な治安判事であるとともに、飲酒癖をおおいに憎み「酔っ払っているところを見つければ容赦しない」地主であった彼自身の経験に基づくものであろう。（ピカリング版三一九頁注164；*Mem* vol. II, pp. 38-40）

［注解25］　**無礼講のお茶会**——申し添えておかねばならないが、この慣習は、アイルランドの紳士階級の中でもより上流の方々の間からは、久しく消えてしまっているものである。この無礼講のお茶会の秘儀は、女神ボナ・デア[1]のそれの如く、女性だけのものとされているが、時おり、男連中の中で

も、他の男たちより、余計に面の皮が厚いか、あるいは、とりわけ女性たちの愛顧を得ている者が、この羽目をはずしたお祭り騒ぎにこっそりと臨席を許されることがあった。この愉快な催しが始まる時間は状況次第であるが、とにかく決して夜の十二時より前ではない。この無礼講のお茶会の楽しさは、それを秘密裡に、時ならぬ時に開くことにあるからである。舞踏会の後、一座の人たちの中のより分別のある面々が休むために引き取ると、もう自分たちの足もいうことをきかなくなり、眠たげな楽の音が流れるように音をつないで演奏していた楽士の手もとで途絶えてしまうまで踊りぬいた極め付けの少数の女性連は、寝室に引き取り、唯一入室を許されたお気にいりの侍女を呼んで**やかんを火にかける**よういいつけると、ドアに錠をおろしてしまう。そうしておいて、これ以上ない程のくすくす笑いやどたばたの渦の中で、皆はぐるりとお茶のテーブルの周りに坐るのであるが、そのテーブルの上には、あらゆる類いのものが、ごちゃごちゃと寄り集まっておかれている。それから、これらの若いご婦人方の間でからかいあったり打ち明け話をしあったりが始まる。そして小さな悲鳴や大きな笑い声が聞こえ、手紙や手帳を取り合ってふざけ合い始め、殿方らはあだ名によって呼ばれるか、あるいは、ひと（fellows）！という一般的な呼び名に寄せて、楽しいひと！　素敵なひと！　いやなひと！　大嫌いなひと！と呼ばれるのである。そして淑女ぶったお上品さは一切忘れられてしまう。かくして、我々は、例の皮肉屋の詩人がこう歌ったとき、いかに間違っていたか、思い知るというものである。

「謹みが臨席せぬところには女性たちも欠席する。[2]」

この無礼講のお茶会を最初に始めた功績は、明らかに、洗濯婦や洗濯係の女中に帰すべきものである。だが、**階下で上流生活を実践しても構わないのと同様[3]、階上で下層生活を実行してみても**悪くはあるまい?

（1）ローマの女神。「良い女神」の意味で、ファウナとの名もあり、おそらくは大地の精であろうと考えられている。一説では彼女は森の神ファウヌスの貞淑な妻であったが、ある日酒に酔ったところを夫にミルトの枝で打たれて死に、夫は後悔し彼女を祭ったという。その祭礼は女祭司たちによって行われ、男性の参加は許されなかった。

（2）Edward Young, *Love of Fame* (1725−28), Satire vi. 1. 45.

（3）デイヴィッド・ギャリック（一七一七−七九）による『階下の上流生活』（一七七五）を踏まえたもの。これは十八世紀末最も人気を博した喜劇の一つで、この題名は巷間に流布した。その内容は、ラヴェルという財産家が、自分の召使いの品行を見定めるため新入りの召使いに変装して階下の召使いたちの仲間入りをしてみると、召使いらの生活空間である台所を中心とする「階下の生活」は主人の品をくすねて浪費するなど放縦を極めており、それまでろくでもない奴だと思っていた召使いトムこそ唯一の忠義者と知る、というものである。

［注解26］　**この正直な策のおかげで私どもは勝ったのです。**――数年前アイルランドでE氏とM氏との間に農場の境界線を巡って議論が起こった時、M氏のところの一人の老小作人が、M氏の土地から**芝土**を少し掘り取って、E氏の土地の、あらかじめ少しえぐっておいたところに埋め込んだ。たい

そう手際よく埋め込んだので、誰が見てもその継ぎ目は分からなかった。この不動産について証言することになっていたその老人は、**調査受命者ら**[1]が来た時、自分がはめ込んだ土の上に立って、**ただいまその上に立っている足元の**土地は、自分の地主M氏のものでございますと宣誓して証言したのであった。[2]

編集者は、サディの回想録に出てくる巧みな思いつきや、上述の小作人の老アイルランド人が境界線についてのもめごとにあってやってみせた同様の詭弁は、アイルランドの話にしかそれに類するものをみない独特の**機知**をあらわす例であるとうぬぼれていた。しかし、あるイングランド人の友人がつい最近、シュロップ州[3]の一地方で広く見られる以下の慣習について説明し、編集者の自国びいきのうぬぼれを正してくれた。すなわち、女性が出産後、**出産感謝式**[4]を挙げて貰わぬうちに外出するのは不面目なこととされているが、この非難を避け、かつ、出歩く楽しみを味わうために、女性たちは感謝式を挙げてもらう前に外出する時はいつでも、自宅の屋根から瓦を一枚はがし、それを頭にのせるのである。この頭飾りを、お客によばれている間ずっとのせたままにしていれば、その良心は完全に安泰である。つまり、後になって、うそをつく危険をおかすことなく、「感謝式を挙げてもらう前に、自分の家の屋根の下から出たことはございません」と胸を張って牧師に言うことができるからである。[5]

（1）原語は *viewers*。裁判所から検証その他一定事項の調査の任命を受けた者。（「viewer」『英米法辞典』〔田中英夫編〕）

（2）この一件はエッジワースの祖父リチャード・エッジワースと、隣人のマコンキー氏の曾祖父との間の

訴訟事件の最中に実際に起こったことである。（ペンギン版三五二頁注57）

（3）イングランド中西部に位置し、ウェールズに接する州。

（4）カイトリーの『イギリス祭事・民俗事典』によれば、出産感謝式とは「産後の女性が『出産を感謝して』教会で挙げてもらう簡単な礼拝式……。今日もなお、英国国教会の多くの教会、それも特に地方の教会で、本人からの願い出があり次第行われる。この礼拝式は、詩篇朗唱、祈禱及び聖餐式から成っており、その目的はもっぱら『分娩の苦痛と危険』から無事免れたことを感謝することにある……。昔から産後間がない女性を『不浄なもの』とみる俗信があり、そのために清めの式を挙げてもらわねばならないと考えられている……が、教会の出産感謝式は、本来そのような俗信とは全く関係がない。それにもかかわらず、これまで何世紀もの間、一般に『産後の感謝式』は清めの儀式と混同されてきたし、また、地方の年配者の間では、とりわけイングランドの北部地方と、西部地方及びウェイルズでは、産後の感謝礼拝の式を挙げてもらっていない女性は、少なくとも大変『縁起が悪い』人であると今もなお信じられている。したがって、昔から、出産後の女性は出産感謝式に出掛けるまでは、外出すべきではないとされているし、まして、他家を訪問することは禁物で、そんなことをすれば、その家に不運が持ち込まれるといわれている。あるいはまた、道路を横切ったり、川を渡ったりすれば、そのために災いが広範囲にまで及ぶと恐れられている。」（七一頁より抜粋）

（5）本注解は一八一〇年版で付加されたものである。

［注解27］　**カートン、半カートン**（*Carton* ……）——サディが言っているのはカートロン（cartron）、あるいは半カートロンのことである。「ダブリンの財務局の古い記録によると、一**カントレッド**（*cantred*）は三十ヴィラタス・テラス（*villatas terras*）に相当するとあるが、このヴィラタス・テラスは、地積で**クオーターズ**（*quarters*）あるいはクオータロンズ（quarterons）、**カートロンズ**

(*cartrons*) ともいわれている。そして、このクオーターズのなかのどの一クオーター (quarter) も、それぞれ、四百頭の雌牛を養える牧草地と十七枚のプラウランズ (plough-lands) を有しているのである。一人の騎士《ナイト》の封土は八ハイズ (hides) から成るが、この八ハイズは、百六十エイカーに相当し、一般にそれでおよそ一**プラウランド** (*plough-land*) と考えられている。」

上記の抜粋部分は、ラムベス図書館在中のトトニス卿[1]の手稿の一部であるが、編集者がこれについて知りえたのはある学識ある友のおかげである。

(1) George Carew (1555－1629) のこと。

[注解28]　**通夜《ウェイク》** (*Wake*) ――イングランドでは、ウェイクは教区の聖人の祝日に催される祭りを意味している。これらのウェイク [徹夜祭] にあっては、田舎風のゲームや宴や求愛が、めったにないような楽しみ事にこそ伴う、かの大いなる熱意と欲求でもって繰り広げられるのである。[1] 一方、アイルランドでは、ウェイク [通夜] は真夜中に開かれる集いであって、名目的には神聖な悲しみに耽るためのものであるが、その実、神聖ならざる喜びに耽る羽目をはずした賑やかな宴会へと変じてしまうのが通例である。[2] アイルランドの下層階級の男性や女性が亡くなると、その寝床となっていた藁は、それが袋に詰められマットレスとして使われていたものであろうと、また単に土の床の上にばらまかれていたものであろうと、直ちに住まいである掘っ建て小屋の外に持ち出され、戸口の前で焼かれる。それと同時に、家族は死を悼むわめき節を始めるのである。近所の者たちは、この煙と泣き声

によってその死を知って、死者の家に集まって来、これまた耳を聾せんばかりの同情のわめき声で、遺族の悲しみをかきたて、同時にまた、慰めもするのである。

人の世の習わしのうちに、いかに善と悪とが入り混じっているかを観察するのは興味深いことである。人口が少ない地方にあって、この慣習は個人の生命を隠密に奪おうとする犯罪行為への牽制の役割、かつ、亡くなったばかりの遺体への検視官の検査に類した役割をも果たしていたのである。また、病人が寝ていた藁を焼くことは、伝染病に対する素朴な防御手段となった。夜には、遺体は通夜をしてもらう。つまり、故人の身内や友人の者たちや隣人たちが皆、納屋か、廐舎の中に集まるのであるが、そこでは、顔以外は白いシーツでおおわれた(3)遺体が数個の腰掛けの上に渡された数枚の板ないし蝶番からはずされた戸板の上に安置されている。その周りには、おそらくは五マイル先から借りてきた真鍮の蝋燭《ろうそく》立てにさして、貧者が分けて貰うか借りるかして集められる限り集めてきた蝋燭がぐるりと並べられるが、その数は、必ず奇数になるようにされる。(4)最初にパイプと煙草が配られるが、それから、その故人の**ちから**に応じて、焼き菓子やエール、時にはウイスキーが、一座の者に**振舞わ**れる。

さあ気前よく出してやれ、出してやれ、おまえたち、
焼き菓子やワインを振舞うのだ。
今日この女《もの》の葬式で振舞われるものはなんであれ

明日はわが葬式で振舞われる品となろうから。(5)

皆でわっと泣き、酒を少々飲んで慰め合った後は、上流階級においてと同様、もっぱら、隣人たちについてのうわさ話が座を賑わす。若い男女は互いにふざけ合い、両親らがついに眠りとウイスキーによって（*vino et somno*）(6)打ち負かされてしまうと、もっと思い切ったことを試みるし、その試みはしばしば成功を収めるのである。聞くところによると、結婚式より通夜の方が新しいカップルを誕生させるのに、より多く貢献しているということである。(7)

（1）カイトリーの『イギリス祭事・民俗事典』から徹夜祭についての記述を以下に抜粋。「英国にはどの村にも、それぞれ固有の村祭りがあって、普通は村の教会の守護聖人の祝日か、その近くの日に開催されるが、中には村祭りの慣習が既に廃れてしまったところもある。祭りの呼称は場所によって多少異なっており、例えば、イングランド北東部地方、ヨークシャー州及びイングランド中部地方の南部と東部の地域では 'the Feast' と呼ばれるが、同じ中部地方でも南西部では 'the Revel' が用いられ、さらに、北西部と北部、西部では 'the Wake' と称されている。この wake という名称は、中世の『通夜』'waking' の慣習に由来しており、当時は、祭りの前夜に教会で寝ずの番をする習わしがあった。」（一四七頁）

（2）アイルランドの通夜では、かつては結婚に擬したゲームなど、種々の愉快なゲームに興じたり、劇をしたりして、果ては乱痴気騒ぎとも見紛うほどの浮かれ騒ぎをすることがしばしばあったが、遺体を前にしてのこうしたお祭り騒ぎは本来不敬なものではなく、故人にも宴会の一員として、あるいは賓客として楽しんでもらうのだという考えによるものであった。しかし、通夜での過度の飲酒やゲームに興じての宴会騒ぎはたしなみがなく教義を冒涜するものとして、やがて、十七世紀ころから、たびたび聖職者が通夜での宴会騒ぎを禁止するようになった。そのため通夜を敢えて聖職者に知らせず内々に行うことも多かったらしい。（Ó Súilleabháin, *Irish Folk Custom* 54 and *Irish Wake Amusements*；Connolly 160-65）

（3）白いシーツは伝統的な屍衣の一つであった。『昔のアイルランドの社会史』にも、遺体は「屍衣すなわち遺体を巻くシーツ（a shroud or winding-sheet）」に包まれていたことが説明されている。(Joyce, *A Social History* vol. II, p. 542)

（4）これは一般的な慣習ではなく、ケリーなどの西部地方では、使徒の数になぞらえて教会で浄めてもらった十二本のろうそくを用いるところもあるという。また、このろうそくの使用は、太古に遺体を火葬していた時の儀式の名残でもあるらしい。すなわち、火葬用の薪に火をつけていた松明が、埋葬になってからも、このろうそくの形をとって後代に伝えられてきたのだという。(Mooney, "The Funeral" 266；O'Curry cccxxiii－cccxxiv)

（5）伝統的な唄らしいが、出典は不明である。

（6）「酒と眠りによって」の意味のラテン語。

（7）本注解はリチャード・ラヴェル・エッジワースの執筆による。

［注解29］　**死ぬ目にあわされて**（*Kilt*）――これまでの文中にもしばしば使われているこの言葉は、**殺された**（*killed*）、との意味ではなく、ひどく**傷つけられた**との意味で使われているのである。アイルランドにおいては、憶病者のみならず勇敢な者までが、「実際に死ぬまでに何度も死ぬ」こととなる。(1)――アイルランドでは、**死ぬ目にあわすことは謀殺罪にはならないのである**。(2)

（1）シェイクスピアの『ジュリアス・シーザー』（一六〇〇）中の有名な台詞「憶病者は［実際の］死までに何度も死ぬが、勇者が死を味わうのは一度きりだ」（二幕二場三二－三三行）を踏まえて言ったもの。

（2）「死ぬ目にあわすことは謀殺罪にはならない」の原文は“killing is no murder”で、一六五七年に、合法的で称賛に値するとしてクロムウェルの暗殺をそそのかしたパンフレットのタイトル（*Killing No Murder*）として使用されて以来、半ば諺となっている成句。本来は「息の根を止めることは謀殺罪にはならない」という意味であるが、ここではこの成句にこの kilt の意味をかけて用いている。ちなみに、アイルランドでは十六世紀後期にイングランド法の規制が実質的にも行き渡るまでは、その大多数の地域において、アイルランド人の息の根を止めても、実際、謀殺罪とは見做されない場合がしばしばであった。（ピカリング版八六頁、三二〇頁注168、三二六頁注59およびペティ一九四頁参照）

訳注

（1）一七八二年以前――十八世紀のアイルランドにおいて一七八二年は、一七二〇年に制定された宣言法（アイルランドに対するイギリス議会の立法権を認める法律）が廃止され、アイルランド議会の自治がイギリス議会によって承認された画期的な年である。その翌年イギリス議会は実際にアイルランドに対する立法権を放棄し、これ以降アイルランドは、一八〇一年一月にイギリスの連合王国の一員となるまでつかの間の自治を獲得することになる。ただし、立法権こそアイルランド議会に所属していたが、実際はイギリスの出先機関であるダブリン城の総督府がそのまま存続し、イギリス政府の任命する総督が、アイルランド議会と拮抗しながらも統治を続けていた。ちなみに、原語は before the year 1782 であり、厳密には一七八二年は含まれていない。日本語の「以前」との表現は、基準となる数値（ここでは一七八二年）を除いてその前を指す場合もあることから、ここではその意で用いている。

（2）ハイベルニア物語――原語は An Hibernian Tale である。Hibernian は アイルランドの古名（ラテン名）である Hibernia（ハイベルニアないしヒベルニア）の形容詞形。*OED* によれば Hibernian の初出は一六三二年。

序文

（3）序文――この序文は、おそらくはエッジワースの父、リチャード・ラヴェル・エッジワースが、エッジワースの協力を得て執筆したものであろうとされている。

（4）この世という大劇場で――「世界は一つの劇場」という観念は、古代より受け継がれシェイクスピアの作品に顕著なものである。例えばシェイクスピアの『お気に召すまま』（一五九九上演?）には、以下のような一節がある。

公爵――見たであろう、ただ我々ばかりが不幸なのではない。
　この世の広大な劇場の中では
我々の出ているこの場面よりも、もっと痛ましい出し物が演じられているのだ。
ジェイキス――全世界がひとつの舞台、我々はみな役者にすぎない。
（二幕七場一三六―四〇行）

また、『ヴェニスの商人』（一五九六上演?）にも以下の一節がある。

アントニオ――僕は世界をありのままのものとして見ているのだ、グラシャーノー、
　そこでは誰もが役をつとめなくてはならない舞台として。（一幕一場七七―七八行）

（5）素朴で飾らぬ話——原語は a plain unvarnished tale。『オセロー』（一六〇四）一幕三場九〇行「二人の愛の顚末についてありのままの飾らぬ話（a round unvarnish'd tale）をお伝えしましょう」を参照。また、同様の表現は『ラックレント城』の巻末の編集者の言葉「サディの語る素朴でありのままの話（the plain round tale）」（本書139頁）にも見られる。

（6）掉尾文——文尾まで文意が完成せず、最後の一句でしまる長い文章をいう。荘重な文語体の文章でしばしば用いられる。

（7）対照法——対句や対照の方法の一種。一つの文の中で、類似の語勢を持つ二句を対置させ、それぞれの句の意味を明確にするとともに文章の美を増すこと。

（8）もし……全くなかったであろうに——マーガレット・キャヴェンディッシュ（一六二四？－一六七四）、すなわちニューカースル公爵夫人は夫のニューカースル公爵ウィリアム・キャヴェンディッシュ（一五九二－一六七六）を称賛する伝記『ウィリアム・キャヴェンディッシュ伝』を一六六七年に出版した。かたやリチャード・サヴェッジ（一六九七－一七四三）はコーヒーハウスで喧嘩の最中に殺人を犯してしまったり、中傷を孕む、とかく物議をかもす詩をなしたという不評を残している詩人。サヴェッジの友人であったサミュエル・ジョンソン博士は一七四四年『サヴェッジ伝』を著し、この放蕩詩人を不幸な出生の不遇の詩人として弁護した。

（9）無学な老家令——この人物、すなわちサディには、リチャード・ラヴェル・エッジワースの家令ジョン・ランガン（John Langan）という実在のモデルがいた。エッジワースはこの実直な人物との会話に親しむうち、小作農ら底辺の者たちの生活振りにも通ずるようになり、上流階級だけでなく下層階級も含む広い視野を得たのであろうと言われている。家令（steward）は執事とも訳されるが、男性の召使いの筆頭で、非常に格式の高い家で雇われていた。ときには男性と女性両方の召使いのチーフを兼ねることもある。家計簿をつけ、物資の注文や召使いの監督を行い、屋敷全体の運営を取り仕切ることになっていた。これよりやや小規模な屋敷では家令はいず、代わりに食堂支配人（butler；「訳注」114参照）が男性召使いの筆頭を務めた。（プール 五一五頁；Dunne 10－11）

(10) ウェスタン郷士――フィールディング作の『トム・ジョーンズ』（一七四九）に登場するヒロイン、ソファイアの父である、狩猟に目のない粗野でがさつな田舎地主。世事には敏で勘定高い反面、根は善良、侠気の士で人情に厚く、一人娘ソファイアを熱愛している。とかく激しやすく、独裁的なうえ、いったん独り合点をしたら最後、猪突猛進してしまう。

(11) トラリバー牧師――フィールディング作の『ジョーゼフ・アンドリューズ』（一七四二）に登場する田舎牧師で教区の権勢家。肥満、短躯の身で、日常は養豚等農事に没頭している。牧師としてあるまじき、冷酷にして吝嗇、そのうえ横暴な性情の持ち主。

(12) 大ブリテンとの連合――一八〇〇年七月二日、イギリス議会はアイルランドとの連合法案を可決。それを受けてアイルランド議会も八月一日に連合法案を可決し、その結果、十三世紀以来の古い歴史を誇ったアイルランド議会は消滅することになった。フランス革命に刺激を受けたアイルランド各地での蜂起を押さえ込むのに手を焼いたイギリスの首相ウィリアム・ピットが、議会を一本化する必要を軍事的にも痛感したことがこれにはおおいに与かっている。実際に効力を発したのは翌一八〇一年一月一日からであった。一方、当作品の本文が執筆されたのは大体一七九四－九八年頃とされている。その時期の、とりわけ後半は、独立をめざす急進派が国内のあちこちで蜂起するという不穏な事態のうちに、連合への賛否でアイルランド議会が熱烈な議論に燃えていた頃にあたる。エッジワース自身も一時騒乱を逃れて一家で避難したほどであり、こうした動乱の時代を直視してきた彼女は政治への関心も高かったが、アーサー・ヤングと同様、連合による弊害よりもむしろ連合によるアイルランド経済界への好影響の方が優ると予想して、連合へ期待を寄せていたようである。（水之江　一九五頁、本書「解説」348－352頁参照）

ラックレント城

(13)　いつとも覚えませんほどの昔から――「続・ラックレント御一族様回想録」で述べられるサディの言葉によれば、サディの一族は先祖代々、「ここ二百年かそこら、ずっと」（本書84頁）ラックレント一族（ラックレント家と名乗る前はオショーリン家）にお仕えしてきたとのことである。

（14）賃借料なしで――この言葉は単に「愛顧による特権として」無料である、の意と解すべきではない。使用人として、労働力によって賃借料をあがなっていたと考えられる。トマス・フラナガンはこの「賃借料なしで」という言葉は一種の隷属状態を表す専門用語だと解説している。エッジワースも *Mem* の中で、「賃借料なしで（rent-free）」とは、賃借料（借地料）を地主の都合のいい日に働くことであがなうことだと述べている。(Flanagan 70；*Mem.* vol. II, p.28)

（15）万聖節の季節――万聖節とは十一月一日、天国にある諸聖人の徳をたたえる記念日のこと。万聖節の季節とは十一月一日以降の一週間を指す。本来十一月一日は異教の祭日であったが、民間にいちじるしく浸透していたがゆえに万聖節としてキリスト教暦にとりこまれたものである。

　古代のアイルランド人は、おおまかには一年をサヴァン（十一月一日）とベルティネ（五月一日）を区切りとして冬と夏、あるいは闇の季節と光の季節に二大区分していたといわれる。サヴァンは冬の季節の始まりであるとともに、年末から年始への移行期間であり、年の節目であった。紀元前八―七世紀頃のアイルランド王（国土はまだ統一されていなかったが祭司的な機能も持つタラの王がアイルランド王を名乗る伝統であった）オラム・フォーラがタラでの代表会議を創始して以来、当初は三年毎に、後にはアイルランド王の王位継承時に、アイルランド王がこの日をはさんで一週間あるいはそれ以上かけて大集会を催してドルイドや吟唱詩人《バード》および小王や学者をタラに集め、国の法律の制定や暦の見直しをしたという。人々は篝火を焚き果樹の収穫を感謝して祝った。後世になっても、人々は故郷でこの日を迎えようと努めた。また、借地契約の中にはかつてはこの日から発効するものが多かった。(カンリフ 一二〇、一八二―八三頁；Matthews 70；Evans, *Irish Heritage* 156；Mooney, "The Holiday Customs" 404―05；Joyce, *A Social History* vol. II, p. 436)

(16) この王国――三つの王国(「訳注」21参照)の一つであるアイルランドを指す。

(17) ラックレント――借地から上がる産物による収益にほぼ等しい、法外な地代との意味で古くから言い習わされてきた表現である。ちなみに*OED*における rackrent の初出は一六〇七年、rack-rented の初出は一五九一年である。ペンギン版の注釈者マリリン・バトラーは、エッジワースが敢えてこれを主人公一族の名字とした背景には、おそらくは以下の、アダム・スミスの『国富論』(一七七六)の一節の影響があるのではないかと指摘している。「農業生産物のうち耕作者が農業を続けうるのに必要な部分は、耕作のために献ぜられるべき神聖な基金とみなされるべきである。もし、地主がこの聖域にまで立ち入り強奪するなら、その結果、必ずやその地主は自分自身の土地の生産物を減少せしめ、またその耕作者をして、二、三年以内には、この法外な地代(racked rent)のみならず、そもそもこんな法外な取り立てを最初からしたりしなければ地主が受け取れていたはずの妥当な地代すら、払うことを不可能にしてしまうのである。」言葉を変えれば、ラックレント(法外な地代)とは、前からいた小作人に配慮することなく、また契約した小作人が実際に今後払えるかどうか考慮することなく、できるだけ高い地代で土地を貸そうとする自由市場的借地制度を意味する。前述のスミスが指摘している弊害とこの自由市場的借地制度の苛酷さは、ラックレント一族の中では、キット卿が代理人に所領の管理を任せて地代を絞り取る場面に、とりわけ顕著に見て取ることができるようである。

(18)　アイルランドの王家とも縁続きでした――サディのこのせりふは、実はアイルランドではよく聞かれるはずのものである。というのも、アイルランドでは、十一世紀初頭にブライアン・ボルーが名実ともに上王（ハイ・キング）になり全アイルランドを制圧したとはいえ、それ以前には長きにわたって、中央集権的に統一された強力な権力を持つ国家は無く、多くの小王国に分割され、王の数も無数であった時代が続いていたからである。（ペンギン版三四八－四九頁注10、ピカリング版xi－xii；Smith 159）

(19)　荷馬車を置いておくのが一番さ――農作業や荷物の輸送などで用いる、ばねなしの二輪または四輪の荷馬車を垣根などの出入り口に置いて門代わりに使うことは、アイルランドの農民にあってはよくなされていたことであった。サミュエル・クランプの『雇用問題解決のための最善策』（一七九三）には以下のような記述がある。「彼［農夫］の農場を見てみよ。荷馬車が門の代わりに垣の切れ目の出入り口に放り置かれ、［地主のために］とり置かれたより青々とした草地に家畜が入りこまないようにしている。そちらの方へと、彼自身の痩せた馬や餓えた雌牛は――もしそういった家畜がおればの話であるが――物欲しげな、とはいえ諦めた視線を投げるのであった。」(Crumpe 208)

また、エッジワースの他の作品『アンニュイ』（一八〇九）の第八章にも、生け垣《ヘッジ》の出入り口を塞ぐべく置いてあった荷馬車をゴスーン(［脚注11］参照)が主人公の通行のためにゴロゴロとどける場面がある。

ただし、この荷馬車で代用するやり方は、名門の家柄にはふさわしからぬ粗雑なやり方であろう。門をつけるべきところを些細な手抜きをしたばかりのてきめんの落命は、道徳家で良識人のエッジワースらしい教訓的なアイデアとも思える。

(20) ラックレントの名字と紋章を受け継ぎ……のでございます——財産を譲渡するにあたって、譲受人が譲渡人の希望により名字を変え紋章を受け継ぐという条件を付けることは実際にしばしばなされた。アイルランドも準じていたイングランド法では、名字の変更については原則として規制はなく、自由に変えることができた。紋章の継承については、紋章院に申請せねばならなかったが、その変更がここに見られるように財産譲渡にあたっての必須条件であれば認可されるのが常であった。

なお、ペンギン版とピカリング版の注は、カトリックの所領相続や土地購入を制限する一七〇四年の刑罰法に言及し、アイルランドのカトリック旧家の子孫であるパトリック卿がこの所領相続の折に国教会に改宗したことを示唆している。パトリック卿の所領相続はサディの生年以前になされたという設定(本書21頁)に基づけば、サディの生年が一七〇〇年頃と考えられる(「解説」359頁注41参照)ので、その所領相続がなされたのは前述の刑罰法がまだ制定されていなかった時代となってしまう。パトリック卿の所領相続に付随した事項には、「名字と紋章」の継承だけでなく、刑罰法による宗旨変えも含まれることをエッジワースが意図していたとすれば、エッジワースは不注意にもサディの年齢設定を誤ったことになろう。カトリックの所領相続や土地購入の制限が撤廃されるのは一七七八年と一七八二年のカトリック救済法の制定によってである。

　ちなみに、息子を「司祭にする心づもりでいた」（本書38頁）サディは明らかにカトリックであるが、司祭にはならずに「事務弁護士《アトーニー》クワーク」（本書21頁）となり、「地所」（本書21頁）を所有するようになった息子のジェイソンは、カトリックからプロテスタントに改宗したはずである。カトリック救済法の一つである一七九二年のラングリッシュ法が制定されるまで、カトリックは弁護士になることはできなかったのである。（ピカリング版三一一頁注23、水之江一八五頁；*The Oxford Companion to Irish History* 77-78, 438；*A Chronology* 286；Amherst *v.* Lytton [1729] 662；Halsbury vol.XXIX, pp.268－69, 393－95)

（21）三つの王国——イングランド、アイルランド、スコットランドを指す。とはいえ、スコットランドはすでに一七〇七年にイングランドと合併しており、一方アイルランドも十二世紀以降一七八二－一八〇〇年を除いて、事実上イングランドの支配下におかれていた。それを言葉の上とはいえ無視し、三国を対等にみなしたともいえるこの「三つの王国」という表現の根底に、民族意識の発露を見る解釈も許されよう。（Edgeworth, *The Absentee, Madame de Fleury, Emilie de Coulanges* 330n151)

(22) ラッククレント城――一八〇〇年の初版ではストップギャップ城となっている(この初版をもとにしているワールズ・クラシックス版一〇頁参照)。エッジワースは当初、荷馬車で出入り口となっている垣の途切れ目を塞いでいたというタリフー卿の習慣から、主人公一族の名字をラックレントではなくストップギャップ(英語のstopgapには「間に合わせのもの」の意がある)として想定していたらしい。荷馬車を門代わりにすることについては「訳注」19参照。

(23) パンチ鉢――パンチ(酒・果汁・湯・砂糖・香料などを混合して作る飲み物)を入れる大きな鉢。この鉢から各人がパンチをカップまたはグラスに取り分ける。

(24) 祖父――一八〇〇年の初版では曾祖父となっている。

(25) クラレット――フランスのボルドー産の高級赤ブドウ酒。

(26) しらふで床につく者は……最期まで――この歌の元歌は作者不明であるが、十七世紀初期にはやったものらしく、ワールズ・クラシックス版の注釈者ジョージ・ワトスンは、そのヴァリエーションと思われているものをいくつか指摘している(ワールズ・クラシックス版一二〇頁注16)。その一つはジョン・フレッチャーおよび合作者らの手になる戯曲『ノルマンディ公ロロ』(一六三九出版)の二幕二場で料理番らによって歌われる、以下の小唄である。

　今日は飲んで悩み事など忘れてしまえ、
　明日そうできるとは限らぬからにゃ。
息はある内に一番上手に使うもの

死んでしまえば酒は飲めぬ。
ワインを飲めば元気百倍、知恵も湧く。
年に勝つにはこれが一番。
頭痛に咳に胸の病もこれで楽ちん
万病の薬。

からだを大事に思うなら、さあ干そうよ大杯を、
惜しまず杯を重ねる者は皆の長寿を愛する者。
しらふで床につく者は
十月にもなりゃ物言わず、枯れ葉と一緒に舞い落ちる。（Fletcher 186）

（27）軍隊みたいに見えたものだ――イギリス陸軍の制服の色は赤であったので、それとの連想がなされたのである。そもそも、赤の染料が安く、また、戦場で目立つので、イギリスでは軍隊の色として古くから赤が使われていたが、一六二五年に正式に採用され、一般に赤いコート（red coat）はイギリス兵のニックネームとなった。なお、女衆が一様にまとっている赤い袖無し外套（red cloak）が喪服を指すのかどうかは訳者には不明である。もっとも、欧米にお

いて十七世紀までは喪服の色として赤を用いることもあったといわれている。あるいは、この赤い袖無し外套は日常的に庶民の女性たちが着ていたものであったのかも知れない。エヴァンズによれば、古くから十九世紀頃に至るまでアイルランドでは郡（barony；州の一つ下の行政区画）によって同色の衣服を着る習慣があり、土地によってそれぞれ色が違ったという。ちなみにエッジワースの『アンニュイ』（一八〇九）に登場する、主人公グレンソーン卿（the Earl of Glenthorn）の養母である貧しい老婆（後に実母と判明する）は、赤い袖無し外套（red cloak）をまとっている。（ペンギン版一五五頁；Taylor 77, 92, 252, 258－59；Evans, *Irish Heritage* 12）

（28）またとない見事なもの！――［注解3］でエッジワースが引用しているボウフォードの論文“Caoinan”によれば「現在のアイルランドの泣きわめき、すなわちわめき節は、かつてのように誇れる旋律を持たない」（本書167頁）とされているが、そのような当時の風潮に反してきちんと詠じられたのであろう。ルイ十五世（一七一〇－七四）時代の後半を時代背景に、「コーニイ王とよびならわされている」アイルランド貴族の領主を戴く島を半ば舞台とした、ゲール的な色合いの濃いエッジワースの教養小説『オーモンド』（一八一七）第十七章の葬儀の場面にも、きちんと詠じられた泣きわめきのことが以下のように語られている。「コーニイ王の葬式には騎馬で、また徒歩で、集い合うた莫大な数の人々が付き従いました。男といわず、女といわず、また子供たちまでもが。あちこちの小屋の前を通りすぎる時、その人々に混じる一群の女たちが弔いの泣きわめきの声をりょうりょうと響かせました。アイルランドのそちこちではならいになってしまっているような野蛮なわめき節ではなく、和音の伴なわないではない、素朴で哀切な弔いの泣きわめきといえるものを詠じたのでした。そしてオーモンドは、通夜ではお祭り騒ぎがあれほどあり、嫌な思いをさせられたにもかかわらず、貧しい人々は失った彼らの友人［コーニイ王］のことを心から悼んでいるのだな、と確信したのでした。」

(29) 負債のために身柄を拘束されてしまったのでした――『オーモンド』（前注参照）の第三一章にも、主人公の養父ユーリック卿の死後、家族らが遺体を強奪されるのを恐れて門に鍵を掛ける場面がある。サミュエル・ラヴァーの十九世紀前葉を時代背景とする『ハンディ・アンディ』（一八四二）の第三六章にも、高利貸が法の手を借りて執行吏らに借り主の一郷士の遺体を実際に拘束させ、執行吏らが納屋で遺体の納められた棺（実は遺体の代わりに石ころが詰められている）の番をするくだりが描かれている。またイングランドの建築家ジョン・ナッシュも、一八三五年の死去の際に債権者による逮捕を恐れて夜埋葬されたとされている。債権者が負債の保証として遺体を差し押さえることが、法律で禁止されるのは一八四二年である。（ピカリング版三一一頁注28；Summerson　188, 207n39）

(30) 面目上の負債――賭け事での借金のこと。アイルランドでは、高額を賭けた詐欺まがいの賭博の蔓延を防ぐために、一七一一年に、トランプや賽子（さいころ）賭博およびその他の、あらゆる賭け事上の借金による債務証書や手形の類いを当年の十一月一日より一切無効にするとの法令が出されている。それゆえ、法の威を借りたということの葬式の一件は、おそらく一七一一年以前のことであろうと思われる。(Dickenson *v.* Blake [1772] 115)

(31) スキンフリント——スキンフリント(skinflint)という語は、本来、名詞で「守銭奴」との意味である。火打ち石(フリント)の皮(実際はそのようなものはないが)まで剥ぐ(スキン)ほどけちで強欲だ、との表現から。後出の本書74頁、サディがコンディ卿の奥方について「けちけちしたところ(the skin-flint)は微塵もございませんでした」と述べる箇所で、この語が使われている。

(32) 共同女子相続人——息子がなく、娘しかいない場合、位階や領地などの相続を認められた娘を女子相続人という。姉妹の場合、女子相続人は長女のみの場合もあれば、次女や三女にも認められる場合もある。後者の場合、共同女子相続人(coheiress)という。

(33) スコットランド人の血が混じっておいでなのでは、と勘ぐっておりました——スコットランド人は皆、節約家であると伝統的に考えられていた。(『英米故事伝説辞典』九二四頁)

(34) 四旬節——灰の水曜日から復活祭前夜(イースター・イヴ)の土曜日までの四十日の期間。キリストが伝道を始める前に荒野で過ごした四十日間の断食と黙想の修行を記念するものであり、神の言葉の傾聴、祈り、反省、断食などに専心する季節と考えられている。復活祭前に幾日かの断食をすることは古くから行われていたが、それがキリストの荒野における断食と結び付けられて六週間に延長され、灰の水曜日から四十日間(六週間の中の日曜日を除く三六日にその前の四日を加える）は食生活を量、内容ともに節制する断食の期間とされたのは四世紀のことである。十六世紀の宗教改革以前は厳格に守られていた。やがて、プロテスタントの中には、断食（次注参照）は必ずしも真の悔い改めにつながるものではないとしてこれに対し否定的な態度をとる者があらわれ、四旬節はあまり重視されなくなる傾向が一部に存在するようになる。とはいえ、アイルランドのカトリックでは二十世紀初頭に至るまでなお厳しく四旬節が遵守されていた。マータ卿の奥方は、後に見出されるように慈善学校を経営しているという事実からしてもプロテスタントであったに違いないが（学校経営はプロテスタントにしか許されなかった。「訳注」40参照）、まるでカトリックのように、いやおそらくはカトリック以上に彼女が厳しく四旬節の断食を強行したのは、宗教心からではなく、けちな彼女が抱く節約心からである。このことは、四旬節の断食日は厳しく遵守するのに祝日は無視するといった態度を見れば明白である。「訳注」36参照。（「教会暦」『キリスト教大事典』、「四旬節」『新カトリック大事典』）

（35）断食日——原語は fast days。キリストにならい、また、償いの一形式として、食事の内容や量を制限することを言う。カトリックでは、一七八一年以降は肉食断ちをする小斎（abstinence）と、食事の量を制限して十分な食事は日に一回としそれ以外は平常よりかなり量を減らした食事とする大斎（fast あるいは fasting）とが区別され、小斎だけの日や大斎だけの日、小斎と大斎が一緒になった日が設けられるようになって、断食の厳しさは幾分緩和された。それまではこの abstinence と fasting との言葉は区別なく同義に使われ、大斎と小斎が一緒になった断食、すなわち肉を断ちかつ食事の量を制限する断食を専ら意味したようである。それゆえ、大斎と小斎の区別が導入される前であるマータ卿の時代には、四旬節や四季の斎日（年間の四季に祈りと断食を行うように定められた日。聖ルチアの祝日［十二月十三日］の後の水・金・土曜日、四旬節の第一日曜日後の水・金・土曜日、聖霊降臨日［復活祭から五十日目の日曜日］後の水・金・土曜日、聖十字架称讃の祝日［九月十四日］後の水・金・土曜日）のみならず、通常の金曜日や前夜祭（大祝日［降誕日（十二月二五日）、復活祭、聖霊降臨日などの一級複誦の大祝日と、聖母御浄めの祝日（二月二日）、大部分の使徒の祝日などの二級複誦の大祝日を指す］の前日）および祈願日（祈りと償いのために指定された日で、聖マルコの祝日［四月二五日］に行われる大祈願祭と昇天祭［復活祭から四十日目の木曜日］に先立つ三日間に行われる小祈願祭がある）も、全て小斎と大斎が一緒になった断食日とみなされていたと考えられる。マータ卿の奥方が節制に励む機会はかなりあったはずである。（「教会暦」「祝日」『キリスト教大事典』；"Fasting" *Britannica* 1963 ed.）

(36) 祝日についてはこの限りではございませせなんだが——サディはここでこの奥方の吝嗇ぶりと、それに結び付いた苛酷な女主人ぶりを仄めかしている。元来、祝日には、鵞鳥を食べる習慣がある大天使ミカエルの祝日（九月二九日）のように、なんらかの御馳走を食べたり、振舞ったりという習慣を伴うものが少なくない。また、四旬節直前の懺悔火曜日、また直後の復活祭および四旬節の半ばの息抜きともいえるアイルランドの聖パトリックの祝日（三月十七日）などには、このときとばかり御馳走を食べ、栄養の補給につとめることになっている。しかしマータ卿の奥方はこれを無視し、日頃の倹約振りを変えなかったのであろう。また、祝日には通常、糸紡ぎや機織りなどの作業や農作業などの労働は休みとなるのが慣習であるが、奥方はそれをも無視したのであろう。ちなみに、カトリックは聖人を記念する祝日が多く、アイルランドでは、一六九五年の法令により、日曜同様に労働の休止を認める祝日を年間三三日に縮減し、この三三日の所定の祝日以外の祝日に労働を拒絶した者には二シリングの罰金を科すこととされた。（水之江　一六一、一六六頁；MacLysaght 154）

（37）

四旬節の最後の日——厳密に言えば復活祭前夜（イースター・イヴ）の聖土曜日のことであるが、聖土曜日は復活祭の準備のための日といえ、午前に祈祷、聖歌、聖書朗読を行い、さらに復活の祝いと聖体拝領とが行われ、夕刻に復活祝典が行われる。一九一七年のローマ教会法典によれば、四旬節は聖土曜日の正午で終わる。サディの時代については正確には何時までが四旬節であったかは不明であるが、夜間にまでおよんだとは考えられない。ピカリング版の注釈者は、ここでの四旬節最後の日とは、終日が四旬節に含まれている最後の日、すなわち聖金曜日であるとしている。キリストが磔刑に処せられたことを記念する聖金曜日は教会暦上最も厳粛な祭日であり、食物の節制についても一段と厳しく求められていた。この日に肉を食べることは大罪に価したという。のちに女中が悔悛の秘跡（「訳注」39参照）にまであずかられていることからも、この日を聖金曜日として考える方が妥当であろう。（ピカリング版三一一頁

注31、「復活祭」「四旬節」『カトリック大辞典』）

（38）教区の司祭様——その教区のカトリック司祭を指す。一六九七年の追放令は多くのカトリックの司祭や聖職者をしてアイルランドを去らせたが、教区司祭の中には残留することを許され、後には控えめながら宗教活動を行うことを黙認されていた者たちが少なくなかった。カトリック信者が多い農村では、司祭はなお村の重鎮としての機能を果たしていたのである。また、教区内でのプロテスタントとカトリックの衝突も、常というわけではなく、両派の円滑な関係も時には見られたし、信者の方も自分の宗派一辺倒の者ばかりというわけではなかった。例えば、エッジワースの『不在地主』（一八一二）第九章に出てくるプロテスタントとカトリックの聖職者、すなわちアイルランド国教会の牧師（the clergyman）と教区司祭（the priest of the parish）の友好関係を参照。（*A Chronology* 256）

（39）その罪の償いを……いっさい与えられなかったのでした——いわゆる悔悛の秘跡がなされたのである。悔悛の秘跡とは、罪を犯した者が悔い改めの行為と資格を持った司祭のとりなしによって神の赦しを得る秘跡であり、内的後悔、告白、さらに、罪の償いをすることによって、神の名によって司祭から罪の赦しを受けることをいう。罪の償いのための行為は現在では主として祈りを唱えることであるが、本来、施しなどの慈善行為や断食もその主な手段となっていた。禁じられていた肉を食べた償いにこの女中は再び断食をさせられたのであろう。（「悔悛の秘跡」『カトリック大辞典』；“Penance” *The Catholic Encyclopedia*）

(40)慈善学校——十八世紀初期にイングランドで多数創設され始めた有志の寄付を基金とした慈善学校はアイルランドにも広まり、主として一七一〇年代に多くが設立されたという。当時学校を開くことができるのはプロテスタントのみであった。貧しい家庭の子供たちに無料で読み書きを教える一方、カトリックからプロテスタントのアイルランド国教徒に改宗させようとの意図もあったがこれはうまくいかなかったようである。マータ卿の奥方が改宗に力を注いでいたとは思われない。節約家で抜け目のない奥方が無償で糸紡ぎをさせるこの「慈善学校」は、むしろ領地内のリンネル産業育成のためのスピニング・スクール（「訳注」42参照）としての性質の方を濃厚に持っているようである。(McCracken, "The Social Structure" 50)

(41)紡ぎ糸——文脈から判断して、紡ぎ糸（yarn）ではなく、糸紡ぎ（spinning）する以前の亜麻（flax）の間違いであろう。

(42)リンネル協会——一七一一年設立。多数の無給の委員から成り、リンネル産業の指導、奨励に努めることを目的とする。リンネル産業はアイルランドにとっては主たる国民産業であり、十八世紀中にリンネルの輸出は一時アイルランドの輸出の半分近くを占めるほどになっていたほどであった。農村でも家内工業が盛んであった。リンネル協会はリンネル産業推進のために、とりわけ一七二〇－三〇年頃、および一七五〇年前後には多くのスピニング・スクールを設立して少女らに紡ぎ方を教えたり、優秀な紡ぎ手や織り手に奨励金を出したりと活発な助成活動を行っていた。その一環として、この産業に参入する地主への織り機の貸し出しもなされてい

たのである。(McDowell, "Ireland" 701 ; Gill 75-79, 90)

(43) 流水権のことで……いやだとはいえません――流水権とは、他人の土地の上を経て水を引きまたは水を流すことのできる権利。(「Watercourse」『英米法辞典』[有斐閣]) リンネルを漂白し黒ずみを取って染色しやすいようにするには、長期間草地に広げて晒し、雨に打たれ露に浸されるようにしておかねばならないが、それに先立って、紡いだ糸の段階、あるいはリンネルに織った段階で、いったん洗浄してからアルカリ液で煮るなどした後、清浄な水を豊富に使って再度洗浄する必要があった。洗浄の際などに水車を使っていた可能性もある。潤沢な水路なしには漂白の仕事はできず、晒し場の借地人は流水権と引き換えに奥方に頼まれた仕事をほとんど無料で引き受けさせられていたのである。(Preston 224-29 ; Young part I, p.114 ; "Bleaching" *Britannica* 7th ed.)

(44) 追い立てられること――地代のかたの差し押さえは、役人の介入不要で、地主当人の権限で行うことができた。このような追い立てを行う者が「追い立て屋」である。(「注解17」および[脚注5]を参照)

(45) 動産占有回復訴訟――違法に占有侵奪された動産、または違法に留置される動産の占有を迅速に回復、取得するための訴訟。元来は、領主(lord)による差し押さえの効力を保有者(tenant)が争うための訴訟であった。差し押さえられた動産(この場合は家畜)の保有者は、動産の価格を訴訟に負けた時に賠償するための担保をあらかじめ供託することにより、本案の審理に入る前に迅速に執政長官（sheriff）の手を通して動産を取り戻すことができた。マータ卿は自分が家畜を差し押さえた小作人からこの訴訟を起こされたのである。（「replevin」『英米法辞典』〔田中英夫編〕）

（46）迷い込んでくる家畜どもがけっこうな稼ぎになるのです――侵入してきた他人の家畜の所有者に対しては罰金を科すことが認められていた。ただし、罰金の多寡は、侵入した家畜の所有者が侵入を防ぐよう適切な処置（例えば鶏の足を括っておくとか）をしていたかどうかによって違う。（Joyce, *A Social History* vol. Ⅱ, pp. 280-81）

（47）相続上納物――原語は heriot。主に中世に領主に支払った借地相続税。通例故人の所有していた最良の家畜や動産。相続上納物はアイルランドにおける封建的な所有形態の廃止を目的とする一六六二年の条例が定めた廃止項目からは除外されていた。とはいえ、十八世紀にはすでに実質上は廃止されていたらしい。しかし、「法律にかけてはとても学識のあるお方」（本書31頁）で利に敏いマータ卿はこの上納物を見逃さなかったのであろう。（Wylie 66-67；Wakefield vol. Ⅰ, p. 307）

（48）泥炭の採掘――農村にあっては、各戸の燃料確保のために比較的最近までも、雨が少なく沼地《ボッグ》（「訳注」49参照）が乾いて作業がしやすい四月か五月に、隣近所の者たちが協力しあって泥炭の採掘を共同作業で行っていた。そのやり方は、特殊なシャベル（スレイン）を使って最初かられンガ状に切り取っては手押し車で運んでやがては小山のようになるまで積み上げていくのである。おおよそ一週間の作業で一年分の燃料が確保されるという。

地主一家ならばその一族郎党でやればいいところだが、かつては、地主一家のためにこの作業に小作人たちが無償で動員されること、あるいは無償の奉仕が期待されることは珍しいことではなかった。他の作業についてもいえることだが農事にはそれぞれにふさわしい時期があり、地主への奉仕のために自分の農場の仕事がなおざりになることは大変な（ときには致命的な）損失である。(Evans, *Irish Folk Ways* 186−92)

（49）沼地《ボッグ》――アイルランドの沼地（bog）は優良な泥炭を産出し、かつ、黒沼地の場合は土地改良をすれば優れた牧草地ともなり、資産価値は大きい。アーサー・ヤングの『アイルランド旅行記』（一七八〇）中の説明を以下に引用する。「沼地には二種類、すなわち黒沼地と赤沼地があって一般に黒沼地は非常に優良である。ほとんど表層近くまでしっかりした泥炭となっており、焼くと灰がたくさん出る。費用はかなりかかるとはいえ、一般に土地改良が可能とされている。赤沼地は通常表面から五－六フィートの深さまで続き、スポンジのように水を含んでいて焼いても灰が出ない。赤沼地を干拓することは全く不可能であると考えられている。……黒沼地はどっしりとした泥炭でバターのように切り取りやすい。綿密に見れば朽ち木と似た様相を呈している。赤沼地の下層にも、黒沼地のそれほどではないにしても、ほとんどそれと劣らぬほどしっかりとした泥炭があり、同様に良質の燃料となる。黒沼地の表面にもスポンジ状の植物質の層があるのだがこの層は薄く、燃料を求めて沼地を採掘するさいに取っ払ってしまう。……

沼地の深さはいろいろで、五十フィートの深さのあるもの、またそれ以上に深いといわれているものもある。」

なお、沼地については、当初さほど問題とされぬまま長年の間に曖昧になってしまった境界線の保有権を巡って後日トラブルが生ずることもままあった。マータ卿による沼地の訴訟もそのような境界線をめぐるものであろう。後出のアリバリキャリックオショーリンの沼地をめぐる争いにその具体例を見ることができる（本書47頁）。ちなみに、リチャード・ラヴェル・エッジワースも、干拓による大規模な沼地改良を一八一〇年頃実験的に試みようとした際、借地しようとした沼地の境界線が不明なものであり、後のトラブルが予想されたため、結局中断せざるを得なかった。（Young part Ⅱ, p. 50 ; *Mem* vol. Ⅱ, pp. 317-20)

（50）うなぎ簗《やな》――原語は eel-wires であるが、wire は weir（簗）のこと。うなぎは食用にされた他、皮や脂肪がリュウマチに薬効があるとの俗説があり、簗を使った漁労は古くから一般によくなされていた。恐らく、漁労権やうなぎ簗の貸借料などをめぐって裁判沙汰になったのであろう。ブレホン法（[注解11］の注12参照）でも、河川沿いの土地の所有者に簗をかける権利を認めながらも、川幅の三分の一以上にわたって簗をしかけてはならぬとするなど、川沿いの他の土地の所有者の漁労権にも配慮した細かい取り決めが制定されている。

シャノン川沿いのアスローン（エッジワースタウンの近郊）では十七世紀初期に二三箇所にうなぎ簗があり、そのうちほとんどが十九世紀にもまだ使われていたと言われている。また、一八三〇年代には、地主たちはうなぎ簗を借地人たちに年額最高百ポンドで賃貸している。(ピカリング版三一二頁注40；Joyce, *A Social History* vol. II, p. 473；Evans, *Irish Folk Ways* 247)

(51) 十分の一税——牧師・教会の費用のために教区の住民が所得の十分の一を貢納すべく課せられていた税。古くには物納であった。十七世紀ごろには金納が一般的となっていたようである。アイルランドでは十七世紀末プロテスタントの優位が確立すると国教徒のプロテスタントのみならずカトリックや非国教徒のプロテスタントであるプレスビテリアン（長老派）も、国教会であるアイルランド教会へ十分の一税を貢納する義務を負わされ、貧農にとっては大変な負担で後々の根深い反抗の一因となった。これはマータ卿のような地主階級の者からも、借地農の利益を搾取するにあたって拮抗する要因となったので憎まれることになった。一七三六年には早くも、牛の放牧地をこの税の課税対象外にするために法的手段を総動員して争うことが主として地主階級の者から成る下院で決議され、放牧地を課税の対象外とすることに成功している。十分の一税に関する、十八世紀の判例を見ても、課税対象になるかならないかを巡るもの——例えば子牛のための牛乳、網にひっかかって痛んだ魚、家庭菜園での野菜類など——が多く、この税がいかにところを問わず論議の的になっていたかつぶさにあきらかである。(*The Oxford Companion to Irish History* 543；Cullimore *v.* Bosworth [1779]；Kelynack *v.* Gwavas [1729]；Austen *v.* Nicholas [1717])

（52）放浪者――家も手職もない放浪者は元来、共同体にとっては排斥すべき異物であり、浮浪生活を送ることそのものが軽度とはいえ多少の罰金を科されるべき犯罪行為とされた。それゆえ、十八世紀頃には、彼らに刑罰を与えたり、無理やり海外の植民地へ移民させたり、故郷に送り返すなどの処置がとられていたようである。アイルランドでは放浪者が非常に多く社会問題になっていた。というのは、農村では貧困にあえぐ者が多く〔脚注5〕の注4参照）、また日雇いの仕事も極端に賃金が少なく、十九世紀初頭の例では一日わずかに六ペンス半もしくは六ペンスであったために、やむをえず農閑期に乞食に出たり、地代が払えず乞食にすっかり身を落としてしまう者も多かったが、彼らは誇りゆえに故郷でその姿をさらすのを潔しとせず、他の地方へ流れていったからである。（"Vagrancy" *Britannica* 1911, 1950 eds.; Carr 152; Wakefield vol. I, p. 511; Carleton, "Tubber Derg" 383－84）

（53）生活妨害――不法行為の一類型。他人にとって迷惑、不快、有害な行為を指す。私人の生活を不当に侵害する私的生活妨害と公的生活妨害の二つに分かれる。前者には例えばAの土地が、Bの土地に建てた建築物からの遮光や雨漏りによって損なわれることなども該当する。

（54）アルファベットのどの文字の項目に対しても訴訟を起こしている――道路、小道、沼地などの訴訟をアルファベット順に整理すると、アルファベット二六文字のどの項目も空所がなく埋まってしまう、との意味。

（55）学識は家屋敷や土地に優れり――十八世紀中期ごろの諺。なお、ゴールドスミス（一七二八－

七四、エッジワースとは同郷の間柄になる詩人・小説家・劇作家）の戯曲『負けるが勝ち』（一七七三）にデイヴィッド・ギャリックが寄せているプロローグの一節にも、当時流行していた「感傷喜劇」を揶揄する場面に「学識は家屋敷や土地にはるかに優る」との格言が見られる。（Goldsmith 119）

(56) 従物――「主たるもの（主物）の利用を助けるために付属している物（例えば納屋）、あるいは権利（例えば地役権）」のこと。すなわち、ここでは、領地に付属している厩舎や、小屋住み農の小屋などの建築物、林や水路、および地役権としてはその土地から付随的にあがる収益、すなわち草地や沼地から採れる泥炭や狩猟の獲物への権利、また漁労権などが該当する。

(57) 単純不動産権――原語は fee simple。相続不動産権のうち、相続人の範囲の限定されていないものをいう。無条件相続財産権と記されることもある。これに対し、特定の相続人（直系卑属またはそのうちの特定の者）にのみ相続されうるものを限嗣不動産権という。

(58) 御手許金――通常は国王の個人的用途に供する金を指すが、ここでは奥方の私用に充てる金。

(59) 手袋代――通常は召使いに与える心付けを指すが、ここでは、奥方への心付けの意。なお、代理人が受け取ることもあったらしい。『不在地主』第十二章には、借地契約をする際に代理人が小作人に捺印礼金（［注解13］参照）と手袋代の両方を要求して自分の懐に入れる場面が描かれている。どうやら借地契約の際には捺印礼金と手袋代の両方が受け取られていたらしい。（「訳注」69参照）

(60) 口ききの代償として、借地人からお金を……めずらしいことではなかったのです――十九世紀初めのアイルランドの農業・経済などについて詳細に伝えているウェイクフィールドの『アイルランドについての報告』(一八一二)には、あるイングランドの伯爵の令嬢がアイルランドの貴族との結婚後初めてその領地に同行し、小作人らに紹介された時のカルチャーショックぶりを伝えている。それによると、ある農夫が彼女の袖をひいて四十―五十ギニーの入った紙包みを渡そうとしながら「わしの契約が切れたら、旦那様に口添えをよろしゅう頼みます」と言ったこと、また同様の魂胆でこの新妻に取り入ろうとする者が多く、こうした賄賂が一種の習慣になっていることに衝撃を受けたという。(Wakefield vol. I, p. 298)

(61) 夫が死ぬまでは喪服は着ないでもらいたいね――草(weed)には、複数形 weeds で、「(特に未亡人が着る)喪服」との意味がある。weed(草)を焼いた灰を売ってつくった服を着ている夫人を、まだ weeds(喪服)は着ないでくれと皮肉ったのである。

(62) 寡婦給与産――夫が自分の死後における妻の扶養のために婚姻前または婚姻中に設定した不動産権。夫の死後、終身占有収益する権利を生じるものであり、通常、領地からあがる地代の中から夫の死後年々一定の額が未亡人の所有となるように設定された。

(63) 半クラウン銀貨――半クラウンは二シリング六ペンスに相当するイングランドの旧通貨。十六世紀には金貨、一九四六年までは銀貨、以後白銅貨で、一九七〇年に廃止。

(64) ギグ馬車――一頭引き二輪軽装馬車。用途の広い手頃な田園用馬車として十九世紀初期に流行した。ちなみに、この語の*OED*の初出は一七九一年である。『ラックレント城』は一七八二年以前の物語であり、しかもキット卿の時代は十八世紀前期から中期頃と考えられる。それゆえ、サディが言及している「ギグ馬車か何かそんなふうなもの」とは少なくともギグ馬車ではない。（プール　四三九頁）

（65）ギニー金貨——一六六三年から一八一三年までイングランドで鋳造された金貨。一七一七年以来一定してイングランド貨幣で二一シリング（すなわち一ポンド一シリング）の価値とされている。ただし、少なくとも十八世紀の後半から十九世紀初めにかけては一イングリッシュ・シリング（十二イングリッシュ・ペンス）は十三アイリッシュ・ペンスに相当していたため、一ギニーは平価でアイルランド貨幣の一ポンド二シリング九ペンスに相当していた。（Twiss 57 ; Carr 40）

（66）バース——イングランド南西部にあるローマ時代から有名な温泉地。十八世紀当時、温泉地バースでは上流・有閑階級の社交生活が花開き、賭け事や散策、社交会、舞踏会、遠足などの娯楽が盛んであった。当地はまた結婚市場としても名高く、富裕な結婚相手を捕まえるチャンスを狙う者も多かったという。ただし公的な賭博は一七三九年と一七四五年の法令によって禁止された。（コーフィールド　七六－八五頁）

（67）土地改良に努めてきた小作人への手当も……考慮もいっさいございません——土地の生産性の向上を望んで、排水渠を整えたり、土地の心土（平常に耕した時鋤き返されない、耕地の下層を成す土）まで掘り起こして耕す、または石ころや切り株などを除去して農地として適地にする、あるいは借地に便宜のために建物を建てるなどの土地改良をなした者が契約切れなどでその土地を手放すときは、地主や後の契約者にとって有利となる先行投資をしたわけであるから、なんらかの手当がなされるべきである。しかしその社会通念にもかかわらず、その手当を保証する法的な整備は立ち遅れており、地主の思いやりのない措置がトラブルや小作人の不満の原因となることも少なくなかったようである。（Baxter 20－35）

（68）土地から二度収穫してしまうと逃げ出してしまうのでした――借地契約の継続を希望している優良な小作人を追い出して、支払い能力や資本などについて十分な注意を払わぬまま一番高い地代を払ってくれるということのみを基準にして小作人を募ると、契約を得た新しい小作人は無理をして契約したものの、休閑地（土地は順繰りに休閑地にすることが地力の回復のために必要であった）に肥料をいれてやるといった、長期的な視野に立っての投資もできなくなり、当の地代も滞り、荒れ地になった頃に逃げ出す（しかもこの夜逃げの際に、生活に窮するあまり地主の収入となるべき分まで収穫物を持ち逃げしていくこともままあったという）という事態に陥る。このようにして、土地は荒れる一方との悪循環が生じ、地主は没落への道を歩んで行くことになるのである。

（69）代理人や追い立て屋に贈り物もしなければならないときては――代理人はしばしば契約時の手数料などを要求した。代理人の横暴についてエッジワースはよく認識しており、『不在地主』

（一八一二）の第九章において、旅篭屋の亭主の口を借りて良い代理人の条件の一つとして「賦役を求めたり、贈り物や手袋代、捺印礼金をもらったりしない事」を挙げている。同様に、追い立て屋についても『リチャード・ラヴェル・エッジワースの回想記』に以下のように述べられていることから判断して、たとえば強引な追い立てをやめてやる代償などの理由によって、おりあらば小作人たちから金銭などを巻き上げていたであろうことが想像できる。「アイルランドのたいていの領地には、一般に『追い立て屋』と呼ばれている者たちがいる、ないしは、いたものであった。彼らは地代や滞納金のかたに家畜を追い立て、囲い場に閉じ込めるのである。この者たちはしばしばこの仕事に不適切な人物たちであり、また、最下層の者たちであるばかりでなく、最も劣悪な習性の持ち主でもあって、自分たちに与えられているその権力を悪用するのである。」（Carr 521；*Mem* vol. II, p. 16；Wakefield vol. I, pp. 297-300）

（70）土地の価値が毎年下がってきているものですから——この作品には時に時代錯誤的な記述も見出されるので注意を要する。キット卿の時代を包含すると考えられる一七一〇年代から一七六〇年代にかけてはアイルランドでは概ね連続して貨幣価値が下がり土地・農産物の価格が画期的に上昇し続けており、サディが伝える代理人の発言は事実と相反しているのではないかと思われる。もっとも、アイルランド一般で土地価格が向上したとしても、キット卿の領地に関しては、土地改良や休閑地に肥料を入れるなどのしかるべき処置がなされないため、土地の生産性は低下する一方であったに違いなく、土地価格も下がってついには二束三文でしか売れない状態へと至っていたのかもしれない。また、長年自分が住み慣れてきた地域を世界の中心の如く思っている土俗の人サディはそのような事態のみを見て一般の傾向のように誤解したのかも知れない。ともあれ、代理人からの「アイルランドでは……土地の価値が毎年下がってきている」との情報を鵜呑みにし、現金が入用とはいえジェイソンにわずか半年分の地代の前払いと引き換えに地代の減額をしたキット卿は自分の領地に無知な不在地主の持つ脆さを典型的に表していといえよう。(「訳注」103を参照)

(71)　半年分の地代を前払いする代わりに――地代は半年分の後払いを許すのが慣習であった。(「注解7」の注1参照)

(72)　その翌日……まだこれからでした――地主の結婚その他に際して借地人らが篝火を焚くなどして祝う慣習があった。マクラカンによると「領主の人生の節目が借地人らによって祝われることもあった。ポール・コスビィがヨーロッパ大陸から故郷ストラッドバリに一七二四年に帰ってきた時、また、彼がそれから四年後に花嫁を連れて帰郷した時、彼の借地人たちは花輪を作りロングダンス［踊りと行進・輪舞が結びついたような、多人数で列を組んでするダンス。当時よく踊られ、祭りや慶事などに華を添えた。ジェイムズ二世が一六八九年にキンセイルに上陸した時もこれを踊って歓迎した］を踊り、篝火を焚いて州境で彼を出迎えた。そして、二一才の誕生日にはダンスを踊って祝したのであった。」なお、コモンロー上では成年に達するのは満二一才の誕生日の前日である。(McCracken, "The Social Structure" 56)

(73) 豚肉にもソーセージにも我慢できず……想像することしかできませんでした――ユダヤ人の多くはユダヤ教を奉じ、シナゴーグ（会堂）で礼拝をする。ユダヤ教では、清浄でないとして豚肉を食べることを禁じている。

(74) ネイボブ――東インド会社に勤め、略奪的な東インド貿易の甘汁によって成り金となったインド帰りのイングランド人を指すあだ名である。「ネイボブ」は本来インドのムガール王朝時、イスラム教徒の地方長官をさした官名だが、H・ウォルポール（一七一七―九七）が一七六四年に「ムガールのピット、ネイボブのビュート」と政敵を罵倒した頃から悪意を含んで使われるようになり、一七七二年に初演されたサミュエル・フットの『ザ・ネイボブ』が大評判となって、このあだ名は一挙に普及した。当初、この新興成金は、イギリスの伝統的貴族・地主社会からは、蔑視の対象としてとかく鼻つまみにされ、受け入れられなかったが、次第に社会的評価が向上し、十八世紀末にはもはや蔑視や反発は見られなくなっていく。（トレヴェリアン三二二頁、川北 三三七頁）

(75) 権原――原語は title。権原とは、保有財産としての領地に対する保有者の最も根本的な権利であって、地役権、漁労権などの派生的権利の基礎となっているもの。

(76) イングリッシュ・ポンド――十八世紀当時アイルランドではイングランド貨幣とアイルランド貨幣の両方とも流通していたが、イングランド貨幣の方が貨幣価値が高かった。イングランドの一ギニーがアイルランド貨幣の一ポンド二シリング九ペンスとの比率（「訳注」65参照）

から換算すると一イングリッシュ・ポンドはアイルランド貨幣で一ポンド一シリング八ペンスとなる。

(77) 特有占有――原語は separate possessions であるが、これは separate estate（[妻のための] 特有財産）と呼ばれるもののことであろう。女性が結婚するとその財産は夫の管理下におかれ実質的に彼の所有物となるため、夫が死去したりした場合にそなえて、花嫁の家族は結婚前に寡婦給与産の設定を交渉したりしてその資産の確保につとめるのであるが、特有財産の設定もそのための手立ての一つであり、特に、このキット卿の奥方のように花嫁が本来実家の相続人であったりした場合によくなされた。これは妻の資産を一種の信託財産にして当人の管理外に置き、大法官裁判所の監視の下にあって、当該の女性がそこに出向いて申請しない限り当人の自由にもならず、まして当人の夫が勝手に処分することはできないようにしてしまうのである。（「separate estate」『英米法辞典』[田中英夫編]、プール 二六二頁）

(78) かたくななイスラエル人――「出エジプト記」などで、ユダヤ人に対し使われている軽蔑的な表現。（「出エジプト記」 三二章九節参照）

(79) 可愛いジェシカ――シェイクスピア作『ベニスの商人』（一五九六上演）五幕一場二一行。

(80) 爪楊枝――原語は tooth pick。ここでは文字通り爪楊枝と訳してある。この場面で、なぜこの決闘相手が爪楊枝を持っているかは不明である。あるいは、この tooth pick は爪楊枝ではなく何かほかのものを指しているのかも知れない。

(81) 仮寝所――本書49頁では、奥様は「ご自分のお部屋」に閉じ込められたことになっている。ここで述べられている「仮寝所」というのはエッジワースの勘違いによる間違いであろう。

(82) お通夜となって――［脚注18］及び［注解28］参照。

(83) 雲隠れしてしまったのでございました――イングランド法では、決闘裁判のためのものは別として、決闘を合法的なものとしたことは一度もなく、実際に怪我がなくても決闘すること自体、コモン・ロー上軽罪とされ、決闘の結果相手を死に至らせたときは謀殺（murder）が成立するものとしていた。しかし、十九世紀中頃までは実際に決闘を行うことはしばしばあり、陪審もこれに同情的で無罪の判決をすることが少なくなかったといわれている。山田勝著『決闘の社会文化史』によれば、「ジョージ三世の時代（一七六〇―一八二〇）の百七十二件の決闘のうち九十一件が死亡事件となっているが、裁判に付されたのは、わずか十八件であり、有罪判決で刑が執行されたのは二件にすぎなかった」という。イングランドの統治下にあったアイルランドもこの法に準じていたが、この国では酔った上での決闘沙汰がことさらに多かったらしく、また、紳士階級にあっても次第に減少しつつあるとはいえこの風習に染まっている者が多々あったことを、ヤングも『アイルランド旅行記』（一七八〇）において非難を込めて言及している。ただし、ヤングによれば以下に引用するように決闘による殺人で実際に死刑になった者はいなかったようである。「犯罪に対する法律はイングランドのそれと同じであるのに、あまり知られていないことではあるが、その法の行使においては陪審のおかげでアイルランドでは事情を異とするのである。すなわち、少なくとも私の知るところでは、いまだかつてアイルランドで決闘による殺人で絞首刑になった者はいたためしがないのである。」（「dueling」『英米法辞典』［田中英夫編］、山田（勝）十八頁；Young Part Ⅱ, p. 78）

（84）お身内や友人の方々――原語は friends。単に友人たちだけでなく、その人の家族を含む、その人の幸福に関心・利害関係を持っている人々を指す。今日では古風だが、ペンギン版の注によれば十八世紀では標準的な用法。ペンギン版の当注はこの箇所にではなく、後出の本書63頁「お身内の方々」（friends）につけられているものであるが、それに先立つこの箇所及び本書16頁2－3行目の「身内や友人」もこの広義の味方を意味する friends にあたると思われる。本書において、この広義の意味の friends が用いられていると訳者が判断したものには適宜文脈に応じて、身内あるいは身内や友人、家族や友人等々の訳語をあててある。（ペンギン版三五〇頁注30）

（85）歌がつくられ……十分だと存じます――［注解3］の注（7）で触れた吟唱詩人、あるいは、W・B・イエイツの「最後の吟遊詩人（gleeman）」に登場する、新聞の記事を読んで貰ってからバラッド等の詩作につとめ、辻々に立って歌っては生計を得ていた盲目の吟遊詩人モランのような人によって歌い広められたのであろう。（Yeats, *The Secret* 47-53）

（86）朝の訪問――上流階級の婦人を今後の交際を願って儀礼的に訪問することをいう。訪問時間は通常、文字通り午前中というよりは、午後の昼過ぎ以降であった。十八世紀には、「朝（モー

ニング)」との言葉は、昼下がりにゆっくり取られる正餐前の時間をしばしば指していたからである。(プール　九五頁)

(87) どんな風でも誰かには益をもたらす――十六世紀中期以降の諺で、どんなに悪い物事でも誰かには利益になるとの意。日本の諺で言えば「甲の損は乙の得」。(『英語諺辞典』三五五頁)

続・ラックレント御一族様回想録

(88) 勅選弁護士――顕著な功績があった法廷弁護士《バリスター》(事務弁護士《ソリシター》[訴訟手続きの代行を行う弁護士]の依頼を受けて、実際に法廷で弁論活動を行う弁護士)に与えられる栄誉の称号。この制度の成立は十六―十七世紀に遡る。本来の目的は、国王の法律顧問および国王側の弁護士を確保するということであったが、十八世紀末までには、今日のように栄誉の称号と化した。

(89) 謝礼金が入ってこなかった――まず依頼人が事務弁護士《ソリシター》(前注を参照)に金を支払い、次にその事務弁護士が法廷弁護士《バリスター》を雇って報酬を支払う仕組みであったので、ここでの謝礼金(fee)とは、事務弁護士を通じて支払われる、法廷弁護士としての仕事への報酬を指していると思われる。たとえ法廷弁護士になれたとしても、駆け出しの新米はそうそう仕事を依頼されるとは限らず、仕事にあぶれている者が多いことは、時代が下るとはいえチャールズ・ディケンズの『ピクウィック・クラブ』(一八三六―三七)の第三四章に顕著に描かれているし、また同じくディケンズの『互いの友』（一八六四－六五）に登場する法廷弁護士のユージーンの「バリスターの資格を取って七年になるが、ちっとも仕事なんてお目に掛かった試しもなければ、これからだってないだろう」（第一巻第三章）との言葉からも容易に想像できよう。となればましていわんや、「人前でお話しなさることは御無理であった」コンディ卿に仕事があったとは思えないのである。（プール　一八六－八七頁）

(90) ダブリン大学——原語は the college of Dublin。ダブリンのトリニティ・カレッジを指す。これはアイルランド最古の大学であるとともに、十八世紀当時においては、アイルランドにおける唯一の大学でもあって、ダブリン大学ともいわれる。一五九二年に、ケンブリッジ大学を範とするアイルランドの最高学府として女王エリザベス一世が設立した。その目的はアイルランドのイングランド化を推進するためにプロテスタントの上流階級の子弟をしかるべく教育することであった。（波多野　一〇四頁参照）

(91) スレート葺きの家——十八世紀当時は粘板岩を薄くそいだスレートを屋根葺き用に使えるのはまだ富裕な家だけであった。通常、農民たちの小屋の屋根には屋根板（「訳注」136参照）さえなく、藁で葺かれてあった。コンディ卿の実家も、ご領主の親戚だけあってそこらの農民たちよりは恵まれた暮らしをしていたのであろう。

(92) 銭投げ遊び——銭を標的に投げ、標的の一番近くに投げた者が全ての銭を取って空中に投げ、落ちた銭のうちで表の出たものを自分のものにする遊び。後代のサッカレーの『アイルランド素描』（一八四三）の第十三章にも、カーロウからウォターフォードへの途中の町で一群の男の子たちがこの遊びをしていたことが記述されている。

（93）めんこい坊や――原語は white-headed boy。一八〇〇年の初版から一八一五年までの版には以下のような脚注がついている。「お気に入りであることを表すのにアイルランド人たちが用いる表現。イングランド人の言う crony（親友、仲間）に相当する語。この用語の由来はわからない。」（ペンギン版三五〇頁注29）

（94）グラマースクール――主にラテン語、ギリシャ語等の古典教育を施すことを目的とする学校。その創立はイングランドでは古くには中世に遡る。アイルランドでは十六世紀にプロテスタントの子弟のために創立されたのを初めとするが、カトリックを改宗するという意図もあって、カトリックの下層民にも門戸が開かれていることが多かった。事実上男子校であったが、イングランドのチェシャー（Cheshire）のバンバリィ校のように一部には九歳までならわずかながら女子の在学を許しているところもあった。入学年齢は十六世紀末のことであるが通常七歳で時には六歳、あるいは八歳とされた、と記されている。また、サイモンの『イギリス教育史』にも、十九世紀初頭には修学期間は大体六－八歳から十六－十七歳まであったことを示す記述が見られる。その古典教育中心の教育内容は必ずしも時代の流れに即したものとはいえず、やがて、十九世紀にトーントン審議会による大規模な調査がなされた後、カリキュラム・学校制度改革へと至る。（サイモン 一〇七頁、藤井六二－七〇頁；Watson, Foster 116；

(95)　McCracken, "The Social Structure" 50)

卵の殻――卵の殻に注いだのは、適当な容器の不足によるものであったらしい。ウィリアム・カールトンの『アイルランド農民の気質と物語』(一八三〇―三三)中に収められている「ラリー・マクファーランドの通夜」にも、容器がないために卵の殻にウイスキーを入れて客をもてなす場面が描かれている。「『それがねえ、あんたさん、この屋根の下にはグラスいうもんは一個もありゃせんのですよ、最後のがバーニーに洗礼を受けさせた晩に割れちまって、それ以来容れ物なしで。でも、卵の殻をもってきてあげますよ』とサリーは言った。『それで申し分ないとも』とアーツは答えた。」また、これに付けられたカールトンによる注釈にも、「アイルランド人の臨機応変の才はびっくりするほどだ。ウイスキーはあってもグラスもコップもないことがしばしばあるのだが、そんな時でも彼らは決して困ったりはしない。私は彼らが卵の殻のみならず、ピストルの銃身やタバコ入れ、はたまた極端な場合には中身をえぐった馬鈴薯まで［容器として］活用するのを見たものであった」と述べられている。(Carleton, "Larry" 95)

(96)　自分たちの義務とお考えになったのです――クランプの『雇用問題解決のための最善策』(一七九三)によれば、このような傾向は必ずしもアイルランドにとって吉兆ではない。曰く、「愚かとはいえ他よりは許せる特性、すなわち紳士階級にみられる我が子を紳士的な職業に就かせるべく教育しようとする志向も、やはり、精勤を厭い安逸を好み、かつ、一家の虚栄心を過分に分け持つ気質がなせるわざなのである。かくして、ろくろく俸給が無いか、または無給の牧師補、公衆を食い物にする事務弁護士《アトーニー》［コモンロー裁判所の下位弁護士］、出世の見込みのない歩兵少尉、患者のよりつかぬ医者、訴訟事件を依頼されぬ法律家が日ごとに増えてゆくことになる。」教育志向についての賛否はともかく、コンディ卿はまさにクランプの説を地でいくことになる。（Crumpe 169－70）

（97）テンプル法学院――ロンドンにあったテンプル騎士団の殿堂の敷地内にある四法学院（Inns of Court）のうち、インナー・テンプル法学院またはミドル・テンプル法学院のこと。法廷弁護士の資格を得るまで、法学院において七年の修学期間（一七六〇年ごろからは五年に、大学出身者は三年に短縮された）が必要だった。カトリック信者を排除するべくローマ教皇を否認するという宣誓が求められたが、資格試験といったものはなかった。十八世紀の法学院は教育機関としてはあまり充実したものではなく、その教育レベルもかなり低く、学校というよりはむしろ法律を学ぶ者たちの一種のクラブといった趣であったらしい。勉学に励む者も多く著名な法律家を数多く輩出する一方、一定の回数会食を共にしたとの証明さえなされれば資格を与えたので、当時法廷弁護士としての資格を取得した者の中にはかなりお粗末なレベルの連中も混じっていたと思われる。（Turberville 288－89；Warren 121－25）

（98）法に適った利息――本来利子を取ることはキリスト教の宗旨上教会からは不法な行為とされ公には認められていなかった。しかしこれは実情にはそぐわず、イングランドでは一五四六年、アイルランドでは一六三五年に、一定の利率の範囲内でなら法的にも利子の徴収が認められるようになった。この作品の背景となっている十八世紀頃のアイルランドでは、最初は十パーセント以下とされていたが、一七〇四年には八パーセント以下、一七二一年には七パーセント以下とされ、そして一七三二年以降は六パーセント以下に定められた。（"Interest" *Britannica* 7th ed.）

(99) 対価受領——その手形に、振出人に適当な対価（見返り）が約因（「訳注」156参照）として与えられていることを示す文言。この場合、振出人がコンディ卿で、その対価が小作人らの貸す金銭ということになる。

(100) 和解譲渡の手続き及び馴合不動産回復訴訟での敗訴——本来、領地には、しばしば、他人の手に渡らず直系卑属に代々相続されることを期して限嗣不動産権（「訳注」57参照）が条件として設定されていた。これは、相続人の直系卑属が再び無傷で領地を相続できるように相続人に対し、土地を売却するなどの処分を許さぬものであった。それゆえ、たとえば父親が放蕩息子に財産を継がせず廃嫡したいとか、また、逆に父親の方が放蕩者で遊ぶ金に困って土地を売りたいという場合にはこれは障害となるし、これがために、一族間の譲渡も速やかにできなければ土地を抵当に入れることさえできないのである。限嗣不動産権の保有者が土地を自由に処分するため、限嗣不動産権を排除し単純不動産権（無条件相続財産権）に変更することは、和解譲渡（fine）や、馴合不動産回復訴訟（recovery）での敗訴という疑制的方法を用いて初めて可能であった。

和解譲渡とは、譲受人が譲渡人（当権利の現保有者）に、目的たる土地に関する擬制的な訴えを提起し、当事者が出頭し裁判所の許可を得て和解をなし、譲受人の権利を公的に確認する方法。その土地に対する権利が譲受人に属することが和解証書および裁判所記録に残る形で終わる。限嗣不動産権の保有者Aがその権利を譲渡するためにこれを利用した場合、この手続きによって譲受人Bが獲得できるのは、馴合不動産回復訴訟とは異なり復帰権（譲受人の権利存続期間満了後に、譲渡人またはその相続人が再び土地を回収できる権利）や残余権（例えば、ある不動産権をaに一生涯譲渡し、aの死後、bに譲渡することになっている不動産譲渡の場合、bの有する将来不動産権）までは廃除することができず、制限不動産権（Aの直系卑属が絶えたら消滅してしまう不動産権）にとどまった。

馴合不動産回復訴訟での敗訴も、同じような疑似裁判による限嗣廃除の方法。占有する土地に限嗣不動産権を有するAが、自分に対する不動産回復訴訟をBに提起させる。Aはその不動産権をC（権原担保者）より譲渡されたと仮装し、Cを訴訟に引き込む。AとCは欠席裁判によりわざとBに敗訴し、そしてAは権原担保責任（権原［土地財産保有権］の有効性が訴訟で争われた場合は訴訟に参加しこれを防御する義務があり、それが果たせなかった場合には等価値の土地を代わりに譲渡する義務）についてはCに勝訴する。これによりその土地の単純不動産権を獲得したBはその後Aにこの単純不動産権を譲渡し、かくてAは限嗣不動産権の排除を達し得る。和解譲渡の場合と大きく異なる点は、権原担保責任に敗訴したCはAに代替地として別の土地を用意しなくてはならなくなり、その土地に復帰権や残余権が移行することになるという法律上の仕組みである。実際はCは名目だけの人物なのでAはCから何も受け取らないが、この仕組みによって、もともとAが有していた土地のこれらの諸権利を排除できるのである。

イギリスでは一八三三年、アイルランドでは一八三四年に制定された「和解譲渡および馴合不動産回復訴訟法」により、廃除証書という簡便な略式捺印証書の登録に置き換えられ、和解譲渡および馴合不動産回復訴訟での敗訴という、疑似裁判を起こしての限嗣不動産権の排除の手続きは廃止されることになった。ちなみに、古くにはシェイクスピアの『ハムレット』（一六〇二上演）にもこれらの手続きのことが言及されている。

> *Ham.*　　　　　　　　　　…This fellow might
> be in's time a great buyer of land, with his statutes, his
> recognizances, his fines, his double vouchers, his
> recoveries. [Is this the fine of his fines, and the re-
> covery of his recoveries,] to have his fine pate full of
> fine dirt?

ハムレット――……あるいはこの男、生前には債務証書や正式誓約書、和解譲渡や二重の訴訟引き込み、馴合不動産回復訴訟との手を使って、地所を買い漁ったのかも知れぬ。［それらの罰や報いのおかげで、］この上等な頭に上等な泥が一杯詰まるはめになったのか。（五幕一場一〇三―一〇八行）

（「fine」「common recovery」『英米法辞典』［田中英夫編］；「Fines and Recoveries Act」「Remainder」『英米法辞典』［有斐閣］；Wylie 203）

(101) 頭から――原語は out of the face。最初から最後まで一切中断せずに、の意。［注解24］中に既出（本書197頁）。

(102) ジェイソンは……年二百ポンドの利益をあげたのでございます――ジェイソンは仲介人になっていると言える。仲介人に関しては［脚注5］を参照。

(103) 十二年分の収益に相当する値で――コンディ卿の時代はおおよそ一七六〇年代から七〇年代だと思われる。十八世紀のアイルランドにおいては世紀中葉までは地価の上昇が著しく、十七世紀末には年収益の十倍を超えることがまれであった地価は、一七六〇年代までには通常少なくとも二十倍が相場となっている。ただし七〇年代後半には地価は下落したらしい。（Young part II, p.168; White *v.* Lightburne［1722］124;「訳注」70参照）

(104) 土地改良分を幾分斟酌して貰ったのでした――ジェイソンはその土地に先行投資し土地改良を行ったことへの手当として、購入代金を割安にしてもらったのである。（「訳注」67参照）

（105）あちら様は……芝居上手な方たちでございましたので――実際にエッジワース家でも家庭での素人芝居は演じられていた。そのうち最も大がかりだったものは、五幕ものの喜劇 *Whim for Whim* である。この喜劇はエッジワースと父リチャード・ラヴェル・エッジワースによって、一七九八年十一月から十二月にかけて執筆され、クリスマスと翌年の一月にエッジワース家の青年子女たちの大部分が参加して上演された。背景はリチャード・ラヴェル・エッジワースの手になる凝ったものであった。（ピカリング版三一四頁注85；*MEB* 164-65）

（106）ウイスキーパンチ――ウイスキーにお湯や砂糖、レモン、香料等を加えて作った飲み物。（「訳注」23参照）アイルランドでは一般によく飲まれていたらしい。サッカレーの『アイルランド素描』（一八四二）の第十章にも、イングランド人の旅行者らが次第にこのウイスキーパンチに慣れ、ワインの代わりにこれを愛飲するようになっていくことが記されている。

（107）ひとの好い――原語は easy-hearted であるが、この easy は、ここでは「気楽な、安らかな」の意ではなく、「御しやすい、くみしやすい、お人好しの」の意であり、コンディ卿が、小作人たちを含む周りの人々から軽くみられていることが仄めかされている。エッジワースは、『リチャード・ラヴェル・エッジワースの回想記』でこの言葉について特に以下のように説明している。「もし、人々［小作人たち］に、父をくみしやすし（weak）、すなわち彼らの表現でいえばひとの好い（easy）と見て取られてしまったならば、彼らに対してよかれと努めても、それが実を結ぶ望みはそこで全く潰えてしまっていたことだろう。小作人たちは、ただひとの好いだけの地主ならば、彼を欺き、愛し、軽んじたであろうから。そして、これらの小作人たちの利益が恒常的に増すとかその品行が以来ずっと改められるとかいった事態のないまま、彼の地所はすっかりだめになってしまったことであろう。」(*Mem* vol. II, p. 31) コンディ卿は後にサディによって「広い世間でもまずどなたにも負けないほどひとの好い(easy)」(本書70頁)、および「あらゆる取引においてひとの好いお方」(本書106-107頁)と述べられている。

(108) スコットランドへ奪い去っていこう――スコットランドの法律では親の許可が得られていない未成年者にも結婚を許していた。このため、イングランドとの境に近い村グレトナグリーンには、イングランドとアイルランドから多くの駆け落ち者が結婚するためにつめかけた。駆け落ち結婚を別名グレトナグリーン・マリッジ(Gretna Green marriage)と呼ぶのはここに由来している。ちなみに、エッジワースの父母(リチャード・ラヴェル・エッジワースとアンナ・マライア・エラーズ)は一七六三年、スコットランドへ駆け落ちして結婚したのであった。

(109) ツルコケモモ――別名クランベリー。暗紅色で酸味の強い小粒の果実。ジャムにしたり、鳥料理用のソースに用いる。

(110) プラトンよ、汝よくぞ説きたるかな!――アディソンの悲劇『ケイトー』(一七一三)五幕一場一行。

(111) 天使らよ……護りたまえかし――『ハムレット』一幕四場三九行。

(112) あれは全部化粧したものだということです――十八世紀中期および後期は、艶があり赤みを帯びた頬を持つ生き生きした顔が美しいと思われていたので、頬紅を使う化粧が流行していた。一方、このような化粧を、ごまかしとして厭う意見も、特に男性側から少なくなく、イギリス議会は十八世紀後期に化粧を禁ずる法律を通過させたほどであるという。（コーソン　二一八－四六頁）

(113) あんきに――原語は fair and easy。「穏やかに」の意味。［注解11］に既出（本書184頁）

(114) 食堂支配人――原語は butler 。ワインを管理したり、食堂を取り仕切ったりすることを任された男性召使い。家令（steward）が不在の場合は、彼がその家の男性召使いの筆頭を務めた。

(115) ジャグ――広口の水差し（型容器）

(116) 執政長官――原語は sheriff。アイルランドでは十三世紀、ジョン王（在位一一九九－一二一六）の時代にイングランド支配による中央集権的行政を発展させるために任命されたのを始めとする。名目的には州の長であり、本来は国税の徴収が主たる任務であった。さらに、国会議員選挙の管理、州裁判所の主宰、すなわち差し押さえ・逮捕令状の発行・執行、陪審員の招集等州内の公務を司った。アイルランドでは名目的には総督およびその補佐機関によって任命されることになっていたが、実際に任命に与かって力あったのはその州の有力な党の長や権勢家であった。任命期間は一年であった。（ムーディ　一四四頁；*The Oxford Companion to Irish History* 511；Wakefield vol.Ⅱ, p. 346；McCracken, "The Political Structure" 67）

(117) 総選挙の時期になり――アイルランドでは、イギリス国王ジョージ一世の時代（在位一七一四－

二七）以来、王の代が代わるまで総選挙はなされず、ジョージ二世（在位一七二七―六〇）が一七六〇年に亡くなり、ジョージ三世（在位一七六〇―一八二〇）が即位した時、久々に総選挙が行われた。その後、一七六八年に八年議会法が成立してからは議会の継続は八年以内となり、議会は同年、および一七七六年にそれぞれ解散し、総選挙を行っている。コンディ卿が議員であったのは、一七七〇年代と考えられる（「訳注」138参照）ので、ここでいう総選挙とは一七七六年のものを指すのであろう。（McDowell, "Colonial Nationalism" 197；*A Chronology* 273―78）

（118）選挙にかかる費用だってばかにはならない金額だったのです――十八世紀当時のアイルランドの州選挙については「これ以上手間と金のかかる道楽はない」との、当時の音楽家リチャード・レヴィングの言葉も残されているほどで、選挙はきわめて金のかかるものであった。（McCracken, "The Political Structure" 76）

（119）運動員――原語はagent。有権者に直接接触し、買収などの策を講じて候補者の当選への地歩を固める役割を有給で請け負う。時として契約を結んだ雇用主である当の候補者は、彼らの末端での活動（非合法なものをも含む）については知らされぬままのこともあった。

（120）素面を保っている者は一人もいませんでした――候補者は、少なくとも選挙当日には投票者に酒食の大盤振舞をすることが期待されていた。一七六八年の総選挙の時には振舞酒の飲み過ぎで急死する投票者が続出したと伝えられている。（McDowell, *Ireland in the Age* 110）

(121) 自由土地保有権──原語は freehold。基本的には土地の保有権。すなわち、当時にあっては、単純不動産権、限嗣不動産権(「訳注」57参照)、および生涯不動産権(所有者一代限りの保有権)を指す。なお、アイルランドにあっては、本来別個のものである、自由土地保有権と不動産賃借権(leasehold)との間に、しばしば混同がみられたという。すなわち、終身または世襲の不動産賃借権が自由土地保有権と呼ばれることがあったのである。かくして、地主が「自由土地保有権」を小作人に与えながらも、なお地主ー小作人の関係が継続するということもあり得た。本書後出の、コンディ卿の当選後に「四人のせがれそれぞれに自由土地保有権が頂けるはずだ」と、ある者が申し出てくる場面(88頁)で述べられている自由土地保有権とは、この終身または世襲の不動産賃借権のことを指していると思われる。(「freehold」『英米法辞典』[田中英夫編];Wylie 144)

(122) 投票の資格──選挙権はアイルランドでは一五四二年以来年収四十シリング以上の自由土地保有権所有者に与えられていたが、貨幣価値が実質的に下落してきたため実際はかなり下層の農民も選挙権を得ており、地主にとっては格好の選挙基盤となっていたのである。また、選挙の開催される州において自由土地保有権を所有していることが条件であったため、不在の所有者が他の州から選挙権を行使にくることもあり得た。なお、アイルランドでは、一八二九年に制定されたカトリック解放令に伴い、選挙法改正がなされ、州の選挙権は年収十ポンド以上の自由土地保有権所有者に与えられることになった。この結果、州の有権者の総数は二一万六千人から三万七千人に減少した。(*The Oxford Companion to Irish History* 78, 205–06)

(123) 対抗馬の方は神かけて確かにそうさせておりましたのに——J・L・マクラカンも、十八世紀の選挙の腐敗ぶりについて言及している。「州から議員を選出する選挙は地主たちにとっては一大関心事であった。彼らは選挙管理官を務める州の執政長官任命への影響力、および、自由土地保有権所有者への支配力、さらに必要とあれば、資格の無い者を偽って自由土地保有権所有者にでっちあげることや、賄賂、恩顧、また、公開で投票がなされる選挙場での威嚇によって、当選へと票を動かすことができた。」当時、投票は現在のような秘密投票ではなく、選挙場における口頭での意思表示によるものであった。なお、秘密投票法(一八七二年)成立前のアイルランドでの選挙風景についてはサミュエル・ラヴァー著『ハンディ・アンディ』(一八四二)の第十八–十九章に詳しい。(McCracken, "The Political Structure" 75)

(124) 厳しく問い詰められれば——『リチャード・ラヴェル・エッジワースの回想記』によれば、一七六八年の選挙の直前に、投票を迅速に進めるために自由土地保有権についての投票者への尋問を禁じ、それについては投票者の宣誓だけで資格を認めるべきとする法令が出されている。ただし、この法令は実際にはあまり浸透していなかったようである。(*Mem* vol. I, p. 200)

(125) 椅子に載せられて凱旋パレード——一七五四年のイングランドのオックスフォード州の選挙に基づいて描かれた、ホガースの連作『選挙』(油彩一七五四、版画一七五五–五八)の第四図には当選議員を椅子に載せて当選パレードをしている情景が活写されている。なお、本文中のコンディ卿の選挙に関する場面は、父親のリチャード・ラヴェル・エッジワースが立候補して落選した一七九六年のロングフォード州の補欠選挙、エッジワースの母方の祖父ポール・エラーズが立候補して落選した上述の一七五四年のオックスフォード州の選挙、さらには父の友人フランシス・デラヴァル卿が立候補したアンドーヴァーの選挙がもととなっているらしい。（ペンギン版三五〇頁注32、森　図版84、アンタル　図版124a）

(126) この先七年はきれいさっぱり忘れているんだね――十九世紀までは債務者は投獄され、特別保釈保証人を見つけるか債務を返還するまで債務者用の監獄に入れられた。議員が債務者の立場に置かれ、欠員を余儀なくさせられるのを防ぐために、王政復古後は議会議員はすべての民事事件については逮捕を免ぜられる特権を与えられた。アイルランドでも十八世紀の第三・四半期までは、プロテスタントの国教会議員は会期中処罰されないという特権を持っていた。なお、アイルランドでは一七六八年に八年議会法が成立して下院の最大任期は八年とされた（「訳注」117参照）が、イギリスでは一七一五年の七年議会法により下院の最大任期は七年であった。サディの「この先七年は」との言葉は、イングランドでの当時の事情との混同による誤解であり、正しくは「この先八年は」となるべきであろう。（ムーディ　二五二頁、メイトランド　四九八頁）

(127) そいつを出した奴のところに……一言付けてね――債務者がはかる引き延ばし策の一つ。州の執政長官らが令状を所在不明（non est inventus；その管轄内で被疑者を発見できなかった旨を報告する文書）を付けて差し戻すというこの手口に対し、原告は、執政長官か、その部下らが実は被疑者と接触があったという証明ができれば、逆に執政長官を告訴することができる。その危険が迫ると執政長官らもようやく腰を上げるということになる。(MacLysaght 417－18；「non est inventus」『英米法辞典』〔田中英夫編〕)

(128) カストーディアム —— この用語は、一般には国王が財務局を通し御料地を（*OED* によれば三年間）下賜する行為を指す古語と解されているが、ここでは、国王によって負債者の領地をいったん召し上げてもらい、それをその領地からの収入によって負債を弁済しうるまで債権者に下賜してもらうというかたちをとる、一種の法的差し押さえと解すべきである。債務者に対し優先権を持つ債権者あるいは債権者たちは、裁判所を通じこのカストーディアムを債務者の領地にかける権利を得ることができる。カストーディアムをかけられた債務者は領地に関して一種のアウトローリー（outlawry；〔脚注1〕の注13参照）をされることになり、領地からあがる地代その他の利益一切にふれることができない。それらの利益は、負債の弁済がそれによって清算されるまで債権者によって毎年回収されるのである。ただし、カストーディアムは債務者個人を、領地の利益に関してアウトローリーをし、その恩恵を被る権利を喪失させるという手段による処置であるため、たとえ負債が未回収の状態であっても債務者が死亡すれば中止され、領地は遺族のもとに戻される。(Marnell *v.* Blake 〔1815-1816〕1159)

(129) 悪い知らせというものはあっという間に広まってしまうものでございますから —— 原文は “ill

news flies fast enough all the world over"。これは、"Ill news comes too soon."(悪い噂は早過ぎるほどすぐに伝わる[悪事千里])の異形表現と見なしてよいであろう。(『英語諺辞典』三三九頁)

(130) 演壇上——演壇(hustings)とは、選挙場に、候補者の指名や選挙演説のために即席に建てる屋根付きの高い壇で、地面から二メートル位の高さに設置された、壁のない高床式の小屋ないしはバルコニーのようなもの。『昔日のアイルランドの生活』(一九一二)によると「地面から高く設置されている長い壇は三つの仕切り(ブース)に区分されていた。真ん中の仕切りのところで執政長官が候補者の名前を公表し、当の候補者の紳士たちは両端の仕切りから選挙人に訴えたが、候補者同士互いにかなり接近して立っていたので、軽妙な軽口や冷やかしの言葉で応酬しあうのであった。」また、ディケンズの『ピクウィック・クラブ』第十三章の挿絵「イータンスウィルの選挙」および『ハンディ・アンディ』第十九章およびリチャード・ドイル著『挿絵の中のイギリス』中「選挙観戦」の章の挿絵参照。(Callwell 199; Lover ch. 19)

(131) 物品税担当官——物品税とは酒、煙草、砂糖などの製造・販売業者に対して課された税のこと。この物品税の取り立てや違反摘発にあたったのが物品税担当官および税務計量官(「訳注」166参照)であった。密輸入酒や密造酒(アイルランドでは自家用のウイスキーも課税の対象となった)を取り締まるのも彼らの仕事であった。両者についてはT・C・クローカーの「マック・カーシー家のバンシー」中に以下のようにユーモラスに描かれている。「当時[一七五〇年頃]

は……いまわしい収税吏［物品税担当官］が、しかつめらしい書物片手に、仮借なきペンはもう片方に――あるいは帽子の帯に差し――「告発者の黒き紋章」なるインク壺をチョッキのボタンにぶらさげて、あちこちの酒場を回っては、酒を扱うあの愛国者たちに、文句をつけるようなことはなかった。商人たちは好んでウィスキーを売り――イングランドの法律など無いも同然、やすやすとその網の目をかいくぐり――英国「議会《パーラメント》」が無理やり普及させようとしているかの有害な酒、その名もパーラメントを商うのは気が進まなかった。法の記録天使である検量官殿［税務計量官］が、居酒屋のおやじの過失を見つけて手帳に書き留めたとしても、ぽろりと涙の一しずく、すれば事は永久に抹消されてしまうという具合。それもそのはず、課税監督はどこにあっても隣人の手厚いもてなしを受けたからで、彼らとしても自分の思うまま享受している逸楽を損うのは気がすすまなかったというわけである。」実際は常にこのように甘かったわけではなく、安酒屋（［脚注19］参照）にとっては脅威であった。（Yeats, *Fairy* 104；なお、引用文の日本語訳は井村君江訳［イエイツ二〇〇一〇一頁］より一部変更の上引用。）

（132）治安監察官――原語は high constable。州税の徴収や治安の維持にあたった役人。州の大陪審によって任命された。それゆえ、コンディ卿に直接の任命権があったわけではないが、運動員がコネを利用しての干渉を約束し、票につなげたものであろう。地位提供による買収は選挙の際によくみられることであった。

（133）リボン――選挙活動の一つとして、候補者によって青とか黄とか色を決め、支持者にその色のリボンや花形記章を配って付けさせたり、同色の旗を振ったりして意気を上げることが行われていた。選挙場は両者のそれぞれの色がせめぎあって華やかなものとなった。（ディケンズ『ピクウィック』第十三章；McDowell, *Ireland in the Age* 109-10）

（134）駅伝馬車――原語は postchaise。費用のかかる馬車旅行の中でも最も贅沢な交通手段で、自分の馬車あるいは借りた馬車を使い、宿場で馬を替えながら旅を続けるものをいう。普通は四輪の快適な二頭立てあるいは四頭立ての軽装馬車で、乗客数は通常二人であった。御者はいなかったが、代わりに「ポースト・ボーイ」（実際は成人男子）が騎手として馬の一頭に乗って御した。駅馬車（stagecoach。あらかじめ決められた様々な宿駅を駅として、定期的に運行する乗り合い馬車）や乗り合い荷馬車（stage wagon。長椅子のついた巨大な荷車で、キャンバス布あるいは皮の幌がついており、御者が歩いて引いてゆく八頭の馬に引かれていくもの）とは段違いに高くついた。シュウォーツによれば、駅馬車は車掌と御者への旅の終わりに払うチップも含めて一マイルあたり二ペンスから三ペンス、乗り合い荷馬車の料金は一マイルあたり一ペニーから一ペニー半であった。駅伝馬車の料金は一マイルあたりチップ代として三ペンスおよび旅費代として一シリング六ペンス、そして馬を取り替える時の馬丁への支払いに六ペンスかかった。（ヒューズ 二二五－二二六頁；Schwartz 121-22）

（135）下院議員として冬中務めを果たす……借りていらっしゃったのです――当時アイルランド議会は二年ごとに一回、冬季に半年間開かれていた。名士が集うこの時期はまたダブリンで社交界

が最も賑う期間でもあった。(McCracken, "The Social Structure" 49)

(136) もとは屋根板で葺かれていたのに——「屋根板」(shingles) とは丈夫な木材(おそらくは樫かイチイ)でできた、瓦状に切った平板(こけら板)。これらを沢山、部分的に重なりあうようにしながら並べ屋根を葺いた。(Joyce, *A Social History* vol. I, pp. 29–30)

(137) 郵便が来る日ごとに新聞に目を通しはいたしましたが——十八世紀当時、地方には新聞も郵便で配達されていた。なお、郵便の戸別配達の制度はロンドン以外では立ち遅れ、アイルランドではダブリンでやっと一七七三年に始められたという状況で、辺境の町村がこの制度の恩恵にあずかるようになるのは一八三〇年代頃であり、それまでは原則として郵便局の局留め扱いとされ、局の窓口まで出向いて料金と引き換えに受け取っていた。また、当時はまだ、郵便切手による料金前納制度に至っていなかった(「訳注」148参照)ので、後出の郵便印(本書94頁…原語は postmark)というのは、現在のように郵便物の切手に消印として押されるものではなく、郵便局で押される、郵便局名や料金等の記された印のことである。(星名 七二、一一七頁…"Postmark," *OED*)

(138) コンディ卿は……さんざんな目にあっておいでだというではありませんか——後出の場面(本書97頁)で、コンディ卿の奥方が『若きウェルテルの悩み』(「訳注」141を参照)を読んでいることから判断して、コンディ卿が議員であったのは一七七〇年代頃と思われる。当時アイルランドにあっては、政界のみならず民間にも、イングランドからの内政干渉を嫌い独立しようとする気運が高まっていた。政界では「愛国者」と称する、政界の一部のグループが、イングランドに従属する立場から脱し独立した立法権を得ようとして政府と対立していた。こうした時代背景からすると、「立派な愛国者としてこのあたりでもお名前の高かった」コンディ卿は、寝返って政府についたがあてにしていた見返りもなく、とんだ貧乏籤をひいたということのようである。(Beckett　xlvii；McCracken, "Protestant Ascendancy" 122；*The Oxford Companion to Irish History* 312, 434-35)

(139) アイルランド銀行——アイルランド銀行は一七八三年に設立されており、一七八二年以前を時代背景とするこの物語において、ジェイソンの陳述は歴史的に矛盾する。エッジワースの時代錯誤であろう。(Cullen, "Economic" 158)

(140) 醸造小屋——十七-十八世紀にあっては、エールやビールなどの酒類は、経済的な理由からも民間で一般的に自家生産され、屋敷には醸造小屋あるいは醸造部屋がしばしば付属していた。(MacLysaght　255；Carleton, "Ned" 10)

(141) 『ウェルテルの悩み』——『若きウェルテルの悩み』のこと。ゲーテによって一七七四年に発表されたこの作品が初めて英語に訳されたのは一七七九年であり、出版以来大いに人気を博し続けた。(ペンギン版三五〇頁注35)

(142) ベル——初版本から一八一〇年版まではベラであったが、一八一五年版以降ベルとなっている。このペンギン版のテキスト(一八三二年版)の他の箇所はすべてベラとなっているので、おそ

らく誤植であろう。（ピカリング版三六七頁注39ａ）

(143) 覚書――覚書（memorandum）とは、正式の契約書ではないが、将来正式な契約証書を作成するのに先立って、契約当事者が要綱となる事項をとりあえず書面のかたちにしたものをいう。

(144) おれが死んでしまえば、土地は利益を上げるようになるだろう――カストーディアムは債務者当人の死亡により解消されることを踏まえての発言と思われる。ただし、領地への拘束が解かれるとはいえ、負債そのものが帳消しになるわけではなく、いずれなんらかの方法で弁済せねばならないのはいうまでもない。

(145) 口止め料――原語は hush money で口止めのための賄賂の俗語だが、ここでは、財政難を他言しないことに対する見返りのみならず、おそらくは本書86頁に、副執政長官がコンディ卿に対する令状を送り主の所へ送り返して「うまく片付けて」しまったとあるように、債権者から請求せられた逮捕令状をもみ消して貰うとか遅延させて貰うための袖の下をもさすのであろう。賄賂を見返りに副執政長官が債務者に逮捕を免れさせるため等にその立場を利用することは珍しいことではなかった。ウェイクフィールドも「職務を司るのは副執政長官であるが、彼は通常、州のいずこかの事務弁護士であって、汚いことはなんでもござれの卑しい代理人であり、汚職になんら躊躇なかった」と嘆いている。エッジワースが一八二五年四月二五日に妹ハリエットに宛てた手紙には以下のような一節がある。「執政長官らのやっていることをイングランドの方々が知ったらさぞ驚くことでしょうね――ラックレント城が決して作り話ではなかったとわかるでしょう——時にはひどすぎて本当のことが書けないほどなの——まさかコンディ卿やその同類が年に千五百ポンド執政長官か副執政長官に口止め料を払っていたとは書けないでしょう。」（ワールズ・クラシックス版一二三頁注41；Wakefield vol. II, p. 346）

（146）免役地代——本来、封建時代に領主が領民に課していた賦役が次第に金納化されるようになったものをいうが、本文中の「免役地代」は、アイルランドの地主がイングランド国王に納めていた地代をいう。アイルランドでは、オリヴァー・クロムウェル（一五九九－一六五八）によるカトリック等の私有財産没収後、一六六二年の土地処分法から一六六五年の弁明法に至る、土地の一部をカトリック等に返還するための一連の土地法が制定された。そのようにして返還された土地に、また、一七〇三年以降はそれ以外の土地にも「免役地代」が課され、イングランド王に支払うべきものとされた。その利率は地方によって異なり、一エイカーにつき、例えばアルスターは二ペンス、コナハトは一・五ペンスであった。（ムーディ二二九－二三〇頁；Wylie 299）

（147）送達吏——原語は messengers。送達吏は、州機関に勤務している一種の公務員である。しかし選挙関係の事務や送達、投票用のブース等の費用は全て候補者が負担することになっており、送達吏らへの手当も選挙にかかわるものは当の候補者が負担した。その費用は決して少額ではなかった。また、さらにコンディ卿方の運動員によって雇われた私的なメッセンジャー（使いの者）もいたかもしれない。（Holdsworth 571－72）

(148) 郵便の費用——当時はまだ全国に亙る一ペニー郵便制度および郵便切手採用による料金前納制度への改革(一八四〇)がなされていなかったので、郵便料金は差出し人ではなく、手紙が最寄りの郵便局あるいは自宅まで配達された時に受け取り人が支払わなければならなかった。一方、国会議員や政府高官には、無料で郵便物を送受できる、無料郵送特権という特典があった。この無料郵送特権の乱用がやがて郵便事業を圧迫し不評を買い、一八四〇年の改革の際にこの無料郵送特権は廃止された。(星名　一一二—一一三、一二六、一三〇頁)

(149) エエス様——原語は Jasus。イエス様(Jesus)のなまったもの。

(150) 数字表——数字とその読み方を併記した表。

(151) コーク——アイルランドの最南端に位置する州、同名の州都を持つ。十七—十八世紀にかけてはバター貿易によって繁栄し、南部アイルランドの商業的中心地だった。十八世紀には軍や海運の重要拠点としても発展を遂げている。(上野　四八頁)

(152) 譲受人たち——原語は custodees であるが、ここではカストーディアムの対象となった領地を負債の回収が済むまで譲渡されている者を指すので譲受人たちと訳した。つまりはカストーディアムを行使した者、すなわちジェイソンや、ジェイソンから債権者の一覧を手に入れた「例の悪党」(本書91頁)のことである。(Conroy 24, 31)

(153) 洗礼者ヨハネの祝日……災いあれ、ですよ——洗礼者ヨハネの祝日は六月二四日。夏至祭との別名からも知れるように本来は異教の祭りで、その前夜には大篝火を焚いて祝う風習がある。

その目的は一説にはこれを境に衰えていく太陽を励ますため、また飛来する悪霊どもに汚された大気を浄めるため、古くには竜を近づけないようにするためでもあったといわれている。いずれにせよ、アイルランドの人々にとっては年間の節目となる大切な祝日の一つであった。これより十五週間前といえば、ジェイソンがカストーディアムをかけた債権者のリストに名を連ねていたことをサディが知り衝撃を受けた春に当たり、その事件以来両者は断絶していることになる。(ピカリング版三二六頁注115；Mooney, "The Holiday" 400―01)

(154) 負担――原語はincumbrance。他人の土地に対する権利または利益のうち、譲渡抵当権(mortgage)など、その土地の価額を低下させるものをいう。

(155) 不動産譲渡証書――原語はdeed。印章(seal)を押してある文書(捺印証書)に限らず、一般に不動産の譲渡や不動産権の設定を目的とする書類のこと。不動産譲渡において、譲渡人(譲渡される不動産の現権利者)が譲受人(その権利を引き継ぐ者)へと不動産上の権原(title)を移転するために不可欠のものである。

(156) 約因――原語はconsideration。捺印証書によらない契約、すなわち通常の単純契約において、約束者(契約を履行する者)は、自分は……との対価(報酬)において(in consideration of……)これこれのことを約束します、と自分の約束に対して相手方が与えた対価を約因として必ず記す。約因は、金銭および、約束者に有利ななんらかの行為をする相手方の約束など、約束者がその約束をするにあたる裏付けとなるべきものであればいい。この約因がないと、捺印証書でない限り、約束が履行されなくても通常、訴訟を起こすことができないため、約因は単純契約の成立のために不可避のものとされている。

(157) 法的には僕の物――ジェイソンは先代のキット卿の時代からすでに抵当に入れられていたこれらの物件の抵当権を他の債権者らから買い取ったのであろう。また領地からあがる収益にしてもジェイソンはすでにカストーディアムをかけ最優先債権者として差し押さえている。ただし抵当物件には一定の（時として五十年、百年等の長期に亙る）弁済猶予期間が設けられているのが通例であり、その期間が過ぎないうちはコンディ卿にも受戻権があるはずである。

(158) よくもこんな仕打ちができることだな――ジェイソンに対する、このサディの非難には、リチャード・ラヴェル・エッジワースによる、彼の叔父たちの一人、ロバート・エッジワースに対する非難を彷彿させるものがあると指摘されている。ロバートは「訴訟好きで、彼の兄（リチャード・ラヴェル・エッジワースの父、マライア・エッジワースの祖父であるリチャード・エッジワース）の所領を占有し、自分のために最も尽くしてくれた人々に対して嫉妬と執念深い憎悪」を抱いていた。なお、ロバートは『愛顧』（一八一四）に登場する、貪欲で訴訟好きなロバート・パーシーのモデルと目されている人物でもある。（ピカリング版三二六－一七頁注116；*BB* 54）

(159) 一ポンドにつき六ペンス――ウェイクフィールドによれば十九世紀初頭の代理人の手数料は通常代理人が借地人から受け取る地代の五パーセントであった。また、W・A・マグワイアによる『アイルランドのダウンシャーの所領　一八〇一－一八四五』(一九七二)にも、その手数料は、十九世紀初頭ではたいていの代理人が受け取る地代の五パーセントであることが述べられている。ジェイソンの手数料である一ポンドにつき六ペンスとの額は、当時一ポンドはペンスに換算すれば二四〇ペンスとなることからパーセンテイジでいえば二・五パーセントとなる。ただし、時代の推移による変動を考慮すれば、コンディ卿の時代と思われる一七六〇－七〇年代にその手数料が格安であったかどうかは不明である。なお、『イングリッシュ・リポーツ』に収録されている一七六〇年代の判例の中には、これと全く同額の金額、すなわち、一ポンドにつき六ペンスが、地代を預かる者の手数料として支払われている例がある。(Maguire 188 ; Espinasse *v.* Lowe [1764] 225 ; Wakefield vol. I , p. 297)

(160) 大好きだったからです――この文の「子どもだち」(childer) には本来は以下のような脚注が付けられていた。「これはアイルランド下層民が必ずする発音である。」この脚注は一八三二年版で削除された。「子どもだち」についてはすでに［脚注4］で説明がなされている。それによると、「アイルランドでは……**かつては**こういう風に発音していた」とあり、今では廃語であることが指摘されている。この内容と、現在も一般に使用されているとする、この箇所の脚注が矛盾するのを防ぎ、この語に関する脚注を一つにまとめるために、一八三二年版ではこの脚注は削除されたものと考えられる。この点に関連してホリングワースは、［脚注4］でなされている、子どもだち (childer) という語が現在では廃語となって方言が改められたという示唆は、エッジワースがイングランドの人たちにアイルランドの風俗が改善されたことを納得させようと目論んでなされたものであり、エッジワースは単に事実を逸脱しているだけでなく、土地言葉に対する彼女自身の姿勢を暴露している、つまり、風俗の改善は言葉使いの改善を含み、必然的に標準語へ向かうというのが、エッジワースの立場であると指摘している。ちなみに、カールトンの『アイルランド農民の気質と物語』（一八三〇－三三）では childre および childher、またラヴァーの『ハンディ・アンディ』（一八四二）では childre と表記されている。なお、本書では children には「子どもたち」の訳語を、childer には「子どもだち」の訳語をそれぞれあてている。（Hollingworth 100-01；Carleton, “Larry” 90, 93；Lover 19）

(161) パイプと煙草も貰えんのかい――パイプと煙草は、アイルランドの通夜では必ず弔問客に配られるしきたりであった。［注解28］（本書207頁）参照。

(162) 住まいの掘っ建て小屋で煙にいぶされるし――アイルランドにおける借地人のための小屋はその劣悪さのために悪名高く、ヤングの『アイルランド旅行記』（一七八〇）の中でも以下のように言及されている。「アイルランド人の小屋（cottage）は、なべて掘っ建て小屋（cabin）と呼ばれているが、これ以上劣悪なものはまず想像できないほどひどいあばら屋である。通常部屋は一つきりで、壁は藁をまぜた泥でできている。壁は高さが七フィートを越えることは稀で、五、六フィート以下であることも珍しくはない。壁の厚さは二フィート位であり、ドアが一つあるきりで、窓の代わりに光を入れたり、煙突に代わって煙を出したりすることになっているが、住人はむしろ煙をこもらせておくことの方が多い。これら二つの便利なもの［窓と煙突］をきわめて軽視しているために、改良家の地主が建てた石造りの小屋にあってもこれら二つのものが塞がれているのを目にしたことがある。煙で暖まろうというわけであるが、これは明らかに目に有害であるし女性の容貌にも害となる。おかげでアイルランドの掘っ建て小屋住まいの女性の顔色は、燻製のハムの如きものになってしまったのであるから。」(Young part II, pp. 25–26)

(163) 土手沿いの溝――原語は the gripe of a ditch であるが、アイルランドではグライプ (gripe) が溝の意味で、一方、通常溝を意味するディッチ (ditch) は、土手（少なくとも片面は積み上げた石よりなる石垣であることが多い）を意味する。古くから伝わるディッチには、古代に住居や集落の境として作られた石垣であるものも少なくない。これらは、畑や農地の区切り、囲い等として日常的に見られる。(Evans, *Irish Folk Ways* 105-09)

(164) つい二日前のことじゃないか――奥方がラックレント城を出て行ってから「差し押さえの強制執行が行われ」(本書104頁)、コンディ卿は猟小屋へ引っ越す。その翌朝、サディは近隣の紳士の方たちへの挨拶回りに出かけるが徒労に終わる。そしてその翌日にコンディ卿の偽の通夜が行われる。ジュディがやってくるのはその通夜の翌朝である。それゆえ、奥方が出ていったのは少なくとも三日前でなければならず、「つい二日前」というのは明らかに矛盾している。同様に、ジュディが「三日前に、親戚の者の結婚式に」(本書121頁)に出かけて、その帰りに奥方の馬車の事故の現場に遭遇し、帰宅するとコンディ卿の偽の通夜が済んでいた、という設定にも無理が生ずることになる。エッジワースによる不注意な間違いであろう。

(165) ジュディはそれを聞いてちょっとけげんな顔しております。——この文(原文は "Judy looks a little bit puzzled at this") はペンギン版では脱落している。本書は一八三二年の著作集版により当該箇所を補って訳出した。

(166) 税務計量官——原語は gauger。物品税の課税のため、酒類などの量を計測する税務官吏。計量のために gauge とよばれる棒 (rod) 状の計器を使うことからこの名がある。(「訳注」131参照)

(167) てて親——原語は fader。father の方言。

(168) 角の杯——原語は horn。ゲール語で corn と呼ばれる、酒を入れる容器 (drinking horn) のこと。通常、牛の角の中身をくり抜いたもので、しばしば金属や宝石で立派に装飾されていた。時には彩色も施された。アイルランドの牛の角で作られたが、たいへん大きなもの——例えば水牛の角など——は外国から輸入され、高価であった。王から別の王へ払うべきものの一部としてこれらの杯が与えられることもあった。ちなみに『昔のアイルランドの社会史』の七二頁に、角の杯の挿絵が載せられている。それに付属の説明によると、角の長さが二二インチあるという相当に大きなものである。このようなもの一杯に酒を入れて飲み干すのは容易な技ではなかったであろう。(Joyce, *A Social History* vol. II, pp. 71–72)

(169) 無効——法定の印紙（stamp）が貼られていない文書は民事訴訟においては証拠として認められていない。

(170) 素朴でありのままの話——「訳注」5参照。

(171) 最初の忠実な肖像であった——アーサー・ヤング（一七四一—一八二〇）はイングランドの農業経済学者。該当の旅行記は一七七六年から七九年にかけてアイルランド滞在中になされた旅行を基にした『アイルランド旅行記』（一七八〇）のこと。アイルランド住民の描写については当旅行記からの以下の抜粋を一例として参照。「資産階級の風習や習慣、習俗というものはどこでもおおよそ類似している——少なくともイングランドとアイルランドにあってはほとんど同じものである——ので、その国民性を区別する特質を知ろうと思えば庶民に視線を向けねばならない。アイルランドの庶民にあって私が最も強い印象を受けたことは、その活気、かつ弁舌を奮うにあたっての大変な闊達さ、多弁さである。まるで、最後の審判の日まで倦む事なく煙草を吸ってはまくし立て続けられるのではと思う程である。我々が通常イングランドで目にするどんな人々よりも遙かに陽気で生き生きとしている。実に多くのイングランド人がそれをもって我が身の殻とし勿体をつけてそこに引きこもっているかのように見受けられる、あのぶすっとした沈黙戦法などと言うものはかけらも持ち合わせていないのである。**仕事**にあってはかなりの怠け者であるがいざ**娯楽**となると元気百倍となり、クリケットをもっと野蛮にしたものともいえる**ハーリング**［クリケットの一種で、アイルランド式ホッケーとも呼ばれている。

三柱門を打ち倒そうとボールを投げる代わりに、地面に立てた枠のなかをくぐらせようとして競い合うもの」にあっては類い無いほどの機敏さを見せて活躍するのである。つきあい好きなことは、その好奇心が飽くことを知らぬのと甲乙つけ難いほどに顕著な特性であろう。その経済状態の如何にかかわらず、誰であれ来る者を拒まず歓待することは忘れてはならない素晴らしい長所といえよう。冗談や頓知を好み表情豊かにそれを繰り返しては皆で笑う。情に厚い友となりうる反面、敵に回せば恨みを忘れぬ侮り難い相手となる。秘密を守ることにかけては金庫同様だが、怒りをかってしまえば復讐は避けられない。堅固な名誉心を持ち、脅しによっても報酬によっても誰かの秘密や人相を漏らさせたりすることはできない。たとえその誰かというのが、機会さえあれば彼ら庶民が遠慮会釈なくその財産を略奪するであろう圧制者であってもそうなのである。大酒飲みで喧嘩早い。大ウソもつくが礼節も知る。柔順でいうことをよくきいてくれもする。ダンスが大いに愛好されていて、巡回しながら小屋住み借地人の家族らにダンスを教えて一地区につき六ペンス貰って金稼ぎをしている者が至るところにいるほどである。彼らが実に**豊かな**表現力でもって踊るアイリッシュ・ジグ［軽快なステップダンス］の他にミニュエット［三拍子の優雅な舞踏］やカントリー・ダンス［男女が二列に並んで向かい合いカップルをつくるか、列のままで様々なフィギュア（一連のステップ）を演じながら踊る快活なダンス］も教えている。コティヨン［いろいろな形式の活発なフランス起源の社交ダンス］が流行しだしたとの話もあるくらいである。」（Young part II, pp. 74–75）

(172)先述の素描――サディの回想録のこと。

(173)舞台の上で上演されたり小説の中に描き出されたりしてきた――ここでエッジワースの念頭にあったのはトマス・シェリダン、チャールズ・マックリン、R・B・シェリダンの劇や、トマス・アモリーやヘンリー・ブルックらの小説であろうと指摘されている。

当時、文学上のアイルランド人には二つのタイプがあったという。一つは、アイリッシュ・ブル（もっともらしい不合理な話）をとかく口にするタイプ。当時の新聞、伝記、旅行記はこうしたアイリッシュ・ブルを多々伝えている。もう一つのよく見られるタイプは、十八世紀の感傷喜劇（風習喜劇に続いて十八世紀初期から中期にかけて流行した、イギリス喜劇の一様式で、道徳感情に訴える勧善懲悪型の喜劇）に登場するステージ・アイリッシュマン。彼らは勇敢で、好戦的で、性急で、無節操で、寛大で思いやりがあり、大変誤りに陥りやすいが、まさにそれゆえに、観客に愛される人物となっている。R・B・シェリダンの『聖パトリックの祝日』（一七七五）の主人公オコナー中尉や『ライヴァルズ』（一七七五）に登場するやたらに喧嘩好きで決闘をあおる、その名もサー・リューシアス・オトリガー（トリガーは引き金との意味）なる準男爵、チャールズ・マックリンの『ラヴ・ア・ラ・モード』（一七五九）のサー・カラハン・オブラハン、また、ギャリックの『アイリッシュ・ウィドウ』（一七七二）の女主人公らが代表的な例である。彼らは金銭には頓着せず恋に生きる熱狂的な性格で、まさにアイルランドの「忠実な肖像」（本書139頁）たる『アイルランド旅行記』においてヤングがアイルランド人の特質として指摘しているような「我々が通常イングランドで目にするどんな人々よりも遙かに陽気で生き生きとしている」(「訳注」171、本書279頁)人物である。注目すべきはマックリンの『生粋のアイルランド男』(一七六二)で、この劇は全編アイルランドを舞台とし、その自然なコンテクストの中でアイルランド人の登場人物が個性を持った人物として描き出されている。この劇が一つの示唆となってエッジワースは彼女の最初の小説『ラックレント城』の舞台をアイルランドに設定したのかも知れない。いずれにせよ、この後者のステージ・アイリッシュマンも、一様にその自然なコンテクストから離れるようになると、ステレオタイプ化していかざるを得なかった。

小説においても、サー・ウォルター・ローリが指摘しているように、アイルランド人とスコットランド人は十八世紀の小説家にとっては喜劇的な人物として長い間お馴染みのものとなっていた。というのも、それらの小説家は、アイルランド人とスコットランド人を描く際、十七世紀末の風習喜劇の伝統を受け継いでいたからである。エッジワースの功績は、彼女に先行した十八世紀のどの作家よりもアイルランド人を巧みに扱った点にある。彼女は『ラックレント城』において、当時の小説としては極めて異例のことであったが、場面をアイルランドに設定し、アイルランド人の諸階級の話し方や風習その他を正確に区別して描き出したのであった。それゆえスコットはエッジワースがアイルランドの国民性をありのままに描き出した点を称賛し、彼女の作品の出現を、当時すでに広く流布していたイギリス人から見た一種の戯画ともいうべきステレオタイプ化したアイルランド人の敵ないしはそうした戯画の解毒剤として、歓迎したのである。そしてエッジワースがアイルランド人に対してなしたことと同様のことをスコットランド人に対してもなそうとして『ウェイヴァリー』（一八一四）を執筆したのであった。エッジワースの時代になるまで、アイルランド人とスコットランド人が小説家の手によってまじめに取り扱われるようにあえて主張されることはなかったと言えるのである。（ピカリング版三一七頁注129；Seton x-xi；*MEB* 343－45）

(174) 例の……軽率さの混合物――アイルランド人のこと。

(175) 大ブリテンとの連合――「訳注」12参照。

(176) 代わりにアイルランドに入ってくることであろう――エッジワースのこの意見には、彼女に影響を与えたとされる『アイルランド旅行記』中の、合同へ賛意を表しているヤングの意見のこだまが見出される。ヤングは、ブリテンとの連合によりアイルランドは「カントリー・ジェントルマンの怠惰な一族を……失い、その代わりに、彼らの港は船舶と通商と通商によってもたらされたもので一杯になるであろう」と述べ、さらに、合同により不在地主が増加するという憂慮に対しては次のように反論している。「一群の怠惰なカントリー・ジェントルマンの代わりに大勢の勤勉な農夫や、製造業者や、商人や船員らが得られるとすれば、それが一国の損失になるとはいかようにも考え難い。しかも、第一の反対意見［不在地主の増加］にれっきとした根拠があるとも思えない。不在地主が必ず増加することになるとは思えないのである。［地主」一族は不在地主になることなく冬にロンドンで暮らすことになるかもしれない。そして、あらゆる部門における産業や有用な知識が見事な完成の域に達しているイングランドに頻繁に旅行するようになったおかげで、必ずや彼らの視野は広まりアイルランドにおいての改良を妨げている偏見から癒されるに違いない。」(Young part Ⅰ, p. 64, part Ⅱ, p. 142)

(177) ウォーリック州――イングランド中部の内陸州。

(178) 国民軍――各州で徴募する民兵。交戦時の訓練が施されていなかった国民軍強化のために制定された一七五七年の「国民軍法」(Pitt's Militia Act 1757) により、くじ引きで徴募された国民軍には軍事訓練が強制的に課されるようになった。一八五二年の法令によって実質上義勇軍となり、一九〇七年には国防義勇軍 (Territorial Army) に改組された。

なお、イギリスは一七九三年の開戦以来一八一五年にワーテルローの戦いで決定的な勝利を得るまで、おおむねフランスと交戦状態にあったが、一七九〇年代にはその折に召集されていた国民軍の一部の部隊が、フランス革命の影響を受けて不穏な世情のアイルランドの治安維持のためにアイルランドにも派遣されていた。エッジワースが『ラックレント城』を執筆中の頃にあたる一七九六年、ウォーリック州の国民軍の第六歩兵連隊はフランス軍の侵入の脅威に抗すべく、アイルランドへ派遣され、一七九八年のユナイテッド・アイリッシュメンの反乱後、その連隊はエッジワースタウンの南、約二五マイルのところにあるモート (Moate) とアスローン (Athlone) でその冬を過ごし、一七九九年にアイルランドを去ってカナダへ向かっている。

(179)（ピカリング版三一七頁注132；Horn 629）

ウイスキーを飲むことを——当時はビールもまた大量に消費されていたらしいが、ウイスキーは安価であった（ヤングの『アイルランド旅行記』によれば二ペンスで泥酔できるという）こともあってビールにましてよく飲まれていた。ヤングは、「イングランド人が強いビールを愛するように、アイルランド人はウイスキーを愛している」と述べている。また、リチャード・ラヴェル・エッジワースも一七八六年にエラズマス・ダーウィンに宛てた手紙の中で、「私は、しかしながら、この国の中流階級中の、ウイスキーパンチを不節制に愛飲する人々が、なぜ総じて痛風や腎砂の疾患や結石病から免れているのか疑問に思わずにはいられない。水腫症に罹る者もさほど多くないし、たいてい長寿をまっとうするのであるから。……下層階級の者は皆、入手できる限りのウイスキーを飲んでいるにもかかわらず、丈夫で健康である」と述べている。

　社会改良家にとってアイルランドにおける飲酒の問題は是正すべき大弊害の一つであった。十八世紀後半には茶《ティー》の輸入は大いに増えてはいたが高価であった（茶一ポンドにつき四シリング）ので、世紀末には社会改良家たちによってビールが推賞されることになった。ウイスキーによる泥酔の蔓延は下層階級の悲惨な生活や雇用などにかかわる社会問題であるとして、当時社会改良家たちは、下層階級の者たちの嗜好をビールの方に移させようと努めたのである。また、ビール製造業者たちも一七七〇年代から滋養あるビールの飲酒の増加は蒸留酒《スピリッツ》の飲酒を減少させ、下層階級の人々の悪徳を減らし彼らの勤勉さと服従を生み出す、唯一の方法であると吹聴し、政府にビールの飲酒を促進する法的措置を訴えていた。これらのビール擁護のキャンペーンは一七九〇年代ついに議会を動かし一七九五年アイルランド議会はビールへの課税を廃止し、モルトへの課税を増加させる措置をとることになる。このように『ラックレント城』が執筆された一七九〇年代の中期から後期にかけては（「解説」327－329頁参照）、ウイスキーに代わってビールを推賞しようとするキャンペーンがおおいに繰り広げられていたのである。ちなみにこれらのキャンペーンにもかかわらず、マクドウェルの指摘するところによれば、ウイスキーの方が密造しやすいことなどが災いして、結局のところウイスキーの飲酒が減少することはなかったという。（Young　part Ⅱ, pp. 22, 129 ; *Mem* vol. Ⅱ, p. 83 ; Crumpe 172－73 ; McDowell, "Ireland" 673 and *Ireland in the Age* 12-14）

解説

はじめに

マライア・エッジワース（Maria Edgeworth, 1768-1849；以下、マライア）は、書斎で家族の者たちに取り囲まれながら筆をとった作家である。[1] 一人自分の部屋に閉じこもって執筆に専念したわけではなかったという点では、同時代の小説家ジェイン・オースティン（Jane Austen, 1775-1817）とも幾分相通ずるところがある。オースティンも専用の書斎など持たず、家族共同の居間で執筆した作家だからである。だが、寡作なオースティンとは対照的に、マライアは多才で多作な作家であった。地主の父を助け、所領の管理を行い、また、弟妹の世話や教育を行いながら、三十冊を超す書物を執筆したのである。彼女の著作は教育関係、児童文学関係、小説の三つに大別される。

まず教育関係の著作としては、女子教育を弁護した『教養ある淑女への手紙』（*Letters for Literary Ladies*, 1795）や父と共著の『実践教育』（*Practical Education*, 1798）等がある。特に後者の本はジョン・ロック（John Locke, 1632-1704）の『教育論』（*Some Thoughts concerning Education*, 1693）とハーバート・スペンサー（Herbert Spencer, 1820-1903）の『教育論』

（1）マライアの生年は、従来一七六七年とされてきたが、ここでは Marilyn Butler と Christina Colvin の説に従い、一七六八年とした。最新版の *The Cambridge Bibliography of English Literature*（1999）の"Maria Edgeworth"の項でも生年は一七六八年とされている。詳しくは Butler and Colvin を参照。なお、マライアの執筆場所に関しては、*DNB* では「共同の居間」（the common sitting-room）となっているが、ここでは Seton xli の記述に従い、「書斎」（library）とした。

(*Education: Intellectual, Moral and Physical*, 1861) との間に書かれた最も充実した教育論書である。教育の手段として遊びと自発的な活動を奨励している点でドイツの教育家フレーベル (Friedrich Froebel, 1782-1852) を先取りするものと評価されている (サンプソン 四四二頁)。この書物はルソー (Jean Jacques Rousseau, 1712-78) 流の自然教育を修正した、より実際的で良識にあふれるイギリス流の実用教育書として、出版と同時に大評判となり、すぐにフランス語にも翻訳され、広くヨーロッパ大陸にも普及したベスト・セラーとなった (ニュー・ファンタジーの会 一五、六三一六六頁)。

次に児童文学関係の著作としては、『両親への助言者』(*The Parent's Assistant*, 1796)[2]、『幼年教訓』(*Early Lessons* 1801)、青少年向けの『教訓物語』(*Moral Tales for Young People*, 1801) や『ありふれた物語』(*Popular Tales*, 1804) などの作品がある。いわゆる教訓主義時代の児童文学者として、彼女の作品はそのタイトルにも窺えるように教訓的色彩が影を落とした作品となっている。しかしながら、子どもの内面をとらえ、生き生きと描かれているその子ども像は「十九世紀の子ども部屋のリアリズム」につながるものと評価され、マライアはイギリス最初の児童文学作家と呼ばれている(瀬田七六一七八頁、定松五四一五六頁)。実際、彼女の児童文学は十九世紀全般を通じてよく読まれた。ピーター・ラビットで有名なビアトリクス・ポター (Beatrix Potter, 1866-1943) も彼女の愛読者の一人であった。

最後に小説としては、大きくアイルランドものとその他のものという二種類がある。前者には『ラックレント城』（*Castle Rackrent*, 1800）や『不在地主』（*The Absentee*, 1812）、それに教養小説『オーモンド』（*Ormond*, 1817）が含まれる。後者には、オースティンが称賛した社交界小説『ベリンダ』（*Belinda*, 1801）、スタンダール（Stendhal, 1783-1842）が「優れた性格劇にして長編小説、優れたミケランジェロ風の素描」（*MEB* 2）と評した『ヴィヴィアン』（*Vivian*, 1812）、ラスキン（John Ruskin, 1819-1900）が愛読した長編小説『愛顧』（*Patronage*, 1814）、書簡体小説の『レオノラ』（*Leonora*, 1806）などがある。マライアの小説に関して、「ジェイン・オースティンの方がより立派な小説家であったが、マライア・エッジワースの方がより重要であるかもしれない」と批評しているのはP・H・ニュービーである。とくに本書で翻訳を試みた彼女の代表作『ラックレント城』は、後述するように、小説に新しい分野を切り拓いた画期的な作品であり、ウォルター・アレンもマライアがこの小説の他に何も書かなかったとしてもニュービーの批評は適用されうるであろうと評している程である（アレン 一三二頁）。

以上見てきたようなアイルランド文学への貢献が認められて、マライアは一八四二年頃にロイヤル・アイリッシュ・アカデミーの名誉会員に選ばれている（*LL* 645）。

このように、文学史上重要な女流作家でありながら、日本においてマライアは一般にはあまり知られていない。もっとも明治期にいち早く彼女の青少年向けの短篇が翻訳されている。明治二六年

（2） *The New Cambridge Bibliography of English Literature*（1969）によれば、『両親の助言者』の初版本の出版年は一七九五年となっている（vol.3, p.665）。ここでは、*MEB* 159n の指摘に従って一七九六年とした。

（一八九三年）の思軒居士による「千人會」（『ありふれた物語』の中の "The Lottery" を訳したもの）がそれである。その後も、彼女の児童文学ものが幾つか翻訳されているが、その数は決して多いものではない（巻末のマライア・エッジワース翻訳書誌を参照）。しかも『ラックレント城』をはじめとする彼女の小説の翻訳はまだ一つもなされておらず、本書が初訳である。

日本においてマライアがあまりなじみのない作家であることを考慮して、まず、エッジワース家およびマライア自身の略歴を紹介した後、作品の解説へと筆を進めていくことにする。

エッジワース家の祖先（巻末の家系図を参照）

そもそもエッジワース家の先祖は、イングランドのミドルセックス州、ロンドンの近くのエッジウェア（Edgeware；昔は一族の名をとって文字通りエッジワース［Edgeworth］と呼ばれていたところ）に住んでいた。学識ある聖職者ロジャー・エッジワース（Dr. Roger Edgeworth）の兄弟にあたるジョン・エッジワース（John Edgeworth）には、エドワード（Edward）とフランシス（Francis）という二人の息子がいた。(3) この二人の兄弟が一五八五年頃に(4)アイルランドへ移住したのである。二人はアイルランドに移住して、ともに成功した。イングランドでレスター伯の礼拝堂付き司祭（chaplain of the Earl of Leicester）であった兄のエドワードは、アイルランドでダウン（Down）とコナー（Connor）の主教となった。が、彼には子どもがなく、一五九五年に(5)弟のフランシスに財産を残して死去した。法律家であったフランシスは一六〇六年に大法官府の国璽・整理筐局のアイルランド書記官（the Irish office of Clerk of the Crown and Hanaper）に任命され、一六一九年にはロングフォード（Longford）州のモストリム（Mostrim）の近郊におよそ六〇〇エーカーの土地を譲与された。(6) この譲与はアイルランドのカトリック教徒たちから没収した土地にイングランド系のプロテスタントたちを定住させようとするジェームズ一世（在位一六〇三－二五）の政策に従ってなされたものであった。その後、フランシスの子孫はモストリムの地所も購入し、十七世紀後半には(7)モストリムはエッジワースタウン（Edgeworthstown）(8)として知られるようになる。このようにして弟のフランシスがア

（3）*Mem, The Edgeworth Website* の“Genealogy Page”および *LL* ではロジャー・エッジワースがエドワードとフランシスの父親となっている。ここでは *BB* の記述およびピカリング版に掲載の家系図に従った。

（4）*Mem, DNB* および *LL* では一五八三年頃となっている。ここでは *BB, ME* および *MEB* の記述に従った。

（5）エドワードの没年は *BB* 9 および *MEB*13では一五九五年と記されているが、両著書の巻末の系図ではいずれも一五九六年となっている。おそらく巻末の系図の方が間違っているのであろう。

（6）*BB* および *MEB* ではマストリム（Mastrim）。Mastrim とも Mostrim とも言われていたらしい（ピカリング版 XXV頁）。ここでは *ME*,『イギリス文学地名事典』および MacGivney 等の記述に従った。Mostrim とはゲール語（ケルト語）で「肥沃な尾根・うね」(fertile ridge) の意である（MacGivney 179-80）。なお、フランシスが譲与されたのはモストリムの北方約一マイルに位置するクラニラー（Crannelagh）にある土地である。この譲与を受ける前に、フランシスはすでにクラニラーのあたりに地所を所有していたらしい。一六二七年フランシスはこのクラニラーで没している（ピカリング版 XXV頁）。

（7）*BB* では、一六七四年にはすでにモストリムは一般にエッジワースタウンとして知られていた、と指摘されている（*BB* 20）。

（8）*Mem* では Edgeworth-Town と綴られている。ここでは *MEB, LL, BB* に従った。なお、現在の町名に関して言えば、エッジワースタウンという旧名称に代わって、一九二六年以降、モストリム(Mostrim)が正式名として使用されるようになった。

イルランドにおけるエッジワース一族の創始者となったのである。

フランシスの子孫は常に熱烈なプロテスタントであり、往々にして浪費家であった。彼らは、他のイングランド系プロテスタント地主たちと同様、財源として以外は、自分たちの所領にほとんど関心を示さず、専ら、イングランドの宮廷での昇進を望み、地元のロングフォード州とロンドンないしダブリンに滞在するのが半々の生活を送った。

一六二七年に所領を継いで第二代目当主となったジョン・エッジワース（John Edgeworth）は政治的にも生活様式的にも大の騎士党員（Cavalier）的人物――つまり、王党派的で、磊落《らいらく》な人物――であった。しばしばその散財のためにモストリムの近くにあった彼の館クラニラー（Crannelagh）城に引きこもらなければならなかったが、そのときでさえ、彼の散財はやむことがなかった。その館ではひっきりなしに目上の人たちが歓待されていた。それだけではなく、目下の者たちのためにも大広間に長いテーブルが用意されて、肉、エール、パイプ、煙草が絶えず供され、彼らアイルランド庶民を大いに喜ばせるとともに、彼の財産を大いに損なうことになったのである。こうした大盤振舞にも拘わらず、ジョンは彼の小作人たちに広く人気を博していたわけではなかった。一六四一年の大反乱（カトリックによるプロテスタント虐殺）のときには彼の館はカトリックの暴徒に略奪され、妻と三歳の息子は九死に一生を得たのであった。一六五〇年代にアン・ブリッジマン（Anne Bridgman）という名のイングランドの未亡人と再婚することによって家財の回復をはかろうと画策。しかし、彼がねらっていた財産の相続人は彼女ではなく、同名のその娘の方であることが分かると、彼の息子のジョンを説いて、その娘アンの十四歳の誕生日の前夜に彼女と駆け落ちさせた。このジョン父子は、十八世紀の舞台喜劇ではお馴染みの、威勢のよい策士たちのまさに実在した原型と見なせるものである（*MEB* 14)。

一六六八年に父親ジョンを継いで息子のジョンが所領を相続した。このジョン夫妻も父親のジョンと同様、軽率で無責任であり、父親とほとんど変わりがないやり方で、所領を管理した。ただし、一六七〇年には一時的に生活を改め、まだかなり残っていた妻の財産をモストリムの地所を含む土地の購入に投資している。その後ロンドンを訪れ、一六七二年にはジョンはチャールズ二世（在位一六六〇－八五）によってナイト爵に叙された。(9) だが、それはどうやら、チャールズ二世がジョンの美しい妻に目をとめたからであるらしい。ジョン夫妻は二回の贅沢なロンドン旅行およびサー・ジョンの終生にわたる賭博好きのせいで、一六八九年の戦争が零落をもたらす前に、すでに深刻な窮境に陥っていた。

一六八八年の名誉革命で英国を追われたジェイムズ二世（在位一六八五－八八）は一六八九年三月十二日にキンセイル（Kinsale）に上陸。同年六月にはサー・ジョンと年長の息子たちは、大多数のプロテスタント地主たちと同様、一時的ではあったが、自分たちの所領が不法占拠され、自分たちが法の保護外に置かれ、私権が剥奪される状態にまで陥った。カトリック教徒たちが領地に押し寄せ、

（9）*ME*および*The Edgeworth Website*によれば、ジョンは一六七一年ヨーク公（the Duke of York）によってナイト爵に叙されたと記されている。ここでは*BB*および*MEB*の記述による。

三つあったエッジワース家の屋敷のうちの二つ――ロングフォード州のクラニラーのお城とキルシュルーリー（Kilshrewly）の夏の邸宅――が全焼した。サー・ジョンはウィリアム三世（一六五〇―一七〇二、英国王一六八九―一七〇二）の勝利によって彼の所領を取り戻したときでさえ、帰郷して事態をなおそうとはするよりもむしろ宮廷にとどまっていた。彼の不在の間、彼の六人の息子たちのうちロバート（Robert）とアムブローズ（Ambrose）が所領の一部をまんまと盗み取った。[10] さらにロバートは長男フランシス（Francis）に対して母親が反感を抱くようにさせた。それゆえ、フランシスはその母の寡婦給与産（夫の土地に対する遺留産）の支払いのことで争いにまきこまれたりしたのである。サー・ジョンが一七〇〇年ないし一七〇一年の一月二六日に死んだとき、[11] 長男フランシスに残された遺産といえば、個人的な負債のみであった。

フランシスはプロテスタントの大義の熱烈な擁護者で、ウィリアム三世に味方して一連隊を起こし、「プロテスタントのフランク」（Protestant Frank）と呼ばれた。彼は正直で、勇敢な、善意ある人であったが、財政難を克服できるような人物ではなかった。フランシスもまた、父親や祖父と同様、実際家肌の人間ではなく、無頓着で浪費的だったのである。良質のワインを愛好し、この点では度を超すこともしばしばであった。最初の妻ドロシア（Dorothea）の死のあと、父親の例にならって、女性の遺産相続人と結婚しようとしてドニゴール伯爵（the Earl of Donegal）の娘との縁組みを取り結ぼうとする直前、キャヴァン（Cavan）州のリズナムカン（Lisnamcan）でカラム（Cullum）家のもとに一泊した。あいにく、その晩彼は酔ってしまい、明くる朝目覚めてみると、不器量なドロシー・

カラム（Dorothy Cullum）嬢と結婚していることがわかった。この妻が死んだ後、フランシスはメアリー・ブラッドストン（Mary Bradston）と愛ゆえに結婚した。彼の抱えている金銭問題は悪化したが、彼は相変わらず、洗練された生活様式を維持していた。ダブリンに優雅な家を一つもち、一七〇六年に破産しかけていたに違いないときにエッジワースタウンにもう一軒の家を建てたらしい[12]。その屋敷が、以後、一族のカントリー・ハウスとなる。二年後、彼の経済的状況は全く絶望的となり、一七〇九年五月に彼が妻とダブリンにいたとき、飢え死にする危機にさえ陥った。そのとき彼が一ヶ月の生活費として持っていたお金は友達から借りた十ポンドだけだったのである。六月にフランシスは肺炎にかかり、一七〇九年六月七日に死亡した。彼を看病していた妻も感染し、一週間後に亡くなった。

十七・十八世紀のイギリス系アイルランド地主たちにまつわる数多の逸話においては、これら三人のエッジワース家の当主たち、ジョンとサー・ジョンとフランシスの経歴と類似したものがめずらしくない。

（10）*MEB* 15の記述による。ただし、*BB* の記述およびピカリング版に掲載の家系図ではサー・ジョンの息子は全部で八人である。*MEB* の六人の息子という記述は誤植あるいは早世したものを除いた人数かもしれないが未詳である。

（11）サー・ジョンの没年は、*The Edgeworth Website* の "*Genealogy Page*" によれば一六九九年ないし一七〇〇年、*BB* およびピカリング版に掲載の家系図では一六九六年、*BB* 35および *MEB* 15の記述ではその没年は一七〇〇年ないし一七〇一年となっている。ここでは*BB*35および*MWB*の記述による。

（12）フランシスがエッジワースタウンに居を構えたのは*BB*44および*The Edgeworth Website*の "The Edgeworth Family—Early History" では一六九七年になっている。ここでは*MEB*15および*The Edgeworth Website*の "Genealogy Page" の記述に従った。

くない。『ラックレント城』はこうしたエッジワース家の先祖や他の名家の者たちの物語を下敷きにしたものと言われている（本解説の「登場人物とモデル」の項を参照）。

さてフランシスが死去したとき、彼の唯一生き残っていた息子リチャード（Richard; 当時八歳）に残された遺産は担保に入っていた。突然孤児になったことがリチャードに深い印象を与えたらしく、彼は父や祖先の浪費家たちの過ちを避けようと決心して成長した。リチャードは用心深く、勤勉で、お金に関して分別があった。また、思いやりと分別に富む後見人エドワード・パケナム（Edward Pakenham；リチャードの母親メアリーが最初の夫との間にもうけた娘マーガレット・ブラッドストンの夫）によって育てられ、そのパケナムの助力でリチャードは法律家としての教育を受けるという彼自身の望みを実現することができた。アイルランドの地主には訴訟がつきものであったし、たとえ最悪のことが起こっても、紳士（ジェントルマン）らしい職業が残されていることになるからである。この確信は、彼の終生確信していた。リチャードは将来地主となる者が法律を学ぶことの賢明さを息子と孫娘のマライアにも受け継がれていくことになる。このようにして、エッジワース家の家系の生活スタイルないし方針は、このリチャード以後、慎重で、思慮分別のある、実利的なものへと生まれ変わり、他のイギリス系アイルランド地主階級一般の伝統とは異なる道を歩むことになるのである。

リチャードは一七二〇年代初頭にロンドンのミドル・テンプルで弁護士になるための勉強をした後、彼の叔父たちを相手どって訴訟を起こし、盗み取られていた彼の所領を回復した。一七二六年にはすでに彼の資産を使ってエッジワースタウンのカントリー・ハウスをその古い煙突を残して新たに建てかえたりし始めるまでになった。そしてその建てかえられた屋敷エッジワースタウン・ハウス(Edgeworthstown House)が以後、一族の館となったのである。この館は、現在は修道会シスターズ・オヴ・マーシー(Sisters of Mercy)のアワー・レディーズ・マナー(Our Lady's Manor)という老人などの看護を行う療養院(nursing home)になっている。

一七二七年には彼の祖父の遺言状の面倒な仕事がついに彼の有利に決着がつき、そしてその数年後には安楽な境遇となった。一七三二年ウェールズの判事サミュエル・ラヴェル(Samuel Lovell)の娘ジェイン・ラヴェル[13](Jane Lovell)と結婚して法曹界を去り、エッジワースタウンの所領に隠退した。彼は自分が取り戻した所領の管理をすることを何よりも望み、地所の地代帳とその他の記録を完成させて、地所そのものに次いで彼が残すことのできる最も有用な遺産として、彼の子孫たちに残し伝えることにその余生を費やしたのであった。

リチャードの妻となったジェインは、名誉革命の時代のロンドン市の法律顧問(Recorder of London)、サー・サレイスィエル・ラヴェル(Sir Salathiel Lovell)の孫娘にあたる人物で、これまでのエッジワース家の祖先たちが選んだ美人や裕福な未亡人といったタイプの妻とは異なっていた。彼女によって、書物や教育に対する関心という新しい要素がエッジワース家にもたらされたのである。

リチャード夫妻は八人の子どもをもうけたが、そのうち四人は早世した。残りの四人の兄弟姉妹たち

(13)　*The Edgeworth Website*の"Genealogy Page"によれば、Rachel Jane Lovellとなっている。ここでは*MEB*, *BB*等の記述に従った。

――トマス（Thomas）、メアリー（Mary）、リチャード・ラヴェル（Richard Lovell）およびマーガレット（Margaret）――のうち、長男のトマスが跡取りとなることになっていたので、次男のリチャード・ラヴェルのほうは商人にすることに決められ、五歳のときにはすでに、将来、簿記をつけるための準備として算術が教えられているところであった。ところが、一七五〇年にトマスが死去したため、この次男（当時六歳）が所領の相続人となった。そのため、将来地主となることになったリチャード・ラヴェルは、以後、先述した彼の父親の確信に基づき、法律家になる勉強をすることになる。このリチャード・ラヴェル・エッジワースこそ、後にマライア・エッジワースの父親となる人物なのである。

リチャード・ラヴェル・エッジワースとマライア・エッジワース

（巻末の「リチャード・ラヴェル・エッジワースの年表」および「マライア・エッジワースの年表」参照）

リチャード・ラヴェル・エッジワース（以下リチャード・ラヴェル）は、一七四四年五月三一日イングランドのサマセットシャー、バース（Bath）のピアポイント・ストリート（Pierrepoint Street）に生まれた。一七六一年四月ダブリンのトリニティ・カレッジ（Trinity College）に入学。しかし飲酒と賭博に耽った後、自らの放蕩を恥じた彼はトリニティ・カレッジを退学して、同年十月オックスフォードのコーパス・クリスティ・カレッジ（Corpus Christi College）に入学する。リチャード・

ラヴェルは、オックスフォード在学中、リチャード・ラヴェルの父の友人でブラック・ボートン(Black Bourton)在住のポール・エラーズ(Paul Elers)家に寄寓していたが、エラーズ家の長女アンナ・マライア(Anna Maria, 1743-73)と恋に陥り、一七六三年スコットランドのグレトナグリーン(Gretna Green)で駆け落ち結婚をする。翌年五月二九日にはブラック・ボートンのアンナの実家で長男リチャード(Richard)が誕生、リチャード・ラヴェルは弱冠二十歳になるかならずして父親となった。リチャード・ラヴェルは、後述するように、父の死後は受け継いだ所領を無為や放蕩や散財に浪費することなく、父親譲りの堅実さを発揮して、思慮深く有能な管理者となる。しかし、この彼の堅実さは父親の死後、明らかになったことであり、父親の生前は、この駆け落ち結婚にも窺えるように、父子の気質や趣味の相違の方がその類似よりも顕著であった。両者とも自らこのことを実感していて、あからさまな口論こそしなかったものの、彼らの仲は大層うまくいっているというものではなかったらしい。

ところで、長男リチャードが生まれたのは、ルソーの『エミール』(*Émile*, 1762)が出版されてから二年後にあたる。ルソーの崇拝者であったリチャード・ラヴェルは長男が三歳になったときから、『エミール』に述べられている考えに則って養育し、パリを訪れた一七七一年にはエミールの実例として長男をルソーに見せてさえいる。この教育実験は五年間試みられたが、父親リチャード・ラヴェルの思うようにはいかず、結局失敗に終わった。(14)

リチャード・ラヴェルの教育への関心はその後も続き、すでに述べたように娘マライアとの共著による教育論書『実践教育』（一七九八）や『職業的教育』(*Professional Education*, 1809) といった教育関係の著書を世に問うたり、大陸に渡ってスイスの教育家ペスタロッチ (Johann Heinrich Pestalozzi, 1746-1827) に会ったりもしている。また、一八〇九年には民間の団体の運営のもとに、全国に「セカンダリー」（これは彼の命名）即ち「中等」学校を設立する計画を提案し、これはジョーゼフ・ランカスター (Joseph Lancaster, 1778-1838) の提案した計画『教育改良案』(*Improvements in Education*, 1803) よりも実際的なものであったと言われている（サンプソン四四一頁；Slade 123）。

長男リチャードに続いて、一七六六年の五月には次男のラヴェル (Lovell) が誕生。しかし生まれて数日で亡くなり、五月二六日に埋葬されている。そして一七六八年一月一日、三番目の子で長女としてブラック・ボートンで生まれたのが、マライア・エッジワースであった（本書289頁「解説」の注1を参照）。

リチャード・ラヴェルとアンナの結婚生活は、二人にとって大変幸福なものとは決して言えなかった。アンナは優しい性格で、家政のやりくりは上手であったが、快活さに欠け、教養もほとんどなく、いつも愚痴を言ってはリチャード・ラヴェルを閉口させていた。妻との不仲のため、リチャード・ラヴェルは長い間家を留守にしがちだったようである。『回想記』(*Memoirs of Richard Lovell Edgeworth, Begun by Himself and Concluded by His Daughter*, 1820) の中でリチャード・ラヴェルは「一緒に暮らしている女性があげる悲嘆は、家庭を喜びに満ちたものにはしない」と述べている (*Mem*, vol.I, p. 184)。また、後年マライアも母はいつも「泣いてばかりいた」と述懐している

（*MEEB* 37；Cronin15）。

一家が家を借りて住んでいたイングランドのヘア・ハッチ（Hare Hatch）でリチャード・ラヴェルは、大学時代の友人で、道徳・社会の改良に関心をもっていた法律家トマス・デイ（Thomas Day, 1748-89）やチャールズ・ダーウィン（Charles Darwin, 1809-82）の祖父で医師で詩人で発明家でもあったエラズマス・ダーウィン（Erasmus Darwin, 1731-1802）らと懇意にし、そのダーウィンを通してルーナー学会（Lunar Society；一七六六年かそれ以前に発足した私的科学研究団体）のグループにも紹介されている。リチャード・ラヴェルの親友トマス・デイは、十九世紀末まで子どものための読み物のベスト・セラーであった物語『サンドフォードとマートン』（*Sandford and Merton*, 1783-89）の作者として有名である。興味深いことに、リチャード・ラヴェルと同様ルソーの熱烈な信奉者であった彼は、孤児院から二人の少女をあずかってルソー流の教育をほどこし、そのなかの一人を自分の高い理想にふさわしい妻にしようとしたが、結局その教育は失敗に終わっている。

発明家でもあったリチャード・ラヴェルは電信通話、帆走車（帆ですすむ馬車）、速歩機（二輪自転車の前身で、足で直接地面をけって進むもの）等を発明した。一七六八年には新型の距離計（土地

（14）その後、長男リチャードは十五歳のとき（一七七九年）に船乗りとなり、一七八三年に船乗りをやめるが、父親から帰郷することを拒絶され、アメリカのサウス・カロライナに定住。一七八八年にメソジスト派の帽子屋の娘エリザベス・ナイト（Elizabeth Knight）と結婚し、一七九六年八月十九日にアメリカで死亡している（*The Edgeworth Website*；*Rintoul* 387）。長男リチャードの没年は *MEB* 107 によれば一七九六年九月、*BB* 152では一七九六年、*BB* およびピカリング版掲載の家系図によれば一七九八年となっている。

の測量器械）の発明で王立芸術協会（Royal Society of Arts；芸術・製造業・商業を促進する目的で一七五四年に創設された協会）から銀メダルを受賞し、一七六九年には軽量でバネ付きのフェートン（二頭立て四輪馬車）やカブラ切断機の発明等で王立芸術協会から金メダルを受賞している。(15)

結婚後もリチャード・ラヴェルは法曹界に入ることを考慮してテンプル法学院との関係を持ち続けていた。だが、一七七〇年に父親が亡くなり、彼が家督を継いでアイルランド、ロングフォード州の領地エッジワースタウンの地主となったことにより、法曹界に入る考えを一切放棄することになる。

一七七三年妻のアンナが娘アンナ（Anna）を出産後、死去。同年七月に教養ある、若く美しい女性ホノウラ・スニード（Honora Sneyd）と再婚したリチャード・ラヴェルは財政的逼迫のため、同年九月に妻子を連れてアイルランドの領地エッジワースタウンに帰郷し、三年間暮らすことになる。この一家の帰郷でマライアは生まれて初めてアイルランドの土を踏むことになる。

マライアは兄のリチャードと同様、最初はルソー流の野放し教育を受けて育ち、そのため親の言うことを聞かない、手に負えない頑固な性格になっていたようである。この頃までにルソー流の自然教育が必ずしも完全ではないことを悟っていたリチャード・ラヴェルはマライアの教育方針を転換し、若い妻ホノウラの厳しい教育に任せた。家庭的ではあったが泣いてばかりいた実母と美しいが厳しい若い養母のもとでのマライアの幼年時代はかなり孤独なものであった（林二四―二六頁）。

やがてホノウラに実子が生まれてマライアの世話に手が回らなくなり、一七七五年七歳のマライアはイングランドのダービー（Derby）にあるラトゥフィエール夫人（Mrs. Latuffiere）(16)の学校に就学させられた。ラトゥフィエール夫人はマライアを優しく扱ってくれたようで、彼女は幸せな学校生活を送った。その学校では習字、フランス語、イタリア語、刺繍およびダンスなどを勉強した。一七七七年に両親が再びイングランドに戻り、ハーフォードシャーのノースチャーチ（Northchurch）に家を借りたことから、マライアは学校の休暇をそのノースチャーチの家で過ごすようになる。一七八〇年にホノウラが肺病で死去し、リチャード・ラヴェルはホノウラの妹エリザベス（Elizabeth）と結婚する。このエリザベスとの再婚は、死の床のホノウラにより勧められたものであった。なお、ホノウラの死を知らせる手紙の中で、リチャード・ラヴェルはマライアに、亡くなったホノウラにならって、「気だてがよく、思慮分別があり、そして役立つ」人になるようにと書き記している（*LL* 10）。一七八一年マライアはロンドンのデヴィス夫人（Mrs. Devis）が経営する、より当世風の学校に就学（*MEB* 55, 55n1; Harden, *Maria Edgeworth* 8）。マライアは小柄であったため、器具を用いたりして、背を伸ばすための様々な試みをやってみたが、結局、小柄なままであった。[17] また、音楽が苦手でそれを修得することは決してできなかった。ダービーおよびロンドンの学校では、マライアは学友た

（15）　*Mem*, vol.1, pp. 171-76; *DNB*. なお、*The Edgeworth Website* の "Medal Awarded to RL Edgeworth (1767)" には土地の測量器械の発明で一七六七年に王立芸術協会からリチャード・ラヴェルに授与されたメダルの写真が掲載されている。この一七六七年の受賞と一七六八年の新型の距離計の発明での受賞は、それぞれ別個のものなのか、それとも、同一のものでどちらかの年代が間違っているのかどうかは未詳。

（16）　ラトゥフィエールの綴りは、*LL* ではLataffiere, *DNB* ではLattafière,『イギリス文学地名事典』（一五二頁）ではLatuffiere, *MEB* の本文ではLatuffiere, 同書のインデックスではLatuffière となっている。ここではLatuffiere としておく。

ちから話の上手な人という評判を得ていたという。休暇のときには、父リチャード・ラヴェルの親友で一七八一年にサリー州のアニングズレー（Anningsley）に定住していた、先述のトマス・デイと過ごすこともあった。デイはマライアの勉学奨励者であり、よい助言者でもあり、彼に対するマライアの尊敬の念は終生続いた。

一七八二年リチャード・ラヴェルはそれまでの不在地主的生活を改め、家族を連れてアイルランドの先祖伝来の領地エッジワースタウンに定住した。それと同時に、エッジワースタウン・ハウスの館にも手を入れ、大家族用に増改築を行った。以後、リチャード・ラヴェルは精力的で知的な地主となって、小作人たちの状態を大いに改善し、沼地の干拓や道路の改善などの計画を数多く試み、政治にも幾分関与するようになる。一七九八年には最後のアイルランド議会におけるロングフォード州のセント・ジョンズタウン（St. Johnstown）選出の議員となり、アイルランド合同法案に対しては、それを擁護する弁を行いながらも、法案採用を強力にするために使われた手段（投票買収）を理由にその法案には反対投票をしている。リチャード・ラヴェルは個人的便宜の申し出には耳を貸そうとはしなかったのである。彼の強い意志と潔癖な性格が窺える。

一七九七年に妻のエリザベスが死去し、翌年、リチャード・ラヴェルは長女のマライアよりも一歳年下のフランシス・アン・ボーフォート（Frances Anne Beaufort）と結婚する。これがリチャード・ラヴェルにとって最後の結婚であり、結局彼は生涯に四回結婚したことになる。幾分不幸なものとなった最初の結婚を除けば、彼の結婚生活は幸福であった。そして四人の妻との間に二二人の子どもをもうけている（巻末の「リチャード・ラヴェル・エッジワースの妻と子供たち」を参照）。マライアは彼が最も愛する娘であり、彼女の書き物に常に活発な関心を寄せていた彼であったが、一八一七年、その七三歳の生涯を閉じることになる。

さて、マライアであるが、彼女が父母に同行して一七八二年にエッジワースタウンに移り住んで以来、以後死ぬまでそのエッジワースタウン・ハウスの館が彼女の住まいとなる。同年、マライアは父の勧めでジャンリス夫人（Madame de Genlis, 1746-1830）の『アデールとテオドール』*Adèle et Théodore*（1782）を翻訳（"Adele and Theodore"）したが、その翻訳の出版はトマス・ホルクロフト（Thomas Holcroft）の翻訳（*Adelaide and Theodore, or Letters on Education,* 1783）が出たため断念された（モアズ 三六九頁）。マライアは依然として大変内気であったが、幾人かの良き交際相手をもった。そのうちの一人がモイラ夫人（Lady Moira）である。モイラ夫人は娘のグラナード夫人（Lady Granard）の館フォーブズ城（Castle Forbes）にしばしば滞在し、エッジワース家の親戚でリチャード・ラヴェルの親友でもあったロングフォード卿（Lord Longford）所有のパケナム・ホール（Pakenham Hall）をよく訪れていたのである。父のリチャード・ラヴェルはマライアに簿記をまかせ、所領の小作人たちとの取引等の仕事もさせた。また、三番目の妻との子で一七八二年生まれの、小さな弟ヘンリー（Henry）の教育もマライアの手に委ねられた。このようにして、マライアは上流

（17）二一歳のとき、マライアの身長は四フィート七インチであったという（*MEB* 73）。

階級の人々だけでなく、アイルランドの小作人たちとも親しくなり、また、教育に関する実際的知識も得たのである。そうしてそれらが彼女の小説や他の著作の中で利用されたのであった。

リチャード・ラヴェルはマライアをいわば腹心の友としていた。一方、マライアも、父との会話が得られるということで、びくびくしながら馬に乗って父と一緒の遠乗りを楽しんだ程、父を慕っていた。マライアの著作に対するリチャード・ラヴェルの影響は大きく、二人による共著も幾つかある。例えば、すでに指摘した『実践教育』（一七九八）やアイルランドの民衆のヒューモアを論じた『アイルランドの不合理表現について』（*An Essay on Irish Bulls*, 1802）などがその代表的なものである。じつのところ、『実践教育』にはリチャード・ラヴェルに協力した、彼の二番目の妻ホノウラが一役買っている。ホノウラは「教育は実験科学である」として、一七七六年から子どもに関する観察記録をつけ始めた。そして彼女の死後も二十年近く、夫のリチャード・ラヴェルはその仕事を続けたのであった。この観察記録および長男リチャードのルソー流教育の失敗という手痛い経験が基となって、『実践教育』で説かれている理論が生み出されたのである。マライアの本で最初に出版されたものも、教育に関するものであった。一七九五年に出版された『教養ある淑女への手紙』がそれである。書簡体の形式を用い、女子教育を弁護したもので、最初、匿名で出されたが、第二版（一七九九）では彼女の名前が記されている。エッジワースタウン・ハウスの館で、マライアは小型の黒板に物語を書いて、幼い弟妹たちに読んで聞かせることを始めたが、それらの物語のうち、好評を博したものは写し取って保存した。それらの物語がやがて『両親への助言者』（*The Parent's Assistant*, 1796）になったと言われている。この子どものための物語集を執筆するにあたっては、前述のホノウラによって始められた子どもの観察記録が役だったらしい。一七八八年ないし一七八九年に家族を楽しませるためにリチャード・ラヴェルによって語られた物語『フリーマン家』(*The Freeman Family*)を、マライアは書き留めている。その後、この物語はマライアによって一八〇九年に長編小説『愛顧』として執筆が再開され、やがて一八一四年にそのタイトルで発表されることになる(*MEB* 55, 156n1)。

一七九一年から九三年にかけて、肺病を病んだ弟ラヴェル(Lovell, 1775-1842)の療養のため、エッジワース一家は十八・十九世紀の保養地ブリストル(Bristol)のクリフトン(Clifton)に滞在し、近くのダウンズ(the Downs)と呼ばれる野原を散歩し、化石探しを楽しんだりしている。当時における博物学の流行を示すエピソードと言えるであろう。

すでに述べたように、三番目の妻エリザベスが亡くなった後、一七九八年にリチャード・ラヴェルはフランシス(Frances)と結婚した。この四番目の母がマライアよりも若かったためであろう、マライアは最初この結婚には反対であった。だが、やがてフランシスとは親友のような間柄となり、以後五一年間、マライアが死ぬまでその親密な関係は続くことになる。一家には子供たちのほかに、二番目の妻の姉妹シャーロット・スニード(Charlotte Sneyd, ?-1822)とメアリー・スニード(Mary Sneyd, 1751-1841)が一緒に暮らしていたが、全員この上なく仲良く暮らしたといわれている。

マライアは大人の読者のための執筆を開始し、一八〇〇年一月に匿名で発表された処女小説が彼女の代表作『ラックレント城』である。アイルランドの特性を様々に描き出しているため、すぐさま成功を収め、一八〇一年には第三版が彼女の名前を載せて発刊された。同じ一八〇一年の六月にはマライアの最初の社交界小説『ベリンダ』が発表され、マライアは今や女流作家としての名声を確立した。

翌年十月アミアンの和平による平和時にリチャード・ラヴェルとマライア父娘がパリを訪れたときには、彼らの文学的名声および彼らがルイ十六世の聴罪司祭であったエッジワース神父（the Abbé de Firmont Edgeworth [Henry Essex Edgeworth], 1745-1807）の縁者であるということによって注目をあつめた。このときマライアは四六歳で独身のスウェーデン人伯爵エイデルクランツ（Abraham Niclas Clewberg-Edelcrantz）から求婚されている。エイデルクランツはスウェーデン国王の私設秘書であった。マライアは彼との結婚を真剣に考えたが、アイルランドを去ってスウェーデンのストックホルムで生活することは彼女にはとうてい考えられないことだったということ、および、彼の方も国王の元を去ってアイルランドで暮らすことはとうてい考えられないことだったので、結局マライアはこの結婚を強く望みながらも断念した。

しかしマライアは彼のことを終生忘れなかった。一八〇三年パリから帰郷後すぐに、エイデルクランツのことを思い、彼の趣味に合うだろうと考えて、ロマンティックな書簡体小説が書き始められる。それが『レオノラ』で、出版されたのは一八〇六年である。マライアは物語の執筆に本腰を入れることになる。彼女はあらゆる種類の家庭の仕事に時間をとられながらも、その合間をぬって執筆を行なった。書いたものはみな、父に渡したが、その際、父のリチャード・ラヴェルはその原稿にしばしば、彼自身が書いたものを挿入したりしたのである。一八〇四年に教訓的な物語集『ありふれた物語』

(*Popular Tales*)、一八〇五年に結婚生活を描いた『現代のグリゼルダ』(*The Modern Griselda*)、一八〇六年に前述の『レオノラ』、さらに一八〇九年と一八一二年には社交界小説『社交生活物語』(*Tales of Fashionable Life*)の第一巻から第三巻および第四巻から第六巻がそれぞれ発表されている。

一八一三年ロンドンを訪問したとき、マライアは多くの著名人の注目を惹いている。その内の一人であるバイロン(George Gordon Byron, 1788-1824)は、リチャード・ラヴェルのことをあざけりながらも、マライアに関しては、皆がマライアの方により関心を示しているということ、そして彼女が小柄で感じの良い女性であり、もの静かで気取りがなく、「美人ではないとしても決して不器量ではない」と評している(Hill 107)。哲学者サー・ジェイムズ・マッキントッシュ(Sir James Mackintosh, 1765-1832)も、マライアが「ほとんど前例のないほどの熱心さで、ロンドン中の著名人たちからもてはやされている」と述べており、マライアの人気の高さがうかがえる。[18]

ロンドンから戻るとすぐに、マライアは一七八七年に書き留められ、一八〇九年に長編小説として執筆が再開されていた『愛顧』を完成し、一八一四年に出版している。さらに同年に出版された『ウェイヴァリー』(*Waverley*, 1814)をスコット(Sir Walter Scott, 1771-1832)より贈呈されたマライアは、その本を十月二三日に読了後すぐさまスコットに熱烈な手紙をしたためた。このようにしてスコッ

(18) Mackintosh 267. なお、マライアが著名人の注目を浴びたロンドン訪問を一八〇三年としている *DNB* の記述は一八一三年の誤りであろう。

トとの文通が始まることになる。一八二三年五月マライアはエジンバラで初めてスコットに会い、同年八月にはアボッツフォード（Abbotsford）のスコットの自宅に招かれている。そのお返しに一八二五年の夏、スコットがエッジワースタウンを訪問している。以後、マライアとスコットは再び会うことはなかったが、二人の文通は常に心のこもったものであった。

一八一七年六月十三日父リチャード・ラヴェルが死去。それはマライアにとって大きな打撃であった。父に関してマライアは、「あのような父であり友であった人の与えてくれた教え、交わり、無限の信頼のなかで私が得たような、幸福ないし利益を享受したことのある人は少ないだろうと思います」と述懐している（McCarthy 993）。リチャード・ラヴェルは死に際して、一八〇八－九年に執筆が始められていた『回想記』の完成を娘のマライアに託した。マライアは一八一七年の八月にはすでにその『回想記』の仕事に取りかかっており、そして翌年の夏までには彼女の担当箇所の原稿を完成させていた。その後、一八一九年にその原稿に修正が施され、翌年の春に出版されたが、『クウォータリー・レヴュー』誌で酷評されることになる。『エジンバラ・レヴュー』誌や『ロンドン・マガジン』誌では条件付きの称賛がのせられた。マライアがこの『クウォータリー・レヴュー』誌の酷評を読んだのは、ずっと後年の、一八三五年になってからである。『回想記』は一八二八年に第二版が、一八四四年に第三版が出版されることになるが、その第三版においてマライアは自分の担当箇所を書き直している。

一八二五年には十四巻のマライアの著作集が、一八三二－三三年には彼女自身が編集した十八巻の著作集がそれぞれ出版されている。一八三〇年頃に執筆が開始された、最後の小説『ヘレン』(*Helen*) は一八三四年に出版された。すぐに二版に達したが、彼女の以前の作品の成功には及ぶべくもなかった。この小説は当時はやっていた「銀のフォーク」(一八三〇年頃のイギリス小説家一派。上流気取りが特徴) 小説に完全には当てはまらず、マライアの作品は時代遅れになっていたのだ、という指摘がなされている (*DNB* 381-82 ; *MEB* 479)。

かつて一八二一年イングランドのグロスターシャーのギャットクーム・パーク (Gatcombe Park) に経済学者のリカードー (David Ricardo, 1772-1823) を訪れたとき、マライアはリカードーの「落ち着いた態度」と「やむことのない知的生活」(*LL* 380) に好感を懐いたことがあるが、マライア自身も終生衰えることなき知的生活の享受者であったらしく、一八三七年彼女が六九歳のときにはスペイン語の勉強を始めている。

アイルランド飢饉では、マライアは苦しむ人々を救うために最善を尽くした。一八四七年にはマライアの本の愛読者であるボストンの子供たちが、一五〇バレルの小麦粉や米を彼女のところにいる貧しい人々を救うために彼女の許に送り届けてくれた。宛名は単に「ミス・エッジワースへ、彼女の貧しい人たちのために」と記されていた。これは、マライアが飢饉に際してアイルランドの下層民のためになした奮闘に対する、この上なく感動的な報酬であった (巻末の「マライア・エッジワースの年表」の注6、7を参照)。一八四八年に「チェインバーズの若者向け双書」(Chambers' Library for Young People) の第一番目の本として、マライアの生前最後の出版物となる『オーランディーノ』

(*Orlandino*)が出版された。この本の収益はアイルランド飢饉の犠牲者のための募金に役立てられた。
一八四九年五月二二日マライアは八一歳の生涯を閉じることになる。伝えられるところでは、五月二二日に馬車のドライブから戻って心臓のあたりに痛みを訴え、数時間後に亡くなったという。また、家族の手紙によれば、数日間軽い病気にかかっていたのが突然悪化し、義母のフランシスの腕のなかで亡くなったという。いずれにせよ、常々マライアは自宅で義母に看取られながら死にたいと述べていたということであるが、彼女のその願いはかなえられたことになる(*MEB* 429)。マライアの遺体は父リチャード・ラヴェルの眠るエッジワースタウンのセント・ジョン教会の墓地に葬られた。[19]
マライアの没後、八〇年余り経た一九三一年、これまで未刊であった物語「わたしの人生のもっとも不幸な日」が、既刊の「むらさき色の小びん」("The Purple Jar")や「むだなければ不足なし」("Waste Not, Want Not")等の物語と一緒に収められている物語集『わたしの人生のもっとも不幸な日』(*The Most Unfortunate Day of My Life*)が出版されている。
最後を看取った義母のフランシスは、マライアの生涯を振り返って、「善きものへの熱望」の人生であったと述べている(*LL* 691)。善への憧れを終始胸にいだき、十代の半ば以降定住の地・故国の地となったアイルランドをこよなく愛した女性作家、それがマライアであった。彼女にとって、その善への憧れは啓蒙的な教育関係、道徳的な児童文学関係の書物を、そして、その故国への愛はアイルランドものとして分類される一群の小説を生み出していく主要な原動力であったと言えよう。亡くなる数週間前、妹に宛てた最後の手紙の中で、マライアは次のようなアイルランドへの愛着をうたっている。[20]

アイルランドよ、汝の過ちにも、また、汝の愚行にもかかわらず、
私はそれでもやはり汝を愛す。それでもやはり、率直な目にて眺むれば、
汝の機知は、あまりに鋭くて、常にうっかりうまいことを言い当てては、
汝の無鉄砲なヒューモアとなるのを認めぬわけにはいかぬ。嘆かわしい浪費も、
そして謹厳なる裁き手たちが愚行と呼ぶものでさえも、
私は、その核心を見て、それらすべてを水に流す！

(19) ちなみに、このセント・ジョン教会には、世紀末の耽美派を代表する作家ワイルド（Oscar Wilde, 1854-1900）が、その早世を悼んで「逝きし者に冥福あれ」（"Requiescat,"『詩集』(*Poems*, 1881）に収められている小詩）を詠んだ、彼の妹アイソラ（Isola Francesca Emily Wilde, 1859-67）が埋葬されている。ただし、その墓石は残っていない。

(20) *LL* 687 ではホノウラ・ボウフォート（Honora Beaufort）宛の手紙、*MECL* 449-51 によれば五月七日付けハリエット（Harriet）宛の手紙、と記されている。

作品解説

（『ラックレント城』からの引用文中の丸括弧内の数字は、本書の頁数を表している）

文学史的位置づけ

1　気質喜劇の伝統

『ラックレント城』（*Castle Rackrent*, 1800）という作品の内容を知らずにそのタイトルと出版年だけを見れば、この作品はウォルポール（Horace Walpole, 1717-97）の『オトラント城』（*The Castle of Otranto*, 1764）のような、十八世紀中頃から十九世紀初頭にかけて流行したゴシック・ロマンスの一つであろうと勘違いをする読者もいるかもしれない。しかし、読み始めて間もなく、そのような読者の期待はうれしい裏切りにあうことになるであろう。家令（steward）のサディの方言をまじえたヒューモラスな語りによって伝えられるラックレント一族の放縦な生活と没落の物語の中に、読者はマライア・エッジワース（以下、エッジワース）の手になるアイルランドものの傑作を認めることになるに違いない。

ゴシック・ロマンスへの誤った連想はさておき、この作品のタイトルの特徴として、その寓意性が指摘できよう。そもそもエッジワースはこの作品で語られる一族の名前としてストップギャップ（Stopgap）家を考えていたが、後にラックレントという名前に変更した。この変更には、アダム・

スミス（Adam Smith, 1723-90）の『国富論』（*The Wealth of Nations*, 1776）の一節の影響があるらしい（「訳注」17参照）。ラックレント（rack-rent）とは、法外な地代のことで、元来は借地の一年分の収益の全額ないしほぼそれに等しい額の地代を意味する。ラックレント城をその館とするラックレント一族は、「アイルランドの昔日の歓待の鑑（59）」たる「酒飲みのパトリック卿」の放埒な大盤振舞、パトリック卿とは正反対に歓待は一切控え、厳しく地代等を取り立てながら、裁判の費用に財産を浪費してゆく「訴訟好きなマータ卿（19）」、所領の管理はいっさい代理人に任せてバースで遊ぶお金をひっきりなしに催促するキット卿というように、代々それぞれに散財を繰り返し、ついには没落してゆくことになる。だが、その散財の財源は彼らが地主として享受する法外な地代収入であり、その地代収入をうむ所領地を担保にした証文等による借金である。ラックレント一族とは法外な地代収入を享受する「放埒な搾取者たちの群[21]」に他ならないことが、この寓意的名称に込められているのである。

他の登場人物のなかにも寓意的な命名が散見される。例えば、スキンフリント（Skinflint）という名前は、爪に火をともすような、非常なけちん坊を意味する。そしてこの小説に登場するスキンフリント家出身のマータ卿の奥方は、「やりくり上手」で「申し分のない奥方ぶりを発揮」し、そのため一般に吝嗇な国民として通っていた「スコットランド人の血が混じって（27）」いるのではないか

（21） Eagleton 164. 引用文の日本語訳に関しては、鈴木聡訳（『表象のアイルランド』［紀伊國屋書店、一九九七］）を参考にした。以下、同様。

とサディに勘ぐられるのである。当初一族の名前として予定されていた、前述のストップギャップも、間に合わせのものを意味する寓意的な名前である。「荷馬車を置いておくのが一番さ（21）」と述べて、正式の門のかわりに荷馬車を間に合わせに使っていたタリフー卿の習慣が、当初に予定されていた一族名には示唆されていたわけである。なお、タリフー（Tallyhoo）という名前は、狐狩りなどで獲物を認めたとき猟犬にかける掛け声タリホー（tallyho）を連想させる。その名前には、ある日猟に出かけた折、その荷馬車のせいで命を落とすタリフー卿の狩猟好きが示唆されていると言えよう。

ともあれ、こうした「名は体をあらわす」式の寓意的な命名は、フィールディング（Henry Fielding, 1707-54）の『トム・ジョーンズ』（*A History of Tom Jones, a Foundling*, 1749）に出てくる善良な田舎紳士のオールワージー氏（Allworthy＝all＋worthy［立派な、尊敬すべき、善良な、の意］）をはじめとして十八世紀の喜劇的作品に出てくるものであるが、このような伝統は、例えばベン・ジョンソン（Ben Jonson, 1572-1637）の『錬金術師』（*The Alchemist*, 1610）に出てくる酒色にふける人物サー・エピキュア・マモン（Sir Epicure Mammon＝ epicure［快楽主義者］＋Mammon［富の邪神］）に見られるように、エリザベス朝の気質喜劇にまで遡りうる。この点から言えば、『ラックレント城』は、代々の当主の死を含むという点で喜劇とはいえないが、十八世紀やエリザベス朝の喜劇的作品に一脈通じる、一種の悲喜劇の要素をもった作品と見なせるものなのである。

2 「大きな館《ビッグ・ハウス》」小説

だが、このような寓意的・喜劇的伝統の要素は散見されるだけであって、むしろ、この小説の文学史上の特質は、先ず第一に、そのタイトルの持つもう一つの特徴に求められよう。

アイルランド小説の一つの流れは地主階級に視点をおいた、大きな館を舞台にした小説群であり、他の一つは農民階級に視点をおき、土地を扱ったものである、と言われている。『ラックレント城』は、アイルランド領主の館の名前がそのタイトルとなっていることに示唆されているように、大きな館を舞台にした小説群に属し、しかもその原型と見なされている作品である。ラックレント一族という地主階級に主要な視点をおき、アイルランドの農民階級が描き出されるときも、専ら、この小説のタイトルとなっているラックレント城という領主の邸宅との関係を通してなされていく。単にエッジワースの小説の代表作であるばかりでなく、いわゆる「大きな館」小説の原型であり、その代表作として読み継がれている小説、それが彼女の処女小説『ラックレント城』なのである（水之江二二六－二二九頁、『アイルランド文学小事典』一三九、二一〇頁）。

さらに文学史的に重要な点として、最初の地域小説（regional novel）、最初の系図小説（saga novel）、使用人を語り手とする回想録小説であることを指摘できよう。

3　最初の地域小説

地域小説とは、特定の地域の言葉、風俗、習慣、態度等――いわゆる地方色と呼ばれるもの――に焦点を当てることによって、その地域の特徴を浮かび上がらせる小説のことである。例えば、マンチェスターの生活描写を含む、ギャスケル夫人（Elizabeth Gaskell, 1810-65）の『メアリー・バートン』（*Mary Barton*, 1848）やハーディ（Thomas Hardy, 1840-1928）の「ウェセックス」もの等がその実例である。だが、ウォルター・アレンも述べているように、ギャスケル夫人やハーディにとどまらず、スコットからフローベール（Gustave Flaubert, 1821-80）を経てモーリヤック（François Mauriac, 1885-1970）に至るまで、世界の偉大な小説家の多くは地域小説家でもあるという観点からすれば、地域小説の創始者としてのエッジワースの影響は世界文学的な規模に及ぶことになる（アレン一三二―一三三頁）。

なかでも、スコットとツルゲーネフ（Ivan Turgenev, 1818-83）はエッジワースからその直接的影響を受けた作家として有名である。スコットは『ウェイヴァリー』の「あとがき」（第七二章）において、次のように言明している。

> 私が目指したのは、これらの人々『ウェイヴァリー』の登場人物たち」を、戯画化され、誇張された民族的方言を用いて描き出すのではなく、彼らの習慣、風俗、感情によって描き出すことであった。そして、これまで長い間、劇や小説を占拠してきた、互いにこの上なくそっく

りで区別が付かない「ティーグ」［アイルランド人に対する軽蔑的なあだ名］や「ディア・ジョイ」［アイルランド人の通称］のようなアイルランド人像とは大いに異なる、ミス・エッジワースの描いた見事なアイルランド人の肖像と、幾分なりとも張り合うことであった。

また、一八二九年に発表されたウェイヴァリー・ノヴェルズの「総序」においても、エッジワースの小説は「姉妹王国［イングランド］の人々に、アイルランドの国民をこれまでなされてきたよりも好意的に紹介して、その国民の長所には共感し、その短所は大目に見るようにさせるのに資するもの」であり、「ミス・エッジワースがかくも幸先よくアイルランドに対してなしたのと同様のことを、わたしはわが故国スコットランドに対してしようとした」と公言している。

ツルゲーネフの『猟人日記』（一八五二）も、エッジワースの『ラックレント城』や『不在地主』などのアイルランドものに影響されて執筆された作品であると一般に信じられている。真偽の程は定かではないが、かつてツルゲーネフは「文学者の道を歩みはじめる際、意識はしていなかったものの、実際にはミス・エッジワースの弟子であった。……ことによると、いや恐らく、もしマライア・エッジワースがロングフォード州の貧しいアイルランド人たちならびに地主や小地主たちについて書いていなかったならば、ロシアにおける同じような階級の者たちに対して私が懐いている印象を文学の形で表そうと思いつきはしなかっただろう」と述べたことがあると言われている（アレン一三三頁、ワールズ・クラシックス版一一五－一一七頁）。

4　最初の系図小説

系図小説とは数世代にわたる一族の歴史を物語るものをいう。例えば、ゴールズワージー（John Galsworthy, 1867-1933）の『フォーサイト家物語』（*The Forsyte Saga*, 1922）がそうした系図小説の代表的なものである。系図小説の創始者としてのエッジワースはその遠い生みの親にあたるわけである。

『ラックレント城』で跡づけられるのは、アイルランドの地主階級ラックレント家の四世代にわたる歴史であり、登場人物の一人でこの一族に長年仕えた老家令のサディによって語られていく。しかも、「素朴で抜け目ない」（アレン一三四頁）サディ自身が個性豊かであると同時に、一面においてアイルランドの小作人・被支配者階級の言葉と気質を体現する人物となっているため、彼の語りはラックレント一族の歴史と同時に、彼自身の自画像を、ひいてはアイルランドの小作人・被支配者階級の姿をも地方色豊かに鮮やかに映し出すものとなっている。

このように、『ラックレント城』は最初の「大きな館」小説であると同時に、最初の地域小説でもあり、また、地域小説特有の地方色を豊かに兼ね備えた系図小説ともなっているわけである。小説史上、じつに『ラックレント城』は独創性に富む作品であったと言わねばならない。

5　使用人を語り手とする回想録小説

『ラックレント城』には、小説技法上、もう一つ注目すべき点がある。この作品は回想録の体裁をまとった、いわゆる回想録小説（memoir-novel）に属する。回想録という体裁は、十八世紀における小説技法のうち最も古いタイプで、ディフォー（Daniel Defoe, 1660-1731）の『ロビンソン・クルーソー』（*Robinson Crusoe*, 1719）以来、イングランドの読者にはお馴染みのものであった。しかしこの『ラックレント城』のユニークな点は、ディフォーの『ロビンソン・クルーソー』や『モル・フランダーズ』（*Moll Flanders*, 1722）あるいはスウィフト（Jonathan Swift, 1667-1745）の『ガリヴァー旅行記』（*Gulliver's Travels*, 1726）といった十八世紀を代表する回想録小説のように主人公が語り手となって自らの体験を回想するのではなく、主人公に仕えた使用人（召使い）による回想となっていることである（Watson, George xv-xvi）。

エッジワースが老家令のサディで創始した、使用人（召使い）を語り手に使うという手法は、ヴィクトリア朝の女流作家エミリー・ブロンテ（Emily Brontë, 1818-48）の『嵐が丘』（*Wuthering Heights*, 1847）の語り手である召使いネリー・ディーン（Nelly Dean）に受け継がれていくことになる。もっとも、エミリーが『ラックレント城』を読んでいたという証拠はないと言われているので、直接の影響関係があったのかどうかは分からない（近藤三五一－五二頁、水之江二二九頁）。興味深いことに、『ラックレント城』では語り手サディと読者の間に「編集者」なる人物が介在し、その意味では語りの手法は重層的なものとなっているのに対し、『嵐が丘』でも語り手ネリーと読者の間にもう一人の語り手ロックウッド（Lockwood）が介在し、重層的な語りの構造が見られる。ジェラール・ジュネットの用語を借用して説明すると、語り手としての、サディと「編集者」、ロックウッドとネリーは、いずれも、彼らが登場する物語世界で演じられる役割から言えば、自らが物語る状況・事件の登場人物の一人であり、いわゆる等質物語世界的語り手と言われるものに属することになる。一方、「編集者」が語り手となっている部分およびロックウッドが語り手となっている部分を、それぞれ、サディの回想録およびネリーの回想録がいわば入れ子式にはめ込まれた、一種の枠的部分と捉えるならば、「編集者」とロックウッドは一次的物語に登場する語り手（いわゆる物語世界内的な語り手）であるのに対し、サディやネリーはその一次的物語にはめ込まれた物語に登場する語り手（いわゆるメタ物語世界的な語り手）であると言うことができよう。[22]

いずれにせよ、作中で果たす基本的役割（主要な語り手としての使用人）という点で、サディはネリーに直結する人物像である。現代の作家ではカズオ・イシグロ（Kazuo Ishiguro, 1954-）の『日の名残り』（*The Remains of the Day*, 1989）の語り手である執事《バトラー》スティーヴンズ（Stevens）にサディの末裔を認めることができるであろう。さらに、召使いも含め、いわゆる脇人物による回想という語りの形式に注目するならば、サディの語りはコンラッド（Joseph Conrad, 1857-1924）の『闇の奥』（*Heart of Darkness*, 1899）の語り手マーロウ（Marlow）の語りにも連なるものであると言えよう。しかも、語り手マーロウと読者の間には「私」なる人物が介在しているゆえに、まさに『闇の奥』は

『ラックレント城』や『嵐が丘』と同様、重層的な語りの構造をもった作品ともなっているのである。

このように家令としてのサディの語りは、後の時代のネリーやマーロウ、スティーヴンズの語りを先取りするものと見なすことができるのである。と同時に、サディの語りはネリーやマーロウ、スティーヴンズの語りが含んでいる問題を分かちもっている。つまり、全知の語り手が姿を消しているために生じる、語りの信頼性の問題がそれである。『ラックレント城』は主として一登場人物であるサディの心を通して彼の口から語られていく物語となっているために、彼の語りがどの程度信頼できるのかという判断が専ら読者に委ねられ、その結果、読者の解釈次第でその判断は大きなずれを生み出しうることになる。これは作品解釈に関わる実に重要でやっかいな側面である。この点に関しては、後ほど「サディの語りの問題——『えこひいき』とアイロニー」(本書339頁以降)のところで、さらに詳しく見ていきたいと思う。

父リチャード・ラヴェル・エッジワースの影響や干渉

『ラックレント城』は、もともとエッジワースが彼女の家族を楽しませるために書いたものであり(Kirkpatrick 530)、父親リチャード・ラヴェルの影響ないし干渉という点から見れば、この小説は

(22) 語り手の分類に関してはプリンスおよびジュネット二六六—三〇五頁を参照。

そうした影響や干渉をあまり受けずに執筆された彼女独自の作品として注目に値する。もっとも、「序文」はエッジワースの協力を得て父親が書いたものであろうと言われているし、「注解」の項目の一つ（通夜《ウェイク》の項）は父親の手になるものである。だが、本文と「脚注」の部分はエッジワースが自由に筆をふるって執筆された。

ヴァージニア・ウルフ（Virginia Woolf, 1882-1941）は、十九世紀初期の女流作家のうち、オースティンとエミリー・ブロンテの二人だけが、純然たる家父長制社会のただ中にあって、「こう書け、ああ考えろとのべつまくなしに口出しする教育者気取りの連中の、いつやむともしれぬお説教を完全に無視したのであった」と述べている（ウルフ一二九頁）。このウルフの見解に対しては異を唱える人もいる。オースティンやエミリー・ブロンテの作品に「表立った家父長制批判が見られないことが男に遠慮している証拠である」として、彼女らがまったく男の干渉を受けつけなかったわけではない、というのである（織田一六九―七〇頁）。いずれにせよ、オースティンやエミリー・ブロンテが当時において男の干渉を受けることが比較的少なかった女流作家であったのに対し、これとは反対に、父の中に従うべき手本を見出し、父の忠告通りに加筆や削除等を受け入れたのがエッジワースであった。

デイル・スペンダーは、身内の男性の介入で二作目以降の作品を台無しにされた女性作家の一人として、ファニー・バーニー（Frances［Fanny］Burney, 1752-1840; 父の介入）、サラ・フィールディング（Sarah Fielding, 1710-68; 兄ヘンリー・フィールディングの介入）らとともに、エッジワース（父の介入）の名を挙げている（織田一七〇頁）。エッジワースの作品に及ぼした父リチャード・

ラヴェルの影響や干渉の範囲を正確に確定し、その功罪を見極めることは、微妙で困難を要する課題である。ただ、彼女の作品に顕著なものとして指摘されることの多い教訓癖がこの作品に比較的少ないのは、啓蒙的な教育者でもあった父親の影響や干渉の希薄さにその一因が求められるであろう。

執筆経過、文学方言と注釈

次に『ラックレント城』の執筆経過を簡単に記しておきたい。初代の当主パトリック卿から第三代当主キット卿までを物語る第一部は一七九四―九五年頃に執筆され、コンディ卿の物語が語られる第二部は一七九六―九八年頃に執筆された。そして一七九八年十月末にエッジワースはロンドンのセント・ポールズ・チャーチヤードの出版業者ジョーゼフ・ジョンソン（Joseph Johnson）の元にその原稿を送る準備をしている。この時には「序文」と「注解」はまだ書かれてはいなかった。そしてそのテクストが印刷に回されたとき、「その中にあまた含まれている語句や慣用的な言い回しの多くは、さらに説明が無いとイングランドの読者には理解し難いだろう（163）」という友人たちからの示唆に基づき、急遽《きょ》、「注解」が付け足されることが決定されたのであった。[23] ただし、この「注解《グロッサリー》」は単に

（23）『ラックレント城』の執筆・出版経過に関してはペンギン版五頁、三四七―四八頁の注1、ワールズ・クラシックス版の“Commentary”一一九頁の（3）および一二六頁の（64）；*MEB* 353-54を参照。

語句の意味を説明した術語辞典《グロッサリー》にとどまらず、その多くの部分は実際には解説《コメンタリー》と呼びうるものとなっている。

ここで文学と方言のことを少し概観しておこう。作品に取り入れられた方言、すなわち文学方言は、古くはチョーサー（Geoffrey Chaucer, c.1340-1400）の『カンタベリー物語』（*Canterbury Tales*, c.1387-1400）の中の「家扶の話」（“Reeve's Tale”；[北部方言]）やシェイクスピア（Shakespeare, 1564-1616）の『リア王』（*King Lear*, 1606上演）四幕六場エドガーのはくせりふ（南部方言）などに見られるが、顕著になるのは十九世紀のヴィクトリア朝以後である。例えば、ディケンズ（Charles Dickens, 1812-70）のロンドン方言、ブロンテ姉妹やギャスケル夫人の北部方言、ジョージ・エリオット（George Eliot, 1819-1880）やロレンス（D. H. Lawrence, 1885-1930）の中部方言、ハーディやゴールズワージーの南部方言等がすぐ想起されよう（“English dialects”『新英語学辞典』）。ヴィクトリア朝を代表する桂冠詩人テニソン（Alfred Tennyson, 1809-92）にも七篇の方言詩（リンカンシャー方言）が存在する。だが、十八世紀には、スコットランド方言を用いて詩を書いたバーンズ（Robert Burns, 1759-96）がいたとはいえ、方言を作品に取り入れることはまだ大層稀であった。それゆえ、サディの方言等をまじえた語り方に対する友人たちの示唆から受けたエッジワースの危惧は、文学方言に対して免疫のできた今日の私たちが感じる以上に、ずっと大きかったものと思われる。

また、『ラックレント城』でエッジワースが行ったような作品に注釈を付す行為そのものも、すでにベックフォード（William Beckford, 1759-1844）の『ヴァセック』（*Vathek*, 1786）に先例がないわけではなかったが、十八世紀においては極めて異例なことであった。エッジワースに関して言えば、以後の作品において彼女は脚注だけを付して、注解《グロッサリー》を付すことはしなかった。(24)『ラックレント城』での彼女のこの試みは、後にスコットに受け継がれ、彼のウェイヴァリー・ノヴェルズでは注釈が施されることになるのである（ピカリング版三一八頁注134）。

『ラックレント城』における「注解」に話を戻そう。急遽付け加えることが決定された「注解」の作成は一七九九年の秋頃になされた。そして同じ一七九九年にはエッジワースの協力を得て、父親のリチャード・ラヴェルにより「序文」も執筆された。完成した「注解」はすでにその小説が印刷に回されていたため、印刷業者の都合を考えて、通常一番最後に印刷される前付きの部分――この場合は「序文」の後――に入れられ、かくして初版本が一八〇〇年一月に出版されたのであった。後の版では、この「注解」は通常の位置、つまり小説の一番最後に置かれている（ペンギン版五頁、三四七―四八頁注1）。

この小説は、エッジワースの作品の中ではいわゆる早書きのものに属する。エッジワース自身の説明によれば、『ラックレント城』がはじめて執筆されたとき、「文字通り、一つの訂正も変更も加えることもなく、写しもとらず、また、覚えている限りでは行間の書き込みもすることなく――執筆され

(24) ただし、女流作家 Mary Leadbeater の *Cottage Dialogues among the Irish Pocr* (1811) にマライアは七五頁におよぶグロッサリーを付けている。注釈に関してはペンギン版三五一頁の注44を参照。

ると そのまま、印刷に回された」のであった（*MEB* 290)。しかもすでに述べたように、本来、家族を楽しませるために書かれたものであり、また「注解」は急遽付け加えられることになったという諸般の事情のために、細かな推敲が十分になされなかったことが原因だと思われるが、この作品の本文や「脚注」、「注解」には誤植や矛盾、重複等が見いだされる。エッジワースは初版以降の版で多少の修正等を行っているが、なお若干の誤植や矛盾、重複が依然として認められる（例えば、「脚注21」と「注解29」で繰り返される"kilt"の説明、あるいは「訳注」81と「訳注」139、「訳注」164等を参照)。

しかし、そのような些細な矛盾等の欠点をものともせず、『ラックレント城』は出版後、たちまち好評を博し、一八二五年にエッジワースの最初の著作集（十四巻）が刊行される以前に、ロンドンで出版された版だけですでに六版を重ねている。[25] 伝えられるところによると、ジョージ三世（在位一七六〇－一八二〇）や首相のピット（William Pitt, 1759-1806；首相 一七八三－一八〇一、一八〇四－〇六)、元アイルランド最高司令官のカーハンプトン卿（Lord Carhampton; 一七九六－九七年にアイルランド最高司令官）といった当時の有名人たちもこの本がお気に入りであったと言われている（*MEB* 359)。

大ブリテンとの連合 —— アイルランドとイングランドの相互理解

ところで、『ラックレント城』の執筆時期の後半、とくに一七九八年から一七九九年と言えば、「アイルランドで最初の大規模で急進的な反帝国主義運動」と評される、ユナイテッド・アイリッシュメンの反乱（一七九八年五月－十月）が勃発し、各地で騒乱が起こった時期と重なっている（エリス九二、一〇四頁）。エッジワース一家も、一七九八年九月に反徒たちが押し寄せてきたため、エッジワースタウンからロングフォードへ一時避難する事態に見舞われている。そしてその反乱の鎮圧後、イギリスのピット政権によって提唱されたイギリスとアイルランド両国の連合問題が活発に討議されることになる。一七九九年にアイルランド議会は、激しい議論の末にその連合法案を一旦は否決した。しかし、やがて体制派は、一七〇七年のスコットランド併合の際に用いたのと同様の、買収戦術に訴えて多数派を占めることができ、結局、連合法案は一八〇〇年に両国議会を通過、翌年の一月に施行されることとなる。かくして、三〇〇人のアイルランド議員からなるアイルランド議会は解散され、代わって、アイルランドは一〇〇人の下院議員と三二人の上院議員（四人の主教と二八人の貴族代表議員）に代表される、連合王国の一部となったのである。[26]『ラックレント城』の「序文」や本文末尾の「あとがき」における「大ブリテンとの連合（19）、（140）」への言及は、こうした執筆当時の歴史的・

（25）*MEB* 359では五版を重ねたと述べられているが、ここではワールズ・クラシックス版一一八頁およびピカリング版vii頁の記載に従った。ロンドンで出版された版の出版年は次の通りである。第一版は一八〇〇年、第二版は一八〇一年、第三版は一八〇一年、第四版は一八〇四年、第五版は一八一〇年、第六版は一八一五年である。この他に、現在わかっているところではダブリン版の第一版と第三版がそれぞれ一八〇〇年（ロンドンの初版本からの印刷らしい）と一八〇二年に、アメリカ版が一八〇二年（著者の名前なしで出版された海賊版）と一八一四年（ボストンで出版）に出されている。なお、ドイツ語、フランス語の翻訳本は一八〇二年に出版されている（"Maria Edgeworth," *The New Cambridge Bibliography of English Literature*; Slade 51-57）。

政治的状況を反映したものである。そうした観点から言えば、この小説が「諸々の事実、ならびに、一七八二年以前のアイルランド郷士の風習を基にしたハイベルニア物語」を副題としていることが注目される。

一七八二年は、エッジワースが両親とともにアイルランドに定住した記念すべき年であるとともに、いわゆる「グラタン議会」が成立し、アイルランド議会のイギリス国王および枢密院への従属を規定した一四九四年以来の「ポイニングズ法」が事実上撤廃され、アイルランド議会がほぼ独自の立法権を得た、記念すべき年でもある。つまり、エッジワースはユナイテッド・アイリッシュメンの反乱とそれに続く大ブリテンとの連合問題でアイルランド議会の存続が危ぶまれている状況下で、アイルランド議会が事実上の独立を達成していた時代よりも古い、過去の時代を背景とする物語を書いたことになる。副題中の「ハイベルニア」という、アイルランドの古名の意図的使用は、この物語の持つそうした過去の時代性を雅趣豊かに示唆していよう。「序文」においても、この回想録は「別の時代の物語（18）」であり、「そこに書かれている風習は現在のものではない（19）」と「編集者」なる人物が念を押している。「編集者」によれば、この物語に登場するラックレント家は廃絶して「すでに久しい（19）」一族である。彼らは「もはや現在のアイルランドではお目にかかることのできない人物たち」であり、「現今の新しい世代」よりも、アイルランド国民がまだその「独自性」を色濃くとどめていた、彼らの「御先祖たち（19）」に属する一族なのである。「序文」の末尾で、「編集者」は「アイルランドが大ブリテンとの連合によってその独自性を失うとき、アイルランドはかつてそこで生きていたあまたのキット卿やコンディ卿らのことを、おおらかな笑みを浮かべつつ懐古することであろう（19）」と予言している。そしてすでに述べたように、この作品が発表された翌年にアイルランドは実際に連合王国の一部となってしまうのである。

だが、「大ブリテンとの連合によってその独自性を失う（19）」ことになるとしても、例えばアイルランド議会の解散のように即座に失われていく政治的制度とは異なり、その国民性は、個人の場合と同様、「次第にその独自性への愛着を失」うものであり、即座に「新しい習慣」や「心機一転（19）」がなされるわけではない。つまり、過去を引きずりながら徐々に変化していくのであり、そこには歴史的な断絶と同時に連続が存在する。「編集者」が「現在のアイルランドではお目にかかることのできない人物たち」と断言しているにも拘わらず、ラックレント家のような野卑で鈍感な地主一族は、事実、この作品が発表された一八〇〇年にはまだ絶えてしまっていたわけではなかった、と指摘されている（*MEB* 357）。とすれば、ますます、この古《いにしえ》のハイベルニアはエッジワース自身が生きて暮らしている「現在のアイルランド（19）」と断絶しながら連続していることになる。このような意味において、このハイベルニアの物語を理解することは「現在のアイルランド」を理解することに通ずる

（26）　アイルランドの歴史に関しては、エリス一一〇－一一一頁および『イギリス史3』六六－六九頁、*The Oxford Companion to Irish History* の"Union, Act of (1800)"の項による。ただし、上院議員の数はエリスの本では二八人となっているが、『イギリス史3』では三二人となっている。なお、当時、議員であったリチャード・ラヴェルは、アイルランド合同法案に対して、それを擁護する弁を行いながらも、法案採用を強力にする為に使われた手段（投票買収）を理由に、その法案に反対の投票をしたと伝えられている。

のである。

アイルランドを理解すること――それは、アングロ・アイリッシュであるエッジワースが十四歳でアイルランドに定住して以来、それまで育ったイングランドの世界とは異なる、特異なアイルランドの世界に直面して身をもって実践してきた事柄であったと言えよう。と同時に、それはピット政権が執拗に提唱していた両国の連合という差し迫った問題を前にして、アイルランドのことをほとんど知らないイングランド人に切に望まれる事柄でもあった。なぜなら、「あとがき」で「編集者」が指摘しているように、アイルランドはイングランドの「姉妹国」でありながら、つい最近までその生活習慣についてはアイルランドほどヨーロッパ諸国の中で「イングランド人に知られていない国は無かった(139)」からである。

とは言え、この「序文」で表明されている、互いに疎遠なアイルランドとイングランドの相互理解の必要性は、エッジワース独自の主張というのではない。すでにエッジワースの同時代人シャーロット・ブルック(Charlotte Brooke, 1740-93)が一七八九年に出版された『アイルランド詩拾遺集』(*Reliques of Irish Poetry*, 1789; アイルランドの古い詩を集め、英語に翻訳したものに彼女自身の手になる長詩が一編収められたもの)の序文において主張していた事柄でもあった。

これまでのところ、ブリテンという私たちの高貴な隣人は私たちのことを知らなさすぎます。もし私たちがもっとよく知り合えば、もっと良い友人同士になるでしょう。ブリテンの詩の女神はこの世に姉妹がいることをいまだ知らされておりません。それゆえ、私たちは互いに紹介し合いましょう。(Brooke vii)

隣国同士でありながら、アイルランドとイングランドが互いにたいそう疎遠であり、それゆえ互いによく知り合って良き友となるべきである、というブルックの主張は、そのままエッジワースの「序文」の中にこだましていると言えよう。[27]そしてスコットによるエッジワース評によれば、エッジワースは彼女の小説をとおして、アイルランドの国民性を公にしてその評価を高め、「大英帝国の他民族に、これまであまりにも長い間無視され、かつ、あまりにも過酷に虐げられてきた一民族の特異で興味深い特性を知らしめた」[28]のであった。

以上見てきたように、アイルランドに対する理解の深まり、換言すれば、アイルランドとイングランドの相互理解の推進こそ、エッジワースが「脚注」と「注解」を完備したこのサディの回想録で希求していたものであったと言えよう。その希求の基盤となるのは、両国を共に見据える眼差しである。そしてその眼差しは、人生の前半を主としてイングランドで、後半を主としてアイルランドで過ごし

(27) 興味深いことに、『ラックレント城』の「序文」が執筆されたのと同じ一七九九年に執筆された「リメリック手袋」(『ありふれた物語』中の一編)においても、エッジワースは両国の相互理解と和合の必要性を説いている。この物語では、イギリス人のなめし皮屋とアイルランド人の手袋商人が和解して、「敵同士から有益な隣人同士」に変身していくのである(『アイルランド短篇選』五五頁)。

(28) スコットが一八一八年にエッジワースに宛てた手紙(Seton x)。

た経験を持ち、さらには父親の広い交際仲間とのつきあいを通じて、イングランド人とアイルランド人の間に見られる生活やものの考え方の相違を身をもって明確に把握しえたエッジワース――『ラックレント城』が執筆されたのはエッジワースが三十歳前後の時で、十四歳でアイルランドに定住するようになった彼女にとって、この作品の執筆時点での彼女の人生は前半のイングランド時代と後半のアイルランド時代にほぼ二分されることになる――ゆえに、十分に可能となったものなのであった。

登場人物とモデル

エッジワースが『ラックレント城』で描き出したアイルランドは、彼女が地主一家として住んだ大きな館での生活とそれに付随する地所の管理から直接得られた知識や経験、および、以下に述べる彼女の先祖たちの記録に主として立脚するものである。

エッジワース自身がそのモデルの存在を告白しているのはサディだけである。だが、エッジワースはラックレント家の人々に彼女自身の祖先たちの中に見いだすことのできなかったような特性を付与することはなかったと言われている。すでに本解説の「エッジワース家の祖先」（本書292－300頁）でも触れておいたように、ジョンやサー・ジョン、プロテスタントのフランクをはじめとする、エッジワースの祖先たちがラックレント一族四世代の実在のモデルであり、負債と財産目当ての結婚の組み合わせからなる系図物語という、この小説の大筋を提供したのである。ラックレント家の人々は酒好き、狩猟好き、訴訟好き、賭博好き、決闘好き、結婚の策士、浪費家等々の特徴を持ち、代々の当主は利己的で小作人たちを顧みないが、そうした道徳的欠点にもかかわらず、際だって個性的な魅力やヒューモア、果てはペイソスを持った人物として描き出されている。

もっとも実在のモデルと言っても、文字通り実物を写生したという意味ではない。「誰か個人をもとにして、登場人物を——滑稽な人物や欠点のある人物はもちろんのこと——描いたことはほとんどありません」とエッジワース自身が自作に関して述べているように、彼女は扱う素材と自分とのあいだに距離を設定している。つまり、エッジワースは実在の人物たちの性格や行為を部分的に借用したり自由に組み合わせたりして、一種のタイプとして登場人物たちを虚構的に造形していったのである(Seton xli)。そもそもラックレント家がエッジワース家とは異なり、アングロ・アイリッシュではなく、古くからのゲールの家系と設定されている点にも、そうした虚構性が明白に認められよう。

「決闘好きのキット卿」のモデルは、部分的には、すすんで一騎打ちをすることが枢要徳の一つだと考えていたらしい、エッジワースの祖父リチャードの従兄弟にあたる牧師に求められる（*MEB* 16n1)。だが、同時に、［脚注6］でも言及されているように、キット卿とその幽閉された奥方の話は、マグワイア大佐とキャスカート令夫人の実話がそのモデルとなっている。リチャードの従兄弟にあたる牧師の性格とマグワイア＝キャスカート事件が組み合わされて、キット卿の物語が織り上げられているのである。

「酒好きのパトリック卿」は、大盤振舞をして散財したエッジワース家の二代目当主ジョンのような、アイルランドの陽気で狩猟好きな地主がモデルだと思われる。「訴訟好きなマータ卿」はエッジワースの祖父の叔父たち――ロバート（Robert）、ヘンリー（Henry）、およびアムブローズ（Ambrose）――がモデルであり、マータ卿にまつわる法律的事項の詳細はエッジワース家の歴史から借用された。

「自堕落なコンディ卿」のモデルは、善良だが無頓着な浪費家であった「プロテスタントのフランク」であり、また一部は奇妙な怠惰さを有していたポール・エラーズ（Paul Elers; リチャード・ラヴェルの最初の妻ホノウラの父で、それゆえエッジワースにとっては母方の祖父）であると考えられているが、エッジワースの祖父の叔父ロバートの子孫の一人もモデルであるらしい。というのも、彼は彼の妻の親戚の者たちによってまんまとうまい汁を搾り取られた人物なのであった。

コンディ卿の物語に関する［注解26］で言及されている、E氏とM氏の土地の境界線をめぐる訴訟事件――この注解そのものはマライアが一八一〇年の第五版で付け加えたものである――の内容は、エッジワースの祖父と隣人のマコンキー氏（Mr. McConchy；マコンキー家はエッジワースの時代でも依然として隣人であった。エッジワースの祖父と争ったのは、当時のマコンキー氏の曾祖父にあたる人物）との間で争われた訴訟であり、実際に起こったことであった。

もっともよく知られているのは、サディのモデルとなったジョン・ランガン（John Langan）である。彼はエッジワースがアイルランドに定住した一七八二年以来ずっと、エッジワース家の家令を務めた人物である。エッジワースは一八三四年九月六日づけのスターク夫人（Mrs. Stark）宛の手紙の中で、「実在の人物をモデルとして描かれた唯一の人物はサディ自身です。……彼は老年の家令でした。（もっとも、当時、彼は大層年をとっていたわけではなく、彼の年齢は私が加算したものです）」と、述べている（*MECL* 243）。

サディの語りの問題——「えこひいき」とアイロニー[29]

1　信頼できない一人称の語り手

この小説は、すでに触れたように（「解説」325頁参照）、解釈という面で実にやっかいな面を含んでいる。

なるほど『ラックレント城』の大いなる魅力の一つが、方言をまじえた農民階級の語調でアイルランド的レトリックとヒューモア（例えば、マータ卿の四九件の訴訟についてのサディの言説に関する［注解10］の指摘を参照）をもって語る喜劇的人物サディの語りにあることは、この小説の読者が皆一様に認めている点である。[30]そしてサディの語り口と彼の語りによって伝えられるアイルランドの特

（29）以下、この節の解説は大嶋「『ラックレント城』におけるサディの語りの問題」を加筆修正の上、転載。

質や風習は豊かな地方色をつくりだし、見事なリアリズムを生みだしている。だが、スコットが「不滅のサディ」(the immortal Thady [Scott, *Lives of the Novelists* 344]) と呼んで称賛した、この老家令サディの語りは、たんに喜劇的要素やリアリズムに貢献しているだけではない。この小説を貫くアイロニーにも貢献している。

『ラックレント城』は、回想録小説として、『ロビンソン・クルーソー』や『モル・フランダーズ』、『ガリヴァー旅行記』等と同様、語り手が登場人物の一人である一人称の物語 (first-person narrative) である。もっとも、『ラックレント城』の主要な語り手サディは、主人公であるラックレント城の当主たちに仕えた使用人 (召使い) であり、いわゆる「証人としての〈私〉」("I" as witness) という等質物語世界的語り手であるのに対し、『ロビンソン・クルーソー』や『モル・フランダーズ』、『ガリヴァー旅行記』の語り手は、語り手自身が主人公であり、いわゆる「主人公としての〈私〉」("I" as protagonist) という自己物語世界的語り手である。厳密に言えば、一人称の物語はその語り手の役割に応じてこのように下位区分することが可能であるが、いずれにせよ、一人称の物語はその語りがわれわれの日常での話し方に近い自然さをもっているため、読者に親近感を与え、読者を納得させやすい効果を持っている。しかし一方、視点がその語り手である「私」に限定されているため、ときに情報が余りに制限され、その語りの信頼性が問題となりうる。(31)

サディがいわゆる信頼できない語り手 (unreliable narrator) であることは、一見明白である。「編集者」自身も、「序文」で「彼 [サディ] は無学な老家令であって、彼がそのもとで生まれ育った屋敷の御一族様へのえこひいきぶりは読む者にありありと伝わってくるに違いない（18）」と明言している。その意味では、この小説は構造的アイロニー（structural irony）と呼ばれるものを含んでいることになる。だが、どの程度に信頼できないのか、どのような構造的アイロニーを含んでいるのか、を見定めようとすると一筋縄ではいかない。テリー・イーグルトン（Terry Eagleton, 1943-）も指摘しているように、「一家の年老いた忠実な召使い」サディとその彼が「追従的な愛情を込めて」語る主人たちとの間の「差異と同一性の戯れ」（Eagleton 161, 162）が問題となってくるからである。

以下、イーグルトンやウィリアム・A・ダンブルトン（William A. Dumbleton）の見解を参照しながら、この問題がはらむ豊かな内容の一端を見ておこう。

（30）『ラックレント城』の最も初期の書評の一つと見なされるもの（*British Critic* [Nov. 1800]: 555）において、すでに、その巧妙な文体と実に喜劇的で巧みに描き出された「正直サディ」がこの作品の成功の要因として挙げられている。

（31）すでに指摘したように、『ラックレント城』は『嵐が丘』や『闇の奥』と同様、重層的な語りの構造を持っている（「解説」323－325頁を参照）。『ロビンソン・クルーソー』や『モル・フランダーズ』、『ガリヴァー旅行記』にも巻頭に「編集者」なる人物の緒言が存在しているので、その緒言を一次的物語と見なせば、重層的な語りの構造を持っていることになる。それゆえ、より厳密に区別すれば、使用人ないし脇人物の語り手としてのサディは、ネリー、マーロウと同様、メタ物語世界の水準における、「証人としての〈私〉」（等質物語世界的語り手）であるのに対し、メタ物語世界の水準における、「主人公としての〈私〉」（自己物語世界的語り手）であると言える。『ラックレント城』『ロビンソン・クルーソー』や『モル・フランダーズ』、『ガリヴァー旅行記』の語り手である主人公たちは、メタ物語世界において、サディというメタ物語世界的な一人称の語り手の信頼性を問題にする場合、「編集者」という物語世界内的な一人称の語り手の信頼性の問題も考慮されねばならない（語り手の分類に関しては「解説」325頁の注22を参照）。

2　サディの語りをめぐる三種類の解釈

まず、ダンブルトンは「正直サディ（20）」が「甘いお世辞」を操り、「言語ゲームを楽しんでいる」[32]一種のおべっか使いであり、口に出していることと心の中で思っていることが常に異なる偽善者だと解釈している。

サディはアイルランドの小作人で無学ではあるが、アイルランド流の生き方という点では大変抜け目がなくて物知りである。彼はいわゆる甘いお世辞とも呼ばれるものをそなえている。読者には彼がお世辞にいいことを言って、うまくやっているのが分かる。小作人と地主という関係から、彼はこのような態度をとらざるを得ないのである。……サディはすべて正しいことを行い、言っている振りをするが、いつも心の中では他のことを考えている。（Dumbleton　22）

サディをこのように意図的に人を欺いている偽善者だと解釈する場合、サディは意図的にアイロニカルな言葉を駆使する「二心ある反逆者」に属し、彼のえこひいきは「共謀を装った反抗」として読者に受け取られることになる（Eagleton 165, 166）。そしてこの作品は、アイルランドの二階級――「アイルランド人の無学な小作人階級と本来はプロテスタントのイギリス人である上流地主階級」――の対立を映し出し、「民衆による土地の回復という、古くからのゲールの夢の不吉な実現」を表している、といった読解がなされうる（Dumbleton 18；Eagleton 166）。

一方、ダンブルトン的解釈とは対照的に、サディのラックレント家への敬意・忠義を言葉通りに受け取る解釈も成り立つ。その場合、サディは無価値な地主に忠誠を誓う「見かけ通りの間抜け」（Eagleton 166）として、彼の盲目的なえこひいきに、読者がアイロニーを認めていくことになる。そしてこの作品は、サディの息子ジェイソン（Jason）に代表される「新しい、仮借なき功利主義的秩序」の勝利と「金使いの荒い、古い地主階級の終焉」を描いたものであり、「風刺的な冒頭と哀調に満ちた結末」の相違に、イデオロギー的葛藤――すなわち、「その道徳的卑劣さがいかなるものであれ、被支配者たちの忠誠心を確保しうる、無秩序ではあるが活力に満ちた支配者階級の価値観と、より真面目ではあるけれども、その禁欲的な功利性ゆえに熱烈な信奉者をほとんど獲得することのない社会階級の合理的美徳、とのあいだの葛藤」（Eagleton 163）――が体現されていると読解されうる。あるいは、父親のリチャード・ラヴェルと同様にエッジワース自身が抱いていた社会階級間の融和・平和的共存の理念に注目すれば、この作品は、「サディとラックレント一族間に見られる二階級間の精神的絆が……道徳的には明らかに退行的であるとしても、原則的には有益である」と主張するもの、ないしは逆に、この作品における支配者階級はエッジワースのそのような理念を担いうる存在

（32）　Dumbleton 25. なお、引用文の日本語訳に関しては、桑原博昭訳（ダンブルトン、『アイルランド』〔あぽろん社、一九九〇〕）を参考にした。以下、同様。

ではなく、ラックレント一族のような粗野で搾取的な支配者階級の活力はうわべのものにすぎず、「倫理的代償に値しないもの」(Eagleton 164) として却下すべきであると主張するもの、といった読解がなされうることになる。

サディの忠誠心を偽善的なものと愚鈍的なものと解する、これら両極的な解釈に対して、イーグルトンは「自己欺瞞的」(Eagleton 167) とする解釈を提起している。

おそらく彼［サディ］は自分の主人たちを愛していると本当に信じている。だが、実際にはそうではない。おそらく無意識に主人たちに反対しているが、この真相を自らに対して認めることができないのだ。……彼は二組の、相矛盾する信念にとらわれているのであろう。一つは「公式的な」信念――彼が形式的に支持していると思われるもの――もう一つは、彼自身が敬虔に公言している忠誠心に無意識のサブ・テクストを与える、「非公式な」見解である。(Eagleton 167)

さらにイーグルトンによれば、サディは家僕であって、ある意味では女性と同様の位置にある。「紋切り型となっている女性的な、親密さや散漫な細部に対する眼差しや公的世界に対する斜に構えた態度、が見られる彼の物語は……あるレヴェルにおいては、夫のことを知りすぎていて悪くにしか考えることができないのに、自分自身を不忠者と明言することを家父長制によって妨げられている妻の語る物語」と見なせるものであり、そして「結局は自分の得になるサディのしくじりや見落とし――例えば、ペンを落として、より都合良く、主人のことを立ち聞きし続けることなど――は……厳密な意味で、フロイト的な失錯行為にあたり、意識的な精神から除外された鬱積した敵意の徴候」であると指摘している（Eagleton 167）。この場合、サディは無意識のレヴェルではじつは二心ある反逆者、背信を抱いた忠義者と同様であり、彼の一見盲目的なえこひいきは自己欺瞞的にアイロニカルなものと解されうる。そして、この作品は「意識的信念と無意識的意図が確実に反目しうるイデオロギーの作用を極めて洞察力豊かに描いたもの」として、「アイルランドでは真理と虚構が……解きがたいほど絡み合っている」ことを示したものと解されうることになる（Eagleton 167）。

　ダンブルトンもイーグルトンも明言はしていないが、サディの語りに関する彼らの解釈が示唆しているように、『ラックレント城』を支配者階級のラックレント家とそれに代々仕えてきた被支配者階級のサディ一家との関係に注目して眺めると、そこにはラックレント一族四代が代々散財を重ねて没落していくのにほぼ反比例して、サディの一族四代の方はラックレント家の御者から家令へとその召使いの地位を次第に上昇させ、ついにはラックレント一族に代わるラックレント城の当主にまで登り詰める、という交差配列法《カイアズマス》的な構図が配されていることに気づく[33]。「正直サディ」の忠誠心をめぐる、上述の三種類の相対立する解釈――偽善的なもの、愚鈍的なもの、自己欺瞞的なもの――は、言うまでもなく、この交差配列法的な構図に込められた意味の解釈とも密接に連動しているのである。

3　道徳的メタ言語の問題

さて、訳者としてはサディの語りをめぐる三種類の解釈のうち、イーグルトンの指摘する、サディのえこひいきを自己欺瞞的なものとする解釈に惹かれるものである。というのも、サディの心はその心底では、家令として主人たちに対して抱く忠誠心と父親として息子に対して抱く愛情――「それがしとしましてはこれを司祭にする心づもりでいたのですが、せがれは自分でもっと立派にやりました(38－39)」とサディがジェイソンを褒めている場面がある――の間で二分され、その両極を揺れ動いている一面があるように思われるからである。下克上的に息子のジェイソンが出世の階段を昇っていくにつれて、サディはジェイソンの無情さに対する非難を増し、コンディ卿への忠誠心――主人たちの中でも、とりわけコンディ卿はサディにとって「常に比類なくお慕わしい方だった(58－59)」と述べられている――の方へ彼の心はより傾いていくように見えるが、それは心の揺れが主人側へ傾いたというだけであって、彼の心の揺れそのものが解消したわけではない。イーグルトンのいう自己欺瞞的とする解釈は、このサディの微妙に二分された心の状態をよく説明しうるのではないだろうか。だが、そのイーグルトン的な解釈がより妥当であるとする決定的な決め手はない。なるほど、イーグルトンが一時的に譲歩しながら認めているように、「たいそうイングランド的な皮肉っぽい恩着せがましい態度で、サディの混乱したアイルランド的言説を制御し調整する、序文、脚注、注解」が「標準（規準）を定める編集上の装置」(Eagleton 164) として存在している――つまり、信頼できない一人称の語りのはらむ危険性を検討してサディとラックレント一族に否定的な判断を下すように読者の読みを導くメタ言語としての役割を果たしている――と言うことができるが、その機能は必ずしも十分なものではない。しかしイーグルトンが最終的に下している、『ラックレント城』は、劇的直接性のために道徳的メタ言語なしで済ませている」(Eagleton 168) という結論は、この作品における道徳的メタ言語の機能を過小評価したものと言えるのではないだろうか? サディに関してはイーグルトンの結論があてはまるとしても、ラックレント一族に関しては「編集者」による「序文」等が道徳的メタ言語の機能をかなり果たしていると言えそうである。

まず、サディに関して見てみよう。サディの回想録に付けられている「脚注」と「注解」は方言や習俗などの好古的・土俗的解説が主であり、中には「編集者」が解説好きの好古家・教師調を駆使して挿話や伝説をまじえ、独立した土俗の短い物語を形成するほど詳細なものもある。これらの注解は、サディの語りをたびたび中断させて物語の流れをとぎらせてしまうという欠点をもっているが、他方、

(33) 厳密に言えば、サディの回想録に登場するラックレント一族は、「タリフー・ラックレント卿 (21)」を含めて考えれば、五代となる。また、サディの一族も、サディの「曾祖父 (25)」を含めれば五代となる。なお、サディの曾祖父の職業については言及がなく、サディの祖父と同様にパトリック卿ないしオショーリン家の御者であったのかどうか、その点ははっきりしない。また、サディの父に関しては一切言及がなく、その職業もはっきりしない。しかし、サディが「わしはコンディ様にお仕えしている者で、わしのうちのものはここ二百年かそこら、ずっと御一族様にお仕えしてきたんだよ (84)」と述べていることから判断して、サディの一家は曾祖父も父も含めて、先祖代々、オショーリン家およびオショーリン家がラックレント家となってからはそのラックレント家に仕えてきた一族であったと言える。

本文と呼応し合って、その土俗性が強調され、地方色を一層増幅する効果を生み出しているようである。また、「編集者」が装う、その好古家的態度は、カトリックとプロテスタント双方が共有できるケルトの歴史的伝統に読者の目を向けさせ、ラックレント一族の没落とサディの息子の出世・成功という構図に含意される、この作品が執筆された一七九〇年代後半の政情――すでに触れたように、一七九八年にはついにユナイテッド・アイリッシュメンの反乱が勃発して各地で騒乱が起こり、エッジワース一家も反徒たちが押し寄せてきたため、一家の住まいのあったエッジワースタウンからロングフォードへ一時避難する事態に見舞われている――と直結する、不穏な体制転覆的要素を軽減することに貢献していると言えよう。(34) このように「脚注」と「注解」は、地方色の増幅という地域小説的側面や体制転覆的要素の軽減という政治的側面に専ら関わって機能し、サディの語りの信頼性の問題に対しては何ら決定的な光を投げかけるものではない。そしてすでに触れた、「編集者」が「序文」において指摘している、無学な老家令サディの「**御一族様**へのえこひいきぶり」にしても、その明らかなえこひいきが果たして偽善的なものなのか、愚鈍的なものなのか、自己欺瞞的なものなのかを明らかにしてくれるものではない。もっとも、「編集者」がサディのことを「人物の性格を見分ける明敏さも持ち合わせなければ、話の退屈さを軽減する優美な文体も持たず、述べられている諸々の事実から何らかの結論を引き出す知性の広さも見られず、単にあれやこれやと逸話をむやみに書き並べたり田舎町のうわさ話風にだらだらとことこまかに談話を受け売りするしか能のない者たち（17）」の一人であり、「ラックレント一族の歴代記を、土地の言葉を交えながら広い世間の誰もが自分同様にパトリック卿やマータ卿、キット卿やコンディ・ラックレント卿の一身上の出来事に大いに興味をもつことに露ほどの疑いを持たず、物語る（18）」人物と説明している箇所は、少なくともサディのえこひいきが意図的なものではないことを指示するメタ言語として読むことが可能である。だが、その場合でも、イーグルトンも指摘しているように、語り手で回想録の作者であるサディは、当初その回想録を語った相手であり、サディにしきりに勧めてその語られた回想録を書き留めさせた人物である「編集者」を欺いていると見なすことも可能である。なぜなら、この小説中の一登場人物としての「編集者」は、サディから見れば「階級的な敵という範疇にはっきりとあてはまるものであり、そうした人の前では、体面を繕うのが当然であろう」（Eagleton 167）と考えられるからである。

他方、ラックレント一族に関しては、「序文」といわゆる「あとがき」の部分（「あとがき」と明示されてはいないが、「序文」と同様、「編集者」なる人物が語る部分）が道徳的メタ言語としての機能をかなり果たしていると言えるであろう。「序文」で「編集者」が述べている、サディの「**御一族様**へのえこひいきぶり」という指摘あるいは「酒飲みのパトリック卿、訴訟好きなマータ卿、決闘好きなキット卿、自堕落なコンディ卿（19）」という言い方にみられる蔑称的な形容辞、さらには「現今の新しい世代は御先祖たちのことで冷やかされても気を悪くするより、むしろ面白がるものである

（34）長崎 三四－三七頁；Kirkpatrick 77-90 を参照。なお、Kirkpatrick も指摘しているように、この作品における体制転覆的要素は、（家父長的）支配者階級に対する批判だけではない。キット卿の妻の幽閉とその脚注で語られるキャスカート令夫人の幽閉談において、家父長制そのものへの批判を内包するものとなっている。

(19)」という記述は、明らかにラックレント一族に対して否定的な判断を下すように読者を導くものである。さらに、「序文」で言及されていた大ブリテンとの連合の問題と呼応して、「編集者」は「あとがき」の中で「大ブリテンとの連合が、この国の、より速やかな改善を促すか、あるいは逆に改善を遅らせることになるかは、容易に判断できる問題ではない（140）」と述べているが、「より速やかな改善」という言葉は注目に値する。それにはアイルランドが改善されるべき国であること、つまり、否定的判断を下すべき点をもった国であることが表明されているからである。この点に関連して、「あとがき」の中で、「その国の住民たちを写した、最初の忠実な肖像（139）」としてヤング（Arthur Young, 1741-1820）の『アイルランド旅行記』（*A Tour in Ireland*, 1780）が言及されていることは示唆的であると言えよう。ヤングはその本の中で、大ブリテンとの連合により、アイルランドは「カントリー・ジェントルマンの怠惰な一族を……失い、その代わりに、彼らの港は船舶と通商と通商によってもたらされたもので一杯になるであろう」（「訳注」176参照）と述べているからである。ヤングのいう「カントリー・ジェントルマンの怠惰な一族」とは、ラックレント一族のような搾取的な（不在）地主たちに他ならない。しかも「編集者」が「もはや現在のアイルランドではお目にかかることのできない人物たち（19）」と断言しているにも関わらず、ラックレント家のような野卑で鈍感な地主たちは、すでに触れたように、実際にはこの作品が発表された一八〇〇年にはまだ絶えてしまっていたわけではなかった。[35] しかもエッジワース一家が、放任的で搾取的な（不在）地主に対してはそもそも批判的で、自らアイルランドに定住して改良的な地所経営を実践した啓蒙的な地主であった、という事実がある。このような観点から言えば、これらの「カントリー・ジェントルマンの怠惰な一族」こそ、アイルランドにおいてまず改善されるべき点として、「編集者」という男性のペルソナをまとったエッジワースが『ラックレント城』をとおして訴えている事柄の一つであると解せよう。[36] ヤングと同様、「編集者」は、大ブリテンとの連合によりこの改善がより速やかになされると共に、イギリスとの相互交流が進展することにより「ブリテンの製造業者たち（140）」による産業の導入がアイルランドにおいてなされることを願っているのである。[37]

「あとがき」の最後の部分で述べられている、「主として職人たちから成り立っているウォーリッ

(35) 「解説」333頁参照。エッジワースが「序文」において「編集者」にラックレント一族はもはや現存しない過去の者たちであると断言させ、さらにはサディの回想録を「別の時代の物語」（18）であると明言させて、ことさら現在との時間的乖離を強調している理由の一つは、アイルランドの反乱とイギリスとの連合問題で揺れる不穏な政治情勢下で、彼女自身が属する地主階級に対する一種の批判と体制転覆的要素を内包するこの小説があまりに政治的に読まれることをエッジワースが危惧したためであろうと推察される。ジョージ・ワトスンによれば、この本が出版された当時の読者のうち、アイルランドの読者はこの作品を「現今の世代の人々を楽しませる過去の風習を描いたもの」と見なし、イングランドの読者はこの物語を「同時代の肖像」と誤解していた、という(Watson, George xvii)。このイングランドの読者の誤解はある意味では誤解ではなかったわけである。

(36) 「序文」において「編集者」は"he"（ペンギン版六三頁）と呼ばれている。

(37) この期待は、首相のピットが連合を推進する根拠の一つして挙げていたもの——「両国の連合は……イギリス資本家によるアイルランドへの投資を促し、その結果、その国[アイルランド]の生活水準を引き上げることになる」——と通底するものである。なおピットは、この他に、緊急事態に際しての双方の協力活動が確実なものになるということ、および、イギリスとの連合により少数派のプロテスタントも連合王国では多数派になるところからカトリックの参政を恐れる必要がなくなるということ、を挙げている（エリス一一〇頁、ムーディ二七三—七四頁、波多野一五四頁）。

ク州の国民軍は、アイルランド人たちにビールを飲むことを教えたのであろうか、それとも彼らの方がアイルランド人たちからウイスキーを飲むことを教わったのであろうか？（140）」という一文には、この作品における「編集者」（＝エッジワース）の願いが要約的に示唆されていると言えよう。アイルランドではビールとウイスキーの両方が製造され、大量に飲まれてもいたが、安価なウイスキーの方がビールにまして飲まれていた。しかもこの小説が執筆された一七九〇年代には、社会改良家やビール製造業者らによって、ウイスキーによる泥酔の蔓延は是正すべき社会的弊害の一つと見なされ、滋養あるビールに対する下層階級の人々の嗜好を積極的に促進しようとするキャンペーンがおおいに繰り広げられていたのであった（「訳注」179参照）。それゆえ、先の一文には、大ブリテンとの連合による両国の相互交流・相互理解の一層の深まりとその結果もたらされるであろうイギリスの及ぼすアイルランドへの良き影響に寄せる「編集者」（＝エッジワース）の期待・願いが、エッジワースがこの作品を執筆中、実際にアイルランドに駐屯していたウォーリック州の国民軍（「訳注」178参照）を引き合いに出しながら、ビールとウイスキーのコミカルな喩えをとおして表明されていると見なせるのである。

残念ながら、ビール擁護のキャンペーンにもかかわらず、ウイスキーの方が密造しやすいことなどが災いして、結局のところウイスキーの飲酒が減少することはなかったと言われている。先の一文に即して言えば、ウォーリック州の国民軍による良き影響は実際にはもたらされなかったということになるが、それと同様に、大ブリテンとの連合によってもたらされるとエッジワースが期待し願った、イギリスの良き影響も、歴史を見るかぎり、成就しなかったと言わざるを得ない。アイルランドと大ブリテンの連合（一八〇一年）は、アイルランドの庶民にはいかなる状況の改善ももたらさなかったからである。彼らは十八世紀の頃と同様の悲惨さの中で、地主階級からは農奴同然の扱いを受けながら、依然として苦しんでいた。また、アイルランドの産業はより強力なライバルのイギリスとの競合に敗れて急速に衰退していき、一八二九年にはすでにアイルランドの綿・羊毛業は絶滅の危機に瀕するまでになってしまう。アルスターのリンネル業だけは、企業家たちが紡績と織布のシステムを動力式に変え、その産業を近代資本主義的に中央集権化させたことで救われ、イギリス市場の一隅を占めることができたが、アイルランド産業の大部分は国内市場を除いて消滅していったのである。このような状況に対し、アイルランドの国内では前世紀と同様、農民暴動が起こり、他方、国外に職を求めてイギリスやアメリカへ移住する者の数が増加していった。一八二九年に成立したカトリック教徒解放令はカトリックのアイルランドにとって一つの大きな成果ではあったが、この間、大臣や議員によってアイルランドの小作人保護のための法案がウエストミンスター議会に提出されることはほとんどなかったのである。やがて一八四五－四七年にはアイルランド史上最大の出来事である大飢饉が勃発する。しかしこの飢饉と移民の大洪水が起こっている間にも、大地主による農民の収奪と追い立てはやむことがなかった。こうした一連の状況の中から、大ブリテンとの連合を「失敗した結婚」と評してその連合を撤回し、アイルランドの独立を目指す民族的な運動が着実に育っていくことになるのである。エッジワース自身、すでに一八三四年の手紙の中で、当時の過激な党派熱ゆえに、合併後の現今のアイルランドを小説の中で描くことが困難であると次のように吐露している程である。「現実があまりにも強力過ぎ、党派熱が激し過ぎて、見るも耐え難く、姿見に映してその顔を眺める気にもなれない。」(*LL* 550；エリス六章－七章、『イギリス史3』一六三－六四頁、波多野一五三－五六頁、[脚注5] の注4)。

大ブリテンとの連合後、「編集者」が期待していたような、先述の良き影響が成就されていれば、エッジワース自身も含め、アイルランドの人々は、実際に「序文」で述べられているような「おおらかな笑みを浮かべつつ」あまたのキット卿やコンディ卿らのことを懐古することになっていたであろう。しかし現実にはその期待は裏切られたのであり、もしそのことが多分に予想されていたならば、「序文」と「あとがき」でなされている「編集者」によるラックレント一族への言及は、その調子がもっと辛辣なものになっていたに違いない。この作品が大ブリテンとの連合を目前にした時期に書かれ、その連合にエッジワースが明るい期待を寄せることができていたために、「編集者」によるラックレント一族に対する批判は寛大な調子を帯びたものとなっていると言えよう。それゆえ、「編集者」によるラックレント一族批判は、スコットがエッジワースの作品に認めていた、読者にアイルランドのもつ長所には共感をし、その短所は大目に見るようにさせる力——つまり、読者に批判よりも寛大な共感を喚起する力 (Scott, *Waverley* 523) ——に貢献し、批判すべき点というよりもむしろ寛大に許容すべき点として受け取られかねない危険性を多少とも秘めている。しかも、イーグルトンが指摘しているように、ラックレント一族は「粗野な唯物論者」であるとはいえ、「根っからの夢想家」

であり、そうした夢想家が持つ一種の魅力というものを持っている(Eagleton 162)。すなわち、「強迫観念的に自己満足を追求する際、彼らは……向こう見ずなほど経験的世界に対して無関心である。死《タナトス》の本能のドラマがすべてそうであるように、このような途方もない自己蕩尽の壮観から得られる快感がある。そして、そのようにして、この物語はそれが公的には非難しているものを享受するようにわれわれを誘惑する」のである(Eagleton 162)。ラックレント一族が与えるこの「快感」は、「編集者」による「序文」と「あとがき」が本来有する道徳的メタ言語としての機能をさらに幾分弱めるものであろう。しかし、そうであるからといって、その道徳的メタ言語の機能が完全に相殺されてしまうというわけでは決してない。

以上見てきたように、『ラックレント城』における道徳的メタ言語に関してはイーグルトンの結論を全面的に承認するわけにはいかないとしても、その存在と機能が極めて不十分であるということを認めないわけにはいかない。そのため、この小説は読者による解釈という点で多分に決定不可能性をもつ、開かれたテクストとなっているのである。特にサディの語りの信頼性の問題は、テクスト内証拠だけでは決して決定性を持ちえず、エッジワースの他の作品や彼女が抱いていた思想等のテクスト外証拠も総動員して、さらに検討される必要があるであろう。

いずれにせよ、サディの語りが『ラックレント城』の主要な魅力の一つをなしていることは間違いない。だが、そのリアリスティックで溌剌とした、饒舌な語り口で読者を魅了するサディは、典型的な信頼できない語り手である。しかも読者の読みを規制する道徳的メタ言語の存在と機能が不十分なため、この小説の構造的アイロニーを解明する作業は多大な困難を伴い、『ラックレント城』の主要部分をなすサディの語りは多義的な読解を誘う。その意味では、この小説は遂行的に読者自身による再解釈を誘発してやまず、繰り返し再読を促す豊かなる曖昧性をはらんだ物語となっているのである。

4　サディの名前の土着性

最後に、サディの語りの持つ魅力と問題性に関連して、彼の名前に関する若干の考察を加えておきたい。

サディの姓名は、開巻早々の自己紹介によれば「サディ・クワーク（20；Thady Quirk）」である。彼の息子のジェイソンも「ジェイソン・クワーク（38；Jason Quirk）」、「事務弁護士クワーク（21；attorney Quirk）」と呼ばれているが、コンディ卿が慇懃無礼に呼びかける場面では「ジェイソン・マクワーク氏（127；Mr. Jason M'Quirk）」となっている。はたしてサディの姓がクワークなのかマクワークなのか、判然としないところがある。登場人物事典類を見てもサディ・クワークとサディ・マクワークの両方の記載が見られる。評伝・研究書でもたいていはサディ・クワークとなっているが、サディ・マクワークとしているものもある。[38] ちなみにジュデイはサディの回想録の中では一貫してジュディ・マクワーク（Judy M'Quirk）と呼ばれている。そもそもアイルランドにおける姓（surname）は、父親の副名（byname）に“Mac”（＝son［息子］）や“O”（＝descendant［子孫］）をつけたものが姓として定着したと言われている。そしてイングランドに支配されていた時代には "Mac" や "O" をはずす傾向があったが、いまでは多くの家が特に "O" を復活させているという（ダンクリング 一〇一頁）。また、トマス・フラナガン（Thomas Flanagan）によれば、"Mac" をはずすことは上流気取りからなされたという（Flanagan 79）。このような歴史的背景および上述のコンディ卿の呼びかけから判断して、おそらくマクワークが正式の姓なのであろう。

ところで、クワーク（Quirk）とはゲール語（ケルト語）で心臓（heart）を意味するCorcの英語化された形であり[39]、マクワークはCorcの息子を意味することになる。クワークないしマクワークはきわめてアイルランド的なゲール語起源の姓なのである。また、ファースト・ネームにあたるサディ（Thady）とは、アイルランドにおいてゲール語で詩人、哲学者を意味するTadhgの英語化された形として使用されてきたThaddeusの、アイルランド特有の愛称形である[40]。愛称（pet name）は一般に十八世紀にファースト・ネームとして受容され始めたと言われている（ダンクリング 一〇二―一〇四頁）。それゆえ、一七〇〇年頃に生まれたと推定されるサディは[41]、歴史的に見てThadyが正式名とも

（38）　Rintoulではサディ・マクワーク、Magillではサディ・クワークと記載されている。なお、Magillではジュディもジュディ・クワークとされている。評伝・研究書でサディ・マクワークと記載しているものとしてはFlanaganや*MRB*が挙げられる。
（39）　Reaney, "Quirk," 287. なお、*A Dictionary of Surnames* によれば、Quirke ないし Quirk はゲール語で心臓を意味する corc あるいは髪の房（tuft of hair）を意味する curc の英語化された形である、と説明されている。
（40）　"Tadhg," and "Thaddeus," *A Dictionary of First Names*. なお、Thaddeusは十二使徒の一人で新約聖書の「ユダの手紙」の著者だと考えられている聖ユダの別称（マルコ三章十八節）でもある。

Thaddeus が正式名とも考えられうることになるが、それは大した問題ではない。エッジワース自身もそんなことにはこだわっていなかったはずである。むしろ大事なのは、この作品中で語り手の老家令が常にサディと呼ばれていて、このファースト・ネームが元来アイルランドに特有の愛称であり、アイルランドの地域性を強く喚起する名前であるという点である。興味深いことには、アイルランドにおける一般的な人名であり、かつ、軽蔑的にアイルランド人のあだ名として使われていたティーグ（Teague）も、起源をたどればゲール語の Tadhg が英語化されたものであり、それゆえ、Thaddeus やその愛称形の Thady と同一のものであると考えられている、という。[42]

このようにサディ・クワークないしサディ・マクワークという姓名は、ゲール語起源でアイルランドの地域性を色濃く反映した名前であり、この姓名自体が、他の土着のアイルランド的な人名や地名——例えばオショーリン（O'Shaughlin）やオニール（O'Neil）、オシャノン（O'Shannon）やキャリックアショーリン（Carrickashaughlin）等々——と同様、この作品の魅力の一つである豊かな地方色の創造に一役買っていると言えるのである。そして老家令サディの姓名の土着性は、彼が単なる語り手ではなく、彼自身が取りも直さずアイルランドの土着性・地域性に根ざしたアイルランド人（小作人・被支配者階級）気質と生き方を一面において代表する人物であるということを代喩《シネクドキ》的に示唆しているものと解せよう。つまり、サディという人物像の一部を構成する彼の姓名の土着性は、サディという人物像そのものの土着性を指示する記号と見なすことができるのである。

そのような土着性と語源の観点から、さらにサディの姓名に敢えて深読みを試みるならば、独特の語り口をもつサディは数代に亙る「ラックレント一族の歴代記」の語り部・作者として、アイルランド土着の民衆詩人の末裔に連なる人物であるということ、そしてまた、先祖代々、被支配者階級の家系に属するサディが、すでに見てきたように偽善的存在、愚鈍的存在、自己欺瞞的存在のいずれであろうとも、家僕としての老サディは、そのような存在としてのアイルランド人気質とアイルランド流生き方の一体現者として、アイルランド土着の伝統的な庶民の心・心髄（heart）の一面を代表する人物であるということ――これらのことが、詩人と心臓を語源にもつ土着的な彼の姓名に示唆されていると解することも可能であろう。[43] 興味深いことに、彼の姓が意味する心臓の多義的連想は、この作品における語りの信頼性との関連で、さらなる深読みを誘う。その姓には、サディこそ、その饒舌な

(41) コンディ卿がサディを証人にして寡婦給与産の覚書を作成する場面で、サディは「もう齢八十を超して（103）」いるという記述がある。コンディ卿は「一七八二年以前のアイルランド郷士」（「訳注」1参照）に属する人物であるから、サディは一七八二年よりも以前に八〇歳を超えていたことになる。「序文」によれば、サディが「編集者」に彼の回想を語って聞かせたのが「数年前（18）」のことであり、それから「編集者」に説得されてサディが執筆に取りかかり、ようやく完成して「世間の皆様にお目にかけられる次第となった（18）」とある。この本の出版は一八〇〇年一月である。この回想録を完成した後、サディが死去したとは「序文」のどこにも書かれていないので、サディはこの本が出版された当時いまだ耄碌もせず長生きしている人物と設定されているようである。一七八二年よりも以前に80歳を超えているためには、サディは少なくとも一七〇〇年には生まれている必要がある。一七〇〇年生まれとしても一八〇〇年では一〇〇歳の高齢となる。以上のことを勘案すれば、サディの生年は一七〇〇年頃に想定されていると考えるのが妥当であろう。

(42) *OED* および『英語語源辞典』の "Teague" の項。

(43) サディの姓が意味する心臓は、本来、勇気・元気・堅忍の意であると思われるが、ここではその多義性を考慮した読みを試みている。

語り口で物語の糸を紡ぎ出していく主要な語り手として、この作品の魅力の中心（heart）に位置する人物であるとともに、信頼できない一人称の語り手として、この作品が誘発する多義的な読解の核心（heart）に位置する人物であることが込められているのかもしれない。

訳者あとがき

　ある調べもののために、図書館の書架でトマス・デイの『サンドフォードとマートン』を探しているとき、偶然目に留まったのが、デイとも関係の深いエッジワースの代表作『ラックレント城』であった。いざ読み始めて見ると、アイルランドを舞台に家令のサディによって語られる物語のおもしろさに魅了されてしまった。読了後、まだ翻訳がないのが惜しまれ、非才をかえりみず、自ら翻訳を試みることにした。こうしてできあがったのが本書である。

　エッジワースに関してはもちろんのこと、アイルランド文学に関しても門外漢であったわれわれにとって、アイルランドの方言は言うに及ばず、アイルランドの歴史や風俗、法律に関する知識等が要求される『ラックレント城』の翻訳は、いざ取り掛かってみると容易ではなかった。サディによって語られる方言は結局日本語にはうまく移し替えられなかった。意味の通り易さを優先させて、方言として顕著な点に限り、日本語訳にそれを反映するように努める程度にとどめたため、サディの語り口のもつ鄙《ひな》びた土俗性が薄められて、すっきりと整いすぎた感じのものとなってしまった。アイルランドの歴史や風俗、法律等に関してはできるだけ参考書等にあたり、正確を期したが、残念ながら、なお不明な箇所が残ってしまった。不明箇所はその旨、訳注に記してある。また、エッジワースおよびエッジワース家の解説においても、参考書により記述の相違する点が多々あり、閉口した。その相違点の正誤を判断するだけの見識が訳者には不足しているので、主要な相違点は注を付けて説明してある。これらの不明箇所や相違点に関しては、今後も解明の努力を続けるつもりであるが、識者からのご教示をいただければありがたい。

今回の翻訳にあたっては多くの方のお世話になった。とくに神戸親和女子大学の佐野哲郎先生にはラテン語関係およびアイルランド関係のことで、兵庫教育大学のジョン・アルバート・チック先生には英語関係のことで、同じく神戸親和女子大学の瀬尾修先生と天理大学の佐村幸弘先生にはそれぞれカトリック関係とフランス語関係のことで、ご教示いただいた。また、国立民族学博物館の資料を閲覧することができたのは同博物館の福川圭子先生のおかげである。この他にも、国内外の多くの図書館を利用させていただき大いに助けられたが、とりわけ神戸親和女子大学図書館相互利用係および兵庫教育大学図書館の情報サービス係には資料収集の面で大変お世話になった。心から感謝するとともに、改めてこの場を借りてお礼を申し上げたい。

本書は、まず、大嶋磨起が本文（脚注と注解を含む）と訳注の原稿を作成し、大嶋浩が解説その他の原稿を作成したのち、それぞれの原稿を互いに徹底的に検討しあった。それゆえ、本書の内容に関しては、最終的にはわれわれ二人にその責任の一切がある。

本書の「解説」でも述べておいたように、『ラックレント城』の「序文」と「注解」は、エッジワースにより後から急遽付け足されたものである。本書の体裁として、モーレーズ・ユニバーサル・ライブラリー版（*Stories of Ireland*, Morley's Universal Library 36 [1886]）のように、「序文」と「注解」を除いた形を採用することを考えないわけではなかった。「注解」による物語の流れの中断がなくなり、物語がよりすっきりした形で味わえるからである。しかし、作品中の語句や言い回し等が「イングランドの読者には理解し難いだろう」という判断からエッジワースによって付加された「注解」は物語の内容のより十全たる理解を助けるものとして有用であろうし、また何よりも、当時の読者が読んだ形のものを日本の読者に提供するのが望ましいと考え、「序文」も「注解」も訳すことにした。さらに現代の日本の読者にはイングランドの読者以上に、語句や風習等の説明が必要と思われたので、ペンギン版やピカリング版に付けられている注を参照しながら、新たな事項も追加・補充した詳細な訳注を付した。そのため、物語の中で言及されている事項の理解が一層容易になった代わりに、一層、物語の流れを中断する結果となってしまった。それぞれ一長一短があってどの体裁を採用するのが最善であるか、甲乙決めがたいのであるが、最終的に訳者としては大は小をかねるという発想に従ったことになる。つまり、詳しい訳注や解説等は付いていなければ読めないが、必要ない人は随時自由に無視して読んでもらえばよい、と考えたわけである。また、本書の「はしがき」でも触れておいたように、巻末に索引を付け、本書が一種の辞典・事典としても利用できるように配慮した。これらの配慮が妥当なものであったかどうかは、実際に本書を手にした読者のご批判をあおいで判断するしかない。

　本書には、W・ハーヴェイ（W. Harvey, 1796/98-1866）の口絵のほかに、十葉の挿し絵が収められている。その挿し絵はすべてクリスティーン・ハモンド（Christine E. Demain Hammond, 1861-1900）によるもので、マクミラン版（*Castle Rackrent and The Absentee*, 1895）から転載した。同じマクミラン版の他のエッジワースの作品『ありふれた物語』、『不在地主』、『ベリンダ』、『ヘレン』、『両親の助言者』にも、ハモンドは挿し絵を描いている。本書には収めなかったが、『ラックレント城』の挿し絵としては、この他に、一九五七年に出版されたドイツ語訳に描かれている Renate Jessel のものがある（Maria Edgeworth, *Meine hochgeborene Herrschaft*, aus dem Englischen übersetzt von Lore Krüger [Berlin: Aufbau-Verlag, 1957]）。Jessel の挿し絵は全部で十三葉である。興味のある方は見比べてみられるとよいであろう。

本邦初訳であり、訳者たちの力量不足も手伝って、思わぬ誤解や誤訳、不適切な表現等、あらためるべき点があることと思う。読者諸氏からの忌憚のないご意見を賜り、ご教示いただければ幸いである。

最後に、本書の編集と出版の労をとってくださった開文社出版、安居洋一氏に衷心よりお礼申し上げる。

二〇〇一年七月二日　月曜日

訳者　識

索　　引

主要登場人物名索引

主要事項，人名・書名索引

主として，本文(『ラックレント城』の「序文」，「ラックレント城」，「続・ラックレント御一族様回想録」，「あとがき」にあたる部分，「脚注」および「注解」)からは主要事項を，訳者による「注」と「解説」からは主要事項，人名・書名を収録した。

ゴシック体で印刷されたページ数は，そこでその項目に関する説明がなされていることを示す。

ア行

『愛顧』 *The Patronage* 274, 291, **309**, 311
愛国者 patriot 90, 266, 269
「愛国者」 "patriot" 269
アイソラ→アイソラ，ワイルドを見よ。
哀悼歌 lamentation **165-66**, 171
『アイリッシュ・ウイドウ』 *The Irish Widow* **281**
アイリッシュ・ジグ Irish jig **280**
アイリッシュ・ブル Irish bull **281**
アイリッシュ・マイル Irish mile **156**
アイルランド貨幣 Irish money 240, 244-45
アイルランド議会 Irish parliament 90-91, 152, **212**, **215-16**, 236, 259, **267**, 286, 306, **331**-33
アイルランド飢饉→大飢饉を見よ。
アイルランド銀行 Bank of Ireland 91, **269**
アイルランド(国)教会 Church of Ireland 220, 230, 236, 263
『アイルランド詩拾遺集』 *Reliques of Irish Poetry* **334**
アイルランド神学校 Irish seminary 156
『アイルランド征服史』 *Expugnatio Hibernica* 171
アイルランド戦争 the wars of Ireland 168, **178**
アイルランド宗主 overlord in Ireland 191
アイルランド総督 Lord Lieutenant of Ireland **212**, 259
『アイルランド素描』 *The Irish Sketch Book* 249, 257
『アイルランド地誌』 *Topographia Hibernica* 171
アイルランド訛り Irish accent 153
アイルランドにおけるイングランド国王代理 Lord Deputy of Ireland 143
『アイルランドについての報告』 *An Account of Ireland, Statistical and Political* 239
『アイルランド農民の気質と物語』 *Traits and Stories of the Irish Peasantry* 251, 276
『アイルランドの現状について』 *A*

View of the Present State of Ireland 141-42, **143-44**, **146**, 171-72
「アイルランドの現状について」 "A View of the Present State of Ireland"→『アイルランドの現状について』を見よ。
『アイルランドの不合理表現について』 *An Essay on Irish Bulls* **308**
『アイルランドの訪問者』 *The Stranger in Ireland* 189
『アイルランド旅行記』 *A Tour in Ireland* **139**, 149, 234, 246, 276-77, **279-80**, **283-84**, 350
アウトロー outlaw 142, **146**
アウトローリー outlawry **146**, 264
『アエネーイス』 *Aeneid* 144, 170
赤沼地 red bog 234→沼地も見よ。
『アーケオロジア・ブリタニカ』 *Archaeologia Britannica* 177
アーサー王 King Arthur 187
朝の訪問 morning visit 57, **247**
アスカー usker 145
頭から out of the face 65, 125, 199, 201, **256**
アディソン Addison, Joseph 258
『アデールとテオドール』/「アデールとテオドール」 *Adèle et Théodore* / "Adele and Theodore"/ *Adelaide and Theodore, or Letters on Education* 307
アニングズレー Anningsley 306
姉さ shister 118-21, 126, 131-34, 138, 199, **202**
アボッツフォード Abbotsford 312
亜麻 flax 191
甘いお世辞 soft blarney 342
アモリー，トマス Amory, Thomas 281
『嵐が丘』 *Wuthering Heights* **323**-25, 341
アリ塚 ant hill 146, 189→妖精塚も見よ。
『ありふれた物語』 *Popular Tales* **290**, 292, 310, 335
アレン，ウォルター Allen, Walter 291, 320
あんきに fair and easy 75, **184**, **257**
アングロ・アイリッシュ Anglo-Irish **191**, 334
『アンニュイ』 *Ennui* 219, 224
イエイツ，W. B. Yeats, William Butler 172, 247
イギリス議会/ウエストミンスター議会 British parliament 212, 215, 259, 266, 353
イギリス系アイルランド地主 Anglo-Irish landlord 297, 298
イギリス系アイルランド人→アングロ・アイリッシュを見よ。
イーグルトン，テリー Eagleton, Terry 341, 344-7, 349, 354
イシグロ，カズオ Ishiguro, Kazuo 324
移住→移民/ 移住を見よ。
一次的物語 primary narrative 324
一人称の物語 first-person narrative 340

一ペニー郵便制度 penny post 272
偽りの誓い→偽誓を見よ。
糸紡ぎ spinning 28, 231
「いにしえのイングランド風の妖精物語」"A Fairy Tale in the Ancient England Style" **190**
移民/移住 emigration 237, 353
違約金 penalty 29
いわずもがな→さておきを見よ。
イングランド国王代理→アイルランドにおけるイギリス国王代理を見よ。
イングランド流小作人 English tenant 29, **180**
イングランド法 English law 145, 211, 220
イングリッシュ・ポンド English pound 48, **244-45**
イングリッシュ・マイル English mile **156**
印紙 seal 138, 279
インド諸島 the Indies **108**
インド・ヨーロッパ語族 Indo-European 183
インナー・テンプル法学院 the Inner Temple **252**
ヴァイキング Viking 177, **188**
『ヴァセック』 *Vathek* 328
『ヴィヴィアン』 *Vivian* **291**
ヴィクトリア朝 the Victorian age 323, 328
ウイスキー whiskey 26, 63, 68, 113, 116, 140, 155, 159, 178, 184, 200, 208, 251, 265, **285-86**, 352
ウイスキーパンチ whiskey punch 68, 70, 75-77, 93, 103, 107-08, 113-14, 116, 130, 134, **257**, 285
ヴィラタス・テラス villatas terras 206
ウィリアム三世 William III **178**, **296**
『ウェイヴァリー』 *Waverley* 283, 311, 320
ウェイヴァリー・ノヴェルズ Waverley novels 321, 329
ウェイク→通夜を見よ。
ウェイクフィールド Wakefield, Edward 172, 239, 274
ウェスタン郷士 Squire Western 19, **215**
ウエストミンスター議会→「イギリス議会」を見よ。
「ウェセックス」もの Wessex novels 320
『ヴェニスの商人』 *The Merchant of Venice* 213
ウェルギリウス Virgil 141, **144**, 165
『ウェルテルの悩み』→『若きウェルテルの悩み』を見よ。
ウォルポール, H Walpole, Horace 244, 316
うなぎ梁 eel-wire [eel-weir] 30, **235**
ウラルー Ullaloo/Whillaluh→泣き節を見よ。
ウラル語族 Uralic 183
ウルフ，ヴァージニア Woolf, Virginia 326

運動員　agent 82, 89, **260**, 266, 271
エイデルクランツ伯爵　Edelcrantz, M. (Abraham Niclas Clewberg-Edelcrantz) **310**
エヴァンズ　Evans, E. E. 224
エエス様　Jasus 106, 273
駅伝馬車　post chaise 89, **267**
駅馬車　stagecoach 267
エクスペクト　expect **179**
『エジンバラ・レヴュー』 *Edinburgh Review* **312**
エストニア　Esthonia 181, 183
エッジウェア　Edgeware 292
エッジワース，アムブロース　Edgeworth, Ambrose 296, 338
エッジワース，アンナ　Edgeworth, Anna 304
エッジワース，アンナ・マライア　Edgeworth, Anna Maria 258, **301**-04
エッジワース，エドワード　Edgeworth, Edward **292-93**
エッジワース，エリザベス　Edgeworth, Elizabeth **305**, 306, 309
エッジワース，サー・ジョン　Edgeworth, Sir John (1638-1700/1701) **294-97**, 336
エッジワース，ジョン　Edgeworth, John **292**
エッジワース，ジョン　Edgeworth, John (?-1668) **294**-95, 297, 336
エッジワース神父→エッジワース，ヘンリー・エセックスを見よ。
エッジワースタウン・ハウス　Edgeworthstown House **299**, 306-08
エッジワース，トマス　Edgeworth, Thomas 300
エッジワース，ハリエット　Edgeworth, Harriet 315
エッジワース，フランシス　Edgeworth, Francis (c.1565-1627) **292-4**
エッジワース，フランシス　Edgeworth, Francis (1657-1709) **296-97**
エッジワース，ヘンリー　Edgeworth, Henry (?-1720) 338
エッジワース，ヘンリー　Edgeworth, Henry (1782-1813) **307**
エッジワース，ヘンリー・エセックス／エッジワース神父　Henry Essex Edgeworth / the Abbé de Firmont Edgeworth **310**
エッジワース，ホノウラ　Edgeworth, Honora **304**-05, 308-09, 338
エッジワース，マライア　Edgeworth, Maria **302-15**，その他頻出
エッジワース，ラヴェル　Edgeworth, Lovell **302**
エッジワース，リチャード　Edgeworth, Richard (1701-70) **298-301**
エッジワース，リチャード　Edgeworth, Richard (1764-96) **301-03**, 308
エッジワース，リチャード・ラヴェル　Edgeworth, Richard Lovell 152, 213, **299-312**，その他頻出
エッジワース，ロジャー　Edgeworth, Dr. Roger **292**, 293
エッジワース，ロバート　Edgeworth,

Robert 274, 296, 338
エドワード六世 Edward VI 162
『エミール』 *Émile* 301
エラーズ，アンナ・マライア Elers, Anna Maria→エッジワース，アンナ・マライアを見よ。
エラーズ，ポール Elers, Paul 263, 301, 338
エリオット，ジョージ Eliot, George 328
エリザベス一世 Elizabeth I 249
エリザベス朝 the Elizabethan age 318
エリス，P. ベアレスフォード Ellis, P. Berresford 333
エリン Erin 167, 177
エール ale 159-60, 208, 269, 294
演壇 hustings 265
追い立て driving 28-29, 148, 149, 232, 242, 353
追い立て屋 driver 38, 148-49, 193, 232, 241, 242
オウィディウス Ovid 165, 170
王政復古 the Restoration 263
王立芸術協会 Royal Society of Arts 304-05
「大きな館」小説 big house novels 319, 322
大広間/玄関の大広間 great hall 42-43
オカリ，ユージーン O'Curry, Eugene 173
『お気に召すまま』 *As You Like It* 213
贈り物 present 28, 38, 133, 241
オースティン，ジェイン Austin, Jane 289, 291, 326
オスマン宮廷 the Sublime Ottoman Porte 179
『オセロー』 *Othello* 214
御手許金 Privy purse 32, 238
『オトラント城』 *The Castle of Otranto* 316
お部屋 the room 127, 131, 161
覚書 memorandum 102-03, 109, 128, 138, 270
覚えない（思い出せない，あるいは分からない） ... does not mind (recollect or know) 185
お身内の方々→お身内や友人の方々を見よ。
お身内や友人の方々 friends 16, 55, 58, 63, 247
おめでたい方 an innocent 45, 195
『オーモンド』 *Ormond* 224-25, 291
『オーランディーノ』 *Orlandino* 313
織り子 weaver 28
オールワージー Squire Allworthy 318
親地主 head landlord 148-150

カ行

『階下の上流生活』 *High Life below Stairs* 204
悔悛の秘跡 sacrament of penance 230
凱旋パレード，椅子に載せられて to

be chaired 84, **262**
『回想記』→『リチャード・ラヴェルの回想記』を見よ。
回想録小説 memoir-novel **323**, 340
カイトリー Kightly, Charles 206, 209
回廊 gallery 94, **96**
下院→アイルランド議会を見よ。
下院議員 Member of Parliament 82, 85, 89, 106, 260, 262, 263, 267, 272, 306, 331
篝火 bonfire 41-43, 243, 272
駆け落ち結婚→グレトナグリーン・マリッジを見よ。
賭け事 play/gaming 40, 53, 225, 240, 295
カー, ジョン Carr, John 189
カストーディアム custodiam 87, 91, 108, 128, 195, **264**, 270, 272-73
カストーディアムの譲受人たち custodees 108, 272
火葬 cremation 210
仮装舞踏会 fancy ball 105
かたくななイスラエル人 stiff-necked Israelite 52, **245**
かつら wig 100, 151, **158**
カトリック Catholics 220, 227, 229-31, 250, 252, 271, 293-95, 348, 351
カトリック(教徒)解放令 Catholic Emancipation Act 261, 353
カトリック救済法 Catholic Relief Acts 221
カトリック刑罰法 penal legislation against Catholics 178, **194**, 220
カートロン cartron 87, **206-07**
カートン carton →カートロンを見よ。
カーハンプトン卿 Lord Carhampton **330**
寡婦給与産 jointure 33, 103, 109, 128, 130-31, 138, **239**, 245, 296
家父長制 patriarchy 326, 344, 349
カブラ切断機 turnip cutter 304
噛み煙草 tobacco 126, 198
ガラス屋 glazier 90, 94
カラッハの平野 the Curragh 56, **195**
カラム, ドロシー Cullum, Dorothy 296
『ガリヴァー旅行記』 *Gulliver's Travels* 323, 340-41
仮寝所 45, 54, 75, 194, 246
カリマコス Callimachus 141, **144**
ガルソン garçon 155
カールトン, ウィリアム Carleton, William 194, 251, 276
家令 steward 18, 148, 195, 214-**15**, 259, 316, 323, 338-40, 345-46, 348, 358
カローラン Carolan, Turlough 172
かわいいおじゃが little potatoes 90, **157**
棺架 bier 166
感傷喜劇 sentimental comedy 237, **280**
棺台 hearse 167

『カンタベリー物語』 *The Canterbury Tales* 328
カンティング canting 29, 99, **181**
カント cant 56, **195**
カントリー・ジェントルマン country gentleman 283, 350-51
カントリー・ダンス country dance **280**
カンブレンシス/ジラルダス・カンブレンシス Giraldus Cambrensis 155, 166, **171**
義 righteousness 181-82
議員→下院議員を見よ。
祈願日 Rogation Days 228
ギグ馬車 gig 35-6, **239**
儀式室 state room (stateroom) 43
気質喜劇 comedy of humours 318
騎士党員 Cavalier 294
『生粋のアイルランド男』 *The True Born Irishman* 282
偽誓 forswearing/perjury 76, 83, 157
機知 'cuteness [acuteness] / wit 205, 315
気付け薬の小さな壜 little bottle … to smell 73
祈祷書 prayer book 69
ギニー金貨 guinea 36, 129, 131, 133-35, **240**
詭弁 subterfuge 205
気も狂わんばかりになって (grew) mad 33, 109, **192**
キャヴェンディッシュ, ウィリアム Cavendish, William→ニューカースル公爵を見よ。
キャヴェンディッシュ, マーガレット Cavendish, Margaret→ニューカースル公爵夫人を見よ。
キャスカート令夫人 Lady Cathcart 150-**52**, 337
ギャスケル夫人 Gaskell, Elizabeth Cleghorn 320, 328
ギャットクーム・パーク Gatcombe Park 313
ギャリック, デイヴィッド Garrick, David 204, 238, 281
救貧税 poor rate 150
『教育改良案』 *Improvements in Education* 302
『教育論』(スペンサー) *Education: Intellectual, Moral and Physical* 289
『教育論』(ロック) *Some Thoughts concerning Education* 289
教区司祭 the priest of the parish **230**→司祭も見よ。
『教訓物語』 *Moral Tales* 290
共同女子相続人 coheiress 27, **226**
『教養ある淑女への手紙』 *Letters for Literary Ladies* 289, **308**
漁労権 fishery 235, 238, 244
吟唱詩人(バード) bard 166-67, **171-72**, 173, 177, 217, 247
「銀のフォーク」小説 "silver-fork" novels **313**
吟遊詩人 gleeman 247
クウォーター quarter 206

『クウォータリー・レヴュー』 *Quarterly Review* 312
草を焼いた灰 weed ashes 32-33, **191**, 239
くだった(降りた) lit (alighted) **185**
口止め料 hush-money 105, **269-70**
クラニラー城 Castle Crannelagh 294, 296
グラタン議会 Grattan's parliament 332
グラナード夫人 Lady Granard 307
グラマースクール grammar school 61, **250**
クラレット claret 23, 83, **222**
クランプ, サミュエル Crumpe, Samuel 149, 155, 189, 219, 251
グリーブズ glibes 145
クリフトン Clifton 309
グレイ卿 Grey, Arthur, Lord Grey de Wilton 143
グレトナグリーン・マリッジ Gretna Green marriage **258**, 301
クロウ・ストリート劇場 Crow Street Theatre **178**
クローカー, T. C. Croker, Thomas Crofton 265
黒沼地 black bog 143, 146, **234**
→沼地も見よ。
クロムウェル Cromwell, Oliver 177, 211, 271
クロムミール crommeal 145
郡 barony 202, **224**
系図小説 saga novel 319, 322
携帯用の小さな望遠鏡 glass 45, 47
『ケイトー』 *Cato* 258
競馬 horse racing 195
刑罰法→カトリック刑罰法を見よ。
契約書→借地契約書を見よ。
係累 kith and kin 91, **158**
劇場 stage 75
化粧 73, **258-59**
決闘 dueling 41, 51, 54, **246-47**, 337, 349
月曜日 Monday 20, **163**
ゲーテ Goethe, Johann Wolfgang von 269
ゲール Gael 145, 172, 191, 224, 337, 342
ゲール語 Gaelic 172, 177, 293, 357-58
ケルト(人) Celts 165, 348
権原 title 47, 129, **244**, 254, 273
権原担保責任 warranty of title 255
限嗣不動産権 entail 64, **238**, 253-55, 261
『現代のグリゼルダ』 *The Modern Griselda* 311
権利 right **178**
郷士(スクワイア) squire 13, 19, 191, 215, 225, 332
構造的アイロニー structural irony 341, 356
合同→連合/合同を見よ。
『国富論』 *The Wealth of Nations* 218, 317
国民軍 militia 140, **284**, 352
国民軍法 Pitt's Militia Act 284

小作人階級/農民階級　peasantry　319, 322, 339, 342, 358
乞食→放浪者を見よ。
ゴシック・ロマンス　Gothic romance/ Gothic novel　316
コズグローヴ，アート　Cosgrove, Art　146
ゴスーン　gossoon　80, 94, 130, **155-56**, 220
国教会→アイルランド国教会を見よ。
コティヨン　cotilion (cotillion)　**280**
子どもだち　childer　35, 61, 114-15, 119, 125, 130, 133, **147**, 186, 197, **275**
コナーラ　Conaire　188
コナル　Connal　174-76
コーパス・クリスティ・カレッジ　Corpus Christi College　300
『雇用問題解決のための最善策』 *An Essay on the Best Means of Providing Employment*　149, 219, 251
ゴル　Gol→泣き節を見よ。
ゴールズワージー　Galsworthy, John　322, 328
ゴールドスミス　Goldsmith, Oliver　237
コンラッド　Conrad, Joseph　324

サ行

債務証書　bond / statute　40, 53, 65, 105, 154, 225, 256
サヴァン　Samhain / Samain　217
サーヴィス　service　183
『サヴェッジ伝』 *An Account of the Life of Savage*　214
サヴェッジ，リチャード　Savage, Richard　17, 214
差止命令　injunction　196, **201**
サセックス公爵　Duke of Sussex　156-57
サッカレー　Thackeray, William Makepeace　249, 257
さておき　let alone　22, **164**
差配人　bailiff　148
晒し場　bleach-yard　28, 232
懺悔火曜日　Shrove Tuesday　**202**, 228
懺悔節の市　Shrove fair　197, 202
『サンドフォードとマートン』 *Sandford and Merton*　**303**
サントメール　St Omer　193-94
残余権　remainder　254
シェイクスピア　Shakespeare, William　161-62, 210, 213, 245, 255, 328
ジェイムズ一世　James I　191, 293
ジェイムズ二世　James II　178, 243, 295
シェリダン，R. B.　Sheridan, Richard Brinsley　280
シェリダン，トマス　Sheridan, Thomas　281
四季の斎日　ember days　228
思軒居士　292
自己物語世界的語り手　autodiegetic narrator　**340-41**
司祭　priest　27, 38, 155, 168,

193-94, 221, **230**
四旬節　Lent　27, 202, **226-27**, 228-29
詩人養成学校　bardic school　171-72
シスターズ・オヴ・マーシー　Sisters of Mercy　299
慈善学校　charity school　28, 227, **231**
下請け小作人　under-tenant　65, **148**, 149-50
七年議会法　Septennial Act　**263**
執政長官　sheriff　81, 85, 233, **259**, 262-65, 270-71
『実践教育』 *Practical Education* 289, 302, 308
地主階級　landowners　148, 236, 298, 319, 342-43, 351, 353
死ぬ目にあわされて/死ぬ目にあって　kilt　123, **160-61**, 196-97, 210-11
死の本能　Thanatos　355
芝居　play / stage-play　67, 257
芝居小屋　playhouse　67, 75, 80
支払い指図書　draft　37, 40
事務弁護士(アトーニー)　attorney　21, 105, 196, 221, **252**, 270
事務弁護士(ソリシター)　solicitor　248
ジャグ　jug　75, 77, 107, 113, 259
借地契約　lease　32, 39-40, 64, 65, 88, 180-81, 192-93, 217, 238, 241
借地契約書　lease　29, 39, 150, 183, 192
『社交生活物語』 *Tales of Fashionable Life*　311
422
シャビーン　shebean　**159-60**
シャビーン・ハウス　shebean-house　120, **159**
砂利採掘場　gravelpit　30
ジャンリス夫人　Madame de Genlis　307
自由市場的借地制度　**218**-19
自由土地保有権(フリーホールド)　freehold　83-4, 88-9, 201, **261**-62
収納係　receiver　105
従物　appurtenance　31, 110, **238**
十分の一税　tithe　30, 189, **236**
祝日　holiday　27, 207, 209, 227, **228**, 229, 272
主人公としての＜私＞　"I" as protagonist　340
出産感謝式　churching　205-06
ジュネット，ジェラール　Genette, Gérard　324
『ジュリアス・シーザー』 *The Tragedy of Julius Caesar*　210
狩猟　hunting　66, 68
狩猟の季節　sporting season　37
巡回裁判　assize　60, 198, 202
上院議員　the Lords　263, 272, 331
上王→ハイ・キングを見よ。
生涯不動産権　life estate　**261**
条項　clause　29, 183
小斎　abstinence　**227**-28
醸造小屋　brewhouse　92, **269**
昇天祭　Ascension Day　**228**
譲渡抵当権　mortgage　273
証人としての＜私＞　"I" as witness　340

上納金　fine　**193**
上納金で毎年の地代を先払いすること　fining down　38, **192-93**
『職業的教育』 *Professional Education*　302
食堂支配人　butler　75, 90, 155, 215, **259**
職人紳士　journeymen gentlemen　149
所在不明　non est inventus　**263**
ジョージ一世　George I　259
ジョージ三世　George III　160, 246, 259, 330
女子相続人　heiress　**226**
ジョージ二世　George II　260
『ジョーゼフ・アンドリューズ』 *Joseph Andrews*　215
ジョン王子/ジョン王　John (1167-1216; 在位 1199-1216)　171, 259
ジョンソン，サミュエル　Johnson, Samuel　214
ジョンソン，ジョーゼフ　Johnson, Joseph　327
ジョンソン，ベン　Jonson, Ben　318
印　mark　70, **153**
神学校 seminary　156, 194
紳士階級　gentry　18, 150, 192, 194, 202
神聖な畏敬の念　sacred awe　188
神聖で敬虔な畏怖の念　sacred and reverential awe　191
新聞　newspaper　41, 56, 90, 268, 281
信用貸し　credit　56, 74
信頼できない語り手　unreliable narrator　340, 360
スウィフト　Swift, Jonathan　323
崇高　the sublime　191
スキンフリント　Skinflint / skinflint　26, **226**, **317**
スクワイア→郷士を見よ。
スコット，サー・ウォルター　Scott, Sir Walter　311-12, 320-21, 329, 335, 340, 354
スコットランド（人の） Scotland / Scotch　27, 226, 282-83, 317, 321, 331
スタンダール　Stendhal　291
ステージ・アイリッシュマン　stage Irishman　**281-82**
ストップギャップ Stopgap / stopgap　**222**, 316, 318
砂採掘場　sandpit　30
スニード，エリザベス　Sneyd, Elizabeth→エッジワース，エリザベスを見よ。
スニード，シャーロット　Sneyd, Charlotte　309
スニード，ホノウラ　Sneyd, Honora →エッジワース，ホノウラを見よ。
スニード，メアリー　Sneyd, Mary　309
スピニング・スクール　spinning school　**231**
スペンサー，エドモンド　Spenser, Edmund　141-42, **143**, 144-46, 46, 171-72
スペンサー，ハーバート　Spencer,

Herbert 289
スペンダー，デイル Spender, Dale 326
スミス，アダム Smith, Adam 218, 316
スラブ民族/語族 Sclavonian (Slavonian) 181, 183
スレイン slane 233
スレート職人 slater 90, 163
スレート葺きの家 slated house 61, 249
生活妨害 nuisance 30, **237**
聖金曜日 Good Friday 229
聖十字架称讃の祝日 Holy Cross Day 228
聖土曜日 Good Saturday **229**
聖パトリック集会 St. Patrick's meeting 156
聖パトリックの祝日 St. Patrick's Day **228**
『聖パトリックの祝日』 *St. Patrick's Day* 281
聖母御浄めの祝日 Candlemas 228
聖マルコの祝日 St. Mark's Day 228
税務計量官 gauger 131, 134-35, 265-66, 278
聖ルチアの祝日 St. Lucia's Day 228
聖霊降臨日 Whitsunday 228
「セカンダリー」 secondary 302
銭投げ toss up / toss-up 70, 73, 125, 132
銭投げ遊び pitch and toss 61, **249**
選挙 election 88, 105, **259-62**, 263, 265-66, 271→総選挙も見よ。
選挙権 franchise **261**
選挙法改正 parliamentary reform **261**
宣言法 Declaratory Act **212**
洗濯係の女中 laundry-maid 204
洗濯婦 washerwoman 204
セント・ジョン教会 St. John's Church **314-15**
セント・ジョンズタウン St. Johnstown 306
「千人會」 "The Lottery" 292
前夜祭 vigil **228**
洗礼者ヨハネの祝日の前夜 St. John's eve 109, **272**
葬歌 funeral song 165
葬儀→葬式/葬儀を見よ。
葬儀馬車 hearse 25
葬式/葬儀 funeral 25, 118, 138, 167-69, 171-72, 209, **224**, 226
総選挙 general election 82, 105 →選挙も見よ。
相続上納物 heriot 29, **233**
送達吏 messenger 106, 271
総督→アイルランド総督を見よ。
速歩機 velocipede 303
測量器械 perambulator 304
袖無し外套(クローク) cloak 21, 25, 141-43, 145-46, 223-24

タ行

対価受領 value received 64, **253**
大飢饉/アイルランド飢饉 Great

Famine 150, 313-14, 353
大劇場，この世という the great theatre of the world 16, 213
大斎 fast **227-28**
対照法 antithesis 17, **214**
大天使ミカエルの祝日 Michaelmas Day 228
大反乱(カトリックによるプロテスタント虐殺，1641) the Great Rebellion of 1641 294
代理人 agent 37-40, 65, 91, 112, 149, 180-81, 219, 238, 241-43, 274
ダーウィン，エラズマス Darwin, Erasmus 285, **303**
ダーウィン，チャールズ Darwin, Charles **303**
竪琴 lyre 173
「ダ・デルガの館での破滅」 "The Destruction of Da Derga's Hostel" 188
タナトス→死の本能を見よ。
煙草 tobacco 36, 69, 119, 169, 208, 276, 279, 294
ダービー Derby 304-05
タプラッシュ taplash 159
ダブリン城の総督府 the Dublin Castle **212**
ダブリン大学/トリニティ・カレッジ Dublin University / Trinity College 60, 63, **249**, 300
卵の殻(ウイスキー入れの容器として) eggshell 63, 68, **251**
タラの王 king of Tara **217**
断食 fast / fasting 27, **226-28**, 230
断食日 fast days **227-28**
単純不動産権 fee simple 31, 81, **238**, 253-54, 261
ダンセイニ対プランキット Dunsany (Lord) v. Plunkett [1720] 178
ダンブルトン，ウィリアム・A Dumbleton, A. William 341-43, 345
治安監察官 high constable 88, **266**
治安判事 justice of the peace 196-**202**
地域小説 regional novel 319, **320**, 322, 348
「チェインバーズの若者向け双書」 "Chambers' Library for Young People" 313
地役権 easement 238
地価 value of land 256
誓い vow 70, **155**, 200
ちから ability **168**, 208
畜生 beast 185
地代 rent 26, 28, 32, 37-39, 88, 106, 112, 148-50, 178, 180-81, 183, 193, 218-19, 232, 237, 239, 241-43, 274-75, 317
地代を預かる者 receiver 112, 275
茶 tea 285
チャールズ二世 Charles II 295
仲介人 middleman 37, **148-50**, 193, 256
チューダー朝 the Tudor period **145**, 172
「中等」→「セカンダリー」を見よ。
調査受命者 viewer **205**

勅選弁護士　king's counsel　60, **248**
チョーサー　Chaucer, Geoffrey　328
賃借料なしで　rent-free　20, **217**
ツイス，リチャード　Twiss, Richard　156, 240
追放令　The Bishops' Banishment Act　**230**
土塚(バロウ)　barrow　184, 186
→妖精塚も見よ。
角の杯　horn　134-36, **278**
爪楊枝　tooth pick　54, 245
罪の償い　penance　27, **230**
罪の赦し　absolution　27, 230
紡ぎ糸　yarn　28, 231
通夜　wake　55, 118, 121, 159, 168-69, **207-10**, 225, 246, 276, 326
ツルゲーネフ　Turgenev, Ivan　**320-21**
ツルコケモモ　bog-berry　70, 258
手当　allowance　38, 240-41, 256
ディア・ジョイ　dear joy　**321**
ディオドロス　Diodorus　141, **143**
ティーグ　Teague　**321**, **358**
ディケンズ，チャールズ　Dickens, Charles　248-49, 328
泥炭　turf　29, 45, 80, 150, 163, 234, 238
ディッチ　ditch→土手沿いの溝を見よ。
抵当（権）　mortgage　40, 53, 274
デイ，トマス　Day, Thomas　**303**, 306
ディフォー　Defoe, Daniel　323
ディーン人　the Danes　184, **188**
ディーン，ネリー　Dean, Nelly　**323**-25
デヴィス夫人　Mrs. Devis　**305**
手形→約束手形を見よ。
テスター　tester　134-35, **161-62**, 196
テストン　teston　**161-62**
徹夜祭　wake　**207**, **209**
てて親　fader　133, **278**
テニソン　Tennyson, Alfred　**328**
手袋代　glove money　32, **238**, 242
デラヴァル，フランシス　Delaval, Francis　263
電信通話　telegraphing/ telegraphic communication　303
『転身物語』　*Metamorphoses*　170
テンプル法学院　the Temple　63, **252**, 304→ミドル・テンプル法学院も見よ。
洞窟　cave　**187**
動産占有回復訴訟　replevin　29, 196, **232**
等質物語世界的語り手　homodiegetic narrator　324, **340-41**
当選パレード→凱旋パレードを見よ。
道中のご無事を　God speed ye　186, **190**
トゥック，ジョン・ホーン　Tooke, John Horne　**164**
道徳的メタ言語　moral metalanguage　347, 355
投票　polling / vote　83, 88, 261-62, 271
投票買収　bribery　260, 266, 306,

331, 333
掉尾文 period 17, **214**
特有財産 separate property 52, **245**
特有占有→特有財産を見よ。
土地改良 improvement of land 37, 65, 234, **241**, 256
土地処分法(1662年) Act of Settlement (1662) **271**
土地に訴える go to the land 108, **148**
とっかえっこする(交換する) swap (exchange) 198
土手 ditch→土手沿いの溝を見よ。
土手沿いの溝 the gripe of the ditch 124, **277**
トトニス卿 Lord Totness 207
ドニゴール伯爵 Earl of Donegal 296
賭博→賭け事を見よ。
『トム・ジョーンズ』 *Tom Jones* 215, 318
弔い歌 Caoinan 147, **165-67**, 171, 173, 177
トラリバー牧師 Parson Trulliber 19, **215**
砦 fort 189
トリニティ・カレッジ Trinity College→ダブリン大学/トリニティ・カレッジを見よ。
ドルイド druid 217
トレンチ Trench, W. Steuart 149

ナ行

泣き女 keener 166-67, **171**, 177
泣き節 Ullaloo / Whillaluh / Gol 25, 114, **165-66**, 170
泣きわめき cry 165, 167-68, 224-25
捺印証書 deed 273
捺印礼金 sealing money 32, **192**, 238, 242
ナッシュ, ジョン Nash, John 225
馴合不動産回復訴訟 recovery 64, **195**, **253-55**
握り屋 curmudgeon 93
西インド諸島→インド諸島を見よ。
担い台 hand-barrow 54-55
ニューカースル公爵 Duke of Newcastle 17, 214
ニューカースル公爵夫人 Duchess of Newcastle 17, 214
ニュービー, P. H. Newby, P. H. 291
沼(地) /ボッグ bog 30, 45, 47, 124, 146, 233, **234-35**, 237-38
沼地改良 improvement of bogs 235
ネイボブ nabob 44, 243-44
農場主 farmer 191
農民階級→小作人階級/農民階級を見よ。
ノースチャーチ Northchurch **305**
「ノックグラフトンの伝説」 "The Legend of Knockgrafton" 190
乗り合い荷馬車 stage wagon 267
ノルマン人/ノルマン民族 Normans 183, 191

『ノルマンディ公ロロ』 *Rollo, Duke of Normandy* **222**
狼煙 fire/beacon 184, **188-89**

ハ行

灰→草を焼いた灰を見よ。
ハイ・キング（上王） high king 219
買収→投票買収を見よ
廃除証書 disentailing deed 255
灰の水曜日 Ash Wednesday **202**, 226
パイプ pipe 36, 90, 116, 119, 169, 208, **276**, 294
ハイベルニア Hibernia 13, **212**, 332-33
バイロン Byron, George Gordon, 6th Baron **311**
バーク，エドモンド Burke, Edmund **191**
パケナム，エドワード Pakenham, Edward **298**
パケナム・ホール Pakenham Hall 307
パーシー，ロバート Percy, Robert **274**
バース Bath 37, 39-40, 52, 56, **240**
旅篭屋 public house 35, 85
八年議会法 Octennial Act **260**, **263**
ハーディ，トマス Hardy, Thomas 320, 328
ハーディマン，ジェイムズ Hardiman, James 154
バード→吟唱詩人を見よ。
バトラー，マリリン Butler, Marilyn 218
バーニー，ファニー Burney, Frances [Fanny] **326**
パーネル Parnell, Thomas 187, **190**
ハープ cruit / harp 166, **173**
→ハープ奏者も見よ。
ハープ奏者 crotery / harpist 166, **172-73**
『ハムレット』 *Hamlet* 255
バラッド→民謡を見よ。
パリア pallia **141**, 144
ハーリング hurling **279**
ハーレクイン Harlequin 170, 178
ハワード，トマス（第二代エッフィンガム伯） Howard, Thomas **160**
半クラウン（銀貨） half a crown 35, **239**
バンシー banshee 32, **147**
バーンズ Burns, Robert **328**
万聖節の季節 Holantide [Hollantide] 20, 85, **217**
帆走車 sailing carriage 303
パンチ→ウイスキーパンチを見よ。
パンチ鉢 punch-bowl 23, 113, 116, **222**
『ハンディ・アンディ』 *Handy Andy* 153, **225**, 262, 265, 276
反帝国主義運動 anti-imperialism 331
反徒→謀反人/ 反徒を見よ。
火 flam **194**
ピアポイント・ストリート Pierrepoint Street **300**

東インド会社　East India Company　244
東インド諸島→インド諸島を見よ。
東インド貿易　East Indian trade　244
被告召喚令状　process　195, 198
ヒステリーの発作　a fit of hysterics　76
ピット，ウィリアム（小）　Pitt, William (the Younger Pitt, 1759-1806)　216, **330**-31, 334, 351
ピット，ウィリアム（大）　Pitt, William (the Elder Pitt, 1708-78)　244
『美と崇高の起源』　*A Philosophical Enquiry into the Origin of Our Ideas of the Sublime and Beautiful*　**191**
ひとの好い　easy-hearted / easy　68, 70, 107, **257**
『日の名残り』　*The Remains of the Day*　324
「秘密情報の速やかなる伝達方法について」“An Essay on the Art of Conveying Secret and Swift Intelligence”　188
秘密投票　secret ballot　**262**
秘密投票法　Ballot Act of 1872　**262**
ヒューモア　humor / humour　308, 315, 339
漂白　bleach　**191**, **232**
ビール　beer　159-60, 269, **285-86**, 352
ピン/ペン　pin / pen　**70**, **152**
フィリ　fili　**172**
フィールディング，サラ　Fielding, Sarah　**326**
フィールディング，ヘンリー　Fielding, Henry　215, **318**, 326
フィン・ウゴール語族　Finno-Ugric　183
風習喜劇　comedy of manners　282
賦役　duty work　29, **181**, **183**, 242, 271
『フォーサイト家物語』　*The Forsyte Saga*　**322**
フォーブズ城　Castle Forbes　307
賦課の鶏等々　duty fowls etc.　28, 179, 181, 183
副執政長官　sub-sheriff　85, 105, 270-71
不在地主　absentee　243, 283, 306
『不在地主』　*The Absentee*　153, 230, 238, 241, 291, 321
負担　incumbrance　110, **272**
復活祭/復活日　Easter　226, 228-29
復帰権　reversion　254
フット，サミュエル　Foote, Samuel　244
物品税　excise　265, 278
物品税担当官　exciseman　88, 131, 135, **265**
舞踏会　ball　48-49, 52, 55, 82, 203, 240
不動産譲渡証書　deed　110, 113, **272-73**
不動産占有回復訴訟　ejectment　195, **201**

不動産賃借権　leasehold　**261**

フードサーヴィス　food service　183

ブー！ ブー！　boo! boo!　69

不法侵入　trespass　201

プラウランド　plough-land　207

ブラック・ボートン　Black Bourton　301

ブラッドストン，メアリー　Bradston, Mary　297-98

フラナガン，トマス　Flanagan, Thomas　217, 357

フランク，プロテスタントの　Protestant Frank→エッジワース，フランシス(1657-1709)を見よ。

フランス革命　The French Revolution　215, 284

フランス軍の侵入　French invasion　284

フランソワ一世　Francis I　161

ブリッジマン，アン　Bridgman, Anne　**294**

ブリッジマン，アン(娘)　Bridgman, Anne (1642-1714)　**294-95**

『フリーマン家』 *The Freeman Family*　309

ブルック，シャーロット　Brooke, Charlotte　**334-35**

ブルック，ヘンリー　Brooke, Henry　280

無礼講のお茶会　raking pot of tea　82, **202-04**

プレスビテリアン　Presbyterian　**236**

フレッチャー，ジョン　Fletcher, John　222

ブレハム　brethem/breitheamh　**191**

フレーベル，フリードリッヒ　Froebel, Friedrich　**290**

ブレホン法　brehon law　187, **191**, 235

フロイト　Freud, Sigmund　345

浮浪(生活)→放浪者を見よ。

プロテスタント　Protestant　221, 227, 230-31, 236, 249, 263, 293-96, 338, 342, 348, 351

プロテスタントのフランク→エッジワース，フランシス(1657-1709)を見よ。

フローベール　Flaubert, Gustave　320

ブロンテ，エミリー　Brontë, Emily　**323**, 326

ブロンテ姉妹　Brontë sisters　328

文学方言　literary dialect→方言を見よ。

ヘア・ハッチ　Hare Hatch　**303**

ペスタロッチ　Pestalozzi, Johann Heinrich　**302**

ベックフォード　Beckford, William　**328**

ヘッジ・エールハウス　hedge-alehouse　**159**

ペティ，ウイリアム　Petty, William　156, 211

『ベニスの商人』 *Merchant of Venice*　245

ヘベルス　Heber　175

『ベリンダ』 *Belinda*　**291**, **310**

ベルティネ　Beltane　217

『ヘレン』 *Helen* **313**
ヘロドトス Herodotus 141, **143-44**
ペン→ピン/ペンを見よ。
弁明法(1665年) Act of Explanation (1665) **271**
ヘンリー七世 Henry VII 162
ヘンリー二世 Henry II **191**
ヘンリー八世 Henry VIII 162
ポイニングス法 Poynings' Law **332**
ボイン河の戦い Battle of the Boyne **172**, 177, 178
望遠鏡→携帯用の小さな望遠鏡を見よ。
方言 dialect 328
封建制 feudalism **183**, 201
封建的な慣習 feudal custom 181
封建的な所有形態の廃止 abolition of feudal tenure 233
謀殺/謀殺罪 murder **210-11**
法廷弁護士 barrister 248, **252**
法に適った利息 lawful interest 64, 105, **252-53**
法の保護外に置く outlaw 295→アウトローも見よ。
ボウフォード，ウイリアム Beauford, William 170, 173-77, 190, 224
ボウフォート，フランシス・アン Beaufort, Frances Anne 306, 309, 314
ボウフォート，ホノウラ Beaufort, Honora 315
放浪者 vagrant 30, **237**
頬紅→化粧を見よ。
ホガース Hogarth, William 262
募金 collection 168
牧師，アイルランド国教会の clergyman 205, 230
牧畜業 graziery 189
牧畜業者 grazier 185, 189
ポースト・ボーイ postboy **267**
ポター，ビアトリクス Potter, Beatrix **290**
ボッグ→沼(地)/ボッグを見よ。
掘っ建て小屋 cabin 30, 63, 112, 120, 123, 159, 207, **276**
ボナ・デア Bona Dea 202, **204**
ホープ hope 179
ポリュビオス Polybius **188**
ホリングワース Hollingworth, Brian 275
ホルクロフト，トマス Holcroft, Thomas 307
ボルー，ブライアン Boru, Brian 219

マ行

埋葬(式) burial/ funeral obsequies 166, 177, 210, 225
マクドウェル，R. B. McDowell, R. B. 286
マクラカン，J. L. McCracken, J. L. 262
マグワイア大佐 MacGuire, Colonel Hugh **150-52**, 338
『負けるが勝ち』 *She Stoops to Conquer* 237
マコンキー氏 Mr. McConchy 338
マッキントッシュ，サー・ジェイムズ

Mackintosh, Sir James 311
マックリン，チャールズ Macklin, Charles **281-82**
マモン，サー・エピキュア Mammon, Sir Epicure 318
マリン，エリザベス Malyn, Elizabeth →キャスカート令夫人を見よ。
マーロー Captain Marlow 325
マント mantle **141-46**
身内や友人の方々→お身内や友人の方々を見よ。
ミサ mass 43, 168
溝 gripe→土手沿いの溝を見よ。
密造（酒） unlawful brewing 265
三つの王国 the three kingdoms 22, 164, 218, **221**
密輸入（酒） smuggling 265
ミドル・テンプル法学院 Middle Temple **252**, 298, 304→テンプル法学院も見よ。
ミニュエット minuet **280**
民謡 ballad 69, 182, 247
『昔のアイルランドの社会史』*A Social History of Ancient Ireland* … 210
無条件相続財産権→単純不動産権を見よ。
「むだなければ不足なし」 "Waste Not, Want Not" 314
無法者→アウトローを見よ。
謀反人/反徒 rebel 142, 146, 331
「むらさき色の小びん」 "The Purple Jar" 314
無料郵送特権 franking privilege **412**
272
『メアリー・バートン』 *Mary Barton* **320**
迷信的な恐怖 superstitious terror 188, 191
メイヌース Maynooth 194
「メイヌース行き」 "Going to Maynooth" 194
メイヌース・カレッジ the college of Maynooth / Maynooth College 194
メイヌースの神学校 →メイヌース・カレッジを見よ。
名誉革命 the Glorious Revolution 295, 299
メタ物語世界的な語り手 metadiegetic narrator 324
免疫地代 quit rent 105, 271
めんこい坊や white-headed boy 61, 92, **250**
免責法 act of indemnity **152**
面目上の負債 debt of honour 25, **225**
モイラ夫人 Lady Moira **307**
申し立て presentment 199, **202**
申し立て審議会 presentment session **202**
モストリム Mostrim 293-95
モート mote 186, 189 →妖精塚も見よ。
物語世界内的な語り手 intradiegetic narrator 324
喪服 weeds / mourning dress 33, **223-24**, 239

モーリヤック　Mauriac, Francis　320
『モル・フランダーズ』 *Moll Flanders*　323, 340-41
紋章　arms　22, **220**
紋章院　the College of Arms　220

ヤ行

約因　consideration　110, 253, **273**
約束手形　note of hand　64, 105, 154, 225, 253
安酒屋　shebean-house　120, **159**, 266
屋根板　shingle　90, 249, **268**
屋根無し軽装二輪馬車　jaunting car　104, 123, 125, 138
山田勝　246
『闇の奥』 *Heart of Darkness*　**324**, 341
ヤング, アーサー　Young, Arthur　139, 149, 216, 234, 246, 276, **279**, 283-85, **350**-51
郵便　post　79, 90, 93-94, 106, **268**, **272**
郵便印　postmark　94, **268**
郵便局　post-office　41, 94, **268**, 271
郵便配達人　postboy　193
ユダヤ人/ユダヤ教徒　a Jewish / a Jew　43, 49, 52, 53, 58, 64, 72, 141, **244**, 245
ユナイティッド・アイリッシュメン　United Irishmen　284, **331**-32, **348**
良い人たち　the good people　**184**, **186**, 190
妖精　fairy　184, **186-87**, 189-90
妖精塚　fairy-mount　32, **146-47**, **184**, **189**
『妖精の女王』 *The Fairy Queen*　143
『幼年教訓』 *Early Lessons*　290
夜逃げ　running away　29, **241**
四輪大型馬車(コーチ)　coach　74, 88, 104
四輪軽装馬車(チャリオット)　chariot　42, 74

ラ行

『ライヴァルズ』 *The Rivals*　**281**
雷鳥猟　grousing　39
ラヴァー, サミュエル　Lover, Samuel　153, 225, 262, 276
『ラヴ・ア・ラ・モード』 *Love à la Mode*　**281**
ラヴェル, サー・サレィスィエル　Lovell, Sir Salathiel　**299**
ラヴェル, サミュエル　Lovell, Samuel　**299**
ラヴェル, ジェイン　Lovell, Jane　**299**
ラース　rath　**189**
ラスキン　Ruskin, John　291
ラズベリー・ウイスキー　raspberry whiskey　23
ラックレント(法外な地代)　rack rent　**218**, **317**
『ラックレント城』 *Castle Rackrent*　290-92, 309, 316-60, その他頻出
ラトゥフィエール夫人　Mrs. Latuffiere　**304-05**

ランカスター，ジョーゼフ Lancaster, Joseph 302
ランガン，ジョン John Langan **214**, **338**
ラングリッシュ法 Sir Hercules Langrishe's act of 1792 221
『リア王』 *King Lear* 328
リカードー，ディヴィッド Ricardo, David **313**
『リチャード・ラヴェル・エッジワースの回想記』 *Memoirs of Richard Lovell Edgeworth, Esq. Begun by Himself and Concluded by His Daughter, Maria Edgeworth* 242, 257, 262, 302, **312**
リボン riband 106, **266-67**
リメリック条約 Treaty of Limerick 178
「リメリック手袋」 "The Limerick Gloves" 179, **335**
流水権 water-course 28, **231**
リュウマチ rheumatism 161
猟犬係 huntsman 63, 120
猟小屋 hunting-lodge 65, 66, 81, 115-17, 119-20, 130, 134, **161**, 277
領主直属地 demesne 106, 114
『猟人日記』 *Zapiski okhotnika / A Sportsman's Sketches* **321**
『両親への助言者』 *The Parent's Assistant* 290, **308**
リンネル協会 Linen Board 28, **231**
リンネル(産)業 linen industry 231, **353**
ルイ十五世 Louis XV 224
ルイ十六世 Louis XVI 310
ルソー Rousseau, Jean Jacques 290, 301, 303, 308
ルーナー学会 Lunar Society 303
令状 writ 81, 85
レヴィング，リチャード Levinge, Richard 260
『レオノラ』 *Leonora* 291, **310**, 311
レスター伯 Earl of Leicester 292
『錬金術師』 *The Alchemist* **318**
連合/合同 The Union 19, 140, **215-16**, 283, 306, 331-34, 350-54
連合王国 the United Kingdom 333, **351**
ロイ loy **147**, 189
ロイド Lhuyd, Edward 177
ロイヤル・アイリッシュ・アカデミー Royal Irish Academy 291
『ロイヤル・アイリッシュ・アカデミー会報』 *Royal Irish Academy Transactions* 154, 165, 187-88
ろうそく candle 78, 80, 169, 208, **210**
ロック，ジョン Locke, John 289
『ロビンソン・クルーソー』 *Robinson Crusoe* 323, 340-41
ローリ，サー・ウォルター Raleigh, Sir Walter 282
ロレンス Lawrence, David Herbert 328
ロングダンス long-dance 243
ロングフォード卿 Lord Longford 307

409
『ロンドン・マガジン』*London Magazine* 312

ワ行

ワイルド Wilde, Oscar **315**
ワイルド, アイソラ Isola Francesca Emily Wilde 315
賄賂 bribe 239
和解譲渡 fine 64, 195, **253-56**
和解譲渡および馴合不動産回復訴訟法 Fines and Recoveries Act 255
『若きウェルテルの悩み』 *The Sorrows of Werter/Die Leiden des jungen Werthers* *97, 268,* **269**
『わたしの人生のもっとも不幸な日』 *The Most Unfortunate Day of My Life* 314
「わたしの人生のもっとも不幸な日」 "The Most Unfortunate Day of My Life" 314
ワーテルローの戦い Battle of Waterloo 284
ワトスン, ジョージ Watson, George 222
わめき節 howl 167, 170, 207, 224-25
→泣き節も見よ。

リチャード・ラヴェル・エッジワースの年表，マライア・エッジワースの年表，エッジワース家の系図

以下に掲げる，リチャード・ラヴェル・エッジワースの年表，マライア・エッジワースの年表，エッジワース家の系図において，固有名詞と作品名は，原則として原名で記してある。ただし，参考書類ですでに日本語に訳されている場合には概ねその日本語表記に従った。その日本語訳が複数存在する場合には，適宜選択した。なおマライアおよびリチャード・ラヴェルという表記はそれぞれ常にマライア・エッジワースと父親リチャード・ラヴェル・エッジワースを表している。

リチャード・ラヴェル・エッジワースの年表

1744

5.31　イングランドのサマセットシャーのバース（Bath）の Pierrepoint Street にて誕生

1761

4.26　ダブリンの Trinity College に入る。6ヶ月間，飲酒と賭博に耽る。

10.10　オックスフォードの Corpus Christi College に入学。リチャード・ラヴェルの父親の友人でブラック・ボートン（Black Bourton）在の Paul Elers 宅に寄寓。

リチャード・ラヴェルはすぐに Elers の二番目の子で長女にあたる Anna Maria と恋に陥る。

1763

Anna Maria とスコットランドの Gretna Green へ駆け落ちして結婚

1764

2.21　リチャード・ラヴェルの父親はしぶしぶ二人の結婚を認め，二人にブラック・ボートンで再度，結婚許可証による結婚を行わせた。

5.29　ブラック・ボートンで長男 Richard 誕生。

リチャード・ラヴェルと Anna Maria 夫妻は長男をつれてアイルランドのエッジワースタウン（Edgeworthstown）に帰郷，そこで一年間過ごす。

帰郷後，間もなくリチャード・ラヴェルの母親の死

1765

イングランドに戻り，Maidenhead 近くの Hare Hatch に家を借りる。

Hare Hatch 滞在中，リチャード・ラヴェルはテンプル法学院との関係を持ち続ける。

1766

隣人で同じオックスフォード大学出身のトマス・デイ（Thomas Day）と懇意になる。

エラズマス・ダーウィン（Erasmus Darwin）と懇意になり，ダーウィンによってルーナー学会（Lunar Society）のグループに紹介される。

1767

リチャード・ラヴェルとトマス・デイが共に信奉していたルソーの『エミール』に述べられている考えに則って長男 Richard を育てる試みの開始。この教育実験は5年間続くが，結局失敗に終わる。その後，長男 Richard は船乗りになり，やがてアメリカに移住する。

1768

1.1　マライア・エッジワース誕生

新型の距離計（土地の測量器械）の発明で王立芸術協会（Royal

Society of Arts）から銀メダルを受賞[1]

春〜秋　長男と友人のトマス・デイを伴って，アイルランドへ帰郷

1769

軽量でバネ付きのフェートン（二頭立て四輪馬車）やカブラ切断機の発明等で王立芸術協会から金メダルを受賞

年末　リチャード・ラヴェルの父親の病気のため，アイルランドへ帰郷

1770

8.6　リチャード・ラヴェルの父親の死。リチャード・ラヴェルは家督を継いだ後，法曹界に入る考えを一切放棄する。

12月　クリスマスの季節にLichfieldのSeward家で，リチャード・ラヴェルとトマス・デイは，Edward Sneydの娘Honoraとの交際を楽しむ。

1771

トマス・デイがHonoraから彼女の妹Elizabethにその愛情を移す。一方，リチャード・ラヴェルはHonoraに強く惹かれていく。妻子あるリチャード・ラヴェルはこの危険な状態から逃れる決心をし，この年の終わりにトマス・デイに付き従ってフランスに行く。

パリでエミールの実例として長男Richardをルソーに見せる。

リチャード・ラヴェルとトマス・デイはリヨンに行き，そこでリチャード・ラヴェルはローヌ河の川筋を変える計画に興味を持つ。

1772

春〜夏　妻のAnna Mariaがリヨンでリチャード・ラヴェルに合流。妻のAnnaは冬の初めにトマス・デイに付き添われて，イングランドのブラック・ボートンでお産をするため帰国。

リチャード・ラヴェルのローヌ河に関する仕事は洪水のために打撃を受ける。

1773
春　妻の Anna Maria，娘 Anna を出産後，死去。ただちにリチャード・ラヴェル帰国
7.17　Lichfield へ行き，Honora Sneyd と結婚。
財政的逼迫のため，妻子とともにリチャード・ラヴェルはアイルランドの領地エッジワースタウンに戻る。

1776
妻の Honora，子どもに関する観察記録をつけ始める。リチャード・ラヴェルはこの観察記録を Honora の死後も 20 年近く続行する。

1777
イングランドへ戻り，ハーフォードシャー（Hertfordshire）のグレイト・バーカムステッド（Great Berkhampstead あるいは Great Berkampstead）近くの村ノースチャーチ（Northchurch）に家を借りる。（～1782 年；*MEB* 55，70）

1779
春　ある訴訟の件でアイルランドに戻る必要が生じ，リチャード・ラヴェルは自分の領地に定住しなければならないと感じる。妻の Honora も同意するが，突然，彼女の健康が衰える。
冬　シュロップシャーの Shifnal（Shiffnal，Shiffnall）の近く，Beighterton（Bighterton）に家を借りる。

1780
5.1　2番目の妻 Honora の死（肺病）。[3] 死の床で Honora は夫のリチャード・ラヴェルに彼女の死後，彼女の妹 Elizabeth と結婚するように勧める。亡き妻の妹との結婚に反対する「お節介な友人たち」をものともせず，リチャードはすぐにその結婚に同意。
冬　『ハリーとルーシー』*Harry and Lucy*（妻 Honora の協力を得て 1779 年に執筆。1780 年の冬に印刷はされたが未刊）[2]
12.25　Holborn の St. Andrew's で Honora の妹 Elizabeth と結婚。
結婚後，リチャード・ラヴェル夫妻はノースチャーチの借家に

戻る。

1782

6月　エッジワース一家，アイルランドへ帰郷

リチャード・ラヴェルはロングフォード州にある自分の領地エッジワースタウンに定住。以後，精力的で知的な地主として，彼は小作人の状態を大いに改善し，沼地の干拓や道路の改善なども数多く試み，政治にも幾分関与するようになる。

1783

Lord Charlemontの副官となり，この年の11月にダブリンで会合した有志使節団の一員となる。

1785

ロイヤル・アイリッシュ・アカデミー（Royal Irish Academy）の創立会員となる。

1791

夏　2番目の妻Honoraとの間に生まれた息子Lovellが肺病にかかったため，医者に相談するべく，リチャード・ラヴェル夫妻はイングランドへ向かう（最初8月にEastbourne，それから9月にクリフトン[Clifton]へ行く）。

10月　子どもたちがブリストル(Bristol)のクリフトンで両親と合流，下宿先はプリンシズ・ビルディングズ（Princes Buildings）。[4] Lovellの療養のかたわら，一家は近くのダウンズ（the Downs）と呼ばれる野原を散歩し，化石探しを楽しむ。(1793年11月まで滞在)

1793

11月　クリフトンからアイルランドに帰郷

1797

11.18　3番目の妻Elizabethの死

1798

2月　最後のアイルランド議会におけるロングフォード州 St. Johnstown(5) 選出の議員となる。

Daniel Augustus Beaufort の娘 Miss Frances Anne Beaufort に求婚

5.31　ロングフォード州の不穏な情勢は直ちに Miss Beaufort を保護する権利を得る更なる理由であると述べて，ダブリンの St. Anne's Church で Frances Anne Beaufort と結婚

5～10月　ユナイテッド・アイリッシュメンの蜂起

6月　『実践教育』*Practical Education*（マライアとの共著）

8月　ハンバートの率いるフランス遠征隊 Killala に上陸

9.4　リチャード・ラヴェルはエッジワースタウンにヨーマンリーを募るが，その兵隊の武装がなされる前に反徒たちが押し寄せてきたため，一家はロングフォードの Mrs. Fallon's Inn に避難。リチャード・ラヴェルはフランス側のスパイだと思われて群衆によりリンチにかけられそうになる。一家は5日後（9.9）にエッジワースタウンへ帰宅。邸宅エッジワースタウン・ハウスは，エッジワース家の家政婦 Mrs. Billamore が押し寄せた反徒たちの中の一人にかつて施した親切のおかげで，無事であった。

1800

アイルランド合同法案（2月可決，8月制定，1801年1月施行）に対して，それを擁護する弁を行いながらも，法案採用を強力にするために使われた手段（投票買収）を理由に，リチャード・ラヴェルはその法案に反対の投票をした。彼は個人的便宜の申し出には耳を貸そうとはしなかったのである。

1802

5月　『アイルランドの不合理表現について』*An Essay on Irish Bulls*（マライアとの共著；アイルランドの民衆のヒューモアの研究）

10月　アミアンの和平による平和時に，娘のマライアを連れてパリを訪問。彼らの文学的名声と彼らが the Abbé Edgeworth de Firmont (Henry Essex Edgeworth, 1745-1807; ルイ16世

の聴罪司祭）の縁者であるということによって注目を集める。（1803年3月初め頃まで滞在）

1806-11

アイルランドの教育を調査する委員を勤める。

1809

『職業的教育』*Professional Education*（題扉の著者名はR. L. Edgeworthとなっているが，実際はマライアとの共著）

1810

沼地の干拓に関して委員会に報告し，国家事業として沼地の干拓に着手すべきであると主張する。さらに1814年にも沼地の干拓に関して委員会に報告し，その報告は委員会から議会に提出されたが，結局リチャード・ラヴェルの主張は実を結ばなかった。

1816

エッジワースタウンに少年のための小学校を創立（宗派・階級を問わず，子どもたちが学べる学校として，リチャード・ラヴェルが計画したものを息子のLovellが実行に移したもの。1833年まで存続）

1817

6.13　午後7時，自宅で死亡

エッジワースタウンのセント・ジョン教会(St. John's Church)の教会墓地に眠る。

注

(1)　本書305頁「解説」の注15を参照。

(2)　この本に収められているのは『ハリーとルーシー』*Harry and Lucy* の物語の最初の部分である。この物語は更に書き続けられていく予定であったが，ホノウラ（Honora）の病気と死により，その執筆は中断された。その後，この物語は『ハリーとルーシー』シリーズの最初のものとして，

マライア・エッジワースの『幼年物語』(*Early Lessons,* 1801) の中の『ハリーとルーシー』第1部, 第2部のうち, その第1部に収められて, 出版された (Slade 3-5; *MEB* 63n1, 505)。

(3) Honoraの命日は*MEB*等では4月30日とされている。ここでは *Mem* I, 369 および Harden, *Maria Edgeworth* 6の記述に従った。

(4) 『イギリス文学地名辞典』では「プリンセス・ビルディング(Princes Building)」となっている。ここでは *MEB, LL* および *The Oxford Illustrated Literary Guide to Great Britain and Ireland* の記述に従った。ただし, *LL* では Prince's Buildings となっている。

(5) *MEB* 133 では St. John's Town となっている。ここでは *DNB* およびピカリング版 XXXVI 頁に従った。

マライア・エッジワースの年表

1768

1.1　イングランドのオックスフォードシャーのブラック・ボートン (Black Bourton) の母方の実家で誕生。(1)
兄のディック(Dick; Richard の愛称) と同様，ルソー流の野放し教育を受けて育つ。

1773 (5歳)

春　母 Anna Maria の死

7.17　父リチャード・ラヴェル，Honora Sneyd と再婚。

財政的逼迫のため，リチャードは妻子を連れてアイルランドの領地エッジワースタウンへ帰郷。マライアはこのとき初めてアイルランドの土を踏む。

この頃までにルソー流の野放し教育が必ずしも完全ではないことを悟っていたリチャード・ラヴェルはマライアの教育方針を転換し，若い妻 Honora の厳しい教育に任せる。

1775 (7歳)

秋　ダービー (Derby) のラトゥフィエール夫人 (Mrs. Latuffiere) の学校に就学。(2) ラトゥフィエール夫人はマライアを優しく扱い，マライアは幸福な学校生活を送る。習字，フランス語，イタリア語，刺繍およびダンスなどを勉強。

1777 (9歳)

両親がイングランドへ戻り，ハーフォードシャー (Hertfordshire) のグレイト・バーカムステッド (Great Berkhampstead あるいは Great Berkampstead) 近くの村ノースチャーチ (Northchurch) に家を借りる。マライアは以後，学校の休暇

をこのノースチャーチの家で過ごすようになる。(~1782 年；*MEB* 55, 70)

1780 (12 歳)

5.1 2 番目の母 Honora の死 (肺病)。Honora の死を知らせる手紙の中で，リチャード・ラヴェルはマライアに，Honora にならって「気立てがよく，思慮分別があり，そして役立つ」人となるようにと書き記している。

12.25 リチャード・ラヴェル，Holborn の St. Andrew's で Honora の妹 Elizabeth と結婚

1781 (13 歳)

ロンドンの Upper Wimpole Street にあるデヴィス夫人 (Mrs. Devis) が経営する，より当世風な学校に就学

1782 (14 歳)

両親とともにアイルランドへ帰郷し，ロングフォード州にあるエッジワース家先祖伝来の領地エッジワースタウンの館エッジワースタウン・ハウス (現在は修道会 Sisters of Mercy の Our Lady's Manor という療養院 [nursing home] になっている) に定住。

父の勧めでジャンリス夫人(Madame de Genlis) の『アデールとテオドール』*Adèle et Théodore* (1782) を翻訳。この翻訳の出版はトマス・ホルクロフト (Thomas Holcroft) の翻訳 (*Adelaide and Theodore, or Letters on Education*, 1783) が出たため，結局断念された。

1788 ないし 1789 (20 歳ないし 21 歳)

家族を楽しませるためにリチャード・ラヴェルによって語られた物語『フリーマン家』*The Freeman Family* をマライアが書き留める (後にこの物語はマライアによって長編小説『愛顧』*Patronage* として 1809 年に執筆が再開され，1814 年に出版；

MEB 155, 156n1)。

1791（23歳）

10月　肺病をやんだ弟 Lovell の療養のため，ブリストル（Bristol）のクリフトン（Clifton）に滞在。下宿先はプリンシズ・ビルディングズ（Princes Buildings）[3]。近くのダウンズ（the Downs）と呼ばれる野原を散歩し，化石探しを楽しむ。（～1793年11月まで滞在）

1792（24歳）

10月　はじめてロンドン社交界を体験

1793（25歳）

11月　クリフトンからアイルランドに帰国

1795（27歳）

『教養ある淑女への手紙』*Letters for Literary Ladies, to Which is Added an Essay on the Noble Science of Self-Justification*（女性教育を弁護したもの；最初に出版されたマライアの本；匿名で出版されたが，第二版［1799］で署名）

1796（28歳）

『両親への助言者』*The Parent's Assistant*（子どものための物語集；最初『両親の友』*The Parent's Friend* というタイトルが付けられていたが，出版者 Mr. Johnson が『両親への助言者』に変更した）[4]

1797（29歳）

11.18　3番目の母 Elizabeth の死

1798（30歳）

5.31　リチャード・ラヴェル，Miss Frances Anne Beaufort と結婚

6月　『実践教育』*Practical Education*（父との共著；子どものための教科書）

9.4 反徒たちが押し寄せてきたため，エッジワース一家はロングフォードの Mrs. Fallon's Inn に避難。一家は5日後（9.9）にエッジワースタウンへ帰宅。

12月 *Whim for Whim*（クリスマスに家族で初演；父との合作による5幕ものの喜劇，未刊）

1800（32歳）

1月 『ラックレント城』*Castle Rackrent*（匿名で出版，第3版［1801］で署名）

1801（33歳）

『幼年教訓』*Early Lessons*（文字を習い始めるころの子どものための物語集）

『教訓物語』*Moral Tales for Young People*（十代の青年子女のための物語集）

6月 『ベリンダ』*Belinda*（マライアの最初の社交界小説；オースティンの『ノーサンガー・アベイ』の第5章で称賛されている作品）

1802（34歳）

5月 『アイルランドの不合理表現について』*An Essay on Irish Bulls*（父との共著；アイルランドの民衆のヒューモアの研究）

10月 父と一緒にパリを訪問。彼らの文学的名声と彼らが the Abbé Edgeworth de Firmont (Henry Essex Edgeworth, 1745-1807; ルイ16世の聴罪司祭）の縁者であるということによって注目を集める。パリで46歳になる独身のスウェーデン人伯爵 Abraham Niclas Clewberg-Edelcrantz から求婚されるが，心惹かれながらも，その結婚を断念。（1803年3月初め頃までパリに滞在）

1803（35歳）

3.5 ドーヴァーを渡ってイングランドへ戻る。

3.19 エジンバラを訪問

4月初め エッジワースタウンへ帰宅。帰宅してすぐに『レオノラ』

*Leonora*の執筆開始

1804（36歳）

『ありふれた物語』*Popular Tales*（教訓的な物語集；1800年以前に書かれた物語も幾つか収録されている）

1805（37歳）

『現代のグリゼルダ』*The Modern Griselda*（結婚生活を描いたもの）

微熱からの回復期にスコットの出版されたばかりの『最後の吟遊詩人の歌』*The Lay of the Last Minstrel*を読む。

1806（38歳）

『レオノラ』*Leonora*（ロマンティックな書簡体小説）出版

1809（41歳）

『職業的教育』*Professional Education*（題扉の著者名はR. L. Edgeworth となっているが，実際はマライアとの共著）

5月　『愛顧』*Patronage*の執筆再開

5月末～6月初め

『社交生活物語』*Tales of Fashionable Life*, vols. i-iii（『アンニュイ』*Ennui*, *Almeria*, *Madame de Fleury*, *Manœuvring*, *The Dun*）

1812（44歳）

6月　『社交生活物語』*Tales of Fashionable Life*, vols. iv-vi（『ヴィヴィアン』*Vivian*, *Emilie de Coulanges*,『不在地主』*The Absentee*）

1813（45歳）

5月　ロンドン訪問（6週間滞在)。大いに人目を引く。バイロンはマライアがもの静かで気取りがなく，「美人ではないとしても決し

て不器量ではない」と評す。

1814（46歳）

『愛顧』*Patronage*出版

『続　幼年教訓』*Continuation of Early Lessons*, 2 vols.

10月　『ウェイヴァリー』*Waverley*が届く。スコットとの文通が始まる。

1817（49歳）

6.13　父の死

7月　『ハリングトンとオーモンド』*Harrington, a Tale; and Ormond, a Tale*（リチャード・ラヴェルによる序文を添えて出版。なお，「オーモンド」の一部は父の手になるもの；「ハリングトン」はユダヤ人問題を扱ったもの，「オーモンド」は教養小説）

1818（50歳）

夏　『回想記』*Memoirs of Richard Lovell Edgeworth, Esq. Begun by Himself and Concluded by His Daughter*の出版準備

マライアは視力の低下のため，以後2年間，視力が完全に回復するまで本を読むことも字を書くことも針仕事もほぼ全面的にやめる。マライアの妹たちがその間筆記者を務めた。

秋　主として『回想記』に関して友人Dumontの助言を仰ぐため，Bowoodを訪問

1819（51歳）

ロンドン訪問

1820（52歳）

3月　『回想記』*Memoirs of Richard Lovell Edgeworth, Esq. Begun by Himself and Concluded by His Daughter*（1808-09年に父によって始められ，1819年マライアによって

完成された父の自伝）が出版されるが，*Quarterly Review*に酷評される。1828年に第二版，1844年に第三版が出版され，マライアはその三版において自分が受け持った部分を書き直した。

4.3　二人の妹Fanny（Francesの愛称）とHarrietを伴ってパリを再訪するために出発。4月22日にカレー着。マライアはパリの社交界で人気を博す。その後，8月～10月にスイス旅行。10月27日にパリに戻る。

12月　イングランドに戻り，Bowoodに数日滞在後，WiltshireのMalmesbury近くのEaston GreyにあるThomas Smith一家の許でクリスマスを過ごす。

1821（53歳）

『ロザモンド』*Rosamond*, 2 vols.

10.21　妹のHarrietとFannyを伴ってロンドンで冬を過ごすために出発。一連のカントリー・ハウスを訪問。その中にはリカードー（David Ricardo）の館である，グロスターシャーのGatcombe Parkも含まれていた。マライアはリカードーの「落ち着いた態度」と「やむことのない知的生活」に好感を持った。

1822（54歳）

『フランク』*Frank*, 3 vols.

1823（55歳）

5月　妹のHarrietとSophy（Sophiaの愛称）を伴ってスコットランド訪問。エジンバラで初めてスコットと会う。

8月　Abbotsfordのスコットの自宅に二週間滞在

1825（57歳）

Tales and Miscellaneous Pieces, 14 vols.（最初の著作集）

『ハリーとルーシー　完結編』*Harry and Lucy Concluded*, 4 vols.

夏　スコットのエッジワースタウン訪問。マライアはスコットと一緒にKillarneyを旅行。その旅行後，一行はダブリンでスコットの誕生日（8.15）を祝して乾杯した。その後，マライアとスコットは再び会うことはなかったが，二人の文通は常にたいへん心のこもったものであった。

1826（58歳）

財政上の危機の間，マライアは弟のLovellに代わって所領の経営を再開。マライアは非常な手腕を発揮した。

1827（59歳）

Little Plays for Children

1829（61歳）

ワーズワスがアイルランド旅行中にエッジワースタウンを訪問。マライアには，彼の「面長の，やせ衰えた顔立ち」と多弁ぶりが印象深かった。

1830頃（62歳頃）

所領の経営等の仕事に忙殺されながらも再び筆をとり，『ヘレン』*Helen*の執筆を開始（1833年に完成）。

1832（64歳）

Tales and Novels, 18 vols.（〜1833；二番目の著作集，マライアが編集）

1833（65歳）

Lovellの負債が発覚。一族で協議の結果，Lovellの弟C.SneydがLovellの残っている全財産を購入し，マライアが代理人として引き続きエッジワースタウンの所領の管理にあたることになる（*MEB* 426）。

秋　アイルランドの西岸Connemaraへの旅行

1834（66歳）

2月　『ヘレン』*Helen* 3 vols.（最後の小説）すぐに二版（1838）に達したが，マライアの以前の成功には及ぶべくもなかった。

1837（69歳）

スペイン語の勉強を始める。

1839（71歳）

リチャード・ラヴェルの21番目の子どもにあたるFrancisがエッジワースタウンの所領の管理をマライアから引き継ぐ。

1842（74歳）

この頃にロイヤル・アイリッシュ・アカデミーの名誉会員に選ばれる。

1844（76歳）

最後のロンドン訪問

1846（78歳）

10.12　弟Francis Beaufortの死

秋　アイルランド飢饉の始まり[(5)]

1847（79歳）

3月　アイルランド飢饉への援助として，アメリカのフィラデルフィアから種籾が送られてきたが，それを岸まで運んでくれたアイルランドのポーターたちはその労賃を受け取ろうとはしなかった。[(6)]

マサチューセッツ州，ボストンのマライアの愛読者である子供たちが150バレルの小麦粉と米を貧しい人々のために彼女の許に送り届けてくれた。宛名は単に「ミス・エッジワースへ，彼女の貧しい人たちのために」と記されていた。これは，マライアが飢饉に際してアイルランドの下層民のためになした奮闘に対する，この上なく感動的な報酬であった。[(7)]

1848（80歳）

Orlandino（マライアの生前最後の出版物；「チェインバーズの若者向け双書」の第一番目の本）

2.4　愛する妹 Fanny（Mrs Lestock Wilson）の死

1849（81歳）

マコーレーの『英国史』の出版を歓迎

5.22　マライアの死

義母 Frances の腕の中で息を引き取る。Frances はマライアの生涯を「善きものを熱望する一生」であったと述懐している。

エッジワースタウンのセント・ジョン教会の教会墓地の一族の墓に，父とともに眠る。

1931

The Most Unfortunate Day of My Life（これまで未完であった一つの物語 “The Most Unfortunate Day of My Life” と『ロザモンド』におさめられていた「むらさき色の小びん」“The Purple Jar”，“The Two Plums”，“The Thorn”，“The Rabbit” および『両親への助言者』におさめられていた「むだなければ不足なし」“Waste Not, Want Not” を一緒にして刊行したもの）

注

(1)　マライアの生年に関しては，「解説」の注1を参照。

(2)　ラトゥフィエール夫人の綴りに関しては，本書305頁「解説」の注16を参照。

(3)　「リチャード・ラヴェル・エッジワースの年表」の注3を参照。

(4)　『両親の助言者』の初版本の出版年に関しては本書291頁「解説」の注2を参照。

(5)　アイルランド飢饉は一般の歴史書などによれば1845年の秋から始まるとされているが，ここでは *LL* 678の記載に従った。

(6),(7)　*LL* 679, 683-84の記載による。*DNB* の “Edgeworth, Maria” の記載では，「1846年の飢饉の間，マライアは人々の苦しみを軽減するため

に最善を尽くした。マサチューセッツ州，ボストンのマライアの崇拝者たちが 150 バレルの小麦粉を『ミス・エッジワースへ，彼女の貧しい人たちのために』という宛名で送ってくれた。それを岸まで運搬したポーターたちはその労賃を受け取ろうとはしなかったので，彼らの各々に，マライアは自分が編んだ毛糸の襟巻きを送った」となっている。

なお，マライアが眠るセント・ジョン教会の教会墓地には，アイルランド飢饉で亡くなった子供たちの墓が残っており，当時の飢饉の悲惨さが偲ばれる。

エッジワース家の系図（父親のリチャード・ラヴェル・エッジワースまで）

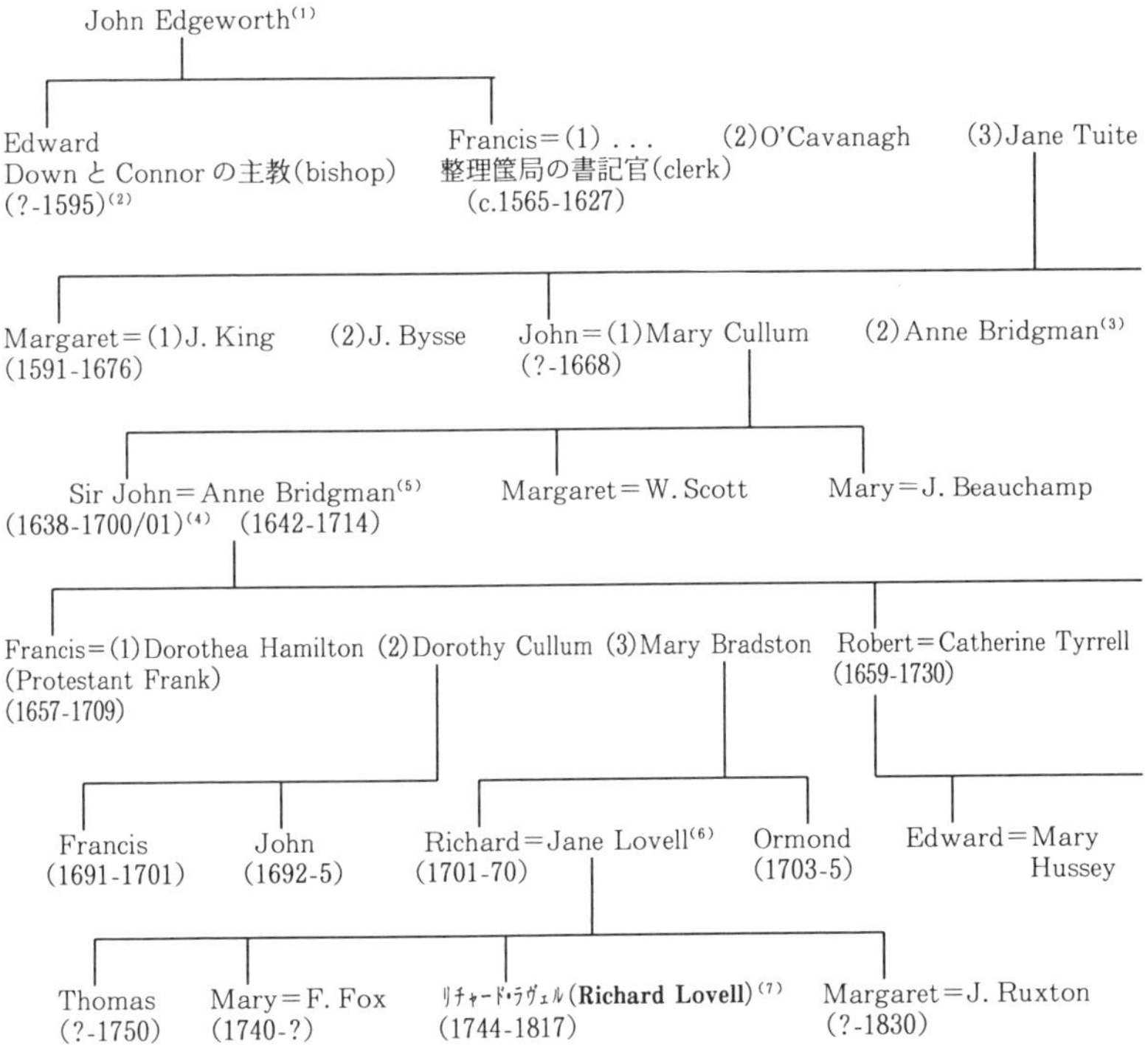

＊この系図は主として *BB* とピカリング版にそれぞれ掲載されている系図および *The Edgeworth Website* の "Genealogy Page" に基づく。
＊＝は結婚を示す。
＊＝の後の(1)...　(2)...はそれぞれ1回目，2回目の結婚相手を表す。

注
(1) Edward と Francis の父親に関しては本書293頁「解説」の注3を参照。
(2) Edward の没年に関しては本書293頁「解説」の注5を参照。
(3) John の Anne Bridgman との再婚の記載はピカリング版の系図には見あたらない。
(4) Sir John の没年に関しては本書297頁「解説」の注11を参照。
(5) *The Edgeworth Website* の "Genealogy Page" では Ann Bridgman となっている。ここでは *BB* とピカリング版の系図，*BB*14 および *MEB* の index (p.525)の記載に従った。なお、Sir John 夫妻には長男 Francis の前に長女が生まれているが、生後すぐに亡くなっている (*BB* 15)。

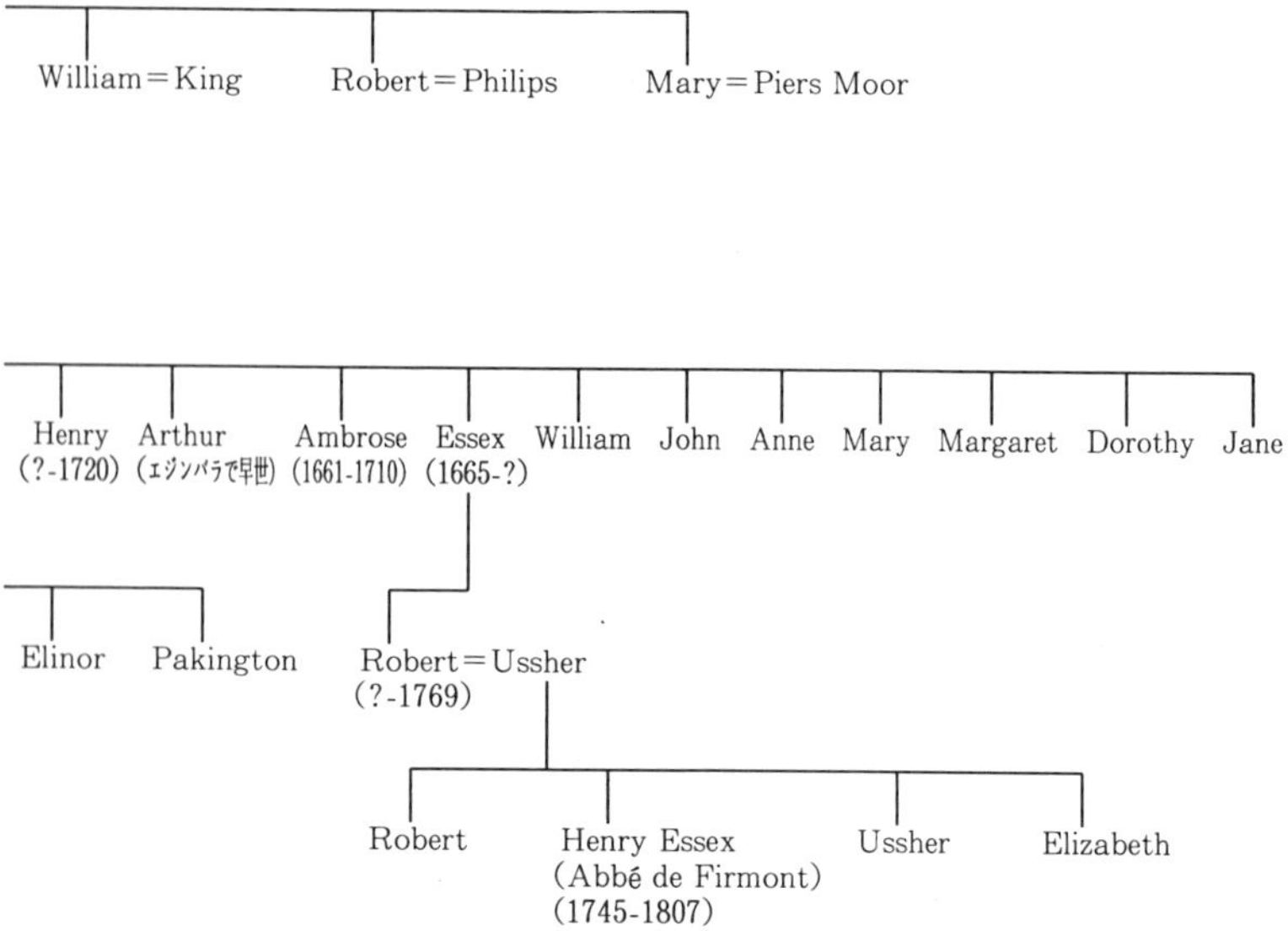

(6) Janeの名前に関しては本書299頁「解説」の注13を参照。
(7) RichardとJaneには8人の子どもが生まれたが，4人は早逝。マライアの父親となるリチャード・ラヴェル(Richard Lovell)は次男であったが，彼が6歳のとき長男で兄のThomasが亡くなり，他の二人は娘(長女のMaryは後にFrancis Foxと結婚、次女でリチャード・ラヴェルにとって妹となるMargaretは後にJohn Ruxtonと結婚)であったため，彼が家督を相続した。

リチャード・ラヴェル・エッジワース（1744年5月31日－1817年6月13日）の妻と子どもたち

1回目の結婚（1763年スコットランドの Gretna Green で駆け落ち結婚

＝Anna Maria Elers (1743-73)

(1)Richard (1764-96；アメリカで死亡)[1]＝Elizabeth Knight[1788]
(2)Lovell (1766；生まれて数日で死亡，5月26日埋葬)
(3)マライア(**Maria, 1768-1849**)[2]
(4)Emmeline (1770-1847)[3]＝Clifton の Dr. John King[1802]
(5)Anna Maria (1773-1824)＝Dr. Thomas Beddoes と結婚[1794]；息子（マライアからみて甥）に，ロマン派詩人で劇作家，生理学者のトマス・ラヴェル・ベドウズ(Thomas Lovell Beddoes, 1803-49)がいる。

2回目の結婚（1773年7月17日）

＝Honora Sneyd (1751-80)[4]
(6)Honora (1774-90)
(7)Lovell (1775-1842)[5]［家督を相続］

3回目の結婚（1780年12月25日）

＝Elizabeth Sneyd (1753-97)[6]

(8)Elizabeth (1781-1800)[7]
(9)Henry (1782-1813)
(10)Charlotte (1783-1807)

(11)Sophia (b. and d. 1784)[8]
(12)Charles Sneyd (1786-1864) [兄の Lovell の全財産を1833年に購入] ←
　=Henrica Broadhurst [1813]
(13)William (1788-90)[9]
(14)Thomas Day (1789-92)
(15)Honora (1791-1858)[10]=Admiral Sir. Francis Beaufort [1838]
(16)William (1794-1829)

4回目の結婚 (1798年5月31日)

　=Frances Anne Beaufort(1769-1865)

(17)Frances Maria (1799-1848)=Lestock Wilson[1829]
(18)Harriet (1801-89)=Rev. Richard Butler
　(後に Dean of Clonmacnoise) [1826]
(19)Sophia (1803-37)[11]=Capt. Barry Fox[1824]
(20)Lucy Jane (1805-97)=Dr. T. Romney Robinson [1843]
(21)Francis Beaufort (1809-46)[12]=Rosa Florentina Eroles [1831][13]
(22)Michael Pakenham (1812.5.24-1881.7.30) [多くのヒマラヤの植物をヨーロッパに移入した植物学者；彼の名をとって命名された植物に Primula Edgeworthii (J. P. Hooker) Pax がある]=Christina Macpherson [1846]

Francis Beaufort の息子 Antonio Eroles が Charles Sneyd の跡を継いで家督を相続 (*LL* 258)

＊リチャード・ラヴェルの妻子に関しては，生没年の記載が参考書によってかなり相違がある。ここでは主としてMEBに基づく。主要な相違点はそれぞれの注を参照。
＊=は結婚を示す。[　]内の数字は結婚した年を表す。
＊----は家督の継承者を示す。

注

（1）Richard の生年は *LL* では 1765 年，没年は *BB* 152 では 1796 年，*BB* の系図およびピカリング版によれば 1798 年。

（2）マライアの生年に関しては，Marilyn Butler and Christina Colvin, "A Revised Date of Birth for Maria Edgeworth," *Notes and Queries* (Sept. 1971):339-40 を参照。

（3）Emmeline の没年は *BB* の系図，ピカリング版 によれば 1817 年。ただし，*LL*によればマライアは 1820 年 12 月に Emmeline と共に過ごしたことになっている（*LL* 365)。*BB* の系図，ピカリング版の記載が間違っているのであろう。

（4）Honora の没年は *BB* 153では 1780 年，*BB* の系図では 1779 年。*BB* の系図の間違いであろう。

（5）Lovell の生没年は *LL*によれば 1776-1841 年。

（6）Elizabeth Sneyd の没年は *BB* 170 では 1797 年，*BB* の系図では 1798 年。*BB*の系図の間違いであろう。

（7）Elizabeth の没年は *BB* の系図，ピカリング版では 1805 年。

（8）Sophia の生没年は *LL*，ピカリング版では 1785 年。

（9）William の没年は *LL*，ピカリング版 では 1792 年。

(10) Honora の結婚年は *LL* では 1831年，没年は *BB* の系図，ピカリング版では 1857 年。

(11) Sophia の没年は *BB*の系図，ピカリング版 では 1836 年。

(12) Francis Beaufort はカーライルの *The Life of John Stering*（1851）の第 2 部第 4 章で「小柄で端正な男」でプラトンやカントに造詣が深く，哲学と文学に精通している人として言及されている人物。1831 年スペインの貴婦人 Rosa Florentina Eroles と結婚。彼の息子の Antonio Eroles は伯父 Charles Sneyd の跡を継いで家督を相続。Antonio は 1911 年に死去。もう一人の息子 Francis Ysidro（1845.2.8-1926.2.13）が 1911 年に家督を相続。Francis Ysidro は算式に拠って算出された総合物価指数であるエッジワース指数で有名な経済学者・統計学者。この Francis Ysidro の死去でもってエッジワース家の男系は途絶えた。(*DNB* の "Edgeworth, Francis Ysidro" を参照)

(13) Eroles は *LL*では Eroles，Erolas の二通りの綴りが用いられている。

マライア・エッジワース翻訳書誌

作家名，作品名等は，原則としてできるだけ発表当時の表記に準じ，旧字体を用いてあるが，一部新字体を採用した。(より詳細な情報に関しては，大嶋「日本におけるマライア・エッジワース文献書誌」を参照)

1　「千人會」，エッヂウオース女史著，思軒居士譯

『國民之友』第180號から第186號(民友社，明治26年2月～4月)まで7回連載。『ありふれた物語』*Popular Tales*（1804)の中の“The Lottery”を訳したもの。各号の掲載頁は以下の通り。第180號 20-26頁，第181號 21-27頁，第182號 19-22頁，第183號 25-29頁，第184號 17-23頁，第185號 19-24頁，第186號 18-23頁。

のちに，『思軒全集』(堺屋石割書店，明治40年[1907年5月])およびその再版（金尾文淵堂，明治40年[1907年7月]）に収録。

2　「俠黑兒《けふこくじ》」，紅葉山人（尾崎紅葉）訳，武内桂舟絵

『少年文學第拾九編』(博文館，明治26年6月28日)として，泉鏡花の「金時計」と合冊で刊行。『ありふれた物語』の中の“The Grateful Negro”を訳したもの。ストーリーを変更しているところがあるので，正確に言えば，翻訳ではなく翻案である。また，原作にはない章立て（全6章）がなされている。

のちに，博文館版『紅葉全集』第3巻(明治37年5月8日)に本文のみ収録。ただし初版（『少年文學』版）の傍線を引いたひらがな表記の固有名詞はこの博文館版ではカタカナ表記に変更されている。さらに岩波版『紅葉全集』第4巻（1994年[平成6年]1月26日）には，誤記・誤植を訂正のうえ，初版の本文が初版の口絵，挿し絵とともに収録されている。なお，博文館版は復刻版が1979年（昭和54年）に日本図書センターより出版されている。

3　「明日」，不知庵主人（内田貢）譯述

不知庵主人譯述による翻訳短編集『鳥留好語』(警醒社書店，明治26年9月7日）にアンデルゼ(ママ)ンの「極樂郷」，「雪の女王」，アーレン・ポウの「黑猫」，ブレット・ハートの「孤屋」，ヂイッケンスの「黑頭巾」と共に収められて刊行。『ありふれた物語』の中の“To-Morrow”を訳したもの。ただし，

“To-Morrow” の全訳ではなく抄訳，特に後半部分は大幅に省略。

4　「名曲『愛禽』」，原抱一庵主人（原余三郎）譯

抱一庵主人譯述による翻訳短編集『小説　泰西奇文』（知新舘，明治 36 年 9 月 10 日）にトワエン[マーク・トウェイン]，ストロング，ドイル，モーパッサンの作品と共に収められて刊行。『両親への助言者』*The Parent's Assistant* (3 vols.， 1796) の 1800 年版 (6 vols.) にはじめて収録された “Simple Susan” を訳したもの。ただし，結末部等を省略した抄訳。

5　『小山羊の歌』　本間久譯，黒崎修齋画（良明堂，明治 44 年 5 月 13 日）

『両親への助言者』(3 vols.，1796) の 1800 年版 (6 vols.) にはじめて収録された “Simple Susan” を訳したもの。ただし，結末部等を省略した抄訳であり，人名などを日本風に意訳した翻案である。

6　「跛《びっこ》のジヤアバス」，前田晁譯

ソログーブ作，前田晁譯，『影繪』世界少年文學名作集第廿一巻（精華書院，大正 11 年 1 月 15 日）に，ソログウブ（表紙，題扉ではソログーブ，「序《じょ》」ではソログウブと記されている）の作品（「翼《はね》」，「いい香《かをり》のする名前《なまへ》」，「影繪《かげゑ》」，「森《もり》の主《ぬし》」，「少年《せうねん》の血《ち》」，「捜索《さうさく》」，「地《ち》のものは地《ち》へ」，「花冠《はなかんむり》」，「魂《たましひ》の結合者《けつがふしや》」，「獣《けもの》の使者《ししや》」）と一緒に収められて刊行。『ありふれた物語』の中の “Lame Jervas” を訳したもの。

7　『びっこのジャック』，秋山淳譯（寶雲舎，昭和 23 年 9 月 20 日）

『ありふれた物語』の中の “Lame Jervas” を訳したもの。装幀・さしえ 澤壽郎。

8　『びっこのジャアバス』，前田晁譯（童話春秋社，昭和 25 年 7 月 15 日）

『ありふれた物語』の中の “Lame Jervas” を訳したもの。装幀 土村正壽，表紙繪・挿繪 志村直信。本文の訳文は上記 6 の「跛《びっこ》のジヤアバス」の訳文に多少の修正を施したもの。

9　『嵐をこえて』，前田晁訳，世界少年少女名作選集（同和春秋社，昭和 29 年 11 月 15 日）

『ありふれた物語』の中の “Lame Jervas” を訳したもの。装幀 桜井誠，

カバー 大橋彌生，挿絵 志村直信。本文，解説および挿絵は上記8の『びっこのジャアバス』と同一内容のもの。

10　「リメリック手袋」，橋本槙矩編訳，『アイルランド短篇選』（岩波文庫，2000年[平成12年]7月14日）15-56頁
　『ありふれた物語』の中の“The Limerick Gloves”を訳したもの。編訳者による「マライア・エッジワース」の解説付き（389-90頁）。

参考書目

和書（邦訳書も含む）

『アイルランド短篇選』，橋本槇矩編訳，（岩波文庫，2000）
『アイルランド文学小事典』，松村賢一編（研究社，1999）
阿部謹也，『中世の星の下で』（ちくま文庫，1986）
アレン，ウォルター．『イギリスの小説 上』，和知誠之助監修（1975; 文理，1977）
安西徹雄，『この 世界という 巨きな舞台』（筑摩書房，1988）
アンタル，フレデリック．『ホガース』，中森義宗・蛭川久康訳（1975; 英潮社，1979）
イエイツ，W.B.『ケルト幻想物語集 I』，井村君江訳（1978; 月刊ペン社，1982）
『イギリス文学地名事典』（研究社，1992）
『イギリス史 3』，村岡健次・木畑洋一編（山川出版，1991）
イーグルトン，テリー．『表象のアイルランド』，鈴木聡訳（紀伊國屋書店，1997；原書については Eagleton を参照）
井村君江，『ケルト妖精学』（講談社学術文庫，1996）
『岩波＝ケンブリッジ　世界人名辞典』（岩波書店，1997）
『岩波　西洋人名辞典』増補版（岩波書店，1981）
上野格・アイルランド文化研究会編著，『図説アイルランド』（河出書房新社，1999）
上村真代，「マライア・エッジワース “The Grateful Negro”：尾崎紅葉「侠黒児」の原作として」，『比較文化』，比較文化研究所編 創刊号（文化書房博文社，1995）237-57.
________，「マライア・エッジワース “Simple Susan” とその翻訳：原抱一庵訳「名曲『愛禽』」，本間久訳『小山羊の歌』をめぐって」，『比較文化』，比較文化研究所編 第 2 巻（文化書房博文社，1996）489-511.
『ウェルギリウス　ルクレティウス』，泉井久之助・岩田義一・藤沢令夫訳，世界古典文学全集 21（筑摩書房，1965）
ウルフ，ヴァージニア．『私ひとりの部屋』，村松加代子訳（松香堂書店，

1984)
『英語語源辞典』, 寺澤芳雄編（研究社, 1997）
『英語諺辞典』, 大塚高信・高瀬省三共編（三省堂, 1976）
『英米故事伝説辞典』増補版（冨山房, 1972）
『英米文学辞典』, 鈴木幸夫編,（東京堂出版, 1978）
『英米文学辞典』第 3 版（研究社, 1985）
『英米法辞典』, 田中英夫編（東京大学出版会, 1991）
『英米法辞典』（有斐閣, 1952）
エリス, P. ベアレスフォード.『アイルランド史［上］: 民族と階級』, 堀越智・岩見寿子訳（論創社, 1991）
オウィディウス. 『転身物語』, 田中秀央・前田敬作訳（1966 ; 人文書院, 1980）
大嶋浩,「『ラックレント城』におけるサディの語りの問題 : えこひいきとアイロニー」,『言語表現研究』第 16 号（兵庫教育大学言語表現学会, 2000): 23-34.
______,「日本におけるマライア・エッジワース文献書誌」,『兵庫教育大学研究紀要』第 21 巻第 2 分冊（兵庫教育大学, 2001）
『オスカー・ワイルド全集 3』, 西村孝次訳（青土社, 1988）
オースティン＝リー, J. E. 『想い出のジェイン・オースティン』, 永島計次訳（近代文藝社, 1992）
織田元子,『フェミニズム批評』（勁草書房, 1988）
『オックスフォード世界児童文学百科』（原書房, 1999）
カイトリー, チャールズ.『イギリス祭事・民俗事典』, 澁谷勉訳（大修館書店, 1992）
______________________.『イギリス歳時暦』, 澁谷勉訳（大修館書店, 1995）
勝田孝興,『アングロ・アイリッシュ』（英語英文學講座刊行會, 1933）
『カトリック大辭典』（冨山房, 1940-60）
川北稔,『工業化の歴史的前提 : 帝国とジェントルマン』（岩波書店, 1983）
カンリフ, バリー.『図説ケルト文化誌』, 蔵持不三也監訳（原書房, 1998）
『ギリシア・ローマ神話辞典』（岩波書店, 1960）
『ギリシア・ローマ神話事典』（大修館書店, 1988）
『キリスト教人名辞典』（日本基督教団出版局, 1986）
『キリスト教大事典』改訂新版第 8 版（教文館, 1985）
『キリスト教百科事典』第 10 版（エンデルレ書店, 1985）

『キリスト教礼拝辞典』第５版（日本基督教団出版局，1988）
グラッシー，ヘンリー.『アイルランドの民話』，大澤正佳・大澤薫訳（青土社，1994）
『研究社　新英和大辞典』第５版（研究社，1980）
『現代カトリック事典』（1982；エンデルレ書店，1992）
『現代言語学辞典』（成美堂，1988）
コーソン，R.『メークアップの歴史』，石山彰監修（ポーラ文化研究所，1982）
コーフィールド，P. J.『イギリス都市の衝撃 1700-1800年』，坂巻清・松塚俊三訳（三嶺書房，1989）
『固有名詞英語発音辞典』（三省堂，1969）
ゴールドスミス，オリヴァー.『ウェークフィールドの牧師』，神吉三郎訳（岩波文庫，1937）
近藤いね子，「英文学史上におけるブロンテ」，『ブロンテ研究』，青山誠子・中岡洋編（開文社，1983）
サイモン，B.『イギリス教育史Ｉ』，成田克矢訳（亜紀書房，1977）
櫻庭信之・蛭川久康編著，『アイルランドの歴史と文学』（大修館書店，1986）
定松正，『英米児童文学の系譜』（こびあん書房，1993）
サンプソン，ジョージ.（R. C. チャーチル補筆）.『ケンブリッジ版イギリス文学史 III』，平井正穂監訳（1977; 研究社，1979）
『集英社　世界文学大事典１』（集英社，1996）
シュウォーツ，リチャード. B.『十八世紀ロンドンの日常生活』，玉井東助・江藤秀一訳（研究社，1990）
ジュネット，ジェラール.『物語のディスクール』，花輪光・和泉涼一訳（書肆風の薔薇，1985）
ショウォールター，E.『女性自身の文学』，川本静子・岡村直美・鷲見八重子・窪田憲子共訳（みすず書房，1993）
『小学館ランダムハウス英和大辞典』第２版（小学館，1994）
『新英語学辞典』，縮刷版（研究社，1987）
『新カトリック大事典』第１巻（研究社，1996）
神宮輝夫，『世界児童文学案内』（理論社，1963）
瀬田貞二・猪熊葉子・神宮輝夫，『英米児童文学史』（1971; 研究社，1979）
タウンゼンド，J. R.『子どもの本の歴史　上』，高杉一郎訳（岩波書店，1982）

ダンクリング，L. A.『ギネスの名前百科』，佐々木謙一編訳（研究社，1984）
ダンブルトン，W. A.『アイルランド：歴史と風土と文学』，桑原博昭訳（あぽろん社，1990；原書に関してはDumbletonを参照）
ディケンズ，チャールズ.『互いの友』，田辺洋子訳（こびあん書房，1996）
____________________.『ピクウィック・クラブ』，北川悌二訳（筑摩書房，1990）
デュラン，フレデリック.『ヴァイキング』，久野浩・日置雅子訳（白水社，1980）
ドイル，リチャード.『挿絵の中のイギリス』，富山太佳夫編訳（弘文堂，1993）
友野玲子，「マライア・エッジワース試論：人と *The Parent's Assistant*」『創立二十周年記念論集　文芸と自然』（共立女子大学文芸学部，1974）：187-230.
トレヴェリアン，G. M.『イギリス社会史』第2巻，松浦高嶺・今井宏訳（みすず書房，1983）
長崎勇一，「『ラクレントの館《やかた》』（マライア・エッジワース作）試論」，『大東文化大学英米文学論叢』4号（大東文化大学英米文学会，1973）：15-42.
ニュー・ファンタジーの会，『ひなぎくの首飾り』（透土社，1992）
波多野裕造，『物語アイルランドの歴史』（1994；中公新書，1996）
林芳子，「Maria Edgeworthの児童文学作品：教育者と小説家との間で」，*TABARD* 2（神戸女子大学英文学会，1986）：23-43.
ヒューズ，クリスティン.『十九世紀イギリスの日常生活』，植松靖夫訳（松柏社，1999）
藤井泰，『イギリス中等教育制度史研究』（風間書房，1995）
藤澤陽子，「私とアイルランド」，『日本アイルランド協会会報』第36号（日本アイルランド協会，Feb. 2000）：3.
『ブリタニカ国際大百科事典1』第2版改訂版（ティビーエス・ブリタニカ，1993）
プリンス，ジェラルド.『物語論辞典』，遠藤健一訳（松柏社，1991）
プール，ダニエル.『19世紀のロンドンはどんな匂いがしたのだろう』，片岡信訳（青土社，1997）
ブロノフスキー／マズリッシュ，『ヨーロッパの知的伝統』，三田博雄・宮崎芳三・吉村毅・松本啓訳（みすず書房，1969）
『文学要語辞典』改訂増補版（1978；研究社，1980）

ペティ，サー・ウィリアム.『アイァランドの政治的解剖』，松川七郎訳（岩波文庫，1951）
星名定雄，『郵便の文化史』（みすず書房，1982）
水之江有一，『アイルランド：緑の国土と文学』（研究社，1994）
ムーディ，T. W.／F. X. マーチン編著.『アイルランドの風土と歴史』，堀越智監訳（論創社，1982）
メイトランド，F. W.『イングランド憲法史』，小山貞夫訳（創文社，1981）
モアズ，エレン.『女性と文学』，青山誠子訳（研究社，1978）
森洋子編著，『ホガースの銅版画』（岩崎美術社，1981）
山田晴子，「マライア・エッジワースにおける地方色の意味」，『文学研究』創刊号（文学研究同人，1972）: 30-37.
山田勝，『決闘の社会文化史』（北星堂，1992）
横越英一，『近代政党史研究』（勁草書房，1960）
『リーダーズ英和辞典』第2版（研究社，1999）

洋書

A Chronology of Irish History to 1976. Vol. VIII of *A New History of Ireland*. Ed. T.W. Moody, F. X. Martin, and F. J. Byrne. Oxford: Clarendon, 1982.

A Dictionary of First Names. Oxford and New York: Oxford UP, 1990.

A Dictionary of Surnames. Oxford and New York: Oxford UP, 1988.

"Amherst *v*. Lytton [1729]." Vol. II of *The English Reports*. Edinburgh: William Green and Sons, 1901. 661-67.

Andrews, J. H. "Land and People, *c*. 1780" *Eighteenth-Century Ireland 1691-1800*. Vol. IV of *A New History of Ireland*. Ed. T. W. Moody and W.E. Vaughan. Oxford: Clarendon, 1986. 236-64.

Arensberg, Conrad M. *The Irish Countryman: An Anthropological Study*. New York: Macmillan, 1937.

"Austen *v*. Nicholas [1717]." Vol. III of *The English Reports*. Edinburgh: William Green and Sons, 1901. 7-8.

Barty-King, Hugh. *The Worst Poverty: A History of Debt and Debtors*. Stroud: Budding Books, 1997.

Baxter, Robert, Esq. *The Irish Tenant-Right Question....* London: Edward Stanford, 1869.

Beauford, William. "A Memoir respecting the Antiquities of the Church of Killossy, in the County of Kildare; with Some Conjectures on the Origin of the Ancient Irish Churches." *The Transactions of the Royal Irish Academy.* Vol. III, Antiquities (1789): 75-85.

________________. "Caoinan: Or Some Account of the Ancient Irish Lamentations." *The Transactions of the Royal Irish Academy.* Vol. IV, Antiquities (1790): 41-54.

Beckett, J. C. Introduction. *Eighteenth-Century Ireland 1691-1800.* Vol. IV of *A New History of Ireland.* Ed. T. W. Moody and W. E. Vaughan. Oxford: Clarendon, 1986. xxxix-lxiv.

British Critic. (Nov. 1800): 555

Brooke, Charlotte. *Reliques of Irish Poetry.* Florida: Scholar's Facsimiles and Reprints, 1970.

Burke, Edmund. *A Philosophical Enquiry into the Origin of Our Ideas of the Sublime and Beautiful.* Edited with an Introduction and Notes by J. T. Boulton. London: Routledge and Kegan Paul, 1958.

Butler, Harriet Jessie and Harold Edgeworth Butler, eds. *The Black Book of Edgeworthstown and Other Edgeworth Memories 1585-1817.* London: Faber and Gwyer.

Butler, Marilyn and Christina Colvin, "A Revised Date of Birth for Maria Edgeworth," *Notes and Queries.* 216.9 (Sept. 1971): 339-40.

Butler, Marilyn. *Maria Edgeworth: A Literary Biography.* Oxford: Clarendon, 1972.

Callimachus. Trans. C. A. Trypanis. The Loeb Classical Library. Cambridge, Massachusetts: Harvard UP, 1958.

Callwell, J. M. *Old Irish Life.* Edinburgh and London: Blackwood, 1912.

Cambrensis, Giraldus. "The Topography of Ireland." *The Historical Works of Giraldus Cambrensis.* Ed. Thomas Wright, Esq. London, 1863; New York: AMS, 1968.

Carleton, William. "Going to Maynooth." Vol. II of *Traits and Stories of the Irish Peasantry*. New ed. Vol. V of *Irish Prose Writings: Swift to the Literary Renaissance*. New York, 1862; Tokyo: Hon-No-Tomosha, 1992. 97-187.

________________. "Larry M'Farland's Wake." Vol. I of *Traits and Stories of the Irish Peasantry*. New ed. Vol. V of *Irish Prose Writings: Swift to the Literary Renaissance*. New York, 1862; Tokyo: Hon-No-Tomosha, 1992. 84-114.

________________. "Ned M'Keown." Vol. I of *Traits and Stories of the Irish Peasantry*. New ed. Vol. V of *Irish Prose Writings: Swift to the Literary Renaissance*. New York, 1862; Tokyo: Hon-No-Tomosha, 1992. 1-22.

________________. "Tubber Derg; or, the Red Well." Vol. II of *Traits and Stories of the Irish Peasantry*. New ed. Vol. V of *Irish Prose Writings: Swift to the Literary Renaissance*. New York, 1862; Tokyo: Hon-No-Tomosha, 1992. 363-414.

Carlyle, Thomas. *The Life of John Sterling*. New York: Scribner's, 1903.

Carr, John, Esq. *The Stranger in Ireland; or, a Tour in the Southern and Western Parts of That Country, in the Year 1805*. London: Richard Phillips, 1806.

Clarke, Isabel C. *Maria Edgeworth: Her Family and Friends*. London: Hutchinson, 1950.

Connolly, S. J. *Priests and People in Pre-Famine Ireland 1780-1845*. New York: Gill and Macmillan, 1982.

Conroy, John, Esq. *Custodiam Reports....* Dublin: J. Exshaw, 1795.

Cottle, Basil. *The Penguin Dictionary of Surnames*. 2nd ed. 1978; Harmondsworth: Penguin, 1981.

Croker, T. Crofton. *The Keen of the South of Ireland*. London: The Percy Society, 1844.

Cronin, John. "Maria Edgeworth 1768-1849." *The Anglo-Irish Novel. Vol.1: The Nineteenth Century*. Belfast: Appletree, 1980. 21-24. Rpt. in *Family Chronicles: Maria Edgeworth's Castle Rackrent*. Ed. Cõilín Owens. Dublin: Wolfhound; Totowa, N. J.: Barnes &

Noble, 1987. 14-18.

Cross, Tom Peete and Clark Harris Slover, eds. *Ancient Irish Tales.* New York: Barnes & Noble, 1996.

Crumpe, Samuel. *An Essay on the Best Means of Providing Employment for the People.* 2nd ed. London, 1795; New York: Kelley, 1968.

Cullen, L. M. *An Economic History of Ireland since 1660.* 2nd ed. London: B. T. Batsford, 1987.

__________. "Economic Development, 1691-1750." *Eighteenth-Century Ireland 1691-1800.* Vol. IV of *A New History of Ireland.* Ed. T. W. Moody and W. E. Vaughan. Oxford: Clarendon, 1986. 123-58.

"Cullimore *v.* Bosworth [1779]." Vol. III of *The English Reports.* Edinburgh: William Green and Sons, 1901. 38-43.

D'Alton, John, Esq. "Essay on the Ancient History, Religion, Learning, Arts, and Government of Ireland." *The Transactions of the Royal Irish Academy.* Vol. XVI, Antiquities (1830): 3-379.

"Dickenson *v.* Blake [1772]." Vol. III of *The English Reports.* Edinburgh: William Green and Sons, 1901. 114-22.

Dumbleton, William A. *Ireland: Life and Land in Literature.* Albany: State U of New York P, 1984.（翻訳書に関しては，W. A. ダンブルトンを参照）

Dunne, Tom. *Maria Edgeworth and the Colonial Mind.* Cork: University College, 1984.

"Dunsany(Lord) *v.* Plunkett [1720]." Vol. II of *The English Reports.* Edinburgh: William Green and Sons, 1901. 353-56.

Eagleton, Terry. *Heathcliff and the Great Hunger.* London and New York: Verso, 1995.（翻訳書に関しては，テリー・イーグルトンを参照）

Edgeworth, Maria. *Belinda.* Ed. Eiléan Ní Chuilleanáin. 1993; London: J. M. Dent, 1994.

__________. *Castle Rackrent.* Ed. George Watson with an Introduction by Kathryn J. Kirkpatrick. The World's Classics. Oxford: Oxford UP, 1995.

__________. *Castle Rackrent and Ennui.* Ed. Marilyn Butler.

Harmondsworth: Penguin, 1992.

________. *Tales and Novels by Maria Edgeworth*. Vol. I. London: Baldwin and Cradock, 1832.

________. *Castle Rackrent, Irish Bulls, Ennui*. Ed. Jane Desmarais, Tim McLoughlin and Marilyn Butler. Vol. I of *The Novels and Selected Works of Maria Edgeworth*. London: Pickering & Chatto, 1999.

________. *Castle Rackrent and The Absentee*. London: Macmillan, 1895.

________. *Castle Rackrent, The Absentee*. Everyman's Library. 1910; London: Dent, 1964.

________. *Ormond*. Gloucester: Alan Sutton, 1990.

________. *Stories of Ireland: Castle Rackrent, The Absentee by Maria Edgeworth*. With an Introduction by Henry Morley. 2nd ed. Morley's Universal Library 36. London: Routledge, 1886.

________. *The Absentee*. Ed. W. J. McCormack and Kim Walker. Oxford and New York: Oxford UP, 1988.

________. *The Absentee, Madame de Fleury, Emilie de Coulanges*. Ed. Heidi Van de Veire, Kim Walker and Marilyn Butler. Vol.V of *The Novels and Selected Works of Maria Edgeworth*. London: Pickering & Chatto, 1999.

Edgeworth, Richard Lovell. "An Essay on the Art of Conveying Secret and Swift Intelligence." *The Transactions of the Royal Irish Academy*. Vol. VI, Science (1797): 95-140.

____________. *Memoirs of Richard Lovell Edgeworth, Esq. Begun by Himself and Concluded by His Daughter, Maria Edgeworth*. London: R. Hunter, 1820. 2 vols.

"*Espinasse v.* Lowe [1764]." Vol. III of *The English Reports*. Edinburgh: William Green and Sons, 1901. 223-31.

Evans, E. Estyn. *Irish Folk Ways*. London: Routledge & Kegan Paul, 1957.

________. *Irish Heritage: The Landscape, the People and Their Work*. Dundalk: Dundalgan, 1942.

Feehan, Fanny. "Suggested Links between Eastern and Celtic Music." *The Celtic Consciousness*. Ed. Robert O'Driscoll. New York: George Braziller, 1982. 333-39.

Ferguson, Samuel. "On the Rudiments of the Common Law Discoverable in the Published Portion of the Senchus Mor." *The Transactions of the Royal Irish Academy*. Vol. XXIV, Polite Literature (1867): 83-117.

Flanagan, Thomas. *The Irish Novelists 1800-1850*. New York: Columbia UP, 1959.

Fletcher, John, et al. "Rollo, Duke of Normandy." Vol. X of *The Dramatic Works in the Beaumont and Fletcher Canon*. Gen. ed. Fredson Bowers. Cambridge: Cambridge UP, 1996.

Garrick, David. "The Irish Widow." Vol. V of *The Modern British Drama*. London: William Miller, 1811. 191-204.

________________. "High Life below Stairs." Vol. III of *The Dramatic Works of David Garrick, Esq*. 1798; Hants.: Gregg International, 1969. 162-92.

Gill, Conrad. *The Rise of the Irish Linen Industry*. 1925; Oxford: Clarendon, 1964.

Goldsmith, Oliver. *The Good-Natur'd Man, and She Stoops to Conquer*. Vol. VI of *The Miscellaneous Works of Oliver Goldsmith*. Perth: R. Morison & Son, 1792.

Griffin, Gerald. *The Collegians*. Vol. IV of *Irish Prose Writings: Swift to the Literary Renaissance*. Dublin, 1919; Tokyo: Hon-No-Tomosha, 1992.

Halsbury, Earl of. Vol. IV of *The Laws of England....* Third ed. London: Butterworth, 1953.

________________. Vol. XXIX of *The Laws of England....* Third ed. London: Butterworth, 1960.

________________. Vol. XXXIV of *The Laws of England....* Third ed. London: Butterworth, 1960.

Harden, Elizabeth. *Maria Edgeworth's Art of Prose Fiction*. The Hague and Paris: Mouton, 1971.

________________. *Maria Edgeworth*. Boston: Twayne, 1984.

Hardiman, James. Esq. "Ancient Irish Deeds and Writings, Chiefly Relating to Landed Property, from the Twelfth to the Seventeenth Century, with Translations, Notes, and a Preliminary Essay. " *The Transactions of the Royal Irish Academy*. Vol. XV, Antiquities (1828): 3-96.

Hare, Augustus J. C., ed. *The Life and Letters of Maria Edgeworth*. 1894; New York: Books for Libraries Press, 1971. 2 vols.

Herodotus. Trans. A. D. Godley. The Loeb Classical Library. Rev. ed. 1926; Cambridge, Massachusetts: Harvard UP, 1975.

Hill, Constance. *Maria Edgeworth and Her Circle in the Days of Buonaparte and Bourbon*. London: John Lane, 1910.

Holdsworth, Sir William. Vol. X of *A History of English Law*. London: Methuen, 1938.

Hollingworth, Brian. *Maria Edgeworth's Irish Writing: Language, History, Politics*. Basingstoke, UK: Macmillan; New York: St. Martin's, 1997.

Horn, D. B. and Mary Ransome, eds. *English Historical Documents 1714-1783*. Vol. VII of *English Historical Documents*. Gen. ed. David C. Douglas. London and New York: Routledge, 1996.

Johnson, Samuel. "Savage." Vol. II of *Lives of the Most Eminent English Poets, with Critical Observations on Their Works*. London: John Murray, 1854. 341-444.

Joyce, P. W. *A Social History of Ancient Ireland....* 2nd ed. Dublin: Phoenix, 1913.

__________. *English as We Speak It in Ireland*. Dublin: Wolfhound, 1979.

Kaplan, Fred, ed. *The Reader's Adviser*. 13th ed. Vol. 1. New York and London: Bowker, 1986.

"Kelynack *v.* Gwavas [1729]." Vol. I of *The English Reports*. Edinburgh: William Green and Sons, 1900. 1054-57.

Kirkpatrick, Kathryn. "Putting Down the Rebellion: Notes and Glosses on *Castle Rackrent*, 1800." *Éire-Ireland: Journal of Irish Studies* 30.1(1995):77-90.

Kirwan, Richard, Esq. "Experiments on the Alkaline Substances

Used in Bleaching, and on the Colouring Matter of Linen-Yarn." *The Transactions of the Royal Irish Academy*. Vol. III, Science (1789): 3-47.

Lecky, W. E. H. *A History of Ireland in the Eighteenth Century*. Chicago and London: U of Chicago P. 1972.

Lhuyd, Edward. *Archaeologia Britannica....* London, 1707.

Lover, Samuel. *Handy Andy*. Vol. VI of *Irish Prose Writings: Swift to the Literary Renaissance*. London: 1842; Tokyo:Hon-No-Tomosha, 1992.

MacGivney, Joseph. *Places-Names of the County Longford*. Dublin: James Duffy, 1908)

Mackintosh, Robert James, Esq., ed. *Memoirs of the Life of the Right Honourable Sir James Mackintosh*. Ed. Robert James Mackintosh. 2nd ed. Vol. II. London: Edward Moxon, 1836.

Macklin, Charles, Esq. "The True-Born Irishman; or, Irish Fine Lady: A Comedy." *Macklin's Plays*. Dublin: William Jones, 1793. 101-61.

MacLysaght, Edward. *Irish Life in the Seventeenth Century*, 3rd ed. Dublin: Irish UP, 1969.

Magill, Frank N., ed. *Cyclopedia of Literary Characters*. Vol. 1. Englewood Cliffs, N. J.: Salem, 1963.

Maguire, W. A. *The Downshire Estates in Ireland 1801-1845: The Management of Irish Landed Estates in the Early Nineteenth Century*. Oxford: Clarendon, 1972.

Maria Edgeworth (エッジワースに関する資料のコピーをとじ合わせたもの。総頁数15頁。Our Lady's Manor［もとエッジワースタウン・ハウス］にて1998年に入手)

Maria Edgeworth: Chosen Letters. With an Introduction by F. V. Barry. New York: AMS, 1979.

"Marnell *v*. Blake [1815-1816]." Vol. III of *The English Reports*. Edinburgh: William Green and Sons, 1901. 1153-60.

Matthews, Caitlín. *The Celtic Book of Days: A Celebration of Celtic Wisdom*. Paper ed. Dublin: Gill & Macmillan, 1998.

Mawer, Allen. *The Vikings*. 1913; Cambridge UP, 1930.

Maxwell, Constantia. *Irish History from Contemporary Sources (1509-1610)*. London: George Allen & Unwin, 1923.

McCarthy, Justin, editor in chief. Vol. III of *Irish Literature*. Philadelphia,1904; Tokyo: Hon-No-Tomosha, 1995.

McCracken, J. L. "The Political Structure, 1714-60." *Eighteenth-Century Ireland 1691-1800*. Vol. IV of *A New History of Ireland*. Ed. T. W. Moody and W.E. Vaughan. Oxford: Clarendon, 1986. 57-83.

_______________. "Protestant Ascendancy and the Rise of Colonial Nationalism, 1714-60." *Eighteenth-Century Ireland 1691-1800*. Vol. IV of *A New History of Ireland*. Ed. T. W. Moody and W. E. Vaughan. Oxford: Clarendon, 1986. 105-22.

_______________. "The Social Structure and Social Life 1714-60." *Eighteenth-Century Ireland 1691-1800*. Vol. IV of *A New History of Ireland*. Ed. T. W. Moody and W. E. Vaughan. Oxford: Clarendon, 1986. 31-56.

McDowell, R. B. "Colonial Nationalism and the Winning of Parliamentary Independence, 1760-82." *Eighteenth-Century Ireland 1691-1800*. Vol. IV of *A New History of Ireland*. Ed. T. W. Moody and W. E. Vaughan. Oxford: Clarendon, 1986. 196-235.

_______________. "Ireland in 1800." *Eighteenth-Century Ireland 1691-1800*. Vol. IV of *A New History of Ireland*. Ed. T. W. Moody and W. E. Vaughan. Oxford: Clarendon, 1986. 657-712.

_______________. *Ireland in the Age of Imperialism and Revolution 1760-1801*. Oxford: Clarendon, 1979.

Mooney, James. "The Holiday Customs of Ireland." *Proceedings of the American Philosophical Society Held at Philadelphia for Promoting Useful Knowledge*. XXVI (1889): 377-428.

_______________. "The Funeral Customs of Ireland." *Proceedings of the American Philosophical Society Held at Philadelphia for Promoting Useful Knowledge*. XXV (1888): 243-96.

Myers, James P, Jr., ed. *Elizabethan Ireland: A Selection of Writings by Elizabethan Writers on Ireland*. N.p.: Archon Books, 1983.

Newby, P. H. *Maria Edgeworth*. Denver: Alan Swallow, 1950.

Ó Cuív, Brian. "The Irish Language in the Early Modern Period." Early Modern Ireland 1534-1691. Vol. III of *A New History of Ireland*. Ed. T.W. Moody, F.X. Martin and F.J. Byrne. Oxford: Clarendon, 1991. 509-45.

O'Curry, Eugene. *On the Manners and Customs of the Ancient Irish*. Vol. I. London: Williams and Norgate, 1873.

Ó hÓgáin, Dáithí. "The Folklore of *Castle Rackrent*." *Family Chronicles: Maria Edgeworth's Castle Rackrent*. Ed. Owens, Cóilín. Dublin: Wolfhound, 1987. 62-70.

Ó Madagáin, Breandán. "Irish Vocal Music of Lament and Syllabic Verse." *The Celtic Consciousness*. Ed. Robert O'Driscoll. New York: George Braziller, 1982. 311-32.

Oshima, Hiroshi and Maki. "'Whillaluh' in *Castle Rackrent:* A Misquotation and Growing Transcription Errors," *Notes and Queries*. 246. 2 (June 2001): 119.

Ó Súilleabháin, Seán. *Irish Folk Custom and Belief*. 2nd ed. Cork: Mercier, 1977.

________________. *Irish Wake Amusements*. Cork: Mercier, 1967.

Owens, Cóilín, ed. *Family Chronicles: Maria Edgeworth's Castle Rackrent*. Dublin: Wolfhound; Totowa, N. J.: Barnes & Noble, 1987.

Parnell, Thomas. "A Fairy Tale." *Minor Poets of the Eighteenth Century*. Ed. Hugh I'anson Fausset. London: Dent, 1930. 135-40.

Preston, William, Esq. "Essay on the Natural Advantages of Ireland, the Manufactures to Which They are Adapted, and the Best Means of Improving Those Manufactures." *The Transactions of the Royal Irish Academy*. Vol. IX, Science (1803): 161-428.

Reaney, P. H. *A Dictionary of British Surnames*. 2nd ed. with Corrections and Additions by R. M. Wilson. 1958; London and New York: Routledge and Kegan Paul, 1987.

Reference Guide to English Literature. Ed. D. L. Kirkpatrick. 2nd ed. Chicago and London: St. James, 1991.

Rimmer, Joan. *The Irish Harp*. 1969; Cork: Mercier, 1977.

Rintoul, M.C. *Dictionary of Real People and Places in Fiction*. London and New York: Routledge, 1993.

Schwartz, Richard B. *Daily Life in Johnson's London*. Madison: U of Wisconsin P, 1983.

Scott, Sir Walter. *Waverley*. Ed. Andrew Hook. 1972; London: Penguin, 1985.

________________. *Lives of the Novelists*. Everyman's Library. 1910; London & Toronto: Dent, 1985.

Seton, Sir Malcolm Cotter. Introduction. *Maria Edgeworth Selections from Her Works*. New York: Frederick A. Stokes, n.d.

Shakespeare, William. *The Riverside Shakespeare*. Boston: Houghton Mifflin, 1974.

Sheridan, Richard Brinsley. "St. Patrick's Day; or, the Scheming Lieutenant." Vol. I of *The Plays & Poems of Richard Brinsley Sheridan*. Ed. R. Crompton Rhodes. Oxford: Blackwell, 1928. 145-70.

________________. "The Rivals." Vol. Ⅳ of *The Modern British Drama*. London: William Miller, 1811. 619-48.

Slade, Bertha Coolidge. *Maria Edgeworth 1767-1849: A Bibliographical Tribute*. London: Constable, 1937.

Smith, Adam. *The Wealth of Nations*. Everyman's Library. N.p.:n.p., 1991.

Spenser, Edmund. *A View of the State of Ireland*. Ed. Andrew Hadfield and Willy Maley. Oxford: Blackwell, 1997.

________________. *Spenser's Prose Works*. Vol. X of *The Works of Edmund Spenser*. Ed. Rudolf Gottfried. A Variorum Edition. Baltimore: Johns Hopkins, 1949.

Summerson, John. *The Life and Work of John Nash, Architect*. Cambridge: MIT, 1980.

Tamkivi, Külli. "An Estonian Quotation in *Castle Rackrent*." *Notes and Queries*. 241.1 (March 1996): 31-32.

Taylor, Lou. *Mourning Dress: A Costume and Social History*. London: George Allen and Unwin, 1983.

Thackeray, William Makepeace. *The Irish Sketch Book and Critical Reviews*. Vol. XXIII of *Works of William Makepeace Thackeray*, London: John Murray, 1911.

The Cambridge Bibliography of English Literature. 3rd ed. Vol. 4. Cambridge: Cambridge UP, 1999.

The Catholic Encyclopedia. New York: Encyclopedia, 1913.

The Dictionary of National Biography.

The Edgeworth Website (Online, 27 September 2000)

The Encyclopaedia Britannica. 7th ed. Edinburgh: Adam and Charles Black, 1842.

The Encyclopaedia Britannica. 1911 ed.

The Encyclopaedia Britannica. 1950 ed.

The Encyclopaedia Britannica. 1963 ed.

The New Cambridge Bibliography of English Literature. Vol. 3. Cambridge: Cambridge UP, 1969.

The Oxford Companion to English Literature. Ed. Margaret Drabble. 5th ed. Oxford: Oxford UP, 1985.

The Oxford Companion to Irish History. Ed. S. J. Connolly. Oxford: Oxford UP, 1998.

The Oxford Companion to Irish Literature. Ed. Robert Welch. Oxford: Clarendon, 1996.

The Oxford English Dictionary.

The Oxford Illustrated Literary Guide to Great Britain and Ireland. Ed. Dorothy Eagle and Hilary Carnell. Oxford: Oxford UP, 1981.

Tooke, John Horne. *EIIEA IITEPOENTA or the Diversions of Purley*. London, 1829; Tokyo: Nan' Un Do, 1969. 2 vols.

Trench, W. Steuart. *Realities of Irish Life*. Vol. IX of *Irish Prose Writings: Swift to the Literary Renaissance*. London, 1868; Tokyo: Hon-No-Tomosha, 1992.

Turberville, A. S., ed. *Johnson's England: An Account of the Life and Manners of His Age*. Vol. II. 1933; Oxford UP, 1965.

Twiss, Richard, Esq. *A Tour in Ireland in 1775 with a View of the Salmon-Leap at Ballyshannon*. Dublin: Sheppard, 1776.

Virgil. Trans. H. Rushton Fairclough. The Loeb Classical Library.

New and Revised ed. 1934; Cambridge: Harvard UP, 1960.

Wakefield, Edward. *An Account of Ireland, Statistical and Political.* 2 vols. London: Longman, 1812.

Walker, Joseph Cooper. *Historical Memoirs of the Irish Bards.* Dublin, 1786; New York: Garland, 1971.

Warren, Charles. *History of the Harvard Law School and of Early Legal Conditions in America.* Vol. I. New York: Da Capo, 1970.

Watson, Foster. *The Old Grammar Schools.* Cambridge: Cambridge UP, 1916.

Watson, George. Introduction. *Castle Rackrent.* By Maria Edgeworth. London: Oxford UP, 1964.

"White *v.* Lightburne [1722]." Vol. II of *The English Reports.* Edinburgh: William Green and Sons, 1901. 123-28.

Wintle, Justin and Richard Kenin, eds. *The Dictionary of Biographical Quotation of British and American Subjects.* London and Henley: Routledge and Kegan Paul, 1978.

Wylie, J. C. W. *Irish Land Law.* London: Professional Books, 1975.

Yeats, W. B., ed. *Fairy and Folk Tales of Ireland.* London: Pan, 1979.

Yeats, W. B. *The Secret Rose and Other Stories.* 1959; London: Macmillan, 1982.

Young, Arthur, Esq. *A Tour in Ireland; with General Observations on the Present State of That Kingdom.* London: Cadell, 1780.

付　録

訳者紹介

大嶋磨起（おおしま　まき）
1957年生まれ
広島大学大学院文学研究科博士課程前期修了
現在，神戸親和女子大学非常勤講師
主要論文：「*Tess of the d'Urbervilles* における近代人の誤謬」（『河井迪男先生退官記念英語英文学研究』［英宝社，1993］），「*The Mayor of Casterbridge* 論：社会的不適応を超えて」（『親和女子大学英語英文学』第13号，1993）

大嶋　浩（おおしま　ひろし）
1955年生まれ
広島大学大学院文学研究科博士課程後期単位取得退学
現在，兵庫教育大学教授
著訳書：リチャード・D・オールティック，『ヴィクトリア朝の人と思想』（共訳，音羽書房鶴見書店，1998），『ヴィクトリア朝の小説 ── 女性と結婚』（共著，英宝社，1999）

ラックレント城

2001年10月10日　初版発行

訳　者	大　嶋　磨　起
	大　嶋　　　浩
発行者	安　居　洋　一
組　版	前田印刷有限会社
印刷所	平　河　工　業　社
製本所	株式会社難波製本

〒160-0002　東京都新宿区坂町26

発行所　開文社出版株式会社

電話 03(3358)6288番・振替 00160-0-52864

ISBN4-87571-961-2 C3098